青木典子

千年の夢

明治時代以降篇

鳥影社

千年の夢　明治時代以降篇
——碧《あお》き地球《ほし》の上で煌《きら》めく炎とともに——

目次

郡上市大和町の周辺

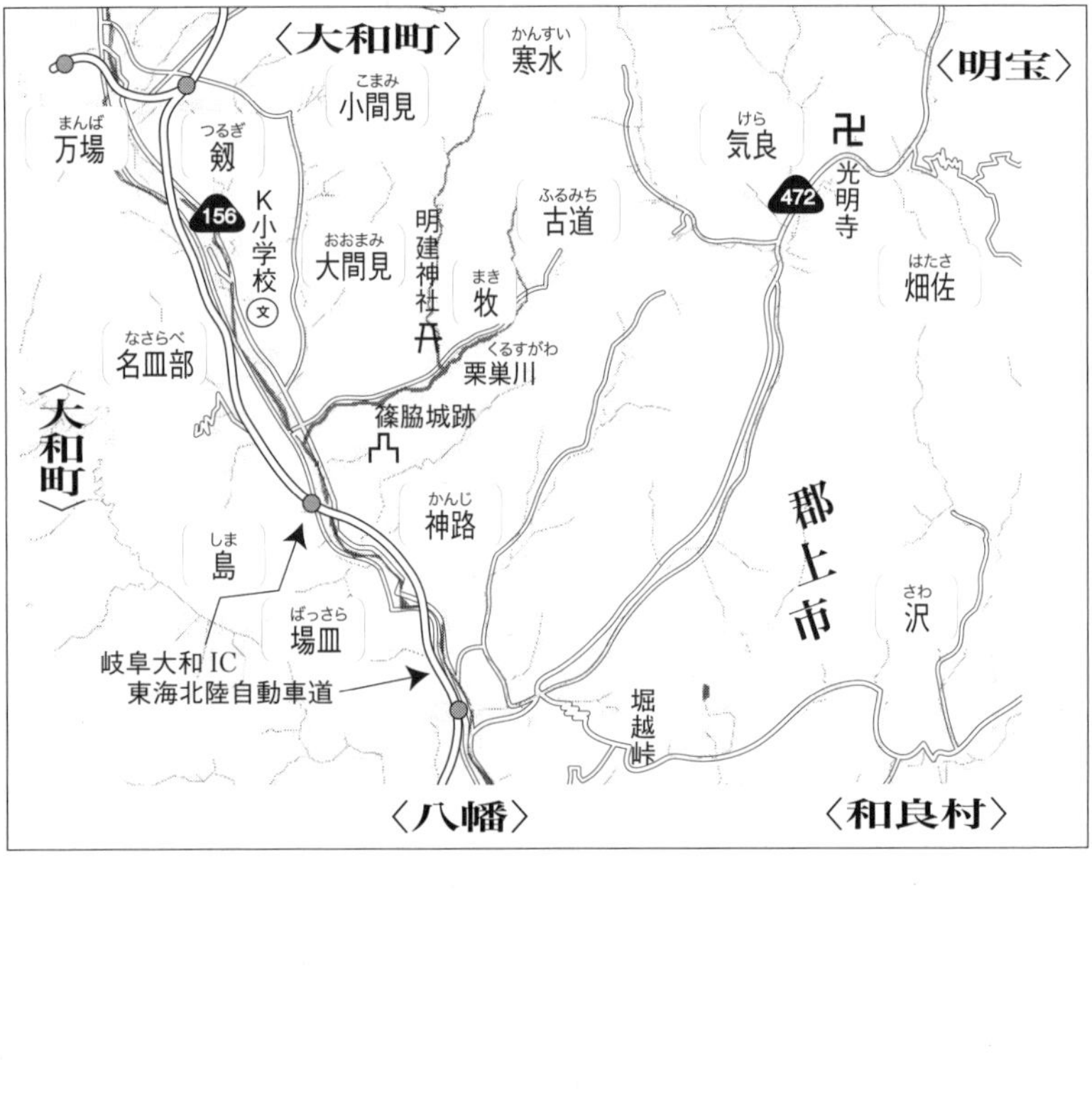
〈大和町〉
寒水《かんすい》
〈明宝〉
小間見《こまみ》
万場《まんば》
剱《つるぎ》
気良《けら》
光明寺
472
156
K小学校
古道《ふるみち》
大間見《おおまみ》
明建神社
牧《まき》
畑佐《はたさ》
名皿部《なさらべ》
栗巣川《くるすがわ》
篠脇城跡
〈大和町〉
郡上市
神路《かんじ》
島《しま》
沢《さわ》
場皿《ばっさら》
岐阜大和 IC
東海北陸自動車道
堀越峠
〈八幡〉
〈和良村〉

第五話　ケヤキノ　コエガ　キコエル　〔明治時代〕

プロローグ
カナシイ木――明治時代への時の扉

私がその木に初めて会ったのは、郡上《ぐじょう》に住み始めてから、すぐのことだった。

一九九七年、四月。花曇の午後。

その年、郡上では、まだ桜は咲いていなかった。だから、花曇というより、ただの曇りかかり……。どんよりとした灰色の空。突き刺すように冷たい北風が吹いていた。転勤で郡上に来たばかりで、そうした気候に慣れない、というより驚いていた。それでも小学校に勤める私は、純朴で澄み切った瞳をした子どもたちに魅了されていた。

Ｋ小学校の遠足は、四月の中旬。候補地は、「フィールドミュージアム」。古今伝授《こきんでんじゅ》の里というキャッチフレーズで町おこしを図る大和《やまと》町にとって目玉となる観光地である。「古今伝授」とは、室町時代、幕府の武将だったこの町の人が、歌が堪能で、戦乱をよそに弟子に歌の極意を伝授したのが始まりらしい。大和町は偏狭の弱小国ながら、京の雅が漂うお家柄のお殿様がおられた。名門千葉家の流れを汲んでいる。「東《とう》」という苗字だとか……。

フィールドミュージアムは文字どおり「野外博物館」だ。東氏記念館や和歌文学館、東氏の居城だった篠脇《しのわき》城、その館と庭園跡などが含まれている。フランス料理店〝ももちどり〟で食事をした後、ゆっくりと散策しながら、古《いにしえ》に思いを馳せることのできる、誠に風雅な空間である。

古今伝授を始めたお殿様は、東常縁《とうのつねより》という人だ。戦乱で盗られてしまったお城を、歌で返してもらった、という美談が「古今伝授の里」を語るときのポイントになっている。室町時代に描かれた常縁の肖像画は、きれいにカラープリントされて立派な看板となり、町のいたるところに掲示してある。

この常縁像とそっくりな人が同じ小学校にいた。杉本清雅《きよまさ》先生という。これまた風雅な名である。杉本先生のクラスと私のクラスは一緒にフィールドミュージアムへ遠足に行くことになっていた。そこで四月のある日、一緒に下見に出かけた。

たまたま館長をしていた人がいらっしゃったので、とても詳しい説明を聞くことができた。もう一人同行していた城戸《きど》ゆかり先生は、大変仕事ができる上、お茶やお華のたしなみもある。まさに淑女という言葉がぴったりの人。私と城戸先生の二人で、館長さんの話にいちいち感激するものだから、館長さんは、いつも以上に熱心に講釈をしてくださったに違いない。

ようやく説明が終わった頃には、勤務時間をはるかに超過していた。世俗とはかけ離れた高尚な話ばかりだったので、私たち肉体労働者三人は、いささか疲れ、頭がくらくらするほどだった。

遠足の日に、弁当を食べさせる場所やら遊ぶところなどを考え、見て回るうち、明建《みょうけん》神社の端っこの方に来た。明建神社は、もとは妙見宮《みょうけんぐう》といって、東家の守護神を祭った神社である。東家の居城がK小学校近くの阿千葉《あちば》城から、ここ篠脇に移ってからずっとこの場所にある。それだから、おそろしく年輪を刻んだ太い太い木が、何本も生えていた。一番古い木は、樹齢八百年ほどになるらしい。

　神社の奥に小さな舞台がある。夏の七日日祭《なぬかびまつ》りには、薪能《たきぎのう》の舞台になるそうだ。この辺りは、鬱蒼と木が茂って薄暗くなっている。舞台の前に立っていると、右手下の方に広がる水田が見える。四月は、まだ田おこしが済んだばかり。黒々とした土くれが、緑色の雑草を巻きつけたままひっくり返って空を見ている。

　神社の端っこにひっそりと立つ大木に心を惹かれた。静かに枝を広げ、水田を見下ろしている。白い太い幹が、明るい水田をバックにして、暗く黒ずんで見えた。どこか悲しい感じのする木だ。思わず駆け寄って、幹に触れると、冷たい感触だった。ひそやかに息をしている。地中深くから吸い上げられた水が、太い幹を通って、高い枝へと運ばれている。海底で魚が息をするときに、小さな泡ぶくが上がってゆくときのような音がした。幹に触れた私の指に、泉のように、みずみずとした命が染み渡ってきた。それは、誰かの流した涙だ。この木の体の中は、誰かの流した涙でいっぱい……。私の中に、その涙がどっと流れ込んできて、体が涙でいっぱいになり、溺れそうだった。我に返ろうと、大きく深呼吸した。

「大きな木やねぇ」

　低く優しい声で、杉本先生が言った。風がさわさわと木の葉をゆすっている。

「本当に、立派な木……」

城戸先生の透き通った声が、木立の中へ吸い込まれていった。

――悲しい木……。

私は、木を見上げて、もう一度、大きく息を吸った。

木の枝は、白い幹から放射状に、無数に広がっている、まるで大空を覆い隠そうとするように。白くたおやかな枝の一本一本からは、若芽が吹き出している。悲しそうに佇んでいるように見えて、その木は、無数の新しい命を創り出しているのだ。生まれたばかりの鮮やかな黄緑色。誰かの流した涙の海から、希望の命が生まれようとしている。

その誰かに、会いたいものだと思った。それは、この木を、ここに植えた人……。その人が、この木の下で涙した。その涙で、この木は満たされている。

私は木の根本の白い土に、「カナシイ木」と指で書いた。


遠足の日、境内にある巨木を利用してかくれんぼをした。一本の木の後ろに、何人だって隠れることができる。子どもたちが七人か八人で手を繋いでようやく届いた。「カナシイ木」の下でも遊んだ。春に若芽をつけるということは、秋には葉が散る。葉の形などから欅の木だと分かった。樹齢でいうと、六百年くらいだろうか？　六百年前といえば、室町時代。ちょうど、歌でお城が返された頃だ。その頃に、お城かあるいは、この近くに住んでいて、悲しい気持ちでこの木を植えた人がいたのだろう。

――ひょっとして、東常縁に愛された人ではないだろうか。

子どもたちの歓声をよそに、頭の中で妄想が広がった。

第五話　ケヤキノコエガ キコエル〔明治時代〕

晩秋。郡上に来て初めての冬を迎えようとしていた。

休日に、娘とともにフィールドミュージアム近くの、妙見《みようけん》集落を訪れた。

東家の居城が、大和町の北部にあった阿千葉城から、現在の牧《まき》地区に移されたとき、城下に住んでいた人たちが、ここに移り住んだらしい。それで、東家の守護神・妙見菩薩の名をとって、「妙見」集落となった。家臣等もここに住んだらしく、いくつか町の文化財を持っている家がある。明建神社が、明治時代になって改名され、「妙見」という表記を使わなくなってからも、この集落は、妙見集落と呼ばれている。

フィールドミュージアムのパンフレットの中に、この集落を映した写真があった。清らかな水をたたえた小川の脇に、赤い彼岸花が咲き誇っている写真。水は、空の色を映している。私は、その写真の中の水の中に、自分の顔が映っているような気がした。小さな写真だったので、目を凝らして見入ってしまった。当然、私の顔など映っているべくもない。それでも、秋になったら、妙見へ行ってみなくてはならない、と思った。

その日、紅葉は終わりかけていたが、篠脇《しのわき》の城山《しろやま》は、まだ錦絵のように色づいていた。それほど高度もない、なんでもない山なのだが、なんともいえない風情がある。その昔、土岐氏の重臣・斎藤妙椿《さいとうみょうちん》がこの城を欲しがった気持ちが分かるような気がする。

フィールドミュージアムの駐車場に車を乗り入れた。黄色い落ち葉で、絨毯を敷きつめたようだった。風が吹くと、落ち葉が散らかって、無機質なアスファルトが剝き出しになるのだが、そこにまた新しい落ち葉が舞い落ちてくる。優雅な落ち葉たちの舞。後から後からやってきて、アスファルトを覆い隠し、新しい絨毯が広がる。青空に向かって、しなやかな枝を開いている大木たちは、まだまだたくさんの葉を携えている。黄色い枯れ葉たちは、枝にそっとつかまって、いつ空に舞おうか、頃あいを見計らっているようだ。

落ち葉が雨のように降る中をくぐり抜け、神社の境内に入った。娘はまだ一年生。落ち葉がたくさん落ちてくるのが面白いらしい。落ち葉を追いかけて遊んでいる。

神社の一番奥まで足を進めた。あの悲しい木は、駐車場の近くにある大木のように、黄色く色づいていた。白い枝につかまって、風に震える木の葉たち。舞い落ちる様子は、優雅で美しいが、やはりそこはかとなく悲しい感じがする。高い枝から降りしきる木の葉を見上げていると、肩にも髪にも、たくさんの葉が舞い降りた。かさかさという音は、私に何かを話し掛けている。私には、もう少しで、その言葉が聞き取れそうな気がしてきた。

その木の脇を通り過ぎて、苅田の横にある小道を下りてゆくと、そこが妙見だ。足元で踏みしめられた木の葉が、また音を立て、話し掛ける。なんともいえない、懐かしい感じ……。こうしてこの小道を歩いたことがあるような気がする。

――やっと故郷に帰ってきた！

そんな感激で胸がいっぱいになった。でも私は、この場所に初めて来た。それは動かしがたいことだ。また妄想の中で、木の葉の声が話しかける。

「大変やったねぇ、千代ちゃん……」

——？？？千代ちゃんって、誰？

小道の脇に、小川が流れていた。澄み切った水は、蒼い空を映している。そぉっと覗き込んだ。水に映った顔は、確かに私の顔だ。が、よく見ると髪を日本髪に結っている。

——誰？　あなたが千代ちゃん？

ふいに風が吹いて細波《さざなみ》が起こった。日本髪を結った悲しそうな顔はかき消されてしまった。そこにいくつか落ち葉が舞って、もう顔が水面に映らない。

——千代といえば、「千代清水」の千代さんかもしれない。

妄想と現実が交錯する。千代さんは、実在の人物である。

江戸時代、日照りが続いてお百姓が困っていた。妙見神社の宮司《ぐうじ》の娘・千代が祈りを込めて長刀《なぎなた》で地をつくと、そこから清水が湧き出したということだ。この清水は、「長刀清水」または「千代清水」と呼ばれ、現在でも清水が湧き出している。

それにしても、その千代さんなら、さっき水に映ったような悲しい顔はしないだろう。水を見たらにっこり笑うはず。故郷を離れて苦労し、ようやく帰ってこられた、なんていう可哀そうなドラマのヒロインではないはずだ。

それから、あの悲しい木を植えた人は、室町時代の人だから、日本髪には結わない。千代ちゃんは、木を植えた人ではないんだろう。

——あの悲しい木の袂《たもと》で、泣いたんだろうな、何がそんなに悲しかったんだろう？　千代という名は、千代清水の「千代」から付けられたのだろう。ということは、江戸時代以後の人……。それで日本髪を結ってることからすると、明治時代か、少なくとも昭和のはじめ頃までの人だな……。

幻想とも現実ともつかないことを考えあぐねながら歩いているうち、娘とはぐれてしまった。大声で娘の名を呼ぶと、茂みの中から笑い声がする。声のする方へ行ってみると、娘が立っていた。口の周りに紅い汁がついている。ほっとして駆け寄ると、娘は瞳を輝かせながら、木の実を取って食べていた。

「何、食べとるの?」

驚いて尋ねたが、娘は口をもごもご動かしながら、目だけで笑っている。

「やめやぁ、お腹こわすよ!」

「そんなことないよ、木苺やもん、おいしいよ」

「なんでぇ? 木苺は夏に実《な》るんやない?」

「うん、でも秋にも実るもん。たけのこ園の頃、お散歩で食べた」

「たけのこ園」とは、娘の通った保育園である。娘は、この保育園で、土から芽吹く筍のように、たくましく育ててもらった。零歳児からの保育や延長保育、病児保育、アトピー食に対応するなど、福祉に関して後進的だった土岐市の中で、画期的な保育を行っていた。優秀な保育士による少人数のクラス編成で、行き届いた保育をしていた。毎日の散歩が日課だ。しかしそれは、山道を枝かき分けて進み、崖をよじ登り……というように、サバイバルな内容をはらんだものだった。私たち夫婦だけの力では、山の中に入り込んで木の実を食べるような子には育たなかっただろう。無認可ながら、理想の保育を志していた。私たち親も共同経営者として運営に携わり、微力ながら、その理想を実現しようと頑張ってきた。

「へぇ、おいしい？」

「うん！　めちゃ、おいしいよ」

娘が幾粒かくれたので、口に放り込んでみた。甘酸っぱい香りが口の中に広がる。

「おいしいねぇ」

「ね、おいしいでしょう？」

「うんうん、おいしい！」

親子二人、茂みの中で、ひたすら木苺を見つけては、ほおばった。紅くぴかぴか光る実。ルビーのように輝いている。小さなルビーが、いくつか集まって一つの実になっている。枝には小さな棘があるので、注意しないといけない。

指を棘に指されたとき、さっきまでの悲しい気分が蘇った。

悲しくて悲しくて、血反吐《ちへど》を吐きそうな気持ち……。

――千代ちゃんは、何か訳があって故郷を離れたんだけど、やっと帰ってきたら、もっと悲しいことがあったんだな。

交通の便が悪く、一度、故郷を離れたら、なかなか帰ってこられない、といえば明治時代だ。昭和のはじめ頃には、馬車や鉄道、バスも開通しているから……。

——千代ちゃんは、明治時代の人か？　明治時代には、ここが私の故郷だったんだろうか？　こみ上げてくる懐かしい感情に押し流されるようにして、坂を登った。古びた井戸がある。茶色く錆びたトタンで蓋がしてあり、その上に大きな石がいくつか置いてあった。坂を登り切ったところに、楓の木があった。見事な真紅の葉。その赤から、なぜだか長襦袢の赤を思い浮かべた。そうして、けばけばしい化粧をするときの、安っぽい赤い紅の色を……。

——千代ちゃんは、女郎《じょろう》になった。だから日本髪か……。

妄想が、思い出のように、胸に蘇る。思い出したくない思い出だ。目の前によぎる映像をかき消したい。指先に力を入れて、赤い楓の葉のついた枝を折った。バッグに差し込んで、その場を足早に立ち去った。

私は、郡上に来る前年、父を亡くした。母は、その七年ほど前に亡くなっている。父が後添えをもらっていたので、残された弟と、私と三人、財産を分けるのは一苦労だった。間に入っててくれた人が、よくできた人で、相手の立場にたって考えることの大切さを教わった。財産分与のことでもめたりすると、人間関係が壊れ、絶縁してしまうときだってある。おかげさまで、話し合いは円満におさまり、父が残した新築の家に、義母と弟が同居することになった。私も、盆正月に帰るときには、良くしてもらっている。思いやりを持って対話することの大切さを痛感した出来事だった。相手の立場を思いやる心や、対話の能力が、人間の幸福に不可欠であることを実感した。今まで教育の現場で、自分が一番力を入れてきたことが、思いやりと対話だった。それは、間違いではなかった、と、はからずも思い知らされた。

とはいえ、両親がいなくなり、自分が羽を伸ばせる実家がなくなったことは確かだ。実家のある村は、今でも故郷には変わりないが、懐かしくて帰りたいと思うような場所ではなくなった。私は、故郷を持たない渡り鳥のようになった。

でも、この妙見に来て、また故郷ができたようで嬉しかった。過ぎ去ったいつの日にか、ここは本当に私の故郷ではなかったか、と考えるようになった。思い出したくないことはあるが、思い出したいことの方がたくさんある。

人間の生命が永遠だとすれば、あの地も、この地も、たくさんの故郷があるはずだ。そう考えていけば、地球上どこでも、自分のふるさとと呼べるかもしれない。


この年の冬。私は、この故郷の人と親しくなった。その人の名は「トメちゃん」。悲しい木が、黄色に紅葉しているのを見てからひと月ほど後のことだ。私は、過労で倒れ、入院した。そのとき、トメちゃんと出会ったのだ。

その年は、いつもひどく疲れた感じがしていた。風邪をひきやすく、ひくと高熱が出る。その後、点滴などを続けても、なかなか元気にならなかった。これは、大病をひきおこす前兆だということに気づかなかった。後から聞いたことだが、私は、疲労に対する感覚が鈍いらしい。それで、必要な休息をとれないまま、無理をし続けてしまった。そうしてとうとう過労で倒れてしまったのだ。慣れない土地に来て頑張りすぎたのと、長年の蓄積疲労が原因だった。根本的には、性格上の問題がある。過労死するような人は、死の直前になっても、死ぬほど自分が疲れていることに気づかないのだ。

勤務中に歩行が困難になり、やがて恐ろしい吐き気や頭痛・耳鳴りが起こった。目を開けていることもできなくなり、入院を余儀なくされた。

私が収容された部屋は三人部屋。私のほかに、高齢の女性が二人、入院していた。一人は九十歳以上の人で、ほとんど口がきけなかった。もう一人がトメちゃんだ。高齢ながら、華奢な身体に、小さな顔。柔和な目鼻立ちで、笑顔皺が美しい。一見して、童女のような感じを与える可愛らしい人だった。看護婦さんも保健婦さんも、彼女のことを「トメちゃん」と呼んでいた。

トメちゃんは、肝臓が悪いらしかった。朝になると自分でカーテンを開け、ベッドの上で手を合わせ、祈っていた。その目を伏せた、安らかな顔。

「今は、いい時代やで」

「毎日、まんまをいただけて、ありがたい」

これがトメちゃんの口癖だった。そう言いながら手を合わせる姿が、天使のように美しかった。

トメちゃんの名は、尾藤《びとう》トメ。住所は、大和町牧の妙見集落だ。それを聞いたとき、悲しい木が、空に向かって広げていたしなやかな枝や、黄色い落ち葉たち、真っ赤な紅葉から連想された長storage襦袢、茂みの中の木苺などが懐かしく思い起こされた。

「妙見！　いいところですよね」

「ほぉ、妙見を知っとんなさるかね」

トメちゃんの、つぶらな瞳が輝いた。

「たまに外泊で帰られるんですか？」

「いんにゃ（いいえ）、私は車に酔うで、よう帰らんとこよ」

「それは残念ですね」

「なぁに、娘たちが来ておくれるで」

トメちゃんには、何人か子どもがいる。大和町に住んでいる娘さんの他に、他県からお見舞いに来る人もいた。大きなお孫さんも。トメちゃんは、お孫さんが来ると、とても喜んでいた。

ある日、ベッドの上で話し込んでいるとき、

「あんたも、嫌なことは、あんまり考えんと、生きていかなあかんよ」

と、トメちゃんが言った。どういう話の弾みだったか覚えていないが、この言葉を言ってもらうために、出会ったような気がしている。彼女のように、穏やかな心持ちで、何事にも感謝しながら暮らせたらどんなに幸福だろう。老いて尚、少女のようにみずみずしい感じがするのは、その精神が老いていないからだ。病気で倒れた敗北感や、職場に対する愚痴にとらわれていた狭い心を、喝破《かっぱ》されたような気がした。

私は、二ヶ月の入院生活の後、病院の中くらいなら、何とか伝い歩きができるようになった。

そして、晴れて退院することができた。

しかしトメちゃんの病気は重かった。肝臓のガンだ。退院後、通院したときに、思い切って病

棟の方まで行ってみた。「もし転んだり、調子が悪くなっても、病院の中だ、何とかなる。」そう思って、必死の思いで、病棟への階段を上がった。どうしてもトメちゃんに会っておきたかったのだ。

そのとき彼女は、重篤な状態だった。綺麗にまとめていた髪が、ぼうぼうと広がっていた。苦しくて身だしなみを整える気力も出ないのだろう。病院食が、まったく手のつけてないままで、放置してある。少しも食べられないのだろう。

「トメちゃん！　ごはんは？」

「はぁ、はぁ……」

苦しい息づかい。目がうつろで、焦点が定まらない。私だと分からないようだ。

「も、もう、駄目や……」

「トメちゃん、ちゃんと、ごはん、食べな」

耳元でゆっくりと話し掛けてみたが、ただ、首を振るばかりで、応答がなかった。

乱れた髪に触れ、少し直してあげた。このとき初めて、私は、トメちゃんの髪が短くて、白髪がいっぱいあり、灰色をしていることに気づいた。思い出の中の中では、黒いつやつやとした髪を、後ろできゅっと束ねていたのに……。

——いつ切ったのだろう？

帰りがけに、お世話になった看護婦さんと、お礼かたがた世間話をした。そのとき、それとなく、トメちゃんの髪のことを尋ねてみたら、髪は最初から短かったということだった。

この日が、トメちゃんに会った、最後の日になった。

それからほどなく。たまたま八百屋に買い物に行ったときのこと。偶然、トメちゃんのその後のことを知った。

その頃の私は、車で五分とかからない店まで、タクシーで行く。車の運転ができないし、一キロほどでも歩けないのだ。店内は狭く、伝い歩きが容易にできる。大きなスーパーだと、照明も明るくて、とてもその頃の体力では、買い物などできなかったが、この店は、大変、都合が良い。それが、大和町きっての食料品店Yストアだ。

娘が食べたい、と言った桃の缶詰を選んでいるとき、隣の人が私に声をかけた。世間話でもしようものなら、疲れて、それ以上買い物ができなくなる。できるだけ返事をしたくなかったが、困った顔を笑顔になおして、返事をした。なんと、トメちゃんの娘さんだった。

「入院中は、お世話になりました」

「いいえ、こちらこそ」

頭を下げた後すぐ、トメちゃんの容態を聞いた。

「駄目でした。二月十六日でした」

最後に会った日から、二日後のことだった。

「もう、歩けるようになったんですね。でも、くれぐれも、ためらって(無理のないように)」

「はい、ありがとうございます」

トメちゃんの死を知るために、ここで娘さんに会えたような気がした。まだまだ無理しないように、とは、彼女からのメッセージのような気がした。

私は当時、まだ歩けるようになったばかりなのに、もう勤めに行くことを考えていた。気持ちばかりが焦っていた。休んでいたら、世の中から、取り残されるような気がしたのだ。でも、教員のような重労働は、そんな体力で勤まるはずがない。そういう判断が鈍っているところが、病気なのである。身体よりも、精神的に、自分を健康にする必要があった。トメちゃんのように、穏やかに美しく老いるために、今、若いうちに、自分を変えなければならない。そういうときが、私にきていたのだった。人生の節目に、トメちゃんに出会えて、本当に得をした、と思っている。

あれから何度もYストアに行っているが、二度と、あの娘さんには会わない。トメちゃんがメッセージを届けるために、娘さんを私のところによこしてくれたのだ、と思えた。

また、病気でどこへも出かけられない私を見舞い、勇気づけてくれる人が何人もいた。トメちゃんにはもう会えなくなってしまったが、郡上の美しい自然と、温かな人間の心に触れ、少しずつ良くなっていった。

その一人は、酒屋の看板娘、平野智恵さん。看板娘といっても私より少し年上の方だ。郡上を代表する銘酒〝母情《ぼじょう》〟を醸造する、平野醸造の親戚である。平野醸造は明治の初めにできた。酒に〝母情〟と名付けたのは、二代目の当主である。その母・じゅうの威徳《いとく》を偲んで名付けられた。どんな人にも親切で、地域の人から慕われ、頼りにされる存在であった。何人もの子を産んだが、その中から、増吉という人が衆議院議員に、力三《りきぞう》と言う人が農林大臣にまでなり、増吉の子・三郎は岐阜県知事になった。

智恵さんの温かな言葉、ふくよかな笑顔。仕事の合間に、寸暇を惜しんで私のところを訪ねてくれた心遣い。〝母情〟のじゅうさんは、こんな人だったかなぁ、と思わせるものがあった。

それから一年以上。病気と戦い、自分の精神を見つめ、ようやく私は健康を取り戻した。医者は、歩けるようになるだけでも結構時間がかかる、と言っていた。多分、職場復帰は無理だろう、とも。自律神経失調症で七年、あるいは十数年苦しんでいる、という人が、病院の待合室には、何人もいた。私も同じ病気なので、ただただ不安だったが、何しろ、早くよくなりたい一心で、必死にリハビリに励んだ。

やがて車も運転できるようになり、めでたく職場に復帰することができた。夢のようだった。今は郡上を後にし、住み慣れた土岐で、また教鞭をとっているが、あのトメちゃんの言葉を忘れないように気をつけている。

郡上で三年勤め、その後はまた土岐に戻った。戻って二年目の夏休み。社会科の教師が集まって、巡検する会に参加させてもらった。土岐市内の名所・旧跡を廻る。「乙塚《おとづか》古墳」が、経路の中に入っていた。

「乙塚古墳《おとづか》」に眠るのは、乙姫様。古墳時代、土岐市の辺りに権勢をふるっていた豪族と考えられる。美しく心優しく、民に愛されるお姫様だった。音楽に秀《ひい》で、教養のある人だった。噂を聞いた景行《けいこう》天皇が是非とも妻に、と申し入れられたのを断り、双子の姉を嫁がせた。家族愛の美談として今も語り継がれている。土岐市の町を見下ろす南向きの斜面に、小さな丘ほどの大きさに盛られた古墳に乙姫様は眠っている。鮮やかな緑の草を踏みしめて古墳の上に上り、町を見下ろすと、土岐川がゆったりとうねりながら流れていた。真夏の日射しを照り返して、百万のダイヤモンドをばらまいたように輝いている。少し汗ばんだ顔に、下から吹き上げる風が当たり、心地よかった。石室にはいると、正面に花崗岩《かこうがん》の一枚岩がそびえ立っている。その圧倒されるばかりの冷徹さ。鋼鉄のような迫力。乙姫様は女性でありながら、一つの「くに」を治める者であらねばならなかった。

——どのように、自分を強く強く鍛え上げて行ったのだろう。

最高の縁談をも断わって、「くに」を守り続けた乙姫様の心に思いを馳せた。一説に、三輪山《みわやま》古墳に眠る豪族三輪氏と結婚していた、と言われる。が、二人は生きた時代も違い、これは正しい説ではないらしい。乙姫様は誰とも結婚せず、自らの持つシャーマン的な才能と、音楽を愛し民を愛する人格を持って、国を治めていたのではないか、と思う。

花崗岩で作られた石棺や乙姫様の遺骨、宝飾品などは、はるか昔に墓泥棒に持っていかれたらしく、何もない。ただひんやりとした薄暗い悲しみが、息もしないであの一枚岩に張りついている。

不意に、ピアノの音が聞こえた。また妄想か……。

ピアノとともにオーケストラも演奏を始めた。バイオリンのはかない音色……。一定のリズムで叩かれるドラム。ラフマニノフのピアノ協奏曲第二番だ。ドラムとピアノの掛け合いが、奴隷の行進のように脳裏にこだました。

――私が千代ちゃんだった頃……。あの悲しい木の下で泣いた頃……。この乙塚古墳にも来たことがある。

乙塚古墳の近くには、隠居山《いんきょ》という名の小高い山がある。巡検団は、今度はこの山へと向かった。いくつかの小さな古墳や、古墳発掘の際に見つかった恐竜の全骨化石、さらに室町時代末期の窯跡として有名である。山全体が生きた博物館とも言える。麓では地層の中から化石を容易に探すことができる。山道を登り始めると、古い陶片がざくざく落ちている。南側の斜面には、大きな穴がぱっくりと口を開き、下から吹き上がる風を吸い込んでいる。これが大窯（山の地形を使って作られた、陶器を大量生産するための窯）の跡である。今は草や木が鬱蒼と茂って、よく目を凝らさないと窯跡が見えにくくなっている。しかし隠居山の頂上は、この山が大窯であったことを証明している。粘土を固めて作られた窯の天井部である。何十年も高温で焼きしめられたため、陶器よりも堅く固まっている。テラコッタのような優しい土の色をした地面はでこぼこと波打つように凹凸がある。まるで異星の地表面のようだ。生きた土でないから、何百年経った今も草や木が生えない。この世の物とも思えない堅い地面を踏みしめて頂上に登ると、乙塚古墳の上より強くすがすがしい風が汗を拭いてくれた。ラフマニノフのコンチェットがずっとついてくる。滑るようなタッチの悲しいピアノ。

――誰のピアノだろう？　昔この辺りに住んでいた頃、聴いたことがある。

千代ちゃんだった頃の思い出が、また蘇る。

――そうだ、湖のそばで聴いた……。その湖は、小さい池のようで……、緑色に濁った水面に、蓮の花が咲いている。

次の巡検地は、定林寺湖《じょうりんじ》だった。定林寺湖の近くに、水が半分干上がっている場所があった。昔は湖底だったのが、干上がってしまったとか。水田として使っていたこともあるという。そこで縄文人が作ったペトログラフを見た。水田だった場所の横に、民家の跡があった。そこでピアノの音は止んだ。ピアノを弾いてくれた人は、私が来るのを、ここで待っていたのだ。

最後に、おりべの里公園へ行った。「おりべの里」とは、室町時代の末期に活躍した戦国大名「古田織部《おりべ》」にまつわるネーミングである。

古田織部は岐阜県の大名で、秀吉・家康に仕えた。「織部」は官職の名で、美術大臣のような役目をしたようである。各地を転戦しながら、戦地での茶の湯を確立した。また転戦した先で「連房式登り窯《れんぼうしき》」を目の当たりにし、詳しく勉強した。織部の指示で、土岐市泉町の元屋敷《もとやしき》に、巨大な連房式登り窯が作られた。ここで焼いた茶碗は遠く京まで運ばれ、商人や武人に「織部好み」としてもてはやされたという。隠居山の大窯（十六世紀初～中期）よりも少しだけ後、桃山文化の花開いた頃（十六世紀末）のことである。鮮やかな青緑の釉薬、斬新な幾何学模様、ゆがんだ形。モダンな中に温かみがあり、自由な精神が微笑みかける。

公園の中心は、数十年前に掘り出された登り窯である。登り窯自体は、長い年月の中で風化してなくなってしまった。が、茶碗を焼いた底の部分が、地層の中から表われたのである。今では、屋根をつけ、大切に保存してある。茶碗を焼いたときに使ったえんごろ（茶碗を入れるさや）や、茶碗のかけらを手に取るように眺めることができる。室町時代の末にタイムスリップしながら、さっきのピアノの音を思い出していた。


　それから数年。校区に乙塚古墳や隠居山のある、ＩＮ小学校に勤めた。その頃の私は、どんなに忙しくても、死ぬほど疲れることがなくなった。トメちゃんと出会ったお陰である。

また、その町に私たち一家は引っ越した。長年の教員住宅住まいを止め、新居を造ったのである。泉町大富。室町時代に土岐頼定《よりさだ》の館があった場所である。頼定《よりさだ》は幕府から任ぜられて「美濃《みの》守《かみ》」（美濃の国の守護）となり、現在の土岐市の礎を築いた人である。領地で陶器を焼き、それを流通させて、経済的にも力を伸ばした。まさに「大富」である。また、父・光定《みつさだ》の菩提を弔うために、定林寺《じょうりんじ》という巨大な寺を造った。

　我が家は団地の一番北、森のすぐ近くにある。秋になると、ベランダに枯れ葉が山のように積もる。妙見で見た、真っ赤な楓の葉を思い出す。黄色からテラコッタ色に変色し、丸まってくたびれた枯れ葉をほうきで掃きながら、夕暮れの空を見上げた。森の木々は木枯らしに木の葉を落とし、白い枝が剝き出しになって寒そうにふるえている。そこに夕日が当たり、煉瓦色に赤々と燃えだした。空に向かって放射状に枝を広げる様は、あの「悲しい木」と同じだ。

翌朝、霜が降りた。真っ白に凍てついた窓ガラス、芝生、畑のキャベツ。森の木々も凍りついてじっとしているように見えるが、少しだけ薄紅色に染まっている。春を目指して、芽を出す準備をしているのだ。その生き生きとした息づかいが聞こえてくるようだ。

道路に落ちた枯れ葉も、白く光る霜に覆われている。北風に小さな音を立てて舞い上がった。朝の太陽に照らされて、きらっと光り、また冷たい道路に落ちた。

またラフマニノフのコンツェルトが聞こえた。

あの欅の木を植えた人は、とても悲しい気持ちで苗木を植えたのだろう。それは東常縁の生きた頃に、常縁を愛した人なのではないか、という想いがさらに強くなった。本書第一巻第二話で描いたその人は、生涯、常縁の妻になれなかった。

そうして、幾百年経って明治の世に生まれ変わり、同じ木の下でまた、悲しみの涙を流した。再び生まれ変わった常縁に出会い、結ばれなかったのだろうか？　女たちは、運命に翻弄されて、いつまでこのように涙を流し続けるのか。

私はまた、平成の世になってこの木にめぐり合った。欅の木が、悲しみの枯れ葉を落とし、春になって芽を出す準備をするように、今度こそ、悲しみの涙を流した後に、希望の未来を開く人生でありたい。

枯れ葉の音とともに聞こえたラフマニノフのコンツェルト。その重い響きに誘われて、明治時代への扉を開いた。冷たく暗い風が吹いている。この扉の向こうは、悲しみにあふれている。行きたくない。でも、私のために、私の愛する人たちのために行かなければならない。悲しみを乗り越えることでしか、未来を開くことができないから……。

帰ってきたら、きっと未来への扉が、開けることを信じて……。

一、シャガ

夜明け前、千代は目を覚ました。パサッ、パサッと、何かが地面に落ちるかすかな音が聞こえる。

郡上の冬は雪が多い。今年は、師走までほとんど雪が降らなかった。例年より暖かい冬である。しかし今朝はずいぶん冷え込み、遅い初雪が降ったことを、そのかすかな音から気づいた。木の枝に積もった雪が、風で地面に落ちる音だ。

千代は、白い息を吐きながら起き上がった。髪を手で直し、手ぬぐいで頭を覆う。畑の南瓜《かぼちゃ》が気になる。蔓《つる》はとうに枯れてしまったが、畑に転がしたまんま、熟すのを待っていた。冬至の日に食べるつもりだ。が、雪や霜でやられる前に穫った方がいい。

囲炉裏の火をおこし、井戸で水をくんで少しばかりの玄米に粟《あわ》を混ぜて洗った。軒先に干してある大根を洗って伸ばし、台所へ持って入った。刻んで米に混ぜるためだ。そして水加減を合わせ、釜をくどにかけた。長時間働くために、朝はできるだけたくさん食べねばならない。少しの米で腹をいっぱいにするために、千代は様々な工夫を母から教わった。その母は、このところ具合が悪い。床に伏せっている。

飯を焚きつける前に、南瓜《かぼちゃ》を見に行くことにした。

表に出ると、妙見《みょうけん》様の森は漆黒の闇の中だ。まるで綿花のように枝に咲く雪だけが、転々と白く浮き上がって見えた。黒い木立の上に、うっすら藍色に色づいた空が広がっている。明治の世になり新政府から「〝明建《みょうけん》神社〟という名前になった」とおふれが出た後も、千代たち妙見の者は皆、昔ながらに〝妙見様〟と呼んでいた。

小鳥の声がする笹の茂みで足を止めた。よく見ると鶯《うぐいす》の子が数羽、枝から枝へ鬼ごっこのように飛び移りながら遊んでいる。まだ生まれたばかりなのだろうか。鶯《うぐいす》色というよりは若草色の羽が目に鮮やかだ。その羽を小刻みに動かし、小首をかしげて仲間を振り返りつつ、少しずつ飛び移っていく。鶯《うぐいす》のように囀《さえず》れないのは、きっとまだ子どもだからだろう。春になったら上手に鳴けるようになる。

畑の南瓜はすっかり黄色く熟し、朝露に濡れてぴかぴか光っていた。蔓を引っ張って切り、一つに丸めて畑の隅に置いた。大きなのを一つと、小さいのを二つ、腕に抱えた。妙見様の上は、はや朝焼けが藍色の空を溶かして、鮮やかな薄青色が広がっていくところだ。橙《だいだい》色の雲が流れていく。今日もいいお天気だ。焚きつけに使う小枝を拾いに、妙見様の境内に入った。千代はいつも表参道《おもてさんどう》から入らず、裏手の小川の上をひょいと飛び越して、欅《けやき》の古木《こぼく》の下で焚きつけを拾う。

千代はこの木が好きだ。境内の一番奥にあり目立たないが、春には柔らかな芽を出し、夏にはみずみずとした若草色の枝を茂らせる。秋には、青々とした葉の中から、ところどころ黄色い花が咲いたように葉が紅葉し始め、やがて幹の周りに黄金《こがね》が降り注ぐような、まばゆいばかりの姿になる。風が吹くたびに、その黄金の葉を雨のように降らせ、幹の下の地面を金色に塗り替える。千代は秋になるといつも、この木の下で遊んだ。落ち葉をつかんで空に投げて吹雪《ふぶき》のように飛ばしたり、落ち葉の上で寝そべって、黄金が降ってくるのを眺めたり……。

千代は、数えで十三。学校へは行っていない。家事と野良仕事に明け暮れる毎日。少しの合間《あいま》にここで骨休めするのだ。家と畑と、ここ以外に千代のいる場所はなかった。

明治十三年の教育令で、小学校は初等・中等・高等科に分けられ、初等科三年が義務制となった。が、村の者のほとんどは、学問というものは、お武家《ぶけ》様や暮らしの豊かな人だけが受けるもの、という考えが当然のことであった。妙見集落のある牧《まき》村の子どもは、村から西の、長良川へ下った方にある「徳永《とくなが》学校」へ行くことに決められたが、千代はその校舎を外側から眺めたことがあるだけだ。弟は初等科へ通っている。

落ち葉に埋まった小枝を探し、小さく折りながらかごに投げ入れる。早く飯を炊かないと妹や弟たちが起き出す。冷たくなった手に息を吹きかけ、朝露に塗れた落ち葉をかき分けた。両手いっぱいにつかんだ小枝をかごに投げ入れようとして振り向いたとき、かごに小枝を入れようとしている大きな手とぶつかった。驚いて顔を上げると、そこにはにっこりと白い歯をほころばせて笑う一人の男がいた。

「宇之《うの》さん！」

幼馴染みの宇之吉《うのきち》は、千代より一つ上、今年の春で高等科を卒業し、家業を手伝っている。宇之吉は有名な旧家の息子だ。妙見宮から栗巣《くるす》川をはさんだ向かいに篠脇《しのわき》城という城がある。遠く鎌倉時代から、この郡上を治めていた東家《とうけ》のお殿様が住まわれたお城だ。戦国の世に、美濃の方から斉藤妙椿《さいとうみょうちん》という人が攻めてきて、このお城を盗ってしまった。そのときの城主様が、上手に歌を詠んだので、その歌をあげるかわりにお城を返してもらったということだ。宇之吉は、その東家最後のお殿様の末裔《まつえい》らしい。名字を滝日《たきひ》という。

「こんな朝早くから、どうしたの？」

「杣《そま》（木こり）の手伝いだよ。雪が降る前に伐採しておかんと……」

宇之吉の大きな瞳が、薄暗い森の中でも、穏やかな昼の光のように輝くのを、じっと千代は見つめていた。

郡上は山国のため、耕地面積が少ない上に、ため池などの灌漑《かんがい》設備等も作りづらい。せいぜい谷川の冷水を引くぐらいのことしかできないので、もう何百年も前から水不足や冷害に悩まされ続けている。そのかわり木材には恵まれている。岐阜県の山林面積のうち九割が郡上にある。昔から製材業や木工業が盛んに行われ、庶民の生活を支えてきた。ただ複雑な地形やずっと山奥では、伐採した木を運ぶのが大変である。雪が降り積もるのを待って、雪車《そり》を使うなどの方法で材木を引きずり出さねばならなかった。運搬するまでに伐採した木を乾燥させておかなければならないのは、重いと危険であるばかりではない。汽車などの便のない郡上では、おもに冬季に、材木を川に流して下る方法がとられていた。これを「管流《くだ》し」という。川に浮かべて運ぶために、乾燥させて軽くしておくことは必須条件であった。

宇之吉は学校へ行くかたわら、この管《くだ》流しを手伝っていたが、今年は杣《そま》の仕事も手伝っているようだ。管流《くだ》しをする人のことを狩子《かりこ》という。宇之吉の親族はこの狩子の組の一つを仕切っており、祖父が「大だんな」と呼ばれる元締めで、父親が「庄屋《しょうや》」といって人夫を指揮する責任を負っていた。

千代は宇之吉の瞳の中に、姉《あね》さん頭《かぶり》の疲れた顔が映っているのを見つけた。あわてて手ぬぐいを取り、両手で髪を直した。

「郡上よいとこ、よい木がござる〜、鏡《かがみ》みたよ〜なぁ、水もあ〜るぅ」

宇之吉は、千代の手から手ぬぐいを取り、頭の上でひらひらさせながら歌った。

「宇之さんは、歌が下手やねぇ」

千代は手ぬぐいを奪い返しながら、ころころと笑った。宇之吉は、厳しい生活の中でも笑顔を絶やさぬ千代の、こうした底抜けな明るさが好きだった。

「何の、高等科では唱歌《しょうか》なんぞやらへんかったで。下手でもかまわん」

「ひけよ〜、はつれよ〜、小川の木木《こ》びき〜、ひかにゃ妻子が、かつえ死ぃ〜ぬぅ」

千代が手ぬぐいの端と端を引っ張ってきりっと伸ばし「おが」と呼ばれる幅の広いのこぎりに見立てて、欅の幹の横に押し当て板を引く真似をして見せた。

宇之吉は、千代が真似事で引いた板を受け取る動作をしつつ、歌が続いていくのを、うっとりと聴いた。普段は少しかすれた低い声で話すのに、歌うときには透き通った張りのある歌声になる。宇之吉の家では、母も祖母も歌や三味線をやるが、千代の美しい歌声にはかなわなかった。祖母は、千代が芸事《げいごと》に秀でているのをかって、時折三味線《しゃみせん》を教えてやっていた。宇之吉も、学校へ行けない千代のために、この妙見様の境内で綴り字や算術を教えてやっている。

「さぁて。こんなところで油を売っとっては、弟たちが飢《かつ》えて死ぬわ。はよ行こ」

手ぬぐいで頭を覆いながら宇之吉に会釈し、千代は立ち去ろうとした。どこからともなくさっきの小鳥の声がした。

「あっ、鶯《うぐいす》や！」

宇之吉は眉間にしわを寄せ、瞳を閉じて、耳を澄ませた。がっしりとした肩の上の太い首に、汗が少しだけにじんでいる。千代は、その汗の一粒一粒が、白く輝いているのをじっと見ていた。

「……あれは、鶯やないよ」

千代の方にゆっくりと瞳を動かして、きっぱりと言った。精悍な顔立ちがいっそう引き締まって見える。

「私、今朝見たんやよ。きれいな若草色の鶯……。まだ子どもやった」

千代ももう一度耳を澄ませた。

「それは鶯やないよ。それに鶯の子どもは冬に生まれぇへん」

「ほんなら、何ぃ？」

唇をとんがらせて不服そうに千代が言った。

「鶯やったら『ケキョケキョ、ケキョ』みたいに鳴くやろ。〝谷渡《たにわた》り〟って言うんやで」

「あぁ、春になったばかりでまだうまく鳴けんときにそうやって鳴くなぁ……。ももちどり、か」

小鳥の声に耳を澄ませながら千代がつぶやいた。春になって鳴く鳥を「ももちどり」と言う。篠脇城や妙見様は、〝古今伝授〟と呼ばれる和歌の伝統が息づいていることで有名だ。そうした歴史も最近になって宇之吉に教わった。高等科では、読本や算術にかわって史学や外国語なども勉強するらしい。

「ももちどり・よぶこどり・いなおおせどり」は古今伝授三鳥と呼ばれる。どこにでもいる鶯やセキレイが、和歌の歴史上ではそんな高尚な名前で呼ばれることを知って、千代はうらやましいと思ったことがあった。鳥がうらやましい、とはおかしな考え方だが、一生を貧しい暮らしの中で埋もれてしまう運命のままに生きるしかない自分と、美しい名前をもらって、浮世離れした歌の中に歌われる小鳥とを比べたときに、小鳥の方が幸せなのではないかと思えてしまうのだった。

「うん、『ホ〜、ホケヒョ』というさえずりは雄が雌を誘うためで、谷渡りは、敵が近くにいるのを味方に伝えるためやよ。『ケキョ、ケキョ』というのはさえずりを失敗した訳じゃないんやで」

「ふう〜ん……」

千代は感心して目を丸くした。片方の頰に手のひらを当て、長い首をぐっと上に持ち上げた。細面手で小さな顔に、くりっとした、少したれ目の大きな瞳。驚いたような顔は、小鳥のように愛くるしい。頰と耳が寒さで赤く染まっているのに、指は雪のように白かった。形のよい額に前髪が少しだけほどけてふんわりとかかっている。ザクロのみのように赤くつやつやした唇が少しだけ開いていて、白い息が細く漏れている。そこに朝日が当たって、天の川の小さな星たちがきらめくように光り始めた。宇之吉は細い肩を抱きしめたい衝動に駆られた。

「鶯《うぐいす》は……、もう少し暖かい……、下《しも》（郡上から見て南方）の平地の方へ行っていると思うよ。きっと……」

自分の気持ちを千代に見透かされたような気がしてばつが悪く、宇之吉は口ごもった。

「へぇ、そうなんや。鶯は寒いところが嫌いなんやねぇ」

「うん……、春には郡上に戻ってくるよ、渡り鳥ではないでね」

千代は茂みの方へ顔を向けながら、しきりに声を聴いている。白いうなじ、形のよい鼻。その横顔に宇之吉は見とれた。

「鶯よりもきれいな緑色の鳥がおるんや。鶯よりもちょっと小振りで……。名前は知らんけど……、今鳴いている鳥はきっと……」

千代は宇之吉の言葉を最後まで聞かず、にっこり笑った。そうしてさよならも言わないで、小川を飛び越え、家の方へ向かって走り始めた。小鳥がまた鳴いている。

鶯の仲間にセンダイムシクイという小鳥がいる。鶯と同じくスズメの仲間である。枝から枝へ飛び移るとき、背中の線が地面と水平になるようにとまるのが特徴だ。笹などの茂みに住み、山間部でよく見られる。体のわりに大きな声で「チョビチョビ、ピィ」などと可愛らしい声で鳴く。

師走の終わり頃になって、この冬二度目の雪が降った。今まで空の上にためていた雪を全部振り落とすように、三日間降り続いた。
いよいよ管流しが始まる。

家の一階は穴蔵《あなぐら》のように暗い。出入りは二階の窓からだ。妙見様に続く道までは、ようやく雪を退《ど》けた。父の秀次《ひでじ》は、徳永の町中《まちなか》にある平野醸造で杜氏《とうじ》をしている。冬が深まり酒はぐんぐん醸成されていく。気のぬけないこの時期に仕事を休む訳にいかない。昨日も一昨日《おとつい》も、大雪の中を出かけていった。

今朝は朝から屋根の雪退《ど》けだ。放っておけば家がつぶれる。小さな妹まで家族総出で道までの雪を退《ど》け、あとは雪をかき分けて栗巣《くるす》川まで出る。雪のない水際《みずぎわ》を川沿いに歩いて出勤だ。

平野醸造の創業は、明治六年四月二十八日。健康不老長寿《ふろうちょうじゅ》の水といわれる妙見集落の長刀《なぎなた》清水を酒蔵《さかぐら》の中へ引き込み、仕込みに使っている。長刀清水とは、日照りで困っていた村人を救おうと、妙見神社の宮司《ぐうじ》の娘が、祈りを込めて長刀で地をついたら湧き出してきた泉のことだ。この娘の名を千代という。平野醸造創業の翌年に生まれた千代は、そのご利益にあやかって幸せになるようにと、名付けられた。名付け親は、創業者吉兵衛《きちべえ》の妻「じゅう」である。

千代の亡くなった祖父は、じゅうの兄で七蔵という。兄弟みな数字が名前の中に入っており、末っ子の妹が十人目だったから「じゅう」という名前になった。「十《とお》」では、呼び名が「おとう」やら「とぉちゃん」になってしまってややこしいからだ。生前七蔵は、何度もこの話をして笑っていた。千代の父・秀次は、じゅうの甥《おい》ということになる。じゅうは夫とともに、酒蔵のほか製糸工場も経営している。千代は小さな頃から、じゅうが次々と子を産むたびに、子守を請け合ってきた。とくに増吉という子は千代によくなついた。学校へ上がる前から、千代が宇之吉に習った文字を教えてやると、どんどん覚えていった。もう初等科の三年生になるが、相当の優等生だということだ。

「えー、おほほ、えーおほほ、おーさいてこい」

雪の中を歩きながら、千代は狩子《かりこ》たちの威勢のよい声を聞いた。あの中に宇之吉もいるかと思うと、胸が高鳴った。とび口（木の柄や竹竿《たけざお》の先に、引っかける金属部分が付いたもの）を持ち、赤い毛布を背中に羽織った姿が目に浮かぶ。千代は毎年、勉強を教えてもらったお礼に、秋口になると草鞋《わらじ》を編んでやっていた。やがて冬が来て管流しに出るとき、水の上で足が滑らないように、少しでも冷たくないようにと願いを込めて……。今年は腰にぶら下げる尻皮《じりかわ》も作った。

裏山に仕掛けをかけ、大きな狸《たぬき》を捕った。獣道《けものみち》を見つけるのは、千代たち山の子どもにとってはお手のものだ。動物の足跡や小さな糞、石や岩に擦《す》りつけた毛。こうしたものを見逃さずに追いかけて行き、動物の歩く道を見つける。母のてるに手伝ってもらって、茶色い毛皮を取り、麻紐《あさひも》を縫いつけた。背の高い宇之吉の膝が隠れるほどの大きさだ。ちょうど腰の裏側に当たるところに、毛足の長いふさふさとした部分がくるようにしつらえた。高原《こうはら》（美並村高砂）まで材木を運んだ帰りは歩きになる。疲れて雪の上に腰掛けるときも、これなら冷たくないだろう。

「調子をそろえて、おいとこしょ。こんなもんに驚いちゃ、大仏参《だいぶつまい》りはでぇきんぞぉ」

狩子たちの声が近くなった。深い雪に閉ざされて、いったい自分がどの辺りを歩いてるのか見当をつけにくい。おそらく栗巣《くるす》川と長良川の合流点近くだろう。

今日は上の弟、富八《とみはち》の帽子を取りに八幡まで行く。富八のことを家族はみな「ハチ」と呼ぶ。百姓ながら頭のよい子だ。ハチは来年、徳永学校の中等部に進級する。帽子屋の勘定書と代金を懐に、また父の着替えを風呂敷に包んで背中に結わえ、雪道を水際に向かって歩いた。父は行きの道中でずぶ濡れになってしまい、仕事中に寒くてしょうがないともらしていた。きつい仕事が体にさわらないように、いくつか着替えを持っていって置いておくように、と母に言いつけられた。母は長年の無理がたたって腰を痛めている。最近は口の中が痛むらしい。歯茎《はぐき》が赤く腫れ、膿《うみ》が出始めた。

ふかぐつ（藁《わら》で編んだ長靴）で雪の上を早足で歩く。凍りついた風が、肺病《はいびょう》やみの咳のように低くかすれた音で追いかけてくる。降り積もったばかりの雪が、乾いた砂煙《すなけむり》のように舞い上がり、足跡を消した。

「うんとこ、はったか。はったら、さいて来いよ」

千代は狩子の真似をしてかけ声を歌にして言ってみた。狩子の仕事を見物するのは、子どもたちにとって、この上ない冬の楽しみだ。動いている材木の上を渡り歩くあざやかな姿を見ては、歓声を上げる。弟たちも一緒に来たがったが、大雪で学校を休んでいるのに、物見遊山《ものみゆさん》に行ってはならぬと母に叱られ、べそをかいていた。

「おいとこしょだ、お前取るなよ、こっちゃへもよこせよぉ」

大きなかけ声と一緒に、材木を流す密《ひそ》やかな水音が聞こえ始めた。長良川の岩場の上に出て眺めると、見渡す限り下流まで、材木が延々と流されていくのが見えた。木じり（最後の材木）は目の前にあるが、木ばな（最初の材木）は八幡（現在の郡上市八幡町）に届いているだろう。

何人かの狩子《かりこ》が、大木《たいぼく》をとび口に引っかけ、力強く引き流している。宇之吉の姿を探したが、よく分からない。川幅が狭まり、狩子たちの声がこだまとなって反響している。その先で川が大きく迂回し、さらに落差のあるところにさしかかる。川の両側に大きな岩がせり出している。千代は、宇之吉の身に何か起こりはしないかと、冷え切った手に汗を握った。

大勢の狩子が、材木の上を身軽に渡っていく。落差のあるところを一旦せき止め、材木をためておいて、一本ずつ川下《かわしも》へ流すのである。

長良川に沿った郡上街道を、水上にある材木とともに下りながら、千代は宇之吉の姿を探した。大瀬子《おおせこ》（大和《やまと》町南部、八幡町との境）にさしかかったとき、せき止めた水の中に入り作業している狩子の一団がいた。大きなかけ声をかけ、目を血走らせて、材木を慎重に一本ずつ下へ下ろしている。材木と材木のぶつかる軽い音が、一定のリズムで鼓《つづみ》のように打ち鳴り続けている。狩子たちの力強い歌うようなかけ声とその鼓との掛け合いに心を奪われ、千代はため息をつき、雪の上に座り込んだ。ぼんやりと空を見上げると、鉛色の曇り空を黒い雪雲が早足で通り抜けていくところだった。どこからともなく狐《きつね》の子がやってきて、千代のそばで立ち止まり、怪訝そうに顔をのぞき込んだ。

狐と目が合って、ふと我に返った千代の目に、宇之吉の姿が飛び込んできた。せき止められた水の下側にいて、材木を受け取る役目をしている。先に下ろされた材木の上に乗り、器用にバランスを取りながら、次に下ろされる材木を見上げて待っている。材木が下ろされたらすぐとび口を差し込み、自分の方へ力任せに引く。その反動で、引いた材木の上に飛び移るのだ。髪も着物もびしょ濡れだ。飛び移るときに、水滴《すいてき》が水晶《すいしょう》をばらまくように髪から飛び散る。

「顔見りゃ、めんこいが、尻見りゃ、鉄板じゃぁ！　おお〜今か、お今ぁか〜!!」

怒鳴りつけるようなかけ声とともに、一番大きな材木が下ろされた。激しい水しぶきが嵐のように宇之吉に襲いかかる。千代は思わず立ち上がり、目を凝らした。もんどり打って上下する大木の幹に、しっかりとしがみついている男が一人。宇之吉だ！　千代の送った尻皮が、水に濡れて鮮やかなこげ茶色に染まる。口を一文字に結んで険しい顔つきで、大木の力と戦っている。大木が川に対し垂直になったとき、大木の両側にとび口が打たれ、ぴたっと動きが止まった。材木の両側を止めたのは、宇之吉の父と祖父だ。静かに材木は川の流れに沿って動き始めた。

宇之吉が、材木の上に立ち上がるとともに、大きな歓声が上がった。先ほどまで、荒れ狂う魔《ま》物《もの》のようだった材木は、仕留められた獲物として、宇之吉の足下に大人しくしている。いつしか雲の割れ目から日が射し始めた。右手に持ったとび口を空に向かって差し上げ、左手で濡れた髪を整えながら、ぐるりと周りを見回した宇之吉は、川岸の岩の上に千代が立っているのを見つけた。静かにとび口を下に下ろし、あいた方の手でげんこつを作って千代の方へ差し上げて見せた。千代は緊張がほどけ、情けないような顔で、口元だけ微笑んで見せた。宇之吉は千代に向かって頷《うなず》きながら、にっこりと白い歯を見せて笑った。

そのまま材木はゆっくりと流されていく。宇之吉は千代に背を向け、うまく流れに乗れない材木に飛び移り、川の流れと一緒に遠ざかっていった。

千代はなぜか、こんな風にいつか自分と宇之吉は離れていくのではないかと思った。今は千代という止まり木に止まっている宇之吉も、材木の上を渡り歩くように、どこかへ飛び立っていくような気がした。漠然とした不安が、心の中に広がっていく。天上から射していた光は、宇之吉と一緒にどこかへ行ってしまった。

平野醸造に着いた。お使いの物をじゅうに預ける。

「そうか、おとっつぁんの着替えを……」

じゅうは、一枚一枚を囲炉裏の近くに広げて、温めてくれた。雪の中を歩いて持ってきたので、少し湿り、冷たくなっているのだ。忙しい人だが、そうした心遣いを忘れない。千代に、昼飯を食べていけ、と言う。忙しいじゅうの代わりに、昼餉の支度をした。

この家では、米を洗うことから、道具洗いまで、すべて千代清水を使っている。雪の下を通ってきた水は、手が切れるほど冷たかった。手の感触がなくなり、うまく動かなくなった。手に息を吹きかけていると、後ろにじゅうが立っていた。

「冷たいじゃろ、この水は」

おろし立ての手ぬぐいを広げて持っている。千代の手を、分厚い大きな手でつかみ、表も裏も少しずつ押さえながら拭いてくれた。

杜氏《とうじ》が全員集まって昼餉をとった。片づけも一仕事だ。一仕事を済ませると、じゅうが千代の口に氷飴《こおりあめ》を放り込んでくれた。自分も氷飴を頰張りながら、ふくよかな顔で微笑んでいる。

一月の末、搾《しぼ》りたての酒が出る前に父・秀次が病に倒れた。冬場の杜氏の仕事は、きつかった。母も、相変わらず体調が優れない。中等部に入ったばかりの弟が、学校を休んで野良を手伝う日が多くなった。

妙見から少し奥に栗巣《くるす》という集落がある。そこの蔵内洞《くらうちほら》の入り口に、蔵内屋敷と呼ばれる大きな家があり、鷲見昌林《すみしょうりん》という医者がいた。若くして長崎で医学を学び開業した。父はこの昌林先生にかかっている。肝臓をいためているらしく、治る見込みが少ないということだ。高い薬を続けないといけない。

母は最近は目が悪くなった。危なくて野良仕事に行かせられない。妙見から一山越えた大間見《おおまみ》という集落に、昔から代々続いた田代《たしろ》様という漢方医がいる。初代は尾張藩の御典医《ごてんい》まで務めたそうで、たいそうな名家だ。その秘伝《ひでん》の目薬「ダラスケ」をもらってきて母に使わせている。金がいくらあっても足りなかった。

山間《やまあい》の半日陰にある、猫の額ほどの田んぼをおこし、畑に肥やしをやった帰り、二軒の医者に寄って薬をもらった。田代先生は、名を秀誠《しゅうせい》という。今度、昌林先生のところに来た養子の坊《ぼっ》ちゃんが昌誠《しょうせい》というから、名前がよく似ていて、いつも間違えそうになる。昌誠坊ちゃんは、大間見から昌林先生のところへ来た。坊ちゃんの父親も医者で、若い頃、昌林先生と一緒に長崎で医学を学んだ友人ということだ。長男なのになぜ養子になって栗巣にやってきたのか誰も知らない。それから田代秀誠も鷲見昌誠も昌林先生が名付け親だから、名前がよく似ているらしい。おまけに、昌林先生の子は、田代家から嫁をもらっている。

百姓のない人は、ややこしいもんだ、と千代は思った。代々、水飲み百姓の家に生まれた千代が、そうした人たちの血筋に入ることはあり得ない。が、坊ちゃんのことやら、田代様から嫁いできた若嫁のことやらで、千代は、自分の親の薬代のことよりも気がもめた。この人たちは、銭《ぜに》の苦労はないが、いろいろと気を遣い大変そうである。自らの苦境をよそに、他人《ひと》の心配ができる、そうした、どちらかというと脳天気なところが、千代にはあった。それがまた、自らの苦境を乗り切る力になっているのだ。と、千代は気づいていなかったが……。

「どやね。具合は……」

今日もじゅうが、家をのぞいてくれた。秀次もてるも寝込んでいては大変だろうと、じゅうは三日とあけずに見舞ってくれる。千代とハチが野良に出ているうちに来て、家事を細々《こまごま》とやってくれていたりした。

じゅうという人は、どんな相手にも親切だ。千代の周りで、じゅうのことを悪く言う人を見たことがない。千代にとっても、じゅうの存在は、母と同じくらいに温かなものだった。

じゅうが笑うと、まん丸な瞳に明るい光をたたえ、弓形の眉が八の字に開く。まるで福の神のようだ。

「じゃ、また来るでね」
大戸を閉めながら、半分裏返った優しい声をかけてくれる。千代はいつも、ずっと一緒にいてほしい気持ちでいっぱいになった。

麻布を藍色に染めた着物の上から新しいカルサン（ズボンのような物）をはいて歩く。栗巣へ行った帰りは宇之吉の家の前を通るから、野良着《のらぎ》でも、少しは見栄《みば》えのよい物を着た。ふわっと結い上げた髪から後れ毛が何本か顔にかかっている。まだ冷たい春風が頬をなで、その髪を上に戻してくれた。

日が西に傾き始め、城下《しろした》にある宇之吉の家が暗くかげり始めた。家の前には、大きなしだれ梅の木がある。まだ蕾《つぼみ》は固い。夕暮れの風の中で、しだれた枝を丸く縮こめて、可愛い蕾を守ろうとしているようだ。

今すぐにでも、栗巣川にかかる丸木橋を渡って会いに行きたかった。しかし、このところ宇之吉には縁談が持ち上がっているそうだ。千代のような女が近づくのは憚《はばか》られた。旧家の長男と一緒になれるなどと考えたことはなかった。が、いつまでも側にいて、いろんなことを教えてもらったり、他愛のない話をしたりしたかった。そんな当たり前の関係が、いつまでも続くと思いたい。宇之吉が手の届かないところへ行ってしまうのは、想像のできないことだった。

妙見様の入り口に面した道から、栗巣川をのぞくと、川の縁《へり》に大きな岩が居座っている。村の人々は、この岩を百蔵岩《ももぞう》と呼ぶ。

妻を武士に寝取られた百姓男が、境内《けいだい》で妻を斬った。その後、この石の上で切腹して死んでしまった、という悲しい昔話が残っている。妻を愛し、一緒にあの世に行こうとした気持ちに、想いを馳せながら、百蔵岩まで降りてみた。

ぼんやり、川の流れを見た。雪解け水を含んだ川の流れは、いつか見た小さな鶯《うぐいす》のような、きれいな若草色に透き通っている。せせらぎの音が、疲れた心を癒してくれた。

「千代ちゃん！」

天から声が降ってきたのかと思った。辺《あた》りを見回したが人影がない。自分が川縁《かわべり》の岩の上にいることに気づき、あわてて上を見上げた。会いたい人が、そこにいた。

宇之吉はひらっと体を踊らせて、滑るように岩まで降りてきた。また少し背が伸びた気がする。黒く日焼けした顔に、いつものように白い歯がこぼれた。千代は見慣れた笑顔に、涙が出そうになった。夕暮れの冷たい風が、川面《かわも》を吹き抜け、タツケ（野良着）の短い袖を揺らした。

「はいっ！」

宇之吉は千代の目の前に、真っ白な花を差し出した。シャガだ。

「うわぁ、どこに咲いとったの？」

「今日、母袋《もたえ》（栗巣《くるす》より谷《たに》沿《ぞ》いに登ったところにある村）の奥で仕事しとってね……。よくお日様が当たる谷川に、いっぱい咲いとるよ」

アヤメよりも少し小振りだが、優雅な花びらの形はそっくりだ。剣のように真っ直ぐな葉。あおあおとした葉脈が、日光をいっぱいに吸い込んで、ぴかぴか光っている。アヤメのように華やかではないが、慎《つつ》ましい純真さを感じさせる花である。宇之吉は、花を摘んで、すぐに千代に届けたかった。この花は千代のようだ、と思った。が、そんなことは恥ずかしくてとても口に出しては言えない。花に顔を近づける千代の項《うなじ》……。花のように白い。

「谷川のにおいがする……」

ため息混じりにぽつりと、低い声で千代が言った。はじけるような白い水しぶきを上げて、岩から岩へ滑り落ちる谷川の流れ。その水に洗われ、水のしずくが混じった風に揺らされても、なおにっこりと微笑むように、静かに咲く花。いつか宇之吉と、山菜を探して母袋の奥まで登ったとき、いっしょにそうした光景を眺めたことを思い出した。

シャガの花びらは、ちょうど唇を少しだけ開いたように見える部分がある。シャガの花束の中に千代の顔があり、千代の唇もちょうどシャガのように少し開いている。千代のもらすため息と、宇之吉の唇からもれる白い息が一つになるほど、顔が近づいた。宇之吉は心臓がはち切れそうなほど、早く打つのが分かった。

手を静かに握り、肩に手を回した。千代は少し驚いたが、黙って宇之吉に体を任《まか》せた。肩に鼻先が触れた。宇之吉のにおいがする。足場に気をつけながら、土手の上にそっと千代の体を引き上げると、花をその手に持たせてくれた。

千代は白い花をそっと両手でそろえ、花を下向きにして持った。そして何も言わず、少し悲しそうに微笑むと、さよならも言わずに帰っていった。妙見様の境内を斜めに抜け、あの欅の木の下から小川を飛び越えると、姿が見えなくなった。

毎日学校の帰りに、千代があそこで待っていた。欅の木の下の土に、枝で字を書いて教えてやった。前の日に教えてやったことは、次の日に会うまでに、何度も木の下で練習して、すっかり覚えてしまっている。性格がまじめなだけでなく、頭の良い女だ。両親に代わって家のことから野良まで、何もかも背負わなければならないために、学校にも行けない。惜しいことである。それをどうにもしてやることのできない自分が、何よりも腹立たしかった。

じゅうから呼ばれて、平野醸造まで出かけた。魚をたくさんもらったから、取りに来い、とのことだ。千代は、鮎《あゆ》に目がないので、飛び上がるほど嬉しかった。

「鮎もあるけどね……」

じゅうが見せてくれたのは、鯵《あじ》の干物だった。見たことのない代物《しろもの》だ。魚だとは分かったが、どうやって食べるのか分からなかった。開かれているから、鮎のように、体の真ん中に串が刺せない。

「焼いて食べるだけやよ」

じゅうは鯵を閉じて見せた。鯵はじゅうのように、丸い可愛い目をしていた。

「こうして頭のてっぺんから……」

串を口から差し込んで行く。一度干してあるから、なかなか串が刺さらない。

「足の先まで、一本、筋が通ってるよ」

ようやく串が通り、全体の形を整える。囲炉裏にその串を刺せば、あとは、魚の焼けるのを待つだけだ。

「でも、魚は足がないよ」

開かれた無様《ぶざま》な姿から、水面に飛び上がっているような生き生きとした姿に変わった鯵を見ながら、千代が言った。

「だから、お千代ちゃんのことだよ」

「私の？」

「一本、筋の通った女になりな」

じゅうの声は、どこまでも温かく、しかし厳しかった。囲炉裏の火の側にいるから温まったのでなく、じゅうの側にいるから温かいのだ。

鮎を何匹かと、その鯵を何枚か包んで持たせてくれた。父母が病床にいて働けない、娘の千代がこの先どうなるか、じゅうは心配で心配でならなかった。


「明日は、おばあの在所に用事や、一緒に行こ」

満月が山の端に上がった頃、宇之吉がそう告げにやってきた。母に野良を休む許しを得て、翌朝早く、宇之吉と出かけた。

年老いたため、峠を越えられず、実家に帰れない宇之吉の祖母の代わりに、千代が三味線を弾いて歌う。祖母が教えた娘が上手に歌えれば、祖母が元気でいることが実家の連中に伝わるからである。いわば千代は、生きた土産物だった。毎年、田植えが終わって一息ついた頃に、必ず出かけることになっていた。

宇之吉の祖母は、明方《みょうがた》の気良《けら》から嫁いできていた。妙見からだと、栗須川《くるすがわ》沿いに谷を上がり、人里離れた峠を一つ越える。気良に入ってからも、山道を登り、細い道に分け入り、千葉という名字のその家までは、結構な距離があった。清らかな空気の中を、たった二人で歩く幸せ。何も語らずとも、心は弾んだ。

千葉家の当主は代々「孫兵衛」という名前を襲名する。宇之吉の祖母の兄に当たる人が、数年前、この名前を継いだ。代々、囲炉裏の火を絶やしたことがないのが自慢だ。自慢の囲炉裏に火をおこし、若い二人を迎えてくれた。薪が燃えるにおい、話しかけるような音、燃え上がる炎の明るい色。宇之吉と二人で、この火に温められると、何か約束したことを思い出しそうになる。でも、いつも思い出せなかった。いつ、どんな約束だったのか、いつか分かる日がくるのだろうか？


宇之吉と二人きりで出かけてから数日たち、千代は宇之吉の父・梅吉に呼ばれた。

「庄屋《しょうや》（狩子の指揮者）様には、おかわりございませんで。ご無沙汰しておりやす」

朝早く、大きな屋敷の座敷に通された。

明治二十年六月、千代が十四《じゅうし》のときである。朝から蒸し暑い日だった。庭のしだれ梅が、大きな実をたくさん実らせ、ますますしだれていた。

「秀次やてるさんの具合はどうじゃ」

「はぁ、あまり芳《かんば》しくなくて……。今日もこの後、昌林先生とこと、それから大間見の田代様へ薬を取りに行きやす」

「千代は親孝行な娘じゃのぉ」

梅吉は、うつむき加減に話す千代の長いまつげが、頬に陰を作るのをじっとりとした目つきで見た。息子の宇之吉が、熱を上げるのも無理はない。百姓をさせておくのは勿体ないような器量よしである。

「昌林先生とこの坊《ぼっ》ちゃんが帝大出《ていだいで》なのは知っとろうの？」

「はぁ」

宇之吉と梅吉はあまり似ていない。あの精悍な顔立ちや、長身でがっしりした体つきは、祖父ゆずりである。狩子衆《かりこしゅう》も、気の小さいこの男より、剛毅《ごうき》な宇之吉を後継ぎとして信頼を寄せている。

「その帝大が、今度、都の富坂《とみざか》（現在の文京区）に新校舎を建てるっちゅうことじゃ」

もってまわった言い方で、のらりくらりと話す。こういうときは何か言いづらいことがあるのだ。千代は真意《しんい》を測りかねて、どんよりとした気分になった。正座した膝の内側に汗が噴《ふ》き出す。

千代の家は、宇之吉の土地を借りて耕す小作人である。ここ数年、父は徐々に百姓仕事がつらくなり、以前のように田んぼを世話することができなくなった。もう一昨年から小作料を払っていない。子どもの千代と弟では収量が落ちるのは無理もない、と大目に見てもらってきた。が、いつまでもその好意に甘える訳にもいかないのは百も承知だった。さりとて、身売りする以外に、収入のめどは立たないのだった。

「はぁ、お江戸のことはさっぱり、私には分かりませんので……」

「千代や、今は江戸と言わん。大日本帝国の都は〝東京〟やで」

トウキョウ……。ヒョウタンやヘチマのように、食べても大しておいしくない野菜のような名前だと思った。

「その大学の建設で、うちらも大忙しや」

「それは景気の良ろしいことで……、おめでとうさんです」

山で切り出した材木を、立花《たちばな》（現在の美濃市）まで流すだけでも大変なことなのに、そんな遠国《おんごく》にまで運ぶのはたいそう大変なことだろうと、職人の苦労に思いを馳せた。開け放たれた窓から、夏の空が広がって見える。梅雨明けも間近だろう。しだれ梅のちょうど向こうに、篠脇城へと続く道が見える。木立に囲まれて陰になり、揺れる木漏れ日が、青く細い道をつくっていた。

「その昔……、お江戸の都ができた頃に、お城へ運搬船を通すために水路が海岸につくられての……」

「はぁ」

山育ちの千代は、海を見たこともなければ、水路をつくる、というような壮大なことは、想像もできなかった。

「その海岸の湿地《しっち》を埋め立ててならしたんじゃ」

「へぇ、海を埋めるんで？　土を海に投げ入れるんですかな？」

好奇心に目を輝かせる千代の瞳は、葡萄《ぶどう》のように輝いている。上目遣いに見上げると、下のまつげが切れ長の目を縁取って、いっそう大きく見せているのが分かった。よい声で歌い、三味線もたしなむこの娘、妾《めかけ》にでもできたらどんなに良かろう。梅吉は、想像してみて、口の中によだれが沸《わ》いてきた。

「そうじゃ。州崎《すざき》（現在の江東区）といってな。東京湾をぐるりと見渡せるような眺めの良いところじゃ」

「はぁ。海の上に浮かんでいるようなところですなぁ」

千代は大きな海に夕日が落ちる様《さま》を想像してみた。水たまりに空が映るのを見ても美しい。大きな海に夕日が映った様《さま》は、如何様《いかよう》なものだろう、一度見てみたいものだと思った。

「木材の運搬船がつけるところは、木場《きば》っちゅうてな。筏《いかだ》に組まれた材木が海にところ狭しと並んだ様は、そりゃぁ豪快なもんじゃ」

「庄屋様はごらんになったことがあるんで？」

「うむ、一度だけじゃがな。東京の原木《げんぼく》協同組合に行ったときに……」

こう言ったきり梅吉は口を閉ざしてしまった。腕を組んだまま目を閉じ、口をへの字にゆがめている。

とうとう言いたいことを言うときがきたのだ、と千代は思った。早く本題を言って解放してほしかった。薬をもらいに行ったら、すぐに家に帰り、昼飯を両親に食べさせなければならない。

その後、薬代を稼ぐ唯一の手立てである、麻《あさ》の世話が待っている。土用の終わりまでには刈らないといけないが、日のあまり当たらぬやせた土地に畑を開いて作っているから、育ちが悪い。

「………でまた州崎に遊郭《ゆうかく》を移転することになったんじゃ」

一番大切なところで、麻畑のことを一心に考え込んでいて、梅吉の話をよく聞いていなかった。しかし遊郭という言葉が耳に飛び込んできて、我に返った。注意深く梅吉の話を聞いた。帝大の移転のためにその近くにある根津《ねづ》遊郭を移転することになったが、吉原《よしわら》には受け入れの余地がない。そこで州崎の湿地（現在の江東区東陽町《とうようちょう》の辺り）を整備して、新しい遊郭をつくることになった、とのことだった。

「昔からお江戸の東に住む芸者を辰巳《たつみ》芸者と言ってなぁ、気っ風《ぷ》の良い、粋な女が多いんじゃ」

梅吉のさかりのついた犬のような赤い目を見て千代は、自分は女郎《じょろう》に行く話を聞くために呼ばれたことを悟った。今年も米のできは良くない。小作料を払うことはできないだろう。男手なしで、いっぱしに米を作るのは難しいことだ。せめて弟が学校を卒業するまで待ってもらえたら……。しかし、薬代もこのところずっと付けてもらっている。昌林先生も田代様も優しい方だから甘えているが、いつまでも好意にすがるのは本意ではなかった。

「話は分かりました」

千代は座り直し、真っ直ぐに梅吉の目を見て言った。

「親には私から話します。女衒《ぜげん》の方にはいつお会いしやすか？」

梅吉は驚いて言葉を失い、口をあんぐりと開いた。

「そうか、そうか……。と、東京へ行くか？」

本当に話が分かったのかどうか、半信半疑で、念を押してみた。千代は、きゅっと唇を真一文字に結び、梅吉の目を真っ直ぐに見て、頷《うなず》いた。

「ほ、本当に、お千代ちゃんは親孝行じゃのぉ」

心のこもらないお愛想《あいそ》を言いながら、梅吉は口の端《は》からよだれを垂らした。千代は、小作料のことばかりでなく、縁談のじゃまになる自分を息子から遠ざけたい、という梅吉の心もお見通しだった。

「それで、小作料はいつまで待ってもらえます？」

「おぉ、おぉ。女衒はなぁ倉矢鷲之介《くらやわしのすけ》というご人《じん》でな……。何、心配することはない。向こう十年分の小作料に替えれるくれぇの値がつくと思うよ。あんたなら……」

こう言って梅吉は、えへらえへらと含み笑いをした。

「そ、それに、秀次さの薬代もおり（俺）が持ってやるよ。昔なじみやでなぁ」

千代は頭を畳に擦《こす》りつけるようにして礼を言った。頭を低く下げすぎたためか、吐き気がこみ上げてきた。それをこらえながら立ち上がった。

麻から糸を取って、地布《じぬの》に織り上げる自分がいなければ、薬代も払えない。父は体調がよくなる兆しがない。今度の秋には酒蔵へ入れないだろう。しかし、あと十年あれば、弟は働き盛りになり、嫁をもらう頃にもなる。米作りも軌道に乗るだろう。家族はみな飢《かつ》えないで生きていけるのだ。この十年には、自分が人生を放り投げるだけの価値がある。

白鷺《しらさぎ》が数羽、栗巣川で遊んでいる。羽を休めてじっと立っているもの、水にくちばしをつっこんで何かついばんでいるもの。梅雨の中休みか、夕方なのに日射しがじりじりと照りつける。首筋に汗が止めどなく流れた。

川岸の茂みに、からまりながら伸びた朝顔の花が、ねじるように閉じている。朝、ここを通ったときは、涼しげな群青《ぐんじょう》色の花を咲かせていたのに……。烏《からす》が群れになって千代の頭上を飛び始めた。何かえさになるものが死んでいるのか。白鷺は烏を恐れ、羽音を立てて飛んでいった。茂みの中から斜めに伸びた不格好《ぶかっこう》な松の木に、一羽の大きな烏がとまった。濡れた黒い目でこちらを見ては、時折、「かぁ」と鳴く。その烏が糞を落とした。ぎらぎらする日射しを跳ね返して、真っ白に光っている。烏は、自分のことを屍だと思って寄ってきたのではないか、と思った。

栗巣川の水面《みなも》に夕日の赤い色が映り始めた。千代はふと我に返り、薬の袋を抱えなおした。先ほどまで周りにいた烏たちは、いつの間にかいなくなっている。夕日の赤だと思った色は、ノウゼンカズラの花が流れているのだと気づいた。遠くから雷の音が聞こえる。ぽつぽつと雨の滴が落ちる前に千代の目から涙が一筋こぼれ落ちた。

家に帰る前に、妙見様の欅の木の下で、涙をぬぐった。家族に泣き顔を見せる訳にはいかない。しかしこらえようとすると、堰を切ったように涙があふれ出した。通り雨と雷の音が、千代の泣き声をかき消した。若葉をたくさんつけた大木の下で、千代の体は雨に濡れなかった。ひとしきり泣いた後、白く乾いた土に、千代は指で、「カナシイ木」と書いた。

「木」は、宇之吉が教えてくれた、数少ない漢字の一つだ。「『けやき』の字も教えて」とねだった千代に「ちょっと難しいでな……、おりの名字を覚えやぁ」と宇之吉が言いった。「滝」を覚えるついでに「竜《りゅう》」も覚えた。「日」の字はすでに覚えていたので、「日」に「月」と書いて「明治」「明建」の「明」を覚えた………。宇之吉の授業はいつも、すでに習ったことを生かしながら、千代の興味あることと関連づけて進められた。短時間で多くの知識を身につけることができたのは、そうした教授法のお陰である。そして、この木の下では、すべての授業を再生することができた。まるで欅の木の声が聞こえるように……。

「欅の……、声が、聞こえる……、宇之さんの声や……」

千代は「カナシイ木」の横に「ケヤキノ　コエガ　キコエル」と書いた。その文章に一つも漢字が入っていないことに気づき、女郎に行く自分には、これ以上の知識を得る機会が奪われたことを悟った。

また、少しだけ涙がこぼれた。

欅の木が、千代の涙をすべて吸い込んでくれた。

土用の日がきた。今日は麻ひき（刈り入れ）の日だ。弟は学校を休んで手伝ってくれる。太陽が高く昇ると耐えられない暑さだ。畑に日が当たらぬうちに済ませてしまいたい。

まだ朝靄《あさもや》に煙る山道を早足で登っていく。ヤブ蚊が数匹、顔の周りにまとわりついて離れない。弟は、今日は好きな唱歌の時間があるのに、と何度もぼやいた。中等部は唱歌の時間がない。その頃の先生は男ばかりで、楽器を演奏できるような人はいない。月に一度、鶴来《つるぎ》の学校からオルガンを弾ける女子《おなご》先生が来てくれる日だったらしい。ヤブ蚊よりも弟のぼやきの方がうるさかった。

「村に不学の戸なく、家に不学の人なからしめん事を期す」

という学制発布のときのおふれをぶつぶつと繰り返している。

麻ひきは、太陽が高く昇り、畑に日が射す前に終わった。家に持って帰って台所に束ねておいた。この後、蒸して皮を剥ぎ、灰汁《あく》で煮る。麻を蒸すには長さ一丈《じょう》(約一・七メートル)ほどもあるコシキと呼ばれる桶を使う。千代のような貧乏な家は、その桶を買うことができない。じゅうのところで借りて、また他の人にも回してあげる。

コシキは大きな物だから、おいそれと運ぶことができない。千代一人でも事が済ませるように、馬に結《ゆ》わえつけて、馬ごと貸してくれる。毎年のことながら、じゅうのそんな気配りに千代は心が温まった。

山間の狭い畑で穫れる麻は、たかが知れている。毎年、土用の日に、母の実家へ麻ひきの手伝いに行き、駄賃に少しばかり分けてもらうことになっている。

母てるの実家は、石徹白《いとしろ》である。長良川沿いに北へ五里ほど行くと、正月の六日祭りで有名な白山長滝《はくさんながたき》神社がある。勇壮な花奪《はなうば》いのある祭りである。この神社を過ぎてなお北へ行くと、左手に高い峠に登る道がある。その近くに、阿弥陀《あみだ》が滝と呼ばれる大きな滝がある。この滝よりも奥へ、曲がりくねった峠道を行くと、石徹白《いとしろ》へと続いている。石徹白には名峰白山の入り口に当たる、白山中居《ちゅうきょ》神社がある。千年以上も昔から、村人に守られてきた、由緒ある神社だ。

千代は東京の郭に売られることになった話を、まだ両親にしていない。梅吉もあれからぷっつりとその話は忘れてしまったかのように、何も言ってこない。千代はあの話が悪い夢だったらいいのに、と何度も思った。

長良川沿いに歩いて鶴来村を過ぎた。万場《まんば》との境に赤保木《あかほき》というところがある。ここは昔、公方《くぼう》様に直訴《じきそ》したお百姓のお偉方《えらがた》が、集まって密談した場所だそうだ。もっと昔には、遠く千葉の方からお殿様が来て、阿千葉《あちば》城というお城を開いたところらしい。千代はこの場所に来ると、誰かに名前を呼ばれるような気がした。自分も直訴のお仲間だったとか、お城のお姫様だったんじゃないか、とか勝手な想像をふくらませていた。そして必ず足を止めて、拝むようにしていた。

静かに手を合わせていると、風の音やら長良川のせせらぎが、誰かのささやき声のように胸に迫ってくる。いつもは今の自分とは違う名前で、風の中から優しい女の声が呼ぶのだが、今日は「千代ちゃん、千代ちゃん」と、今の自分の名前をしきりに呼ぶ若い男の声がする。宇之吉の声によく似ているなぁ、と思いつつ、合掌をやめて笠《かさ》と蓑《みの》を身につけた。

「千代ちゃん‼」

大きな声ではっきりと呼ぶ声に、びっくりして振り向いた。なんと、宇之吉がそこに立っていた。長い距離を走ってきたのだろうか。はぁはぁと息を弾ませている。額に汗が吹き出し、首筋まで滝のように流れている。着物の襟《えり》がぐっしょり濡れていた。

「千代ちゃん、ずいぶん前から呼んどるのに、ちっとも返事しんもんで、人違いかと思ったわぁ」

梅吉と話をしたあの梅雨の日から、もう宇之吉には会うまいと決めていた。なんと声をかけていいか分からず、千代は押し黙った。宇之吉の方は千代の顔を見ると、心底うれしそうににっこりと歯を見せて笑い、駆け寄ってきた。すぐ手前で石につまずき、千代の肩に両手をかけて、やっとの思いで足を踏ん張って立ち直った。

「元気ないなぁ。どっか具合が悪いんか？」

宇之吉は千代の肩を抱いたまま、息がかかるほど近くに顔を寄せ、のぞき込んだ。

「あぁ、どうもないで。朝から麻ひきやったもんで、くたびれた……」

「そうか。それで、これからどっか行くんか？」

「うん……。石徹白《いとしろ》まで」

千代はさりげなく宇之吉の腕をすり抜け、後ろへ下がりながら言った。

宇之吉のお相手は、立花《たちばな》の豪商の娘だ。良い縁談がこわれないように、と願う梅吉の気持ちが、千代にはよく分かっていた。そのお嬢さんは、冬に管流しで来た宇之吉の姿を見て、一目で気に入ったらしい。この若さであれだけの仕事ができる男はそういない。庄屋の息子でなくとも、あの働きぶりを見れば、惚れる女は多かろう。弟が学校でそんなうわさ話を聞きつけてきた。宇之吉の口から聞いたわけではないから定かではないが、おおかた当たっているのだろう。

「そうか！　おりと一緒やな」

「えっ？」

ぽかんと口を開けた顔がまた愛らしい。宇之吉は、その柔らかな頬に触れたいと思った。しかし触れてしまったら、淡雪のように溶けてしまいそうで、差し出そうとした手を引っ込め、握りしめて腰の横へ下ろした。この世に生まれてきて、この美しい娘に出会えたことが、何よりもうれしいことだ。それを、遠い昔から約束していた、と思えるときもあった。

宇之吉は、石徹白の「首《くび》なし墓《ぼ》てん」にお参りに行くところだと言う。首なし墓てんに眠る石徹白源三郎《げんざぶろう》という人が、滝日家のご先祖だと言われている。その奥さんが東家最後のお殿様の娘だったらしい。宇之吉は盆を前に、遠いご先祖の墓参りを命じられたのだった。

その昔、かの篠脇城の殿様が、大大名、越前朝倉《えちぜんあさくら》勢を撃退した折りのこと。石徹白はその頃越前の領地だったので、源三郎は朝倉に仕える身だった。しかし、妻が篠脇《しのわき》城主、東常慶《とうのつねよし》の娘であったため、いわば親を攻める形になってしまった訳だ。そこで弟の与十郎《よじゅうろう》を急の使いとして篠脇城に送る。与十郎は常慶の軍に加わって戦った。たまたま兄の名を刻んだ矢が、敵の朝倉武士に当たってしまった。このため源三郎はお尋ね者となる。常慶の元に逃げたものの、母が朝倉に捕まって入牢させられたため、石徹白へ帰り、母の代わりにお仕置きを受けた。首だけが朝倉の元へ送られ、胴体は石徹白の「さるはし墓てん」に埋められた。これを後に「首なし墓てん」と呼ぶようになった。

現在も、石徹白小学校の北側、日当たりの良い小さな丘の上にそれはある。丈の長い草が生い茂る中に、ひっそりと佇《たたず》む小さなお墓である。源三郎には二人の娘がいた。上の娘は彦右衛門《ひこえもん》という人に嫁いで石徹白の人となった。下の娘は、篠脇城下の牧に逃れてきて、滝日家を開いたと言われている。

宇之吉と一緒に石徹白への峠道を越えながら、こんなに長い時間を二人で過ごすのは初めてのことだと思った。何も言わなくとも心が通じ合う。このように自然な心持ちでいて、しかも愛しいと思える人には、もう一生出会えないと思った。二人で過ごすのも、きっと今日が最後だろう。

「阿弥陀が滝、見て行こっか？」

千代はめったに牧から出ることがなかったので、阿弥陀が滝を見るのは初めてだった。

「本当？　いっぺん見ときたかった！」

「なんでぇ？　郡上におったら何べんでも見れるよ」

大げさに喜ぶ千代の顔を見ながら、不思議そうに宇之吉が言った。

「私ねぇ……、東京へ行くんやよ」

「は？」

千代は好きな男にだけは、自分から本当のことを伝えたいと思っていた。後になって「尾藤秀《びとうひで》次《じ》の娘は、小作料が払えずに女郎《じょろう》に行った」というようなことが人伝えに宇之吉の耳に入るのは耐え難いことだ。宇之吉は地主の息子だから。どちらにせよ苦しむだろうが、千代の口から本当のことを伝えた方が、いくらか気持ちも軽くなると思った。

しかし気丈な千代も、いざとなるとしばらく口をつぐんだまま、次の言葉が口から出なかった。

「東京やって……？」

「……、うん……、州崎《すざき》っていうところ……」

宇之吉は息が止まるかと思った。この冬、東京の州崎に向けて出す材木の注文で大忙しだった。新しく吉原に代わるような大きな遊郭が作られるということは、宇之吉も知っている。

そういえば父のところへ東京から倉矢という男が来た。何の用向きが知らないが、父に言いつけられて、八幡と和良《わら》（現在の郡上市和良村）へ案内した。小作のような貧しい家を何軒か回り、込み入った話をしているようだった。そういえば夜更けに厠《かわや》へ行こうとして二人の話が聞こえてしまった。そのとき、確かに〝尾藤千代《びとうちよ》〟という名を聞いた……。

宇之吉は拳を握りしめ、わなわなと震え始めた。自分の父親が、愛する女を郭《くるわ》に送り込んだ張本人だとは!!

「州崎には……、新しい郭《くるわ》がたくさんできるんや。それで女郎を集めに人買《ひとか》いが……、郡上にまで……」

宇之吉は口の中でぶつぶつと独り言を言いながら、よろよろと道の脇に歩いてゆき、人の体ほどに太い木の幹にしがみついた。はぁはぁと肩で息をしつつ、落ち着こうとしているようだ。千代はどうしていいか分からず、道の真ん中に佇んだ。宇之吉の寄りかかっている木は、根本からぐにゃりと曲がっていて、途中から空に向かって真っ直ぐ伸びている。まだ苗木の頃に、雪の重みで幹がたわみ、曲がってしまったのである。その形のまま大きく育ってしまったのだ。

「私を売った金は……、小作料、十年分になるって……」

「十年……」

宇之吉の声はかすれ、目はうつろだ。

「小作料のために、身を売るんか？」

がっくりと肩を落とし、息が止まったように動かない。

「庄屋様が……、うちのおとっつぁんの薬代も出しておくれると……。ほんにありがたいことやに……」

慌てて宇之吉の父をかばおうとしたが、宇之吉の耳には聞こえていないようだった。

石徹白の首なし墓てんに人影はなく、ただ風だけが吹き渡っていた。草が踊るように揺れ、優しい歌を歌ってくれる。宇之吉が麻の刈り取りを手伝ってくれたおかげで、いつもの年より早く帰れる。母てるの親は両方とも早く死んでしまって、今はいない。それでも千代たちのことを考えていろいろと持たせてくれた。繰り返し使ってすり切れた風呂敷には、真心がいっぱいに包み込まれている。きゅっと結んだ結び目の上に、結んでいない隅の布をかぶせて、中身が重くてもくずれないようにしている。かぶせた隅の布が、風をはらんでふくらみ、これもまた歌を歌うようにはためいている。

千代は墓てんの前でしゃがみ、風呂敷包みをきちんと直して足下に置いた。手を合わせたら思わず、一筋涙がこぼれた。

宇之吉も泣きそうになりながら、不覚《ふかく》の涙を千代に見られないように顔を背《そむ》けた。本当は二人で、肩を寄せ合って涙を流したかったが……。おもむろに立ち上がって空を見上げた。目尻ににじんだ涙が、風に散っていく。自分の体が、塵《ちり》のように砕けて風と一緒に飛び去り、透き通っていくようだ。魂だけがこの地上に残り、永遠に二人で一緒にいられたらいい、と思った。

千代はしゃがんで手を合わせ、目を閉じたまま動かない。この郡上に心を置いたまま、体だけを東京に持っていこうと決めた。首なしで何百年も墓に眠る、宇之吉のご先祖と同じだ。

だから宇之吉にさよならは言わない。

帰り道。石徹白からの峠道を下る途中、阿弥陀が滝へと向かった。二人は押し黙って、薄暗くなった細い道を急いだ。石榴《ざくろ》のように赤い夕焼け空が広がっている。

宇之吉は千代が転ばないように、何度もかばってくれた。急な谷川で手をつなぎ、時に抱きかかえるようにして……。このまま時が止まればいい、と二人は思った。水が滝壺《たきつぼ》に落ちる音が、谷づたいに近づく。

滝の姿が見え始めた。谷川から山道に上がると、大きな倒木が何本も横たわっている。樹皮の上には苔がむし、草が芽吹き、可憐な花を咲かせていた。まるまるとしたどんぐりが苔の上に白い根を伸ばし、威勢《いせい》良く芽を伸ばそうとしている。しかし倒木の中身は空洞《くうどう》だ。死んでなお、新しい命をはぐくむ倒木。千代もまた、自分を殺し、郡上に残る家族を養うのだ。だが、この倒木のように可憐な花は咲かない。都会の薄汚れた水の中で、身も心も腐ってしまうだろう。

宇之吉はまた、千代がいなければ自分は抜け殻と一緒だと思った。しかし親同士が決めた縁談をこわす訳にはいかない。滝日家の惣領《そうりょう》として、狩子衆を養っていく義務もある。取引先のお嬢さんを嫁にもらうのは、背くことのできない運命だった。
二人は、お互いの身の上を呪った。
翌年春、ももちどちりの鳴く頃、千代は東京へ旅立った。

二、アヤメ

千代は、州崎《すざき》の郭《くるわ》に入れられた。波除楼《なみよけろう》という。

州崎は、現在の東京都江東区東陽町付近のことで、「深川州崎十万坪」と呼ばれた景勝地である。最盛期には三百軒前後もの遊郭がひしめいており、吉原と肩を並べていた。

波除楼を取り仕切っていたのは「高尾」という、初老ながら色気のある女だ。千代たちは母《かあ》さんと呼んでいた。今では、決して客を取ったりはしないが、高尾と話をするのが目当てで、やってくる男が、何人もいた。千代が、故郷の郡上では見たことのないような、洋服を着た男たちだ。髪も短く切って、金時計を胸に下げたりした男たち……。教養も身分もある男なのだろう。

千代はたまに話を立ち聞きすることがあったが、話の中身がとんと分からなかった。それは東京言葉だから、というばかりではない。政治や経済などは、千代のような百姓の娘には、終生、関わりのない世界だ。中には、音楽家や医者などもいるようだった。高尾と話をした後で、千代たちのような若い娘を買って帰っていくのだ。高尾との会話を楽しむのが目当てなので、女郎などは、刺し身の具《つま》のようなものだ。

昼と夜が逆転した生活。腹を空かせることがなくなったが、心には、穴が開いたようだ。客の前では作り笑いもできるようになった。が、その客が帰った後は、心の穴がもっと大きくなった。

女郎たちのまとめ役は「銀」という。高尾の右腕のような存在である。女たちからは「銀姉さん」と呼ばれている。言葉の違いもあり、東京暮らしが長い女たちとは、なかなか馴染めなかったが、銀にだけは、本心を話すことができた。銀は普通の奥さんだったのに、離縁して遊郭にやってきたらしい。亭主がぐうたらだったから、銀を売った金は、子どもたちを育てるために姑に渡されたということだ。銀の心にも、大きな大きな穴が開いていることだろう。そこには計り知れない悲しみが詰まっている。遊郭にはこうした女たちがたくさんいる。

心に穴が開いていることを、忘れてしまう頃に、東京に馴染むことができるのだろう。

一月ほど経ったある朝、客の後ろ姿を見送りながら、千代は、いつか宇之吉と見た、腐って空洞になった倒木を思い出した。

「あれは、どこでだっただろう……？」

ほつれた髪を、指で直しながら、思い出してみた。

「そう、阿弥陀が滝へ行ったときだ。石徹白《いとしろ》に用があって、その帰りに……。あのとき、確か石徹白では〝首なし墓てん〟とかいうお墓に、お参りしたっけ……」

宇之吉の家の先祖に、えらいお侍がいたことを聞いて、やはり身分が違うと思った。そう、宇之吉が常緑樹《ときわぎ》なら、自分は、空洞の倒木だ……。

客が歩いて消えた路地に、朝日が少し射しかかって、明るくなった。深々と頭を下げたまま、目をつむると、少し涙がこみ上げた。その涙の中に、妙見のお社《やしろ》で、太い幹の下に書いた「カナシイ木」の文字が見えた。

「あんた、頭下げ過ぎよ」

振り向くと、一年先輩の朱海《あけうみ》が静かに微笑みながら立っている。朝日を浴びて白い顔がますます白く見える。光を受けて、暁《あかつき》色に光る瞳。州崎の海に陽が昇るとき、海が暁色に染まる。そんな海の色を思わせる瞳を持つことから「朱海」という名が付けられた。朱海は飛弾の高山から来た。山国育ちの朱海は、海を知らないのに。飛驒は、今、美濃の国と同じ岐阜県になった。そんなことで親近感がわき、自分の心の中をさらけ出して話せる友となった。

「泣いとんの？」

千代の目の中をまじまじと見ながら、朱海は真顔で言った。

「うん……、ちょっと、故郷であったことを思い出して……」

朱海は小首をかしげ、右手の人差し指を頬に当てて、鼻から息を吐いた。

「そんなもんは、もうこの世のものやない。夢やと思って忘れておしまい」

確かに郡上での思い出は、もはや自分自身の生活とはまったくかけ離れたものとなってしまった。宇之吉にだって、夢の中でしか会えない。もうその顔を見ることも、声を聞くこともないだろう。

「海、見に行こか」

朱海に誘われるままに、海に向かった。対岸の築地《つきじ》で忙しく働く人たちの姿がある。朝の海は凪。どこまでも静かだ。

「あちらは夢の世界や」

眩しそうに目を細めながら朱海が言う。その言葉に、千代は悟った。自分のいるこの場所が、自分にとっての現実である。そして思った。瞳から涙を流すのを止め、心の中だけで流せばいい。その涙は、心の空洞にたまっていくだろう。やがて心は涙の海になる。その海底に「カナシイ木」という文字が刻まれている。郡上のことを思い出すたびに、その文字が水面に浮かび上がって、漂うようになった。

心の中ですら、涙が流れなくなったら、思い出もすべて忘れてしまえるのだろう。「カナシイ木」という文字も、ひからびてなくなる。

初夏のある日。新緑の木々が風に葉を揺らしている。千代は、実家の近くにあった小さな竹やぶを思った。風が吹くと、木の葉が笑い声をたてるようにざわめくのだが、竹の葉は、静かに歌うように、さらさらと鳴った。こんな天気のよい日には、あの竹やぶで筍を穫ったものだった。

この並木の向こう側は、天子様が住んでおられる皇居だ。昔は、将軍様がおられた江戸城があった場所だ。千代が読み書きできるのを知ったみねが、どうしても手紙を書いてほしいというので、折角なら、東京でしか見られないものを見てから、その手紙を書こうということになって、友人のみねと一緒に出かけてきたのだ。みねもまた同じ郭の女郎である。

そのみねに腕をつかまれて、驚いて千代は我に返った。揺れる木の葉ばかりを眺めていたものだから、目の前に人がいるのに気づかなかった。

真っ白な洋服を着た男！　手に持ったシルクハットに、巻いてある布までが、真っ白だ。それよりも、男の細長い指が、透き通るように白いのに、目を奪われた。

男は、千代と目が合うと、軽く会釈した。短く切った髪が、ぱさっと音を立てるように眉にかかった。男が白い指で髪をかき上げると、広い額に、木漏れ日が揺れた。真っ白な洋服が、新緑に染まって、少し緑がかって見える。

――まるで、山繭《やままゆ》を作る蚕蛾《かいこが》のような色……。

通り過ぎる間、男は目をそらさないで、ずっと千代の瞳を見ていた。瞳の中に、空色の光が、ゆらゆらと冷たい炎のように燃えている。静かな炎をたたえた瞳で見つめられると、心の中まで見通されるようだ。千代がそっと会釈を返すと、うっすらと微笑みを浮かべて、その後、上を見上げた。白い顔に、相変わらず木漏れ日が揺れている。

その後、幾度か振り返って見たが、男はただ、揺れる木の葉を見上げているばかりだった。

「いい男やねぇ……」

みねが、にやにや笑いながら、千代の顔を見る。

「宇之吉さんみたいな、がっちりした男らしい人が好きやなかったの？」

みねは、郡上の和良《わら》から連れてこられた娘だ。女衒の手下、倉矢鷲之介《くらやわしのすけ》を、宇之吉が案内して来たときに、一度だけ見たことがある。親しくなってから、あのときの若者を慕っていることを、千代はみねに打ち明けた。みねは源氏名を「白雪」という。「峰の白雪」から名付けられた。

「なにぃ！　違うって。あんまり色の白い人やから……、ちょっと、びっくりしたの!!」

「ふぅ〜ん」

もう一度振り返ると、シルクハットをかぶって、歩き去っていく男の後ろ姿が見えた。

「あんないい男が、お客やったらいいのにねぇ」

「だから違うって！」

千代はただ、その男の心の中にも、自分と同じ空洞があって、やはり涙がたまっているような気がしたのだった。


その夜、高尾の部屋に呼ばれて、千代は「あっ」と声を上げそうになった。

昼間会った、白い洋服の男が、その出で立ちのままで、高尾の前に座っていた。男は、千代の顔を見ると、目の中に光が入った。

「おや、知り合いかい？」

「いや、そういう訳じゃぁ……」

男はとまどいながら高尾の顔を見た。

「相馬《そうま》様のようなお方が、まさか、こんな小娘をたらしこむ訳ぁないさね」

火鉢の縁でキセルをとんとん叩きながら、高尾は小首をかしげて、千代に男の横に座るよう促した。新しい煙草の葉を、キセルの先に詰めながら、高尾は品定めでもするように、千代の方をちらちらと見ている。煙草に火がつくと、煙をくゆらせながら、高尾はじっと千代の顔を見据えた。

「あやめ。あんた……、立たない男がいるのを知ってるかい？」

千代の耳元で囁《ささや》くように高尾が言う。

「あやめ」は、千代の源氏名である。好きな花の名前を言え、と言われ「シャガ」と言いかけたが「アヤメ」にしておいた。シャガのように清らかな花は、都会の汚れた水と空気の中では、枯れてしまう。

「は？」

「何回も言わすんじゃぁないよ！　無粋《ぶすい》だねぇ!!」

「す、すみません」

「まぁ、男を初めて知ったばかりだからねぇ……、仕方がないさ。すみませんね、相馬様、お先にお部屋の方へ案内しますんで……」

高尾がぽんと手を叩くと、銀姉さんがすぐに顔を出した。相馬を部屋へ連れていく。

深く煙草を飲み込んで、ゆっくりと煙を吐き、高尾は、その男の相手の仕方を教えてくれた。男の名は、相馬幸之進《そうまゆきのしん》。三十代の男盛りだが、一度も女を抱いたことがないらしい。むろん、独り身である。

なんで、そんな男の相手が自分なのか、千代には解せなかった。身なりからして、偉いお方だろうに……。もっと年上の、ベテランの姉さんが大勢いるのに……。だが、とにかく仕事だから、高尾に言われるままに引き受けた。

「昼間、お会いしましたねぇ」

相馬は、無言で頷《うなず》いた。

「あやめと申します……、あの？　お侍様ですか？」

「今の世の中、侍はいません」

白い服のせいか、暗がりの中で相馬の姿だけが、浮かび上がって見える。上品な顔立ちもあって、ますます近づきがたい雰囲気である。

「あぁ、そうか。でも、幸之進って、お侍みたい……」

「会津《あいづ》です……、朝敵《ちょうてき》ですよ」

昼間のように、じっと千代の瞳を見ながら、静かに、そしていやにはっきりと、相馬は言った。その顔は、青ざめている。

「はぁ、あいつ？　チョウ？？」

相馬は、目をそらし、クスリと笑った。

「白虎隊《びゃっこたい》なんて、あやめさんは知らないでしょうね」

幕末の戊辰《ぼしん》のさなか、朝敵にされしまった会津藩は、奥羽《おうう》列藩同盟をつくり、平和的に政治の問題を解決しようと考えた。薩長軍が会津領内に攻めてきた際、城主自ら城に火を放って、戦の被害を最小限に止《とど》めようとした。飯盛《いいもり》山で出陣の準備をしていた少年たちは、この火を、城が落ちたものと勘違いして、自刃してみな果ててしまった。これが白虎隊の悲劇である。相馬は、その間、伝令役を務めていた。白虎隊の少年たちは、知らせに行ったときすでに果てていたが、まだその体は温かかった、という。

相馬の話を聞きながら、千代は相馬が、そのときの大きな挫折感から、まだ立ち直れないでいることが分かった。

「はぁ～、会津磐梯山《ばんだいさん》は、宝の山よ～」

相馬の冷えた手をとり、千代は歌った。

「ほぉ、磐梯山をご存知か？」

「はい、歌だけ。笹に黄金《こがね》がえ～また、はぁ、なり下がる～」

「大原庄助《しょうすけ》さん、なんで身上《しんしょう》つぅぶした、……」

相馬も小声で、聞き覚えのある歌を口ずさんでいる。

「あっ、その歌、会津磐梯山の続き……？」

顔を上げたとき、再び目が合った。その目には、昼間と同じように、青い炎が揺れ始めている。心の底まで手に取るように分かるよ、とでも言わんばかりの表情。こんな風に男に見つめられたのは初めてだった。なぜか、安心した気分になるのが不思議だ。

「いえ、その歌……。故郷《いなか》の母が、寝坊すると、いっつも歌ってくれて……」

「故郷の？」

「はい、岐阜です」

相馬は、眉の上にかかった髪を手でかき上げた。

「遠いね。会津と同じくらい、遠い」

「へぇ、会津って、岐阜の近くなんですか？　知らなかった……」

「いやいや、東京を境にして、逆の方向です。陸奥《みちのく》の方ですよ」

相馬の白い指が、白い障子の方を指した。北側である。

千代は立ち上がって窓の近くに行き、障子を開けた。音もなく障子が開くと、ひんやりとした夜風とともに、往来のざわめきや、女たちが客を引く声、芸子がつま弾く三味線の音などが飛び込んできた。行灯《あんどん》の灯が揺れる。千代は、窓の縁に腰掛け、往来を行く人々を眺めた。

「会津磐梯山の麓には、猪苗代湖《いなわしろこ》という、それはそれは美しい湖があります」

「ミズウミ？」

「大きな水たまりです」

「東京湾くらい大きいの？」

「それは、海だから、少し違います。それに猪苗代湖は東京湾ほどには大きくはありません」

相馬は手で円の形を作りながら、千代に分かるように大きさを示して教えてくれた。東京湾ほどに大きくないと言われても、どんな大きさなのかさっぱり分からない。頭の中で、大きな青い海を思い描くうち、ふと千代は、自分の心にあいた空洞に、涙が溜まってできた小さな海を思い出した。しかしこれはただの水たまりだから「湖」だ。相馬の心の中にも、自分と同じように涙の湖があるから、目の中に水の色が映るんだろう、と勝手な想像をしていた。

いつの間にか、相馬も窓のすぐ近くに来て、千代の細い体ごしに、往来を眺めている。向かいの郭からもれた火影《ほかげ》が、瞳の中に映っている。ミカン色に染まった静かな瞳は、猪苗代湖の夕暮れを思い起こさせた。千代は、貧乏な生まれのために、女郎にまで成り下がった。その境遇を嘆く訳にもゆかず、涙をこぼさない代わりに、心の中に涙を溜めて生きている。相馬のような、侍出身の、ちゃんとした身なりをした人が、何をそう嘆くことあるのだろう？　千代は、不思議でならなかった。

ただ、相馬に見つめられると、妙に安心した気分になる訳が分かった。心の海は、東京湾のような大海につながる海ではなく、陸の中に閉じ込められた、小さな水たまりにすぎない。どこにも逃げようがない。涙を流すのを止めれば、やがて干上がってなくなってしまうのだろう。相馬と自分は、そうした同じような心の湖を持っているからだ。

「あぁ、歌など歌ったのは久しぶりだ」

相馬は、千代の膝に手を置いた。相馬の体温が、古びた着物ごしに伝わってくる。膝の部分にはちょうど、牡丹の柄がついている。ちょうどその花に、白いチョウがとまったように見えた。

しばらく沈黙があり、千代は窓を閉めた。

その夜、生まれて初めて、相馬は男になった。体合わせが良かったのだろう。さすが高尾の眼力である。

千代は、相馬の紅潮した顔を見て、心底、安心した。自分の仕事も悪くない、と初めて思った。

郭での暮らしに慣れ、仕事を覚えるばかりで瞬く間に半年が過ぎ、東京で初めての冬がきた。千代とみねは、ひょんなことから、同じ岐阜県出身の学生と仲良くなった。軍人を目指して、東京で勉強する学生、河村と谷藤の二人だ。

偉い物書きが、「講演」ということをするらしいので、にぎやかしに行ってこい、と高尾に言いつけられた。何しろ、その物書きは、「早稲田大学」というところで勉強しているうちから、根津《ねづ》の遊女に熱を上げて通いつめ、つい去年、結婚したばかりだ。その遊女の名は花紫《はなむらさき》、物書きは「坪内逍遙《つぼうちしょうよう》」という。尾張藩士の息子で、岐阜県の太田宿《しゅく》（現在の美濃加茂市）の出身だ。当時、逍遙は、「小説神髄」や「当世書生気質」をすでに著し、文明開化の渦中の人となっていた。

公会堂のようなものが、どこにでもある時代ではない。早稲田とて、大隈講堂ができたのは、昭和になってからのことである。広い民家を借りて講演は行われた。

門から家まで、かなり歩かないと行けないことに、千代は驚いた。開け放たれた縁側つきの座敷がステージだ。聴衆は、庭のござの上に座って聴くのだった。座ろうか、立ち見しようか、寒さを忘れるほど混み合っている。そんな人だかりの中で四人は出会った。

「やめなれ……、河村君」

河村君と呼ばれた学生が、大声で声援を送るのに対し、もう一人の学生が静かに諭した言葉には、聞き覚えがある。「やめろ！」と強く言うところを「なれ」という語尾をつけて優雅に諭す。千代はみねと顔を見合わせた。二人に近づいてみた。

「……、みたいやな、えらそうにしてござる」

「そうやな、ほんでも……、……」

聞きなれた言葉。耳の良い千代は、人込みの中に故郷の言葉を話す声を捉えた。軍服を着た二人の傍らに寄ってみると、間違いなく岐阜の言葉を話している。しかもそのうち一人は、郡上の人のようだ。都会で久しぶりに聞く方言は、懐かしい故郷を思い起こさせる。自由にふるさとに帰ることの許されない千代たちにとって、学生たちとの出会いは本当に嬉しいものだった。思わずみねが、その河村君に声をかけるのを止められなかった。

河村正彦は岐阜市出身、郡上の嵩田村《たかだ》（現在の美並村の一部）出身の谷藤秀次郎より一つ年上だった。面白いことに、二人は兄弟のように良く似ていた。がっしりとした体つき、日焼けした丸い顔に大きな目、にっこり笑うと白い歯が口元にこぼれる。なんとも好感の持てる青年たちだ。河村の方が社交的で元気が良く、谷藤は、はにかみ屋で大人しい性格だった。

坪内が出てきた。丸いめがねに口鬚《ひげ》、若いが風格がある。恋女房の花紫を連れている。去年まで女郎だったとは思えない。すっかり奥様だ。

「春の屋さぁん！」

「春の屋おぼろさぁん!!」

千代とみねが、坪内の号を呼んで手を振ると、坪内は目を細めて会釈した。話は難しかったが、坪内が物書きとして、人情を重んじ、世の中の風俗をそのまま見て受け止めているように感じた。

同じように河村たちも、千代とみねが女郎だということは、見ればすぐに分かった。が、同郷の友人として扱ってくれていた。千代たちは東京に来て初めて人間として扱われ、救われる思いがした。

「『おぼろさん』って、誰やね？」

河村が聞いた。

「あの丸めがねさんよ」

「へぇ、坪内さんは、そんな号も持っているのか」

河村は小首をかしげて何か考えているようだ。

「あのめがねさん、新婚さんでね」

「へぇ、ほんと。きれいな人やねぇ」

「花紫さん、ゆうて、根津で私らぁと同じ商売しとったんよ」

「それで通いつめて……、自分のものにしたんか⁉」

「そう」

千代は、河村と馬が合った。男として気に入った、という訳ではない。話をするほどに考え方が似ていて、自分をさらけ出して話ができるのだった。

「もともと、尾張徳川の藩士ぞ」

「……」

「そんでも、好きなもんはしょうがない」

「そう！」

千代にとって男というものは、仕事の相手であり、生きていくための手段でしかなかった。だから、人間らしさを感ずることのできる男が身近にいるというのは、千代の精神の健康には、少なからずプラスになった。

千代たちが話している間、みねと谷藤も、庭の松の陰でずっと話し合っていた。お互いの目を見て話す様子は、互いに惹かれ合っているようだ。

二人は男だが、客ではない。だが勿論、恋人でもない。

そういうのを、「友達」といえるだろうか？　その夜、また会う約束もせず四人は別れた。

真夏の蒸し暑い昼下がり、女郎屋の横を流れるどぶ川の脇で、千代は座り込んで一服していた。黒っぽくよどんだ水面に小さなごみをいくつか浮かべたまま、どんよりと水が流れていく。頭の上で風に揺れる柳の枝は、この夏出たばかりの緑色の葉をたくさんつけている。都会では水のせせらぎは聞かれないが、緑の鮮やかさは山国と変わらない。千代は手を伸ばして一本の枝を引っ張ると、葉を一枚むしりとった。指に緑色の跡がついて、鼻に近づけると草の匂いがした。

今頃故郷では田畑のまわりに雑草がいっぱい生い茂って、毎日草刈りが大変なんだろうな、と千代は思った。千代の家のように貧乏な小作人は、米を作ってもあまり米を食べることはできない。小作料は、その年の収量に関わらず決められた一定量の米を必ず現物で納めることになっていたからだ。あぜで作る豆や、裏作の麦には小作料がかからないので、これが大切な食料となった。小作料も満足に払えない年は、翌年、地主の田畑の仕事を手伝わせてもらうことを条件に許してもらうより仕方なかった。そんな訳で、千代の家は毎年のように地主の田畑の分まで仕事があり、真夏も毎日毎日忙しかった。母も弟も、休む間もなく働いているだろうと思うと、女郎の暮らしに不平は言えないと思った。

「もたえよそざの　ひえから見やれ　三里きこえて　四里ひびく〜」

たくさんの麦やひえの中にわずかに米の混じったご飯を食べながら、父が歌った歌を、千代は小声でつぶやいた。父の弱った胃腸には、ひえのご飯は良くないだろう。夏の暑さが応えてはいないだろうか？

「千代ちゃん！」

明るい声で後ろから呼んだのは河村だった。どぶ川を渡る風が、心地よく頬をなでた。陸軍士官学校で学ぶ、軍人の卵の、日に焼けた顔。

「いい調子で、歌っとったね……。何の歌？」

「嫌やわ、河村さん、私、芸子やありません。歌なんか……」

「へぇ、いい声やったけど」

千代は、柳の葉をもう一枚ちぎって、どぶ川に捨てた。ゆっくりと、流されていく鮮やかな緑色の葉を、二人は、目で追った。

「このまま、海まで行くのかな」

「どうやろ？　そりゃぁ、そうかも」

河村も、一度に何枚もの葉っぱをむしって、川に投げ捨てた。

「あらっ、そんなにちぎったら、可哀そうやないの」

「なんでぇ？　千代ちゃんが、先に投げとったんやないか」

河村の、むっとした顔を見ながら、千代は吹き出した。河村も、訳もなく、からから笑った。

「おっと、時間に遅れる！」

「軍人さんが、こんな昼間から、郭に何の用事？」

「俺の用事やないよ！　上官のお遣いや……、馴染みの女に、ちょこっと言い訳を伝えに来たんや」

河村が、当惑した顔で大きく手を振りながら弁解するのを見て、千代は少し悔しかった。遊女の中でも、安物の女など買うつもりはない、と言っているように感じたからだ。そう考えながら、そんな自分のひがみ根性に、嫌気がさした。

千代はもう一度、柳の葉を一度に数枚ちぎって、川に放り投げた。よじれてつぶれた葉が、絡み合いながら、川下へ流れていった。千代の白い手には、葉から出た青い汁が染みついた。

銀姉さんに頼まれたお遣いの帰り、綾瀬《あやせ》の表通りをそぞろ歩く。雨上がりの空に、さっきまで虹が出ていた。どぶ川沿いの柳が、雨に洗われて緑が濃くなったようだ。蟬の声とともに、強い日光が照りつける。姉《あね》さん被りにした手ぬぐいの端を引っ張り、顔にかけた。顔は商売道具。少しでも日が当たらないように気をつけなければならない。

「ぼくね、楽部《がくぶ》に行けることになったよ！」

楽器屋の前を通りかかると、一人の少年が飛び出してきて、明るい声で言った。細面の顔に、広い肩幅。この少年の名は、策太《さくた》。この「我楽堂《ががくどう》」で小僧のようなことをしている。ガラス戸を開けたまま手招きし、千代を中へ招き入れようとした。

策太の言う「楽部」とは、宮内省式部職雅楽部《くないしきぶががく》のこと（明治四十年に宮内省式部職楽部《がくぶ》に改名）である。いわば宮廷楽団《きゅうてい》の団員を養成する機関である。昔から宮中《きゅうちゅう》の行事のとき、宮廷楽団の人たちは、雅楽器を演奏したり、伝統の舞を披露する。その団員は、代々受け継がれた家柄の人たちがほとんどである。が、明治の時代になり、宮中と新政府のために音楽を提供することとなり、洋楽器を取り入れるようになった。そこで伝統を継承するばかりでなく、新しい音楽教育が必要となった。それで雅楽部において、若い人材を集め、教育し、楽団に加えるために必要な様々な知識・技能を伝授するようになったということである。この頃には西洋音楽しか知らない人が雅楽部に入るなど、伝統と新しい流れとの葛藤が始まっていた。

千代は、自分の身分を十分わきまえているつもりだったので、いつも、この店の前を通りかかるだけで、決して立ち寄るつもりがあるわけではない。それでも、ガラス戸や中に並んでいる楽器が珍しく、のぞき込んでいるうち、下働きの策太に声をかけられ、いつしか馴染みになったのだった。

千代は十五、策太は千代よりも二つ年下だった。千代には、故郷《くに》に策太と同い年の弟がいる。

「先生が、来年の四月から行かせてくれるって!!」

先生とは、この楽器屋の主人だ。柔和な鬚面。店の奥でいつも楽器を手入れしている。策太の肩越しに店の中を見ると、千代の顔を見て静かに微笑んでいる。先生も、千代が女郎であることは知っているが、そんなことはお構いなしに、店の中に入れてくれる。珍しい楽器を見せてくれるばかりか、演奏を聴かせてくれたこともある。

宮中の楽人は、古来から十六の楽家に分かれている。京都楽所の楽人、南都の楽人、四天王楽人。数百年もの家系がはっきりしている。先生は、このうち南都楽人の、「上《うえ》」家の血をひいている。身よりのない策太を、養子にでもして、宮中へ送り込むのだろうか？

「ねぇ、寄っていきなよ」

「でも、私、お遣いの帰りやで」

千代はいつまで経っても、故郷・岐阜の訛《なまり》が抜けない。

「千代さんは、昼間《ひるま》休みなのでしょ。だったら、少しくらい大丈夫。叱られやしないよ」

策太は、千葉は房総の方の出身らしいが、東京でしばらく働くうち、すっかりあか抜けた言葉を話すようになった。もとはお侍の家柄なのだが、家系図を消失したとかで、士族様にはなれなかった。その火事で、家族も失った。整った美しい顔が、家柄や育ちの良さを感じさせる。白い細面の顔に、すっと通った鼻筋、切れ長の目は、光が強く、薄暗い店内に入ってもきらきら光って見える。

「お邪魔さまでございます」

「あぁ、こんにちは。おや、薄墨の着物に、濃い墨の帯ですか。流るる水のごとく、ですな」

「まぁ、また、誰かの歌ですか？」

この主人は、音楽のことが四六時中、頭から離れない。何かたとえを使うのにも、歌か音楽にまつわることばかりなのだ。

「奥《おく》君ですよ。『流るる水』という歌です。作詞は女性ですぞ」

奥好義《おくよしいさ》は、宮内庁の雅楽師であり、楽師でもあった。雅楽も西洋音楽も両方やる、ということである。華族女学校で、教官をやっているらしい。雅楽師・楽師だけで食べていくのは大変なようである。郭に来て、高尾の部屋でそう話しているのを幾度か聞いたことがある。また奥家は、上家と同じ、千年以上も続く楽家の一つでもある。最近になって、旧楽家以外からも楽師が任用されていることは、雅楽部の中に波風を立てているようだった。

「あぁ、この前寄らせていただいたとき、西洋の楽器を弾いていらした方……」

この店には、日本古来の雅楽器のほかに、舶来《はくらい》の楽器も置いてある。維新の後、宮内庁の楽団の人たちは、古来の音曲《おんぎょく》や舞のほか、西洋の楽器を弾かなければならなくなった。先生は、その楽器を用立てたり、楽部へ出かけていっては、演奏法を教えたりしているようだ。

「その、先生はやめてください。『おじさん』とでも呼んでくださいな」

千代は笑いがこみ上げてきたが、声を立てて笑ってしまいそうだったので、ぐっと息をのんだ。口の中で「おじ様」と呼んでみた。自分が、どこかのお嬢様にでもなったような気がした。

「策太、あれを」

「はい」

策太が奥から持ってきたのは、鉢植えの花だった。

「わぁ……！」

大きな鉢植えから、太い茎が幼子《おさなご》の背丈ほど伸びている。その先に、真っ赤な花が三つ、外向きに花びらを開いて咲いている。ちょうど兵隊さんのラッパを、茎の先にくりつけたような格好だ。茎を切って下から吹けば、三つのラッパが一度に鳴り出しそうである。

「百合……？　の花ですか？」

目を丸くして千代が尋ねた。

「アマリリスじゃよ」

「尼ユリ？」

「あ、ま、り、り、す」

策太がにこにこ笑いながら、千代の肩に手をかけて教えてくれた。

「アマリリス……。西洋の花ですか？」

梅雨時には雨がたくさん降る。雨上がりに見た花だから雨《あま》ゆり――アマリリス――と覚えることにした。

「仏蘭西《ふらんす》から船便で先月届いたのが、今週になって咲き始めたんじゃ。千代さんは心がけが良い……、花が咲いたところを見られたからね」

先生は、鬚をなでながら目を細めた。

「あっ、そう言えば、策太さんが楽部に入れるって……」

「うむ、来年から寄宿舎暮らしになる」

「えっ、じゃぁ、お店の手伝いは、誰がなさるんですか？」

「さぁ……千代さん、手伝っていただけますか？」

そう言って先生は、穏やかな笑い声を上げた。

千代も、少しだけ声を上げて笑った。本当に楽器屋の店員になれたら、どれほど幸せかと考えた。しかし、その考えはあまりにも滑稽だったから、笑い続けた。自分が、そこそこの年になるまでに、足抜けできるほど大金を稼ぐか、身請けされるか。それはどちらも、少しもあり得ないことのように思えた。笑いすぎて涙が出そうになった。

千代は、もともと性格の明るい娘だった。女郎になるまでは、けらけらとよく笑ったものだ。


その日は、夕刻から仕事だったが、なかなか客がつかなかった。千代は、表通りに向かって手を伸ばし、道行く男たちを引くのにも飽き、奥へ引っ込んで、楽器屋の主人に借りた本を開いた。母《かあ》さんに見つかれば大目玉だが、今晩は風邪をこじらせて早くに寝てしまった。

千代は学校に行かなかった。父が病弱で、弟と妹が一人ずつ。小さな頃から、子守や野良仕事を手伝わなければならなかった。読み書きができるのは、故郷で別れた恋人のおかげである。

「ねぇ、千代ちゃん、お客だよ。何だい、あんた、また本なんか読んでたの？　ったく」

郭で一緒に働く、親友のみねは、あきれ顔で千代の尻を叩いた。みねには白雪という源氏名があるが、二人は本名で呼び合っていた。

みねは、福の神のようにふっくらした顔の、しっかり者だ。千代と同じ岐阜の郡上から、同じ汽車で東京に連れてこられた。郡上の田舎から東海道線に乗るまでが大変だった。山道を歩き、馬車に乗り、いく山も越えて、名古屋に出、そこで汽車という物を初めて見たのだった。

「よっ、あやめ！」

ひょいとのぞいた男の顔を見て、千代はにこっと笑った。鷲之介《わしのすけ》だった。千代たちを東京の女衒《ぜげん》に引き渡した奴である。当然、千代の本名を知っているが、必ず源氏名で呼んだ。この男には感謝しなければならない。お陰で、故郷の父は医者にかかることもできるのだ。そういう笑顔である。奴は実は、岐阜の商人らしい。おまけに女衒のようなことをしているので、金回りが良い。

「ほいっ」

鷲之介は、千代の手を取ると、手のひらの上に何やらぴかぴか光る物をのせた。宝石には違いないが、変わった金具がついている。

「何ぃ、これ？」

「ん？」

鷲之介は、それには答えないで、髪をかき上げながら、障子窓を大きく開けた。

「今夜はむすなぁ」

千代は団扇《うちわ》であおいでやった。窓の縁《へり》に手をかけ、腕まくりして道行く人を見ている。男にしては細い二の腕が、剝き出しになっている。キセルに煙草の葉を詰め、火をつけてやった。鷺之介は、千代の方を見もしないで、それを受け取ると、おいしそうにふかし始めた。風がないので、たちまち部屋の中は煙だらけになる。キセルを灰皿に置くと、今度は千代の読んでいた小説をめくり始めた。

「月の都……、か」

旧松山藩主の息子・正岡子規《まさおかしき》は、新聞記者から転身、文学者となり、日本の俳諧《はいかい》に一大転機を巻き起こした人である。子規が編集した新聞「小日本」に掲載されていたのが、この小説だ。

「雪降りや　棟の白猫　声ばかり」

鷺之介のくれた宝石を、掌の上でいじりながら、低い声で千代が言った。鷺之介は、高い声で笑いながら、煙草の煙にむせて、ひどく咳き込んだ。千代は優しく背中をさすってやった。

「そりゃぁ、雪がたんと降ったところに、白猫がおっても、ちっとも見えんわなぁ」

咳がようやく治まったところで、また煙草を吹かし始めた。

「その子規という人が、初めて呼んだ俳句やって」

「ふぅん……、お前は、女郎のくせに学があるな」

「そりゃぁ、鷺さんが、いっつも字を教えてくれたで……」

鷺之介がまた咳き込まないように、団扇をしきりに動かした。

千代が故郷の恋人に習ったのは、ほんの少しの漢字と変体仮名《へんたいがな》だけだ。鷺之介は、こうして夜中に千代のところにやってきて、漢字を教えたり、その他、世の中の珍しいことや教養めいた話などをしてくれた。千代が、小説なぞを読めるようになったのは、恋人よりも、むしろ鷺之介のお陰である。千代のような生娘を、女衒に売り渡す手伝いをしたので、気がとがめてこんなことをしてくれるのだろう。いつも何か珍しい物を持ってきては、面白おかしい話をしてくれる。そうして、何もしないで帰っていくのだった。

鷺之介の顔を見ても、千代が愛想笑いしないのは、男と女の関係ではないからだった。愛想笑いしない代わりに、鷺之介の前でだけは、心底、笑うことができた。

笑うことができる、というだけで、何も、鷺之介といて楽しいとか、好きだからまた会いたい、というのではない。東京に来てから笑えなくなったのに、明るい笑い声を上げることができるのは、鷺之介が、千代にそれを望むからだ。千代にとって、鷺之介はあくまでお客である。お客の望むものを、金銭と引き換えに与えているだけのことだ。

一口に「女を買う」といっても、人それぞれ望むものが違う。頭がよく、性格のまじめな千代には、客の望むものを敏感に察知し、適確に対処する能力があった。こうした女ならではのきめ細かさ、勘の良さを、女郎などでなく、他の職場で活かすことができたならば、千代の一生は、もっと幸福だっただろう。

「ねぇ、これ、何ぃ？」

千代は、金具のところを持って、例の宝石をぶらぶら下げながら、もう一度尋ねた。金具の部分は金に違いないが、宝石は赤い。首飾りのように輪になっているわけでなく、指輪のように指に通すところもない。帯留めにしては、不安定な形だ。

「ルビーの……耳飾りや」

「はぁ？　こんなもん、耳にぶら下げるんか？」

鏡にかかった布を押し上げ、その宝石を耳の近くに当てて、鏡の中をのぞき込んだ。

「あぁ、そうや」

鷲之介は黙ってイヤリングを手に取ると、くるくると金具を回してゆるめた。千代は、手品でも見ているような気分だ。大きな目をしばたいている。明るい褐色の瞳に、赤いルビーが揺れている。鷲之介は、千代の両の耳にそれを、器用な手つきで、つけてくれた。

鷲之介は、肩の辺りまである髪を、後ろで一つに縛っている。前髪は、後ろの髪より少し短いので、耳の辺りにこぼれていた。ちょんまげでも散切《ざんぎり》でもないこの髪型に、つばつき帽子がよく似合った。

千代は、イヤリングをした自分の顔を鏡で見て、けらけらと声を上げて笑った。鷲之介は、千代があまり面白がるので、今度は、自分の髪を結んだ麻のひもをほどいて、イヤリングを耳につけ、女の真似をして見せた。

鷲之介が千代のところに来るのは、その明るい魂に触れて、孤独な心を癒すためだ。国元に妻もおり、高い花代を払って芸妓《げいぎ》と遊ぶこともできる。たかが女郎のところにしげしげとやってくる上に、何もしなかったのは、千代が特別な女だったからだ。

「ねぇ！　この前、鷲さんがくれた、あの歌う箱、あの曲、何かわかったよ」

「あぁ、オルゲン（オルゴール）か」

千代が取っ手を回すと、可憐な音でオルゲンが歌い始めた。

「これねぇ、えっと……雨ゆりやなくて……」

鷺之介は、曲に聴き入りながら、オルゲンの中にイヤリングを投げ入れた。

「そうそう、アマリリスやって！　仏蘭西の民謡なんやと」

「ふぅん」

鷺之介は、人の話を聞かない男だ。千代の手からオルゲンを取ると、面白くもなさそうに取っ手を回し始めた。

「我楽堂《ががく》さんの先生に、バイオリンで弾いてもらったんやよ。いい曲やねぇ」

フランス民謡の「アマリリス」は、軽快な出だしと対照的に、途中で短調に転調し、しっとりとしたムードになったかと思うと、また最後に、軽快な明るいメロディーが繰り返されるという作りになっている。この曲には、日本語の歌詞がつけられている。

「月の〜、ひ〜か〜り〜」

転調したところで、鷺之介が歌い始めた。

「花園を蒼く照らして　あぁ夢を　見てる　花々の　眠りよ〜」

千代は、今日習ったばかりの日本語の歌詞を、鷺之介とともに歌った。梅雨曇りの夜空に、いつしか細い三日月が出ていた。

「何や、鷺さん、曲知っとったんやない。この前、なんていう曲か、知らん、って言っとったのに」

「歌は知っとる、曲の名前は知らん」

「あのね、アマリスって、花の名前なんやよ。大きな百合の花みたい」

「ふぅん、見たんか？」

「うん、今日、我楽堂で見た！」

夜半になり、天気が持ち直すと、少し風が出てきた。気温も下がって、風が吹き込んでくると涼しい。鷺之介は、千代の膝の上に横になると、耳をそうじさせた。そうして、そのまま眠り込んでしまい、明け方に帰っていった。


「千代や、客人だよ、男の」

昼飯を食べて、部屋に寝そべって本を開いたまま、うつらうつらしていると、母さんに呼ばれた。母さんは、もとは芸妓だ。若い頃は、ものすごい美人だったらしい。年をとった今でも、艶っぽい美しさがある。月夜の晩に、三味を持ち出して、いい声で小唄を聴かせてくれる。

その昔、郭では最高級の遊女のことを「太夫《たゆう》」と呼んだ。容色に優れ、歌舞音曲・文学などの諸芸に秀で、一流の教養を身につけた遊女。江戸の都では「高尾太夫《たかお》」という伝説の太夫がいた。母さんは、その太夫と同じ名を名乗っている。

高尾太夫は、新吉原の大見世、三浦屋四郎左衛門抱えの太夫で、その名を継承すること、十一代と言われる。数ある高尾伝説の中に「仙台高尾《せんだい》」と呼ばれる女がいる。伊達家のお殿様が彼女に夢中になり、体と同じ重さの金《きん》で身請けが叶った。ところが、隅田川を下ってお屋敷に向かう途中「自分には深い馴染みがある、殿様の囲い者になるのは嫌だ」と言った。それで、伊達のお殿様に切り捨てられたということだ。仙台高尾が書いた恋文に「忘れねばこそ、思い出さず候」という一説がある。ひとときも忘れることがないのだから、わざわざ思い出すこともない。千代には、この高尾の気持ちがよく分かった。

母さんにも、若い頃に、その仙台高尾によく似た思い出があるらしい。未だに遊郭で働いているのは、お大臣の身請けを断ったからだとか……。

「はい」

千代は、大あくびしながら、立ち上がり、髪を直した。千代が東京へ来てから、二年の月日が経った。花もさかりの十七である。

「まったく、こちとら郭だよ！　買いに来《こ》いってんだ」

「へ？　お客さんやないんですか？」

「あぁ、ただの用事だとさ、表で待ってるよ。随分な田舎者だが、いい男じゃないか」

母さんは意味深に笑って、下へ降りていった。千代は、自分に用があるという若い男に、心当たりがなかった。

下駄を引っかけて表に出ると、柳の木の下で、男がうずくまっていた。紺の着物に、ネズミ色の鳥打ち帽、籐で編んだ四角い葛籠《つづら》を、脇におろしている。

「あの……」

振り返った男の顔を見て、千代は息が止まりそうだった。

「千代ちゃん！」

男は心から嬉しそうに笑うと、千代に駆け寄った。その後は言葉が続かないようで、うつむいてしまった。気がついて、鳥打ち帽を頭から取り、胸のところに抱えた。その手が、小刻みに震えている。

千代の方も、驚いて声が出なかった。故郷で別れてから、二年が過ぎた。来る日も来る日も、夢に現《うつつ》に忘れたことのない人だ。

「宇之さん……」

かすれた声で名を呼ぶと、宇之吉《うのきち》はまた、心底嬉しそうに笑い、大きな鳶色の目で、恥ずかしそうに千代の顔を見た。温かな瞳の色。

「千代ちゃん、まめ（元気）やったか？」

「うん、見てのとおり」

「妙見は、田植えは済んだかな？　無事に……」

宇之吉は、千代が少し痩せたのが気にかかった。が、よく考えれば、国元にいるときのような極貧の暮らしではないから、痩せる訳はない。表情に抜け目のない険しさが加わったのだ。純真な少女の美しさを失ったことは、残念ではあったが、身も心も引き込まれそうな怪しい魅力となっていた。それを、口に出さなかった。

「うん。千代ちゃんの家は、男手が少ないで、近所の者で手伝って……、おりも、手伝わせてもらったよ」

「おおきに……、悪いね、宇之さんとこは、田んぼも広いのに、大変やろ」

柳の枝が風に揺れて、千代の頬に緑の葉がさわった。

「お父ちゃん、まだ伏せっとるんやな、手紙には、元気やって書いてあったけど……」

「あぁ、でも前よりもまめやよ。野良はできんけど、時々起きて、子守してござる」

下の弟が、千代が郡上を出てから生まれた。まだよちよち歩きだ。

「子守って、赤子の？」

千代は、頑固者の父が赤子のお守りをする姿を思い浮かべて、笑いがこみ上げた。

「うん、えぇと……」

「利吉《りきち》」

千代はたまに実家に手紙を出している。父も母も字が読めない。平野醸造当てに出して、じゅうが伝えてくれるようになっていた。下の弟の名前は一度、じゅうからの手紙で見たきりで、思い出せなかった。

「宇之さん、立ち話もなんやで、上がっていかん？」

宇之吉は、大きく目を見開いて、じっと千代の顔を見た。大きな瞳の中に、自分が映っているのを見て、嬉しかった。千代は真顔で宇之吉を見つめ返した。宇之吉は、千代から目をそらしてうつむいた。柳の枝が風に揺れている。

「銭《ぜに》はいらんよ」

思い切って言うと、宇之吉は、口をへの字に曲げて、悲しそうな顔をした。女郎になった女など、いくら幼馴染みといえど、抱く気になどならないのだろう、と千代は考えた。

しかし宇之吉は、金《かね》で千代を自分のものにするなど、とんでもないことだ、と思っていた。

「銭はいらん」と千代が誘ってくれても、もうすぐ嫁をもらう身で、千代を抱くなど、申し訳なくてできなかった。宇之吉にとって、千代は女郎でなく、大切な人なのだ。

千代は、気持ちを切り替えて、つとめて明るい声で言った。

「宇之さん、もう、お嫁さんもらったんやろ?」

宇之吉はあわてて首を振った。

「今年の秋に祝言や」

千代は不意打ちを食らって、目まいがした。どぶ川の流れに、どんよりとした梅雨空が映っている。

「千代ちゃん、梅、食べるか?」

宇之吉は葛籠《つづら》を開けた。戦国の世から代々続いた宇之吉の家には、しだれ梅の巨木があって、ふくよかな肉付きの、素晴らしい梅がなる。これを塩漬けにして干したものは、絶品だった。

千代は、しだれ梅の枝に、少し桃色がかった花が咲くのを思い出しながら、柳の葉を一枚ちぎった。その葉をかじると、渋い汁が滲んだ。妙見様の七日日祭りの夜、桃色の簪《かんざし》をさした許婚と、宇之吉は一緒に歩いていた。あの人は、秋には、もっと美しい花嫁衣裳を着るのだろう。

千代の濡れた唇を見ながら、宇之吉は迷った。白い肌を露《あら》わにした千代の姿が目に浮かぶ。梅を渡すとき、千代の手に触れた。自分の汗ばんだ手に比べて、千代の手は乾いて冷たい。

「それから……」

宇之吉は、手の汗をぬぐい、もう一つ小さな包みを葛籠から出して、千代の手に握らせた。

千代は、梅の入った小さな壺を宇之吉に預け、その包みを開けた。真っ白な半紙に挟んであったのは、組み紐だった。

「わぁ、きれい……」

「うん、おりが作った」

「へぇ、宇之さん、器用やね」

赤と黒、そして紫の糸で組んだ紐は、目に鮮やかだった。

ふと、宇之吉の襟がゆがんでいるのを見つけ、そっと直してやった。その手を握り、抱き寄せたい……。激情がこみ上げ、震える。しかし宇之吉は、うつむいて千代から目をそらし、何も言わなかった。

千代は、もう一度、床《とこ》に誘ってみようかと思ったが、許嫁に義理立てしていると思ったので、そうしなかった。一度でいいから、好きな人に抱かれた思い出があれば、こんな暮らしにも耐えていかれるのに……。そんな切ない気持ちをぶつけたかった。

でも、言い出せなかった。宇之吉が、自分を思うあまり、一緒に寝ることなどできない、と思っているとは、つゆぞ知らなかったからだ。

宇之吉は、千代に深々と頭を下げると、足早に立ち去った。

やがて、ぽつりぽつりと雨が降り始めた。遠くで雷鳴が聞こえる。

千代の客には、相撲取りだった男がいる。今は反場で力仕事をしているようだ。女房も持たず、その日暮らしをしている。月に何度かやってきて、さっさと用を済ませると、少しだけ世間話をして帰っていく。

「図体ばっかりでかいが、気は小さくて……、そんだで、名は小吉や」

千代にとっては親しみのある、三河訛《みかわなまり》で話す。三河は愛知県だから、隣接する岐阜のこともよく知っていた。

この男が、宇之吉に似ていた。さっぱりとした気性もよく似ているが、顔がそっくりだ。日焼けした肌、彫りの深い顔立ち、鳶色の瞳、がっちりとした肩。にこっと笑うと白い歯がこぼれるところ。

そして、大きな手も……。

まだ子どもの頃、宇之吉は、学校へ行けない千代のために、字を教えてくれた。千代の住む妙《みょう》見《けん》には、大きな神社がある。学校から帰るといつも、その明建《みょうけん》神社の境内で、その日習ったことを、教えてくれるのだった。境内の奥に、大きな欅の木があった。そこで、人目を憚るようにして、たった二人で勉強した。宇之吉が地面に書く。千代も、折れた枝を筆代わりに、地面に字を書いて覚えた。記憶力が良く、何事にも好奇心が強くて、分からないことをすぐ質問することができる優秀な生徒だった。生来、頭の良い質《たち》なのだろう。宇之吉はしっかり授業を聞いているのだが、その鋭い質問に答えられないことが多かった。宇之吉は、千代の尋ねたことを覚えておいて、翌日ちゃんと先生に聞いてきてくれるのだった。お陰で宇之吉は「勉学に熱心だ」と先生から褒められたらしい。

毎日、集中して見ていたのだから、宇之吉の手は、今ここにあるようにはっきりと思い描くことができる。小吉の手を見るたびに、宇之吉と二人だけの授業が思い出された。

小吉のしわがれた声と、でっぷり出た腹は、似ていないところだ。

相撲取りは、髷《まげ》を結うが、月代《さかやき》がない。侍が頭の中央を剃ったのは、兜をかぶると頭がむれたからである。小吉は相撲取りだったから、前髪までたっぷりと生えている。町には、侍のようにちょんまげを結っている人がいたが、小吉も、そうだ。相撲をやめるときに切った髪がまた伸びて、それを後ろで束ねている。その髪型も、たっぷりある髪も、宇之吉によく似ていた。

千代が階段で転んでけがをしたとき、たまたま客としてやってきていて、上手に手当してくれた。相撲部屋では、そんなけがはしょっちゅうで、手当くらいできないと、つとまらないのだろう。細く裂いた布を、くるくると器用に足首に巻きつけてくれた。それだけで、痛みが取れるわけではないが、歩きやすくなるから不思議だ。それから数日、客としてでなく、手当をしに通ってくれた。

こういう、飾らない優しさが、一番、宇之吉に似ている。

客は、嫌な奴の方が多い。

部屋に入ってくるなり、乱暴に欲しがる奴。

派手な洋服を着たりして、羽振りのいいことを言っているが、花代をケチる奴。白髪頭のよぼよぼのくせに、鼻っ面だけが赤い下品な老人。体をなで回すばかりで、もはや役立たないのに、何が面白くて通ってくるのだろう。

新聞売りのやさ男。新聞を入れた箱を肩に背負って、新聞社のはっぴを重ね着してやってくる。女たちに人気のあった噂の小政《こまさ》なら、相手してやらないこともない。千代は新聞売りの小政を、新橋で見かけたことがあった。髪を耳の上まで切って、横分けにした粋な髪形をしていた。目が合ったとき、涼しい瞳を細めて、さわやかに笑った。

だが、千代のところに来る新聞売りは、女郎を馬鹿にして威張り散らす、虫の好かない奴だった。ちょっとばかり見た目がいいもので、女たちがちやほやするのだろう。いくら人気があったって、稼ぎがさほど出ないのだから、芸者を上げて遊ぶような派手な暮らしはできない。だったら女郎とそう変わらない身分なのだ。威張り散らすのはみっともない。小便くさいガキのようだ。そこらの路地で体を売る、年寄りの夜鷹《よたか》（下級娼婦）のところにでも行って、乳を飲ませてもらうがいい。

こうした奴らの、嫌なところまでよく覚えておいて、機嫌をとるのが肝心だ。こちらが嫌な顔をしては、商売上がったりだから。客を見ると、思わず愛想笑いが浮かぶ。表情、動作、言ったことは勿論、小さなため息や、癖なども見逃さない。

千代は、感情の上ではとても耐えられないほど嫌なことに対して、くる日もくる日も、一生懸命に取り組んだ。そうして、嫌だ、と感じる感情がなくなり、それと同時に、喜びもなくなった。心の底からみずみずしく湧き上がる愛情を、大切なものに無尽蔵に注ぎ続けることができる、これが、女の幸福である。千代は、その愛情の泉に蓋を着せ、幸福とは反対の地獄に生きていた。

　中には、鷲之介のように、妙に親切にしてくれたり、小吉のような気持ちの良い男もいる。そうした男と過ごす時間は、心地いいものだったが、喜びはない。嫌なことに始終、没頭していると、それが当たり前になってしまう。だから、嫌ではない時間は、かえって落ち着かない。心の中にぽっかり穴が開いたようだ。皮肉なことに、嫌なお客を相手にしている方が、生きている感じがするのだった。生真面目な千代は、女郎の仕事だって、立派に勤めることができるが、その分、自分の精神をこわしていった。

　昼寝をして目が覚めた。中庭に鉄線の花が、今を盛りと咲いている。鉄線といえば、山中の茂みの中にひっそりと咲いている、というのが千代のイメージだが、都会の鉄線は違う。花が大きく色も派手である。

　それとは逆に、桜ははかない薄墨色をしている。〝染井吉野《そめいよしの》〟という種類らしい。江戸の染井町でつくられた吉野桜だそうだ。食べられない物を作る百姓がいることを聞いて、千代は少なからず驚いた。明建神社の参道に並んでいた桜並木は、この薄ぼんやりした桜と同じ種類だ、と聞いた。葉の後に元気な花を咲かせる山桜の方が千代は好きだ。あの生き生きとしたピンク色が、若草色に茂る葉によく合う。

起きては見たもののなかなか目が覚めないので、散歩に出た。ついでに月島で佃煮《つくだに》を買ってくるよう頼まれた。月島は埋立て地だ。やはり州崎のように東京湾に突き出している。隅田川が海へ注ぐ前に二手に分かれたところにあり、向こう側が築地である。狭いところに工場や倉庫、長屋がひしめいている。千代はその活気のある町並みが好きだ。

それに日本各地から集められてきた材木が、集まるのがここである。「木場《きば》」という地名があるくらいだ。束ねて筏にした材木の上をとび交う男たちの姿は、宇之吉たちと一緒である。千代はしばらく木陰に座って、木を操る男たちの様子を見ていた。

木場の辰《たつ》がいる。同じ郭の藤《ふじ》という子の馴染みだ。甲高いよく通る声で、続けざまに指示を出す。辰が材木から材木へ飛び移ると、海鳥も一緒に飛び立ち、金色の汗が飛ぶ。剛毅な辰と、さばさばした性格の藤はお似合いだと思った。

佃煮屋を出ると、走ってきた人にぶつかって佃煮を落としてしまった。大きな黒い箱を持つ指の長い手。時計をぶら下げている。飛脚だ。

よろめいた千代の体を心配し、何度も何度も謝る。佃煮が大丈夫だから、詫びはいらぬと言った。が、あまり謝るので、その日の夜、郭に来てくれるよう言った。こうして客になったのが蓮《はす》馬《ま》である。

隅田川の縁を歩きながら、ふさふさと葉の生えた桜並木を眺めた。花の咲いている頃は、弱々しい感じがするが、葉が生え出すと、うって変わって力強い。海風に当たって葉を翻す。そのたびにきらっきらっとなめらかな光を放つ。川の水が跳ね返す強い光と違う。まるで優しい言葉を投げかけているようだ。

その晩、蓮馬は本当に千代のところにやってきた。風呂に入ってきたのか、首に白い手ぬぐいをかけ、昼間見た地下足袋《じかたび》を履いていなかった。

駿河は清水の出身。すっと鼻筋の通った色男で、次郎長《じろちょう》親分のように気風《きっぷ》がいい。飛脚をしていて見てきた、いろんな場所の、いろんな人々のことを話してくれた。昨日、蓮馬は、清水港の近くの由比《ゆい》というところにいたらしい。海に臨む町で、しかも富士山がすぐ近くに見えるとか。千代はただ一度、東海道を汽車で登るときに富士山を見たきりである。もうあの雄大な姿を拝むこともないだろう。

その由比で朝獲れたシラスと桜エビを、汽車と走りで運び終わったところで、千代とぶつかったという。どちらも今が旬だ。もうちょっと早ければ、まだシラスなどを背負っていたから食べさせてやれたのに、と悔しがっている。なんでもシラスを釜揚げしないで、生のまま食べたということだ。

「蓮馬の〝蓮〟は蓮華《れんげ》の〝蓮〟、蓮馬の〝馬〟は馬だ。どちらも田畑のいい肥やしになる」

夜中に蓮馬が、自分の名前の由来を話し始めた。半農半漁の貧しい家に生まれ、おまけに五男坊。いくら器量が良くても女のように売るわけにも行かぬ。あまりの貧しさから、父親は蓮馬のことを穀潰しと言った。

母親は、蓮馬が生まれた頃から、そんなことを見通していた。大きくなったら家を離れ、どこか自分の好きなところへ行って、世の中の役に立つ人になってほしい、と願いを込めたのだ。蓮華の花や馬の糞が、上質の肥料になるように……。千代はふるさとの田んぼ一面に咲く蓮華の花を思い浮かべた。まだ子どもの頃、早春の風に吹かれながら、春駒《はるこま》を遊ばせた……。

「おっ母《か》さんが〝馬〟という字を名前にくれたから、俺は足が速いんだ！」

春駒の姿と蓮馬の走る様子が重なる。やがて寝入った蓮馬の寝息を聞きながら、千代は静かに目を閉じた。

宇之吉が来てくれてからお客をとるときはいつでも、あの紐を左の二の腕に巻いている。それを手首の方にたぐり寄せ、手の平ではさんでぎゅっと両手を握りしめた。その日は明け方まで、夢の中で春駒が走っていた。

六月になると東京湾では鯨漁が始まる。近江屋の旦那が、今年最初の鯨漁を見せてくれると言うので、皆で出かけた。鯨捕り業者・伊勢屋の大将と、旦那は馴染みらしい。鯨捕りの守り神・州崎弁天が、近江屋の息のかかった遊郭のすぐ近くにあることから、伊勢屋は近江屋に気を遣っているのだ。

旦那は、吉原の花魁《おいらん》を何人かと、太鼓持《たいこも》ちを連れてきていた。伊勢屋の初漁に花を添え、盛り上げるためだろう。金蝶《きんちょう》という名の花魁は、旦那の馴染みだ。長い首をしならせて、細面の白い顔を左右に向けながら、旦那の話に合わせてよくしゃべる。頭の良い女のようだ。太鼓持ちは〝桶胴《おけどう》持ちの政《まさ》〟。歌舞伎などに使う桶胴太鼓を二本のばちで踊るように叩く。それから幼子一人。名前は三八《さんぱち》。千代が東京に来た年の末、鷲之介に拾われた孤児《みなしご》である。その頃、まだ三つだった。それからずっと近江屋で大きくなった。吉原の女郎の子だという噂もある。末広がりに幸せになるようにと願いを込めて、〝三八〟と名付けられた。

三八は、政が太鼓を叩くと喜んでその周りを走り回る。あまり走り回ると海に落ちるかもしれない。金蝶が袂から紙風船を取り出して三八に与えた。ふ～っと息を吹き込んでふくらませる様も、花魁はどこか違う。三八は、ひょっとして金蝶と旦那の子ではないか、と考えた。

青と黄と赤と白の紙風船を、喜んでつかむ三八。しかしつかんだ途端につぶれた。機嫌の悪くなった三八をなだめ、千代がもう一度ふくらませてやったが、三八は怒ってその風船を海に投げ捨てた。三八の手を、みねと二人で左右からつないでやると、ようやく機嫌を直してくれた。両親にこうして両手をつないでもらったことが、昔あったのだろうか。三八は大喜びで、二人の腕にぶら下がりたがる。三八にねだられて、千代もみねも三八を持ち上げてやった。

千代の着ている白黒の縞模様の着物は、銀姉さんのお下がりだ。これに緑青《ろくしょう》の帯をきりりと結んでいる。腰巻きが、汗のにじんだ足にまとわりついて、歩くたびに、赤い八掛けとともに白い脹脛《ふくらはぎ》が、しどけなく見え隠れする。

曇り空の下、海は鉛色だ。なま暖かい雨風が吹いている。夜になったら雨が降るかもしれない。やや高い波間に、何艘もの捕鯨船が出ている。赤い褌《ふんどし》一丁の男たちが、それぞれに銛《もり》や網を持って声をかけ合っている。いろいろな方向から鯨を陸地近くに追い込み、銛でしとめようとしているのだ。東京に来て三年になるが、鯨漁を見るのは初めてだ。

大きな船で指図しているのが大将だろう。一人だけ上着を着ている。濃い藍色の羽織、白い手ぬぐいを頭に巻いて、腕を胸の前で組んでいる。その横で跪《ひざまず》いている男の顔に、千代は釘づけになった。宇之吉そっくりだ。早鐘のように打つ胸に手を当てた。落ち着いて見ると、少し宇之吉よりも面立ちが細い。肩幅も少しだけ狭く、一回り小さい。大将の横にいることから、最後に鯨にとどめを刺す役なのだろう。おそらく大将の息子であろう。そこが宇之吉と一緒だ。

ふるさと郡上では、長良川で鮎漁が盛んだった。昼間は友釣りだが、夜、ヤスという銛のような物で鮎を刺してとっている者もいた。それと比べると鯨漁はずいぶん違う。人間よりもずっと大きな動物を捕るから当然だが……。

多方向から投げられた銛《もり》から、縄が伸びて、漁師の手に握られている。アガシ銛といって、銛が刺さると体の中で回転して抜けなくなるように工夫されており、そこから十六メートルほどの麻縄が伸びるのだ。旦那は鯨漁に詳しい。本当は女衒などではなく、こうした男らしい稼業に就きたかったのではないだろうか……。

大将がおもむろに右手を挙げた。とどめの合図だ。大将の息子らしき男がねらいを定めた。鋭い目で鯨を見つめて、銛を差し込んだ。海水が血で濁った。見事鯨をしとめたのだ。

「あれがコロシ銛じゃ。うーん……、心臓に寸分の狂いもなく当たったたな」

鯨漁師たちの歓声が、どんよりとした東京湾に響き渡った。

陸に戻りながら、波間に浮かぶ紙風船を拾って三八に届けたのは、コロシ銛で鯨をしとめた男だった。漁師たちに〝若〟と呼ばれている。

　通常は翌朝解体が行われるが、今日はこの後解体だ。漁の終わり頃から、鮮魚屋、たれ屋（加工業者）、行商人、町の人々が集まり始めた。解体後、直接、肉や骨を売る。

　鯨の大きさは六間（十一メートルほど）はあろうか。今日の海のようなネズミ色だ。丸い小さな頭の先に、細長い吻《ふん》（くちびる）がある。安らかに目を閉じ、閉じた吻は、微笑んでいるようである。三八がしきりに鯨の頭をなでている。千代が三八を抱き上げると、漁師たちが鯨の上に上がり始めた。政の桶胴が威勢良く鳴り始める。

「本日あがりましたのは、ツチクジラ！　薄く切ってお天道様に一日干せば、めっぽううまいタレ（保存食）になりやす……」

　口上を言いながら、全体に解体の指揮を出すのは、〝若〟ではなかった。若の弟で、伊勢屋良《りょう》次郎《じろう》というらしい。くりっとした目が特徴的だ。

「若は勇太郎さんといってな、腕は確かだが、口は弟の方が回る。兄弟それぞれいいところがあるってぇもんだ」

　千代は勇太郎が一心不乱に仕事に没頭し、汗を流す姿をただただ眺めていた。三八がやんちゃを言うので、ずっと見ていられた訳ではなかったが……。三八を抱き上げて、鯨の尾びれのところで人だかりの一番前に来たとき、一度だけ目が合った。

　それが、千代と勇太郎との出会いだった。

「はっこねの山は〜、天下のけん……」

「金ちゃんは、いっつもそれやねぇ」

千代がころころ笑うと、金之助は、さらに大きな声で歌う。

「……、まぁすらぁおぉ！」

道行く人が振り向いてもお構いなしだ。しかめっ面で睨《にら》みつける人に、目配せしながら笑いかけている。

小田原屋の御曹司・金之助は、今年の春から、十日と開けずに通ってくる上客だ。千代の客ではない。高砂《たかさご》という、千代よりも若い娘《こ》の客だ。高砂は気のきついのが玉に傷だが、将来、花魁《おいらん》になるような美人だ。金之助が他の郭にもたまに顔を出すものだから、高砂はそれが気に入らない。それは気位が高い、というよりは、金之助に気があるのではないか、と皆はそう見ていた。

花魁といえば、この前、里紫《さとむらさき》という子が、吉原へ移った。里紫には、高砂のように、馴染みのお金持ちがいた。抜けるように色の白い優男《やさおとこ》だった。確か、白妙《しろたえ》屋の佐五郎さん。材木商の若旦那だ。里紫の美しさは、言葉では言い表せないほど。あの若は、早く決めないと、里紫を身請けできなくなる。

金之助は、お店《たな》の一人っ子として何不自由なく暮らしてきたのだろう。あっけらかんとして、物怖じしない性格だ。いささか下品なところがあるが、憎めない。小田原屋は、南房総で鯨漁の元締めとして大船団を組織していた醍醐《だいご》家《け》の手下である。醍醐家は房総半島の先端、東京湾側の現在の鋸南《きょなん》町勝山にあった。元締めの下には、鯨に銛を打ち込む「突き組」としてなんと五十七艘もの船があり、すべて世襲制となっている。小田原屋はその一つである。また鯨の解体や加工を行う人足は七十人に及ぶ。遠く鎌倉時代から鯨を捕っていた記録が残っている。

しかし金之助は、海に入るのが嫌いだ。褌《ふんどし》だけになるのが嫌なのだ。少し甘ったれた顔をしているが、海の男らしく、よく日に焼けている。遊び人風のなりをしているよりは、裸になった方が男が上がるというものだが、柄に似合わず、恥ずかしがり屋なのだった。

一本の茎に、黄色い花をいっぱいにつけた向日葵の茎が揺れている。上へ下へ、ゆっさゆっさと大きく動くたびに、花が笑いながらお辞儀するようだ。風で揺れているにしては、不自然な動きだなぁ、と思っていると、黄色い花の間から、すずめの子が飛び出した。葉についた虫でも追いかけていたのだろうか。

今日は、金之助に連れられて、品川の州崎弁天《すざきべんてん》へお参りに行く。品川宿近くのこのお宮には、鯨塚があるのだ。鯨を捕って解体する業者は、折りに触れて、お参りすることになっている。金之助は、この秋に嫁をもらうことになっていた。そのお礼と報告をしに行くのだ。高砂と一緒に行く訳にはいかない。

梅雨の晴れ間、少し強い日射しを避けて、木陰を選んで歩く。

「おぉっ！　勇太郎!!」

金之助が呼んだ方を見ると、あの伊勢屋の若がいる……！　千代は、今日もまた、白黒の縞模様の着物に緑青の帯だ、と気づいた。勇太郎に初めて会った日と同じだ。仕事用の着物はいくらでもあるが、お出かけ用の着物はもらい物しかない。少しでも余裕ができると故郷に仕送りしていたからである。

勇太郎は海を背にしながら、ゆっくりと千代たちの方へ歩いてきた。挨拶代わりに腕を上げ、うつむきがちに

「よぉ」

と短く言った。ゆっくりと顔を上げると、千代の目を真っ直ぐに見つめる。千代は思わず、にっこりと笑った。愛想笑いでなく、心からにっこりしたのは、東京に来てから初めてだ。笑顔は、いつもの自分の顔より大きくなったような気がした。勇太郎は背中を向けている海が、大きく波打ったように思えたので、確かめるために振り向いた。海は平然と、ゆったりとしていた。

「何だ？　勇太郎は、あやめを知っておるか？」

「あぁ、この前の鯨の初漁のときに……」

少しはにかんで勇太郎が言った。潮風のにおいすら、いつもと違って、甘い香りがする。

「ほぉ、大勢人がいるのに、よぉく一人だけ覚えられたもんだな？」

金之助が冷やかしたが、勇太郎は何も答えなかった。

千代は、仕事の時間だからと、先に帰った。

勇太郎はこの後初めて、千代が女郎であることを、金之助から聞かされた。あの日、三八を面倒見ているときの千代は、どう見ても町方の普通の娘だったのに……。

勇太郎は、真面目一辺倒で、鯨漁には詳しいが、女のことにはとんと疎《うと》かった。

「もうすぐ正月だ。原宿の方へ松飾りを取りに行こまいか」

昔、相撲取りだった小吉は、見上げるような大男だ。体が大きいのに似合わず、こまごまとしたことによく気のつく、優しいところがあった。隅田川を渡り、皇居の近くを通った。やがて東京湾に突き出した州崎とは違う、山里の風景が広がる。

北風が冷たいが、青空の下で山歩きなどしていると、自分が女郎であることも忘れる。ふるさとの山中で、汗を流して働いていた頃に返ることができた。松飾りなどは、小吉が全部一人で取ってくれた。千代を連れてきたのは、松を取るためではない。千代が山の女と知って、清らかな山中の雰囲気を味わわせるためだった。

今年の春、入ったばかりの葉月《はづき》とかけす、鈴葉《すずは》を連れていった。

かけすには、ガス屋のマサという馴染みができた。夕暮れにガス灯に火をつけたり、ガスがなくなったら補充する仕事だ。かけすは、本名を「栗」という。その名にふさわしく、くりっとした瞳が可愛いらしい少女だ。まるで小鳥のようだ、ということで「かけす」という源氏名をもらった。こうして山中を歩いていると、ふっと飛び立っていきそうだ。

葉月は、その美しい顔に似合わず馴染みができない。そこそこ仕事があるから、何も悩むことはないのに、眉間にしわが寄るほど考え込んでいた。考え込んでしまって、白い顔が青白くなりつつある。しかしその青さは、空の青さほどではなく、日光が当たると顔色が良く見えた。

鈴葉は、吉原からやってきた。里紫と入れ替えになったのだ。都会的で美しいが、もう二十五を過ぎた。喜助《きすけ》という男がいて、その男の子を産んだとか、産まないとか……。喜助は荷車を引いている。その給金では、とても鈴葉には手が届かなかった。州崎に来てようやく、手が届こうというものだ。この日は、夜の町が似合う鈴葉も、不思議と真っ昼間の山で生き生きとして見えた。

三人が普通の娘に返って、青空の下で健康的に笑うのを見て、千代は嬉しかった。そんな千代を見て、小吉が一番嬉しかったのかもしれない。

元旦。州崎から見る日の出は有名だ。遊郭とはいえ、夜明け前から大勢の人で賑わう。千代たちも家族連れなどに混じって初日の出を拝むのが毎年の恒例となっている。

さて、今日は近江屋へ挨拶に行く。近江屋は、鷲之介と取引のある女衒だ。千代もみねも、東京に来てまずこの店に置かれ、その後、郭へと売られた。まだ十五の少女だった。今年は数えの二十歳になる。

築地や月島の向こうに東京湾を眺めながら歩く。新春の太陽にきらきらと海が波立っている。隅田川から吹き上げる北風に背中を丸めつつ、浅草橋を渡る。吉原田んぼを横目に見ながら、日光街道沿いに千住まで出ると、もう一度隅田川を渡る手前に近江屋はある。

「あけましておめでとうございます」

千代が暗い店の中に向かって挨拶した。タッタッタという軽快な足音とともに男の子が飛び出してきた。さらさらとしたおかっぱの髪、くるっとした輝く瞳。にこっと笑った口元に白い小さな歯が並んでいる。

「三八《さんぱち》！　大きゅうなったね！」

「いくつになった？」

体当たりしてきた三八を抱き上げながら、千代が聞いた。三八はそんな質問には答えず、じゃれつくのに夢中だ。キャッキャッ言いながら、千代の体の後ろに回り、今度はおんぶされた形になった。

「七つや」

奥から出てきた近江屋の主人が渇いた声で答えた。大阪言葉を、千代はこの男からだけしか聞いたことがない。いかにも商売人、という感じがする訛《なまり》である。初老ながら、身のこなしに無駄がなく、眼光鋭い。吉原や州崎を舞台に人を売り買いし、どれくらいの富を築いたのだろう。

正月であれば家族で、温かな餅を食べ、一年の抱負を考えるところだが、もはや千代にはそんな月並みな幸せはない。女衒の親父とともに、愛想笑いしつつお菓子をいただき、世間話をするくらいのことである。お正月用のお菓子は非常に高価らしかったが……。ひとしきり挨拶を済ませ、家路についた。

「さいなら～」

振り返ると、三八と、もう一人女の子が手を振っている。広いおでこが愛らしい。やがて三八が太鼓持ち（男芸者）に、あの少女が女郎になるかと思うと、千代は吐き気がした。さきほどの菓子を吐き出しそうである。

正月二日。小吉は、髪を〝大銀杏《いちょう》〟（現在の力士の髪型）に結ってやってきた。この髪型は、十両以上の力士でないと許されない。相撲取りの頃は、幕下だったので、この髪型はしたことがないらしい。大銀杏は、小吉によく似合っていた。千代を買いにではなく、正月の挨拶に寄ってくれたのが、何より嬉しかった。

明治の世になって、女も相撲を観ることが許されるようになった。千代は、小吉に連れられて、一度だけ、大相撲を見に行った。面白くない訳ではなかったが、千代は番付表を見て、妙に切なくなり、気分が沈んだ。小吉は二度と千代を相撲に誘わなかった。いくら頑張っても、女郎の身分から抜けられない千代の悲しさが、番付の上の方にはのぼれなかった小吉にはよく分かったからだ。

正月三日。三ヶ日とはいえ桟敷に座り、男どもの袂を引く。潮風は冷たく、足が凍えそうになる。日の暮れた頃、みぞれ交じりの雪が降り出した。郡上では雪が降り出すと風がやんで、少し暖かく感じられたものだ。一粒一粒の雪は、もっと小さい星型の結晶が手をつないだようにくっついている。夜明け前、その小さな小さな星たちは、葉や窓の桟などにふんわりとのっている。日が当たればたちまち溶けてしまうのだが……。

「千代ちゃん……」

耳元でみねがささやいた。

「あの人、千代ちゃんの方を見とるみたいやよ」

みねが顎で指した方を見ると、人だかりの後ろに、背の高い男がいる。

「さっきから、行ったり、来たりで……。どっかで見たことある人やねぇ」

千代は暗がりに目を凝らした。姿はよく見えないが、目に光が映って顔の上の方はよく見える。

「伊勢屋の若よ」

隣にいた鈴葉が素っ気なく答えた。千代は、鯨を仕留めたときの勇太郎の、凛々しい姿を思い出した。

「あぁ、鯨取りの……」

みねが、ふっくらした頬を紅潮させながら言った。言い終わる前に、千代は桟敷から出て、勇太郎を呼びに行った。

「あんた、伊勢屋の若をなんで知っとるの？　吉原で見た？」

みねがとがめると、鈴葉はさらに素っ気ない調子で答えた。

「まさか。あんな堅物。去年、鯨取りのとき、見たのよ」

「へぇ」

勇太郎は、千代が近づくと、踵《きびす》を返して帰ろうとした。大股で早歩きすれば、新雪の上では滑る。雪の性質を知り尽くしている千代は、勇太郎が滑って転ぶのを待った。左後ろから静かについていった。前に出した足が滑って、尻餅をつきそうになったとき、手を出して、助けてやった。

「降り始めの雪は溶けて滑るでね」

きっぱりと千代が言うと、

「ありがとう。千代さん」

勇太郎は、千代を本名で呼んだ。

「私、あやめです」

「ぼくは、千代さんと呼びたいんです」

照れて耳まで真っ赤になりながらも、はっきりと勇太郎は言った。

勇太郎の体は冷え切っていた。その体を抱きしめ、千代は温めた。宇之吉とは違うにおいがした。宇之吉のはずがない。この人は、伊勢屋の若である。そのにおいは、海のにおいだった。

勇太郎にとって二つ年下の千代が、初めての女になった。


梅の花の咲く頃。満月が東の空から昇り始めた。勇太郎が通ってきてくれるのを千代は心待ちにするようになった。といっても、月に何度も来られる訳ではない。また、伊勢屋の御曹司が、女郎を嫁にする訳もなく、若い二人に将来はない。

ただ、勇太郎と一緒にいるときに、千代は宇之吉を忘れることがあった。それは勇太郎が宇之吉に似ているからだけではなく、温かな心をくれるからだった。心に空洞があって、涙が海のようにたまっていたのだが、そこに涙ではない何かが入り込み、大きくなっていった。

これを愛というのだが、千代はそれを知らなかった。東京へ来て四年、千代は二十歳になる。

「伊勢屋の若か……。今月はまだ来ないねぇ」

桟敷から奥へ引っ込んで、中庭の梅の木に満月がかかるのを眺めていると、後ろから牡丹が声をかけた。

銀姉さんが高尾母さんの右腕なら、左腕は牡丹《ぼたん》姉さんだ。男勝りで気っ風が良い。人情のもつれから、ごちゃごちゃもめたときには、大抵、牡丹姉さんの出番である。正月明けにも、武士くずれの男と若い子が一もめあって、あわや刃傷《にんじょう》沙汰《さた》になりそうだったが、牡丹姉さんがその場を治めた。

「涙が出るほど会いたい……、かい？」

隣に座って千代の顔をのぞき込みながら牡丹が言った。そう、最近、また涙が出るようになった。心の中でしか涙を流さないようにしていたのに……。

「泣いてなんか、おらん」

千代は慌てて目尻を押さえながら、言った。

「涙が出る、ということは、まだ人の心が残っているということなんよ」

満月に雲がかかり、少し辺りが暗くなった。庭の紅梅が黒っぽく見える。

「そのうち涙も涸れて、人の心さえなくなるよ」

また満月が顔を出した。夜露に濡れた草の葉が、静かに光っている。

「そうなったら、私らも畜生さ。畜生を相手にする、畜生」

高尾が最近飼うようになった子犬が、牡丹の足元にまつわりついてきた。まだ一歳にもならない豆柴。口元と目の周りが黒っぽく、鼻がつやつやと濡れている。抱き上げると、その腕をあま噛みし、ころころと甘える。子犬を抱きしめて、冷えた指を温めた。首筋を舐める舌が、これも温かい。この子犬も畜生だが、心が通じ合っている気がする。せめて心の通じる畜生になりたいものだと思った。

「あやめ！」

銀姉さんが厳しい声で呼んでいる。

「お客だよ」

「あっ、すんません」

大慌てで声のした方へ走っていくと、銀は意外にもにこにこ顔だ。しなやかなで肩の向こうに、勇太郎の顔があった。

「あっ、勇さん!!」

「あたしがかわりにお相手しようか？」

千代が驚いて目をしばたいていると、黙って勇太郎は、千代の腕をとり、奥へ歩き始めた。

勇太郎は着物の下に腹掛けを着ている。紺木綿《こんもめん》で作られた腹掛けには、前についているどんぶり（ポケット）に「勇」の文字が縫い込まれている。勇壮な仕事をしている勇太郎によく似合っている。後ろは、斜め十字に交差した布でとめてある。千代はこの後ろ姿が好きだ。二の腕の筋肉がふくれ上がり、がっちりとした肩に十字が食い込むようにはまっている。勇太郎が腹掛けを脱ぐ間、千代は、二の腕につけた組紐をとった。勇太郎に抱かれるときは、宇之吉に作ってもらった組紐をつけるのは憚られたからだ。

桜の頃が過ぎ、山吹《やまぶき》の花が咲く頃となった。近くの空き地に、山吹が咲いているのを見つけたときは、海沿いにも山の花が咲くのか、と驚いた。年々大きく育ち、枝と枝が絡まり合ってしまっている。その枝を解いてやりながら、千代はいつか牡丹が言っていいた「畜生」の話を思い出していた。

勇太郎のことは、男として好きな気がする。他の誰より大切に思っていることも確かだ。が、体を触れ合ったときに、あの高尾母さんの子犬と触れ合っているような感覚がするときがある。所詮、自分も勇太郎も畜生に過ぎないのか……。畜生に成り下がった自分は、それでもまだ宇之吉を想っている。

宇之吉は、幼い頃から自分のために尽くしてくれた。好き同士だった。しかし今は、自分のほかに妻をめとっている。東京にいるこの身では、顔を見ることも、声を聞くことも、もう一生、叶わないことなのだ。宇之吉以外に、自分が好きになる男はいないのに、一体どんな宿命が二人を引き裂いたのか……。

絡まり合った枝は、なかなか一本一本に分けることができなかった。

引き裂かれるのも、絡まり合うのも、人知の計り知れないところからの力が働いている。

夏、鯨取りの季節がきた。仕事に差し支えるため、勇太郎はあまり千代のところへは通ってこられない。勇太郎は、手紙を送ってよこすようになった。

子犬は二回りほど大きくなった。子犬は体温が高く、脇の下が火照るようだ。暑い夏に子犬を抱くなど、人の方も汗をかくばかりだが、一日に何度か、千代は子犬を抱いた。ぬるま湯を沸かして、体を洗ってやることもあった。

「伊勢屋《いせや》さんから使いだよ」

牡丹が、勇太郎からの手紙を持ってきてくれた。

「おや、洒落《しゃれ》た櫛《くし》じゃないか」

手紙に添えられていたのは縁に金色の飾りが彫りつけてある、鯨の歯で作った櫛だった。

「若はあんたにぞっこんだねぇ」

櫛と手紙を受け取りながら、千代は苦しさで胸がいっぱいになった。宇之吉に会いたくてしょうがない気持ちを、救ってくれるのが勇太郎だ。本当の愛情を注ぎ込んでくれる勇太郎を、千代は、利用した上、裏切っていることになる。

「あやめ、あんた、何を浮かない顔しているのか知らないけど……」

千代の髪に櫛を当てながら、牡丹は続けた。

「好いた男のために私たちができるのは……」

風呂から上がってまだ濡れたままの体を、子犬はぶるぶるっと振るって、水を落とした。千代は手紙を懐にしまい、手ぬぐいで子犬をくるんだ。

「たった一つできるのは、その男の幸せを祈ることだよ」

子犬は千代の手にじゃれついて、言うことを聞かない。まだ腹やしっぽが濡れているのに……。

「妻になれないのなら、自分のことはきれいさっぱり忘れて、奥さんだけと暮らして、安穏な暮らしができるように……」

牡丹は噛みしめるように小さな声で言った。牡丹には、千代のように思いつめる相手がいるのかもしれない。

千代は、宇之吉に対してそんな気持ちになるのは、絶対に無理だと思った。しかし勇太郎に対してなら、できるような気がした。


その夏は、うだるように暑い日が幾日も続いた。夕刻になるとどこからともなく夕立がやってきて、ほてった地面に打ちつけ、冷やしていった。そうして、ついでに必ず、雷を一つ二つ落としていくのだった。

「あれ、あっちの空！」

みねが、ねずみ色の空を指差して言うので、昼寝から覚めたばかりのぼんやりした目を、千代は西南《にしみなみ》の空に向けた。少しばかり涼しくなった風が、障子窓からお愛想程度に入ってはきたが、郭の脇に流れるどぶ川の、腐ったにおいを運んでくるばかりだ。

「ほれ、あの黒っぽいのは、あれは、雲じゃないよ、煙だ」

よく見ると、その黒い霞《かすみ》のようなものは、少しずつ北の方へと流れていく。

「ふぅん、どこかの家に落ちんたんやねぇ。気の毒に」

千代は大あくびの後、涙ぐんだ目で、流れていく煙を追った。雨は、間もなく上がるのだろう。真西の空に、雲の切れ間ができて、後光のように太陽の光が射し始めた。その後光をさえぎるかのように、黒煙が後から後から上がってきている。

故郷の郡上では、雨が上がると、山際に綿のような霧が残り、それが少しずつ風に流されて薄《うす》靄《もや》となり、やがて山が鮮やかな緑に戻る。湿っ気を含んで重くなりはしたが、どこまでも清らかに、そしてひっそりと静まり返った大気。太陽の光が射し始めると、霧も靄も、その光の中に、溶け込んでしまうのだ。それから、小鳥や虫が、喜んで声を上げ始める。家々のかやぶき屋根、その下に広がる蕎麦《そば》畑。細く伸びた軸の先についた可憐な白い花。三角形の葉……。千代は宇之吉に会いたい気持ちが抑えられなくなるのを感じた。勇太郎は、手紙ばかりで会いには来られない。

その夜、千代は疲れた顔で桟敷に座り、声も出さずに、手だけを路地に向けて差し出していた。頭の中には、郡上の山にかかる白い霧、蕎麦の畑が広がったままだ。突然、手をぎゅっと握られて、飛び上がるほど驚いた。

「うわっ!」

我に返ると、横にいたみねの、花咲くような笑顔があった。

「谷藤さん!」

みねは桟敷の格子に手をかけ、身を乗り出している。

「なんだ。あやめさんは、驚いて飛び上がるとはひどいな」

河村が苦笑していた。河村が自分のことを「あやめ」と呼ぶのは初めてだ。今日から、客と遊女の関係になる、ということが分かった。

「これは上様《うーさま》、ぼんやりしておりまして、失礼しました」

谷藤が河村のことを、こう呼んでいたのを思い出し、大きな手を握り返しながら言った。河村は大きな目を細めて、にっこりと笑った。

夜中過ぎ、半月が空の真ん中まで上がってきた。ゆるゆると風が吹いて、障子紙を振るわせている。事が済んだ河村は、裸のまま寝入ってしまった。友達が一人減って、あの半月のように、満たされない気持ちだ。が、最初から、友達なんかではなかった気もする。心配なのは、みねの方だ。自分が宇之吉を想うように、谷藤のことを想っているのが手にとるように分かるからだ。

それから河村と谷藤は、忘れた頃にやってくるようになった。


夏も終わりに近づいた。昼前から鳴いていたツクツクボウシが声を潜める夕方、ヒグラシが鳴き始める。今年の夏、郭の中庭につくった西瓜《すぃか》が実をつけた。狭い庭で蔓をはわせる訳にいかず、支え棒に蔓を巻きつかせ、空中にぶら下げた状態で、実を大きく太らせた。赤子を抱っこするような形に藁を結わえて、実が落ちないよう、毎日気をつけた。しかし、あまり大きくなれば実が下に落ちる。それでそろそろ収穫しようということになった。

「うわ、重いよ」

「へぇ、小さいのにねぇ」

「甘いかなぁ」

「楽しみやね」

「あっ、銀姉さん！」

この春に入った若い子たちと一緒に、庭でわいわい収穫を楽しんでいるところへ、銀がすし桶を持ってやってきた。千代たちは、小言を言われると思い、さぁっと静かになる。銀は静かに桶を置くと、目配せして奥へ引っ込んだ。

「あれっ、氷よ！」

すし桶の中には、砕いた氷がごろごろと入っていた。収穫したばかりの西瓜をそっと入れ、若い娘たちはため息をついた。今日の仕事が終わる頃、冷たく冷えた西瓜をほおばることができる。

氷がある、ということは、板前が来ている、ということである。このところ何人かの客が来て、高尾の部屋で込み入った話をすることが増えた。そうした偉い衆《しゅう》に夕食を振る舞うために、馴染みの板前を呼んでいる。高尾の前に「母さん」だった人の弟だということだ。もう隠居するほどの齢だから、自分の店をあけても仕事に支障はないと見える。高尾が呼んだときには必ず来て、その腕前を見せていた。江戸前の魚をさばき、氷やら夏の花を飾りつける。千代は、西瓜の周りに大葉《おおば》やら、荏胡麻《えごま》など植えておいて、そうしたときに役立てた。板前は「キラ」と呼ばれていた。以前、大葉を届けたときに少し話したが、名は「キラ銀」というらしい。「キラ」とは雲母《うんも》鉱石を砕いたもので、絵の具に混ぜて使うらしい。キラ銀の父親が絵描きで、しかも郡上出身だったことが分かった。明方（現在の郡上市明宝）に「キラ」と書いて「けら」と読む村があるこ と、キラ銀の名前を聞いてそれを思い起こしたことを話すと、キラ銀は、目を細めて聞いていた。

その日の客人は音楽家らしい。我楽堂で会った人が何人かいる。奥好義《おくよしいさ》が皆より少し早く来て、高尾の部屋で月琴《げっきん》（胴が満月のように円い短棹《たんさお》型の琴）を弾いている。同じ年頃の背の高い男と一緒だ。「上様《うえ》、上様」と高尾が呼ぶのが聞こえた。上真行《うえさねみち》である。明治の初期から雅学部（その頃は雅楽局）にいる。

「叔父がいつもお世話になっております」

「上様」が呼んでいると言うので、高尾の部屋に招かれた千代に、奥の連れの男が言った。

「はぁ、叔父様、ですか？」

「はい、我楽堂の主人をしております」

「あれ、そうかな……、あっ、そうなんですか……」

つい田舎の言葉が出てしまい、慌てて直したが、上は黙って目だけで微笑んでいる。涙袋が盛り上がり、首を少しかしげた様子は、優しさにあふれた我楽堂の主人によく似ている。

「なぁに、上も俺も、故郷《くに》の言葉がなかなか抜けんよ」

奥が千代に助け船を出した。口元にこぼれる真っ白な歯。細いあごに行儀良く並んだ白い歯。

我楽堂で見たピアノの鍵盤を思い出す。

「千代さんの話す言葉は、京言葉と似ているところがある、と叔父が申しておりました」

「うん、確かに！　あの、人に命令するときに……、それ、なんとかって……」

「何々しなれ、というのですか」

「へぇ、『なれ』ですか」

上は、少し口ごもったような話し方をするが、その言葉は聞き取りやすい。少しずつ区切って、相手の様子を確かめながら話すからだ。なんともいえない思いやりを感じさせる。

「奥さん、月琴を弾いてみなれ……というような言い方です」

目を見ながら千代が説明すると、上は目を輝かせ首を反対側にかしげた。

「へぇ、本当に京言葉みたいだ」

「あの、上さんは、京都の人なんですか？」

「はい。上家は京で天子様《てんし》に仕えて千年以上になります」

「それが今では、この東京で、食うにも困る有様で……」

奥はこちらを見ないで、月琴を弾き始めた。明るくのどかなメロディー、思わず手拍子を合わせたくなるリズム。千代は左右に揺れてリズムをとりながら聞き入った。

「一月一日、上真行」

奥が言うと、上は照れ笑いした。明治の初期に雅楽師が作った保育唱歌は、千代が東京に来た頃には、あまり歌われなくなっていた。西洋音楽をベースにした唱歌がもてはやされるようになったからである。千代がまだ郡上にいた頃、弟の富八が他校の女先生から習っていた唱歌の中に、確かこの「一月一日」もあったような気がする。奥の「君が代」と並んで、現代でも歌い継がれている歌の一つである。

「と～しの　始めの　ためし～とて～、ですね」

奥の月琴に合わせて、三人で歌った。郡上の正月、雪に閉ざされた道、早朝から除雪に汗を流す。父は深い雪を踏んで酒の仕込みに出かけ、そして山では材木を下ろす。独楽《こま》や凧《たこ》で遊んでいる暇などなかった。ただ忙しいばかりだったが、目映いばかりの金色の思い出……。お日様の下で働く真っ当な生活……。懐かしい風景とともに、輝く思い出が蘇り、胸に迫った。

「唱歌ですか、廓に似つかわしくない」

障子をあけて不意にのぞいた男の顔に、千代は一気に現実に引き戻された。眉目秀麗な青年だが、への字に曲げた薄い唇、わざと冷淡に見せかけた瞳の色。平手打ちを食らったように目が覚めた。

「なんの、学校で唱歌として歌わせて、うまくいけば国家にする、というお前の考え、うまくいったじゃぁないか」

「君が代」を国歌として採用したのは、このへの字口男の父親らしい。「君が代」は古今和歌集の和歌を歌詞とし、曲は、への字が奥に頼んで、稽古場の宿直の晩に相談して一緒に作ったということだ。この男の名は林廣季《ひろすえ》、雅楽部副長・林廣守《ひろもり》の息子だ。父の意向を奥に知らせるために来たらしい。

「そうだな、せっかく国歌を制定しても、誰も歌わなかったら目も当てられんからな」

廣季は、口角をあげて微笑みながら、つまり、への字を真っ直ぐにして奥と上の顔をかわるがわる見ながら言った。最後に千代に一瞥をくれたときの、無垢な瞳の輝き。見かけによらず一途に一人の女を思いつめるような性質《たち》なのかもしれない。

それにしても、女先生に教えてもらったときは、厳かな内容なのに、覚えやすく楽しい曲だと思った。岩に苔がむして、みるみる緑色に変わっていく様子が早回しで思い起こされて、思わず笑顔で大きな声を出した。そんな曲が国家となって嬉しかった。それを、このへの字男と奥が一晩で作ったとは……。

「まったく、お前が曲をつけてくれ、と言うから作曲しただけだ。まさか国歌になるとは思わなかったよ」

その後、蹴鞠《けまり》ではどうして手を使ってはいけないのか、とか、舞の面はピッタリだが、背の高い自分には衣装が合わない、とか、庶民の日常からは程遠く、そしてどちらでもいい悩みを互いに愚痴り合っている。千代は、君が代のことといい、男たちの愚痴といい、半ば呆れて聞いていた。

やがてもう一人、音楽家と思《おぼ》しき人物が現れた。千代は上の相手をするために部屋から下がった。事が終わったら上を帰し、お呼びがかかるからそれまで待て、ということである。

音楽家たちの間で何か企みがあるらしい。皆が集まって相談などしていては具合が悪いのだろう。上の考えを、奥が次に来た男に伝え、少しずつ話をまとめていく形で協議を進めているようだった。

千代は、今来た男にも見覚えがある。東儀俊龍《とうぎとしたつ》といって、やはり我楽堂で出会った。つい夏の初め、策太が帰ってきていた。この男が連れてきてくれたようだった。東儀は、雅楽手と呼ばれる役をしているらしかった。演奏家や学生である雅楽生たちをまとめる雅楽師である。策太は、その東儀家の養子となり、雅楽生として学んでいる。

我楽堂の主人のことを「伶人様《れいじん》」と呼んでいる。雅楽部の中で偉い人のことらしい。明治の改正で、昔から「伶人・伶員」と高貴な呼ばれ方をしていたものが、雅楽長・雅楽師などの堅苦しい呼び方に変わったんだ、と策太が自慢げに教えてくれた。この東儀さんか、さっきのへの字口か、どちらかを千代は相手にすることになる。千代は「への字口の方がいい」と思った。

上は奥と同い年だと思っていたが、実は七つも年上、そして妻子持ちだった。若い妻にとがめられぬよう、早く帰してやった。

その夜、男たちは遅くまで話し合い、何事かを決めたようだった。千代は上の後、何人かの相手をした。への字男もその一人。短くも、燃え上がるような時間。疲れも吹き飛んだ。千代がようやく西瓜にありついた頃には、冷えていたはずの西瓜が、なま温かくなっていた。

こうしたことが幾度か続いた。翌明治二十六年、宮内省雅楽部では、改革を求める上申書が出された。度重なる官位や年俸の切り下げ、西洋音楽の兼修による活動の変化などに対する不満を解消し、雅楽師の地位を取り戻すためである。

立秋が過ぎ、日の暮れる頃には虫の声がするようになった。久しぶりに相馬が現れた。相変わらず色は白いが、前よりも生気のある顔をしている。会津のお殿様だったお方が、横浜でお茶屋をしていらっしゃるとか、昔、自分の父の職名は「右近」だったとか、一晩中、話したいことを順序立てず、話したいままに話した。随分、機嫌がいい。

そして最後に、許嫁《いいなずけ》と結婚するために故郷の会津へ帰ることを知らせてくれた。自分が結婚できるのは千代のお陰であるから、お礼の仕様もない、と頭を下げるので、困ってしまった。寝たのは二、三度だが、この仕事も悪くない、と思わせてくれたのは相馬である。郭に通うほど、元気を取り戻し、自尊心を持てるようになった人。女郎であっても、人の役に立つと思わせてくれた。こちらこそ礼を言いたいところだ。

夜空の星が木枯らしに震える頃。この春新しく入った娘《こ》が、風邪をこじらせて何人か休んだ。客をとった後、休まず表に出る。ちょっとした小遣い稼ぎになる。雪国育ちの千代には、東京の寒さなど少しも身に応えない。冷たい風が吹きつける板の間に座っても、何ということはなかった。寒い中、人肌恋しくて集まってくる群れの中に、自分を見つめる星のような瞳を見つけた。

「増《ま》っちゃん」

じゅうの息子、増吉《ますきち》だ。

「千代坊姉《ちよぼねえ》！」

幼い頃、よく子守をした。千代もまた幼く、周りの大人たちから「千代坊《ちよぼう》、千代坊」と呼ばれていた。増吉はそれを聞いて、いつしか千代のことをちょぼねえちゃん、と呼ぶようになったのだった。

「いつ、東京に来たの？」

「郡上の林業組合の仕事で、よく東京に来るんやよ」

首の近くまで詰まった洋服の襟をなでながら、得意そうに話す。

「へぇ、増っちゃん、偉いさんになったんやね」

平野醸造と製紙工場を継ぐのは上の兄たちの仕事である。増吉には、実業家の卵として様々なことを経験させ、一角《ひとかど》のものになってもらいたい、という母・じゅうの願いがあった。中学を出たらすぐに東京へ出され、東京商業学校に通った。卒業後、林業家として、郡上と東京を往復するようになった。じゅうの願いどおり、後に林業家として山村民を守るべく電力会社と争い、太平洋戦争後には衆議院議員にまでなった。また増吉の子・三郎は岐阜県知事となる。

「今日はよぉ冷えるね……。中へ入りゃあ」

千代が握ると、増吉の手は冷たかった。その手は子どもの頃の可愛い手ではなく、分厚い男の手だった。よくこの手をつないで遊んだ。学校に入ってからは勉強も教えた。教えるままに素直にすべてを吸収する聡明な子どもだった。そして十六にして、初めて女を知った。その相手が千代だ。

「おっかさんは、まめ（元気）かな？」

「うん……」

増吉は、何事もなかったかのように、千代に話しかけられ、とまどった。横で髪を直し着物を整えている千代は、姉のような存在だ。血は繋がっていないが、母・じゅうにとっても娘のような存在だった。そのような人を、金で自分のものにしたことに、罪悪感を感じていた。息が詰まる。障子窓を開けて、外の空気を吸おうとした。ところが、冷たい風が吹き込んできて、慌てて窓を閉めた。自分自身も半分裸であることに気づいたのである。

「今年の米は、どうやね」

「うん……」

「いい酒ができるといいね」

「うん………」

千代は、増吉が生返事ばかりするので、何だか気恥ずかしくなり、吹き出しそうになった。それを噛み殺しながら、増吉の肩を叩き、そして下着を肩にかけてやった。すると、こういうときにどんな話をすればいいのか、と聞くので、ついに堪えきれなくなり、千代は笑った。

「学校では……、そういうことは……、教えてくれんで、ね」

笑いながら切れ切れに言う。増吉も、我ながらおかしなことを聞いた、と気づき笑い出した。

「千代坊姉は、学校では教えてくれんことを、教えてくれるなぁ」

千代は、もう止めてくれ、という手振りを見せながら、腹を抱えて転がった。涙が出るほど笑った後、ようやく落ち着き、増吉の髪を直してやった。

「相変わらずのくせっ毛やねぇ」

つむじを探し、そこから線をつけて、髪を左右に分ける。右の前がどうしても盛り上がってしまうので、整えるのに苦心した。

「兄貴が、平野醸造の酒に名前を付けるって言っとった」

「へぇ、どんな名前？」

「千代清水からとって、千代何とか、とか……。長刀何とかとか……」

「なに、じゅうさんの名前を付ければいいのに……」

千代は、故郷の人たちが口にする酒に、もし自分の名前がついたら恥ずかしいと思った。故郷へ帰ることも、故郷の人たちとお酒を酌み交わすようなことも、二度とないことなのだが……。

「えっ、おっかさんの？」

増吉は意外な提案に、案外いいかもしれない、と思い、目を輝かせた。

「おじゅうさんは、情け深い人やでねぇ」

目をつむってしばらく考え込んだ後、掌《てのひら》を拳《こぶし》でぽんと叩き、

「母の情け……と書いて、母情か……」

「うん、いいね。きりっとしとるけど、後味がじんわり残る、平野の酒にぴったりの名前やわぁ」

「そう、思うか？」

増吉は両手で千代の肩を抱きながら、顔をのぞき込んで尋ねた。

「そう思うよ」

「よしっ、兄貴に、そう言ってみよ」

子どものように笑う増吉の顔。千代には眩しかった。

「あっ、でも、じゅうさんが生きておいでるうちは、そんな名前使ったらいかんよ」

「へぇ、どうして？」

「それは、恥ずかしいでね。じゅうさんが、そんな名前、許すとも思えん」

「そぉかぁ……。いい名前やと思ったんやけどな」

増吉が小さい頃、すねて唇を噛みしめる癖があった。やんちゃを言って手こずらせるような子ではなかったが、機嫌を損ねると、なかなか立ち直れない。千代はそれが面倒なので、すぐ機嫌が直るように、すねた唇に放り込む物を作って持っていた。粗目《ざらめ》と黄粉《きなこ》を丸めたもの、小さく切った果物、カボチャの煮付けを取っておいて乾かしたもの、大豆の青い実……。なんでもおやつになった。増吉の唇を見て、袂《たもと》をたぐり菓子を探している自分に、笑いがこみ上げた。

「千代坊姉、水道って知っとるか？」

「すいど？」

「す、い、ど、う。水の道や」

「へぇ、山の水を家に引き込むことか？」

「うーん……、まぁ、そんなもんやな」

増吉は、長崎で水道の水源として、ダムが造られたことを話し始めた。

山に水をためて大きなため池を造り、水道を使って住宅に水を届けるということだった。

「そのため池を『ダム』というんや」

「へぇ、山に水をためるとは、それはまた、大きな話やねぇ」

「水の力を使って、電気をおこす、という計画もあるらしい……」

何のことやらさっぱり分からないが、千代は黙って聞いてやった。増吉がますます眩しく思えた。

「『自然』という機械を使って、もっと便利で、もっと強い国にするんや」

「へぇ、自然が機械なんか？」

「そうや。平野の酒も、製糸工場も、山の水とお蚕さんがあってできる。自然という機械を使っておるんや」

「じゃぁ、山の仕事もそうやね。木を植え、育て、切って……」

「うん……」

急に増吉は口をつぐんだ。

「ダムがたくさんできると……、山の仕事ができんところが出てくる」

目をじっと見て、ゆっくり話す。こういうときは、ずっと気にかけていたが、誰にも話したことのないことを話すときだ。

「山をつぶしたり、川をせき止めたりするもんでね」

「川を?!　そんなことしたら、材木を運べんようになる」

「そう、山国では、川を利用して材木を運搬しとるでね」

増吉が、庄川《しょうがわ》流木事件で、ダム建設のため苦境に立たされた林業家を助けるのは、この三十年後のことである。

「ダムのある川の流域に住んどる人が困らんようにせんといかん」

「あんたは、じゅうさんの息子やで。山の民が困るようなことをしたらあかんよ」

　増吉は声もなく頷いた。


　若葉の頃。さわさわと揺れる葉の間から木漏れ日が射し込む小径を歩きながら、相馬に出会ったのは、こんな日だった、と思い起こした。

　明治二十七年（一八九四年）。世の中は騒然としていた。朝鮮政府が、東学党の乱の鎮圧を清国に依頼したことに始まり、六月には日本軍の派兵が決定された。日清戦争への導火線に火がついたのである。

　木漏れ日を手のひらでつかまえながら、河村の話を思い出していた。河村たち学生も一時、陸軍大学校を中退するとのことだ。大日本帝国陸軍の兵士として、漢城（ソウル）へ行くらしい。いつ帰ってこられるかは、勿論、分からない。

　河村たちは六月の末に東京を発った。帝国軍は漢城に入城し、朝鮮王宮を配下に置いた。七月末には豊島沖の海戦を経て、八月一日に日本と清国が互いに宣戦を布告。

　千代には、朝鮮で戦争しているのに、なんでまた、清国と宣戦布告なんてことになるのか、さっぱり分からなかった。河村と谷藤に無傷で帰ってもらいたいだけだ。しかし郭に来るお客たちは皆、朝鮮を手に入れたことやら、帝国軍が勇ましく戦っていることで、お祭り騒ぎのように興奮していた。牙山というところで、陸軍第二十一連隊の歩兵・木口小平《きぐちこへい》という人が、倒れてもなお、進軍ラッパを吹き続けた、という話を何人もの男たちから聞かされた。

翌明治二十八年（一八九五年）四月、下関で講和条約が締結され、戦争は終結した。

「日本が朝鮮へ出かけていって、清国とけんかして……」

千代もみねも、昼過ぎに起きてはみたものの、まだ床からは離れられない。

「それで、日本で仲直りするんや……。なんか、質《たち》の悪いガキ大将みたいやねぇ」

大あくびの後、千代が言った。

「ほぉんと。大人のやることとは思えんねぇ……」

世の中がいかに「富国強兵」などと騒ぎ立てても、郭の女たちには、少しも関係ないことなのだった。どこからか、桜の花びらが飛んできて、縁側に舞い降りた。障子戸を開けたみねが、その花びらをそっと手に取った。二人はまたそれから眠ってしまった。

三月の平壌攻略戦では、死傷者が多く出た。谷藤はこのとき戦死した。河村はまだ日本に帰れなかったが、明治二十九年に、陸軍大学校に復学する。

「あやめ！」

千代は、うっとりとした白昼夢から、現《うつつ》に引き戻された。

「お客やって！　母さんのとこ」

母さんとは、郭の主・高尾のことである。千代たちにとっては、姉貴分に当たる銀が、障子からしかめっ面をのぞかせて、急き立てている。

「わざわざ呼びにきてやったのに、なにぼんやりしてりゃんすの、この子は」

銀の白い素足の間を、砂埃の混じった春風が吹いてくる。

「へぇ、ごめんなすって……ねぇなんで母さんとこなん？　閨《ねや》やないの？」

「そやから、母さんとこだってば、まったく、ぐずだね、早くしな！」

「へぇ、へぇ」

「厄介なお客やよ、きっと……」

みねが耳打ちした。

「そうやろか？」

千代は鏡を見ながら、ほつれた髪を直し、目じりにたまった目やにを指で擦《こす》りとると、大きなあくびをしながら立ち上がった。

高尾の部屋は、入り口のすぐ脇にある。少し広い廊下を足早に行くと、ひんやりとした板の感触が、足の裏に良い刺激となって、目が覚めた。

「ご免なすって、母さん、お呼びでありんすか？」

「あやめか？　お入り」

やんわりとした艶っぽい声が、中から響いた。真ん中に火鉢の座った、たった四畳半の高尾の部屋はもぬけの殻だった。その奥の座敷に、高尾とお客人が控えていた。ただならぬ緊張感が漂っている。

「こちら、伊勢屋の大将、権兵衛《ごんべえ》さん」

勇太郎の父は、千代が入ってきたときから片時も視線をはずさず、睨みつけるように見ている。この人に目をつけられた鯨の気持ちが分かる気がした。

「はぁ、お久しゅうございます。あ、私のことはご存じでないか……。初めまして……」

「いや、よく存じ上げております」

微動だにしないで言った後、きりっと口を結んだ。障子戸を背にしているので、顔が暗い。鯨を相手に荒海で戦う男たちの大将である。そら恐ろしい感じがした。

「今日は折り入って、あんたに話があるそうや」

「はい、なんでございましょう？」

権兵衛の話は要するに、勇太郎と別れてほしい、ということだった。とはいっても、手紙に返事をたまに書くことはあったが、ただ、通ってくれるのを待つ身で、別れるも何もない。そのまま正直に答えるのを、高尾が気をもみながら見ていた。

勇太郎には許嫁がおり、店のためにもその人と結婚する以外にない。が、勇太郎にいくら話しても埒《らち》があかないため、業《ごう》を煮やして、ここまで出かけてきた、ということだ。とにかく、勇太郎が通ってきたときは、冷たく当たって追い返してくれないか、と頼まれた。

「母さん、お客さんを、そんな風に追い返してもいいんで？」

高尾は宙を見ながら、半分目を開いて頷《うなず》いて見せた。

「分かりました。なんとか、やってみます」

千代は本当に追い返せるか自信はなかったが、とりあえず、請け合った。

「勇太郎が通ったときには、たとえ追い返してもらったとしても、お代は払いますから……、なにとぞ、なにとぞ……」

御店の大将に頭を下げられるなど、一生のうちにそうあることではない。珍しいものを見る目で、深々と下げられた権兵衛の頭を見つめた。

その夜は涼しかった。四月に冷え込む日がたまにあるが、桟敷に出ていると手足が冷たくて、かじかむほどだ。

荷車引きの喜助が来た。彫りの深い顔に大きな瞳、鈴葉を見てにっこりと笑った。木場の辰が来て、奥から藤が出てくる。さばさばした中にも、やはり嬉しそうな笑顔を隠せない。

河村は戦地へ行き、相馬も会津へ帰った。勇太郎は、もうお客ではない。もう二十三にもなって、女郎としては年増の方になった。そう考えると切なさで胸がいっぱいになった。

「あのぅ……」

十七、八の少年が目の前に立っている。

「はい、あやめです」

前髪をそっとかき上げながら答えた。少年にはそうした仕草も、艶っぽく見えるのだろう。どぎまぎしている顔を横目で見ながら、千代は次の言葉を待った。

「あのぅ……」

少年は下を向いてしまった。

「お好きな女を連れて奥へ行くだけですよ。気に入った子にお声をかけてください」

「あやめさん、お願いします」

少年は、材木商の手代をしている。旦那に見込まれ、将来は番頭になるかもしれない、とのことだ。名を弥吉《やきち》という。呆れるくらい真面目一本槍の性格である。

事を始めるのに、「よろしくお願い申し上げます」で始まって、布団から体がはみ出さないように、常に気をつける。「どうもありがとうございました」で終わったら、すぐに「お代《だい》は？」と聞く。気がつくと、自己紹介以外の話を一切していない。

「そんなに慌てなくてもいいんですよ」

「でも払っておかないと、気分が……」

「お部屋に入ったらいくらで、決まってますから、長くいて、上がるもんでもありゃしません」

千代が穏やかに微笑むと、やっと弥吉は安心したようだった。それでもまだ財布代わりの巾着をぎゅっと手で握っているので、花代だけをもらってやることにした。

「ありがとうございました」

弥吉は嬉しそうに顔をほころばせ、金を千代に渡した。

「もう、帰ってしまうの？」

「こんな宵の口に帰るのは、野暮でしょうか？」

弥吉が真顔で聞くので、千代は思わず笑い出しそうになった。生真面目な人のことを笑うと傷つけるので、ぐっとこらえたが、小さな笑い声が出て肩が震えた。久しぶりに笑う。

「ごめんなさい……。別に野暮という訳じゃぁ、ありません」

「今すぐ帰るつもりではないのですが、はぁ、でも、何をすればいいのやら」

今度はこらえきれずに大笑いになった。弥吉もつられて笑っている。

「弥吉さんは、なんで今日、ここへ来たの？」

「今度、祝言《しゅうげん》の話がまとまりそうだから、一度、こういうことも……」

「へぇ、お相手は？　その材木問屋のお嬢様とか……」

「いやぁ、幼馴染みの娘《こ》です」

弥吉は照れて赤くなった。千代には「幼馴染み」という言葉が、錐《きり》のように胸に突き刺さった。

「ふぅ〜ん、なんていう名前？」

「……ゆず……」

「へぇ、可愛い名前やね」

弥吉はひとしきり、ゆずという娘のこと、家族のことを話した後、もう一度、千代を抱いて、明け方に帰っていった。


夏の終わり頃、風の便りに、日清戦争に行った兵士が帰ってきつつあることが伝わってきた。こうした情報は、新聞よりも高尾の方が早い。偉い軍人さんが高尾の部屋に出入りするからだ。

佐藤正という陸軍大佐を務めていた人が、平壌攻略戦で銃弾を受け、大けがして帰ってきた。けがが元で、なんと左足を切ってしまっていた。そして、その人は、谷藤が戦死したことを知らせてくれた。「谷藤の馴染みは誰か」と高尾に聞いた上で、みねを呼び、どんな風に亡くなったのか話してくれた。一学生に、よくここまでできる。

「白雪殿も、気を落とされませんように……」

と言い残して、大佐殿は帰った。

みねの悲しみようは、この世の不幸をすべて背負ってしまったようだった。千代はなすすべもなく、ただみねの横にいてあげるだけだった。夕方から、夕立というにはあまりにも静かな雨が降った。青い青い、静かな雨……。

千代はいつか海辺に流れ着いた、亀の死骸を思い出した。大きな甲羅を持つ亀は、卵を産むために大海原を旅してきた。大きな魚にやられたのか、船にでもぶつかったのか、けがが元で死んでしまった。甲羅もひれも半分が腐りかけ、丸い目から涙を流していた。

勇太郎の父に引導を渡され、みねの悲しみを吸い込み、千代の心は腐りかけていた。友達だった河村までが客になった。もう、疲れた。生きる気力がなくなりそうだ。宇之吉の顔が、思い出せない。

「来年の初頭に、復学だよ」

日本に帰ってすぐ、河村はやってきた。

「白川大佐殿は、陸軍少将になられたよ。故郷の広島に錦を飾ったなぁ」

千代はいつもと違って口が重い。河村は気づいていたが、心の内に触れないようにしていた。

「歩兵十八連隊長であられた。俺と谷藤も一緒だったよ」

千代は顔を上げず、うつむいたまま言った。

「正彦さん、白雪を、みねを呼びに行っていいですか？」

河村は名前を呼ばれて驚いた。客になってからは「上様」とよそよそしく呼ばれていたので、何か嬉しくさえあった。

晩秋、実りの季節も、郭の女たちには喜びの季節ではない。とくに今年は悲しみの風に吹かれる季節となった。みねは、河村が谷藤と同じ連隊にいた、というだけで泣きだした。一晩中、河村の話を聞いて谷藤の供養とした。

その後河村は、二度と千代を買いに来ることがなかった。それは千代を友達と感じたからだ。千代には、なぜか底知れない喪失感だけが残った。好きで好きでたまらない、という訳ではないが、自分を友達のように思ってくれる男と、生涯を過ごせたら案外幸せかもしれない。生まれ変わったらいっそ、宇之吉にはもう会えなくてもよいから、河村のような男と一緒になりたいものだ、と思った。


あれから増吉は、東京へ来たとき、渡部《わたなべ》という男を連れてくるようになった。

渡部朔《はじめ》は、幕臣であり、明治の世になってからは英学者となった渡部温《おん》という人の息子だということだ。温という男には、我楽堂で何度か会ったことがある。宮内省の音楽家たちが、この郭に入れ替わり来て相談しているときに、時折、様子を見に来ていた。みかんの好きな人で、温州《うんしゅう》みかんの「うん」と同じ文字の名前だから、「温様《うんさま》」と呼ぶよう言いつけられた。どうやら「おん」と名前を呼ばれるのは具合が悪いようだ。柔和な顔、笑うと目尻に優しい皺が入る。東京外国語学校の校長まで務めた人なのに、少しも威張ったところがなく、気さくで話しやすい人だった。

　息子の朔は、温とは対照的な行動派だ。江戸に生まれ、沼津で育ち、帝国大学を出て、ドイツに留学をしたことがあるらしい。「アマリリス」のフランスが、ドイツという国の隣国だと教えてくれた。

「農家の人たちが手を取り合って、金を貸し借りしたり、耕作上の協力をする仕組みをつくらねばならぬ」

「そうや。山仕事をする者たちも、協力し合わんといかん」

　増吉と朔は、事が済むと高尾の部屋で、遅くまで語らっていく。千代も同座するが、話がよく分からなかった。ただ、二人はずいぶんと馬が合うようだ。

　百姓は昔から「ゆい」といって、農繁期には助け合うのが当たり前になっていたし、山仕事も庄屋を中心に皆が家族のようにまとまって仕事をする。そうでなければ、たくさんの材木を、あの山国から海にまで届けることはできない。二人が言っている「協力」ということは、それに当たるのだろうか。

　また、この二人がどこで出会ったのかも謎だった。増吉に尋ねると、温様が校長を勤めていた東京外国語学校は、千代が東京に来た頃に東京商業学校と合併されたとのこと。そこで学んでいた増吉は、その聡明さが先生方の目にとまり、元校長の温様を通じて、朔と出会ったということだ。千代は、自分が母親代わりのようなものだから、鼻が高かった。

夜更けまで語り合った二人は、明日も会おうという約束をして帰っていった。

秋の浜辺。千鳥が水際で遊んでいる。増吉に誘われて来てみたが、まだ残暑が厳しい九月。太陽が容赦なく照りつけ、砂が眩しく光る。時折、潮風が涼を運んできた。昨夜、あんなにたくさん話したのに、増吉と朔は、今日も話が尽きなかった。「自然という機械を使うか、使わないか」という、よく訳の分からない議論をしている。「自然」で金を儲ける、ということなら、千代のような仕事は、自分の体一つで稼いでいるのだから、自然という機械を大いに使っていることとなる。

「あのぉ、温《うん》様はお元気で？」

やっと話の合間に千代が口をはさむと、

「あぁ、親父はますます元気だよ」

温様は、今では英語教師としてでなく実業家として大活躍しているようだ。東京製綱株式会社の社長をしているらしい。

「今度は東京瓦新《ガス》という会社を立ち上げるらしいよ」

「へぇ、ガス灯の需要が多いんだね」

なぜか東京言葉で話す増吉。幼い頃、言葉が増えるたびに褒めてやったことを思い出す。

「最近、文部省から、何かの仕事をやってほしいと頼まれてるらしい」

形の良い顎に生やした鬚を、人差し指で触りながら、こちらを見る。人を見るとき、両方の目をじっと見るところが、温様と似ている。

「それから……、上《うえ》さんと一緒に歌を作ってるよ」

「へぇ、上《うえ》様と温《うん》様か……、ややこしいなぁ」

小声で千代が言って、くすりと笑うと
「うんさまって？」

温《おん》のことを「うんさま」と呼んでいることを朔は知らない。事の次第を話してやると、腹を抱えて笑った。

「確かに……、親父はみかんに目がないからなぁ」

大きな波とともに、潮風が吹きつけ、三人は波打ち際を避けて走った。

「『おん』という名前、音楽の『音』とか、恩を売るの『恩』とか、英語の『on』とか、いろいろからかわれるらしいんだよ」

「へぇ、英語の『on』はどんな意味なんですか？」

「何かの『上』という意味だよ」

「たとえば『浜辺で』なら『on the beach』というように」

増吉が英語を話したので、千代は目を丸くした。

「頭の上なら……」

「head, on the head」

頭に手をのせ、「ヘッド」と言ってから「オン」を強めて発音し、on の使い方を教えてくれた。千代がこうして、増吉に字や言葉を教えたのだった。大人になった増吉は、自分が教えてもらったように、人に教えているのだ。千代は母になることは、もうないかもしれない、と思っていたが、立派な息子を持った気がして、嬉しかった。ますます増吉が眩しく見える。

「それで『うん』さまか……」

「ええ、『うん』は運がいいの『運』、空にうかぶ雲の『雲』で、縁起がいいし、美しい、と申されて……」

朔はうんうんと頷《うなず》きながら、にこにこ微笑んでいる。千代も増吉も、そのダジャレに笑い転げた。

「それで、何の歌なんですか？」

「どっかの尋常小学校の子どもたちに歌わせる唱歌みたいだよ」

増吉が、水鳥の遊ぶのを眺めながら口をはさんだ。

「岐阜県の……、尋常小学校なんだよ」

「へぇ、美濃の国の……」

「あぁ、妻木《つまぎ》という名前の小学校だよ」

「つま……？」

「『妻』という字に、山に生える『木』と書いて『妻木』というところだ」

千代は「妻木」という言葉から、故郷へ帰れなくなった夫を妻がたった一人、木の袂で待っている姿を想像した。

――それにしても一つの学校の子どもたちのためだけに唱歌を一つ、作るのか……

千代は不思議であり、また贅沢に思えた。当時「校歌」というものは一般的でなく、そのような言葉もなかったからだ。大正時代以降に少しずつ「校歌」が作られるようになる。

水鳥のうち何羽かが一斉に飛び立った。足の青い千鳥たちだ。

「あ、千鳥が……」

千代がつぶやいたのを制して、増吉が言った。

「あれは千鳥やないよ、シギというんや」

「えっ、さぎ？」

「いやいや『シギ』やよ」

千代は目を丸く見開いて、鴫《しぎ》の群れを見た。

「さっき飛んでいったのは、アオサギのようやった」

懐かしいふるさとの川面で遊ぶアオサギを思い浮かべながら千代が言った。増吉は小さく頷いてから説明した。

「うん、足が青いのはアオアシシギ、赤いのはアカアシシギというんや」

「へぇ、千鳥にもいろいろあるんやねぇ」

千代は波打ち際まで歩いていき、海の水をすくって波に向かって放り投げた。

仕事の合間に我楽堂へ行って、岐阜県の小学校のために作られている歌について詳しいことを聞きたい、と思った。

満天の星空。初冬の風に星々がふるえている。木枯らしに木の葉が舞い、かさかさと小さな音を立てている。もうすぐ雪が降りそうな、この張りつめた冷たい空気が、千代は大好きだ。

ここ三、四日は仕事は休みである。月のものがあってから十日目頃、子どもを孕《はら》みやすい時期だからだ。いつも夜に起きているので、暗くなったからといって眠れる訳がない。どぶ川の横に立って夜空を見ていた。不意に後ろから肩を抱きすくめられた。反射的に足を踏んで、ひじ鉄を相手の腹に食らわせ、逃げようとして驚いた。

「勇さん！」

思いつめた顔は、まさに別れる頃の宇之吉にそっくり。二度びっくりだ。

「どうして手紙に返事をくれないんだ」

千代は、あの権兵衛が来た日から、勇太郎の手紙を受け取っていない。

黙って郭の中に向かって走った。勇太郎が風のように速く走って追ってくる。高尾の部屋に逃げ込むと同時に、勇太郎の腕に捕まった。高尾は見てすぐに訳が分かり、桶胴持ちの政を呼んだ。

政は、権兵衛が来た夏の日からずっと、波除楼で働いている。勇太郎が来たら追い返す役をしていたのだろう。騒ぎを聞きつけて、銀や牡丹が顔を出した。牡丹が裸足で駆けて政を呼びに行く。千代は座敷まで逃げたところで、勇太郎に押し倒された。

「勇さん、なんでこんなことするの？」

「千代ちゃんに会いに来ようとしても、いつも追い返されるんだ！」

勇太郎は伊勢屋の法被《はっぴ》を羽織っていた。前がはだけ、腹掛けの〝勇〟という字が暗がりでもはっきりと見える。

「伊勢屋の若ともあろうお方が、たかが女郎一人相手に、こんな……」

高尾が宥《なだ》めようとしたところへ、政が入ってきた。

「政！　若に傷をつけるんじゃないよ」

勇太郎は、高尾も政も無視して、千代の顔だけを見ていた。やがて千代の上に重なろうとしている。千代はもう訳が分からなくなった。自分は海に浮かんでいて、あの死んだ亀になっている。

「若！　正月に祝言だと聞きましたよ。その子は、今日は駄目です。子ができちまうんですよ」

〝祝言〟という言葉が、大きなうねりとなって、千代の心の海は大荒れになった。涙がどっとあふれる。勇太郎は、政に引っ張られるまでもなく、千代の涙を見て立ち上がった。やがて静かに座り、千代を抱き起こして、小さな紙切れを渡した。

「そうなんだ。千代ちゃんじゃない人と祝言をあげる。もうすぐだ……。その前に、どうしても一回でもいいから会いたかった」

千代は大きくため息をついて、涙を拭った。紙切れには小さな鯨の彫り物が入っていた。二頭の小さな鯨が、赤い紐で結びつけてある。

「鯨の歯で作らせたんだ」

勇太郎は白い歯を見せて笑った。その後、丁寧に詫びを言い、帰った。

政が伊勢屋へ使いに行った。今日の花代をもらうためだ。

死んだようにして生きていても正月がくる。千代は、もう二十五だ。今年も見事な初日の出だった。祈ることが何もない。みねは、手を合わせる度に谷藤の供養をしているようだ。いつか牡丹が言っていたように、好きな男の幸福でも祈ったら、少しは気が晴れるか、と思ってみるが、やはりそれはできない相談だ。

正月からまた雪が降った。風邪でもひいたのか、寒気がする。雪の日に、初めてここへ来た勇太郎が、滑って転びかけたことなどを思い出し、桟敷で愛想笑いしてみた。しかし、こう調子が悪くてはいけない。お客に風邪をうつしかねない。高尾のところに引っ込んで、火鉢で温まっていた。

「あやめ、お客だよ」

「あやめは、風邪だよ。他の子に回しな」

高尾が煙草を吹かしながら言った。

「母さん、この子やないと、駄目なお方です」

「ほぉ〜、あやめは男にもてるねぇ」

高尾や銀のような美形にもてはやされても、嬉しくもなんともない。どっちがいいかと聞いたら、世の中の男は、自分より、高尾か銀の方をとるだろう。千代は自分が人を惹きつける美しさを持っていることに気づいていなかった。

「よぉっ」

鷲之介だ。高尾や銀の顔がほころぶ。千代も思わず笑顔になった。

部屋に行って驚かされた。鷲之介が千代の体を求めてきた。無論、それが仕事だから、驚くほどのことではないが、何しろ鷲之介と会って、今夜が初めてのことなのだ。どういう風の吹き回しかと、鷲之介の真意をはかりかねた。

「あやめ、お前、いくつになった？」

鷲之介は最近、口髭をふさふさと生やしている。事が済んでさっぱりとした顔で、髭の間にキセルを差し込んで、煙草をくゆらせている。

「二十五です。ほんと、歳とったわぁ」

「もう十年か……」

「うん、あのとき、十四やったでね」

「お前、いつまでも田舎言葉が直らんのぉ」

「いいやんか。通じるで、東京の人にも」

部屋の中が煙でいっぱいになったので、咳が出そうだ。窓を開けに立った。冷たい風が窓の隙間から入り込み、蠟燭《ろうそく》の火を消してしまった。火をつけ直すとき、蠟燭をかばって囲った手に、光が透き通って、手が橙《だいだい》色に輝いた。鷲之介は、思わずその手を取り、千代を自分の方へ引き寄せた。

「お前の名は、尾藤……」

「千代」

「そうか、千代。俺と一緒に岐阜へ行かんか？」

窓を閉め直そうとして伸ばした手が止まった。そのままの姿勢で、千代は顔だけ鷺之介の方へ向けた。

「岐阜って？」

「土岐郡の……、俺の住んどる町や」

鷺之介はキセルを置いて、ぽんっと中の燃えがらを払った。

「鷺さんは、奥さんがおるやろ？」

「身請けするから、妾になれ、ということや」

身請けの話は瞬く間に進んだ。勇太郎が通ってくれたお陰で、千代の借金は随分少なくなっていた。身の回りのものをまとめるのには時間がかからない。ほとんど体一つで、鷺之介のところへ飛び込むことになる。


千代は考えあぐねていた。このまま廓で一生を過ごすのと、鷺之介のところへ行くのと……。どちらも地獄には違いない。生きる張り合いのある前向きな人生などは、とうに望んでいない。だが、ここで迷えることは、自分にとってたった一つ残された権利に思えた。

「妾と女郎とどっちがいいかって……」

今日の客、徳さんが、千代の肩に手を回しながら言う。この男、投げ込み寺の住職だ。千代がこの廓で死んだら、無論、引き取り手などいないから、その寺に捨て置かれることになる。

「なんにも相談しとらんのに、なんで私の気持ちが分かるの？」

徳さんの少し冷たい手を握りながら、千代が訊ねた。思えば、この男、どこの誰とも言わずに千代のところへやってきては、花代だけ払って何もしないで帰っていく男だった。名前を聞いても教えてくれない。どこの誰だか皆に聞き回り、ずいぶん探し回った。住職だと知っている者ほど教えてくれなかったからだ。鷺之介の身請けの話があった後、ひょいと訪れて、床には一緒に入った。なぜだか千代を抱こうとはしない。住職だからなのか、千代に対してだけなのか、それも分からなかった。

「そんな細かいこと、どっちでもいい、気にするな」

住職らしくない、赤くよどんだ瞳で、千代を真っ直ぐ見つめながら言ってくれた。

鷺之介の申し出を受けろ、と勧める言葉だった。

千代も、東京にいるよりは、岐阜にいた方が宇之吉に近くなる、と思えて、岐阜行きを決意した。


三月の末。その日は明け方から、季節はずれの雪が降った。千代は朝早くから起き出して、海へと出かけた。勇太郎にもらった鯨の彫り物を、海に帰すためである。夕べ、この鯨を包んでいた紙に書いてあった字を、高尾に教えてもらった。〝初志貫徹《しょしかんてつ》〟。最初に決めたことを諦めないで、最後までやり抜くこと……。勇太郎がどんなつもりで、この字を書いてくれたのか分からないが、大切にとっておけ、と言われた。しかし、二つの鯨は、鷲之介のところへ行く自分が持っていてはいけない気がした。勇太郎のことも思い出にしてしまわなくては……。忘れられないけれど……。

海風は刺すように冷たかった。朝日は昇らず、どんよりした雲が、少し明るい色になったくらいだった。千代は、二つの鯨をつないでいる赤い紐をちぎり、右と左の手に別々に二頭の鯨を持った。まず右の手から、力任せに鯨を投げた。そして左手。音も立てずに、白い鯨の彫り物は、海中へと消えていった。

東京駅で東海道線に乗る。汽車の吐く蒸気のにおい。もう一生嗅げないと思っていた。また富士山が見られる、もう一生見ることはないと思っていた。そして、宇之吉の住む郡上に、今から近づく。また会える日もあるかもしれない。千代の心は、遊びに連れていってもらう子どものように弾んでいた。鷲之介は、千代が明るく楽しそうにしているのが好きだ。だから今日は上機嫌だった。

雪のために少し遅れたが、やがて汽車の発車する時刻が近づいた。そしてまさに汽車が動き始めるとき、鷲之介が言った。

「伊勢屋のぼんや！」

指さす方を見ると、ホームの柱の陰から、こちらをのぞくように見ている人がいる。千代と目が合うと、柱の前に歩み出した。

最後に会った日は、思いつめた表情だったが、今日は静かな安心できる雰囲気を醸し出している。大将になる日も近いか。千代は心を込めて笑顔を贈った。胸元で、初志貫徹と書いた紙をひらひら振りながら。勇太郎は、黙って礼をした。

汽車の汽笛とともに、勇太郎も、東京も、すべてが思い出の彼方へと去った。

三、ヒガン花

鷺之介の家は土岐口《ときぐち》村というところにある。奥さんには会ったことがない。たいそう美しいお方だそうだ。千代は妻木村の奥に、昔、お大臣《だいじん》だった人の家を借りて住まわされた。民家や田畑がある人里から、少し坂道を上ったところにある家で、あまり人目につかない。一番驚いたのは、鷺之介が、医者の息子だということだった。どうしてそんな良いところのお坊ちゃんが人売り稼業などするようになったのだろう。何しろ、妻木に来たときに、倉矢の本家から、というので、「蘭の花」が届いて驚いた。見たこともない鮮やかな桃色で、花びらが何枚なのか分からないような、変な形だ。いつか我楽堂で見せてもらったアマリリスの花を思い出した。温様が作っている歌の話を聞きに我楽堂へ行こうと思いながら、ついに行けなかった。その歌をいただく小学校がある村に住むことになり、千代はたいそう驚いた。

土岐では、昔から陶磁器を作るのが盛んだ。空気がなんとなく埃っぽい。家の中に白い埃が、いつもたまるのは、土岐の土壌が粘土質のせいだと分かった。粘土は乾くと細かい細かい粒子になる。

千代は陶磁器作りに熱中した。鷺之介に頼んで、土やろくろを運んでもらった。旦那一人に仕えればよい生活は、東京での暮らしからすると、天国のようだ。快適には違いないが、一人でいると暇でしょうがないのだ。

粘土を一抱え取り出して、きゅっきゅっと練っていく。菊の花びらのように、均等に模様が入れば合格だが、なかなかそうはいかない。陶磁器の修行の上では〝菊練《きくね》り三年〟という。鷺之介がやって見せてくれる。男だから力もあり、コツがつかめているから、くちゃくちゃした粘土が、きれいに丸まっていく。

「まず、この練りで粘土の中に含まれる空気を抜かないことには、形をうまく作っても、焼いたときに割れてしまうでね」

同じリズムで土の向きを変えて練り固めながら、鷺之介が言った。粘土は手の中で生きているように形を変える。

千代は何度も何度も、粘土を取っては練習している。梅雨間近の、蒸し暑い時期に土をさわるのは気持ちの良いものだ。少しずつ、菊の模様が入るようになると、キャッキャッと言って喜んでいる。この無心な明るさに、鷺之介は癒された。

時々、千年もの長い間、孤独だったような気がするときがある。そんな途方もない孤独感でどうしようもないとき、千代のことを思い出す。千代に会いさえすれば、その重苦しい気持ちを忘れることができるのだった。

千代の住むお屋敷には、数寄屋造りのお茶室がある。家の中に倉庫があって、武具や刀剣、奥道具などのお宝がしまってある。葵のご紋がついているものが多くあるのを千代は不思議に思った。

妻木村や土岐口、隣接する高山宿などの妻木領は、旗本の妻木氏が支配していた。幕末に当主が急死し、すべて幕領になってしまったらしい。陣屋は、妻木村の上郷《かみごう》というところに置かれ、代官がやってきた。千代の住んでいる家には、幕府から遣わされた人が住んでいたのだろうか。残されたお宝は、倉矢家のものだということだ。具足などを見ると気味が悪いので、なるべく倉庫には近づかないようにしている。

しかし千代は、昼間、鷲之介が来ないときに、この倉庫に入ってすることがあった。勇太郎の手紙を読むことである。勇太郎が出してくれたのに、高尾が握っていた手紙を、東京を発つ前に、すべて渡してくれた。

「ぼくにとって千代ちゃんとのことは、幻灯《げんとう》のように美しい思い出です。昼間の明るい光の中では、何もかもきれいに消えてなくなってしまいます。千代ちゃんの行く山里には、谷川があるでしょう。小さな谷川です。ぼくはその川に住む蟹《かに》になりたい」

今頃、勇太郎は鯨漁だ。その凛々しい姿を思い浮かべ、谷川に遊ぶ蟹が横歩きする姿と比べると、思わず笑いがこみ上げた。

「夢の世界で秘密の花畑があって、ぼくと千代ちゃんは秘密の階段を二人で登りました。千代ちゃんがバイオリンを弾いてくれたので、ぼくは笛を吹きました。白や水色の蝶が飛んできて、二人を祝福しました。小さな黒猫が遊びに来て、二人の音楽を聴きました。しっぽの大きなキツネが、笑いながら走っていきました」

我楽堂で西洋の楽器を見たことを、勇太郎に話したことがあった。そこから想像してこんな話を作ったのか……。バイオリンを見たことも聞いたこともないくせに……。

一番最後の手紙には簪《かんざし》が添えられていた。今飛び立とうとする鶴としゃらしゃら揺れる細かな飾りがついた簪。

「鶴と、銀の涙だ。もう、千代ちゃんとは会えないからね。最後に会ったとき、千代ちゃんの涙を見て、自分のことしか考えない自分が嫌になった。幸せになってほしいと願っているよ。東京を発つ朝、見送りには行けないと思う。気をつけて」

見送りに来ない、と決めていたのに来てくれた。早朝、東京駅に来るのは大変なことだっただろう。見送りに来てくれて、心が温まった。虚ろな心に、また何かがたまった。勇太郎は、そういう何かをくれる人だった。

こうして手紙を読み、一つ一つ燃やして、思い出にしていくのだった。返事を書くことは許されない。


土岐の夏は暑かった。暑いが、千代は働きたかった。屋敷の裏手にある土地を耕して芋を植えてみた。背丈ほども蔓が伸びた。かぼちゃも蔓をぐんぐん伸ばして、石垣の下まで下りたところで、実を実らせた。野良仕事をひとしきり済ませ、倉庫に入って一休みするのが楽しみだ。多少、気味は悪いが、なんといっても涼しい。

やがて夏が過ぎ、虫の声が聞こえる頃になった。黄金のススキが風に揺れて笑う。早稲の稲を刈った田んぼに、たくさんの小鳥が遊んでいる。子どもたちが稲を背中にしょって運んでいくのが小さく見える。その向こうに、すっくりと空に向かって真っ直ぐ立つ蕎麦《そば》の茎のてっぺんで、可憐な花が開きかけている。

屋敷に続く坂道をさらに奥まで登っていくと、大きな銀杏の木がある。太い枝が、青空に向かって腕を広げるように広がっている。その枝々についた葉が全部、目の覚めるような金色に色づいている。下に落ちた黄色い葉が、地面を覆い隠すほど降り積もっている。葉を拾っては放し、拾っては放し、ひらひらと落ちるのを楽しむうち、夕暮れが迫った。雲も空も茜《あかね》色に染まった西の空に、銀杏の葉と同じ金色の太陽が、溶けてなくなりそうだ。やがて山の端に沈むと、茜色は静かな紫色に変わっていった。

夜は月や星を見て過ごした。梟《ふくろう》が森の奥から呼びかける声に、千代は答えた。梟は気まぐれで、千代が呼んでも答えないときがあった。

こうして、鷺之介以外の人には会わず、自分が思いついたことだけをして過ごした。散歩がてら里に下りて、誰かに会ったとき、挨拶だけはしているが、軽い会釈が返ってくるだけだ。千代がどんな筋の人間か、分かっているのだろう。

東京で、疲れ切って、生きる気力を失った頃よりは、気分も体調も良い。朝晩が逆転した生活を、普通の生活に戻したからだ。しかし、鬱々《うつうつ》とした精神は、体を少しずつ蝕《むしば》んでいった。

鷺之介が心配して医者にかかるように言う。なんといっても医者の息子だから、病気には詳しい。しかし、昔から医者にかかるようなことはなかったので、気が進まない。鷲之介が何度勧めても、千代は医者にかかろうとしなかった。本当に病んでいるのは、体でなく、心の方だ……。それを自分でよく分かっていた。

土岐で初めての冬。寒いのに慣れているはずの千代も、その寒さには閉口した。雪がほとんど降らないで、縛りつけるような寒さに襲われる。「痛い」ような感覚だ。大きなお屋敷のどこもかしこも、凍ったように冷え切ってしまった。火鉢の側から離れられなくなってしまった。火鉢の側で、煙草を吸いながら、采配を振るっていた高尾が懐かしい。

やがて梅の花がほころび、水温《ぬる》む二月が来た。ほっとする。

三月には蕗《ふき》の薹《とう》や土筆《つくし》が出た。千代は子どものように無心になって、それらを採った。鷲之介にそうした料理を出すと、喜んで食べた。

「都会暮らしが長いで、鷲さんの口には合わんと思っとった」

鷲之介は、目だけ細めて笑った。きっと小さな頃に、母親が作って食べさせてくれたのだろう。懐から小さな袋に入ったお猪口《ちょこ》を取り出した。酒を温め、酌《しゃく》をしてやる。

「どうしていっつも、お猪口を持って歩いとるの？」

〝気に入っているから〟という意味合いか、ぐっとお猪口を上に上げて見せる。

「これは何という焼き物？」

お猪口を手に取って、裏返したり、下から見上げたりしながら千代が聞いた。

「鼠志野《ねずみしの》」

最近鷺之介は、千代といるとき、あまり話さなくなった。

灰色の着物に黒い帯、黒に白の水玉模様の羽織。最近は、髪を短く切って、口髭もなくなった。東京でもそうそう見ないほど粋な出で立ちである。

鷺之介だけといるとき、千代には髪を結わせない。洗った髪を梳《す》いて、そのままに垂らしておく。料理を作ったり、酌をするのには邪魔だが、その飾らない髪型が好きなのだ。鷺之介の心は、土岐での冬の寒さのような何かに、縛りつけられている。それを解《ほど》いてやることはできなくとも、縛りつけられた痛みをごまかしてあげたいと、千代は思う。あまり話さないのも、千代に飾らせないのも、自分の心が自由になりたいからなのだ。

四月。お屋敷の裏手から、里の方を見下ろすと、あちこちに蓮華畑が広がっていた。ところどころ黄色い雲が、地上に降りたように見えるのは、菜の花だ。山里の風景はどこも変わらない。山がすぐ近くに見える地形は、山育ちには安心感がある。海が近くにあり、山が遠い州崎では、なんとなくいつも心細かった。空が広すぎるのだ。

一年が経ち、ようやく土岐での暮らしに慣れた。しかし千代には、鷺之介以外の知り合いはできない。

今日は、ちょっと遠くまで散歩してみようと思った。妻木氏のお城があったところへ登ってくることにした。握り飯を作り、朝から出かけた。八幡《はちまん》様という大きな神社の中を通っていくと、崇禅寺《そうぜん》という由緒あるお寺につながっていた。

しかし、お城への入り口が分からない。何人かの人に聞いて、ようやく登り始めたのは昼過ぎだった。子どもの頃に篠脇城に登ったことを思い出した。宇之吉がいろいろと説明してくれて、山道がただでこぼこしている訳でなく、敵を防ぐために工夫してあることが分かった。山城は一つの要塞である。この妻木城も、敵が攻め込んできたときに、ここでは上から矢で撃って守り、ここでは両側から攻めて守り……、という工夫がしてあるのが、なんとなく分かった。誰か宇之吉のように説明してくれる人がいれば、もっと楽しいのに……。

登る途中で、北側に向かって木立がとぎれ、遠くまで見えるところがあった。天気の良い日だったので、遠くまで見渡すことができる。千代は大きく息を吸い込んだ。爽快である。そして見晴るかしてみて驚いた。白山が見える！　あの稜線は白山に間違いない。妻木から奥美濃が見えると思わなかった。土岐とは違う湿った空気が、風とともに川沿いを渡り、そして山沿いに漂う霞を揺らす様《さま》が、目の前に浮かんだ。

そこで一休みすることにした。握り飯と、畑でとれたナスに味噌をつけて食べた。心はすっかり郡上の澄んだ空気の中にいた。清らかな流れに咲くシャガの花を、宇之吉が採ってくれたことを思い出した。自分が東京で、〝あやめ〟と呼ばれていたことが、今は思い出になっていることに気づいた。仲良しだったみねは、今どうしているだろう。好きな人を亡くして、まだあの郭にいるのだろうか。

こうして頂上まで登ったが、お城は跡形もなかった。無情を感じながら、山道を下る途中、なんと、あんなに天気が良かったのに、通り雨にあった。雷も鳴り始めた。どこかに雨宿りしなければ……。

八幡神社の近くにあった学校で雨宿りさせてもらった。今日の雷は、太鼓を鳴らすような、乾いた音だ。稲妻が走る。やがて雨脚はますます強くなった。目も眩むような光とともに、天地を揺るがすような雷の音。どこか近くに落ちたようだ。

目をつむって開けると、目の前に一人の男が立っていた。ひょろっと背が高く、柔和な顔に、蔓つきの眼鏡をかけている。鼻のところが、バネ式でもなく、バッテンでもない。ハイカラな眼鏡だ。髪と肩のところが少し濡れている。腕の中には、茶色い子猫を抱いている。

「みゅぅ、みゅぅ……」

大きな耳をぶるぶると震わせ、大きな目を見開いて、高い声で泣いた。なぜか千代の方へ前足を伸ばしてきた。千代が腕を前に出すと、飛び移った。男が静かに微笑んだ。

男は、妻木尋常小学校の訓導、沢田久司《ひさし》という人だった。教官室に連れていってくれた。手ぬぐいで濡れたところを拭き、一服すると、雨は小降りになっていった。

「もうすぐ止みそうですね」

「ほんと、良かったです。ありがとうございました」

猫はまだ、千代にくっついたまま離れない。

「この猫は？」

「雷が鳴る前から、どこかに迷い込んでいるのが、声で分かったんですが……」

眼鏡が曇るのか、はずして拭きながら久司が言う。

「どーんと落ちたでしょう。大きなのが」

「ええ、落ちましたね」

「そのとき、窓の外にいたのを見つけたんです。毛が逆立ってました」

手で毛が逆立つ様をして見せながら、猫の鳴き真似をする。千代は少しだけ声を上げて笑った。

「で、猫を見つけたら、その向こうにあなたがいたのです。驚きました。猫と同じように、うずくまっていた。背中を丸めて……」

「毛は……、逆立ってませんでしたか?」

久司も千代も、声を出して笑った。

こうして話すうち、雨が止んだ。千代は久司に丁重に礼を言い、猫を連れて帰った。最後まで、名前と素性は明かさなかった。久司は、無理に聞こうとしない人だった。


千代には捨てられない手紙がある。

郡上を発つとき、宇之吉にもらった手紙、東京でもなくさないよう大切にしていた。手紙といっても、字が書いてない。みかんの一房に、糸のついた針を突き刺した絵が描いてある。〝みかんつり〟という遊びの絵だ。宇之吉が千代に会うときは、大抵、勉強ばかりしていた。たまに遊んだ思い出を絵にしてくれたのだった。正月、冷たい北風の中、妙見様の境内で、たった二人だけのみかんつりをした。東京に発った千代がみかん、針についた長い長い糸は、まだ宇之吉の手の中にある。絵の中には、そんな思いが込められているのか……？

そして東京を発つとき、勇太郎にもらった手紙。勇太郎からの手紙はすべて燃やしたが、これだけは燃やせない。〝初志貫徹〟とだけ書いてある。女郎から妾になった女に、大きな志などあるはずもないのだが……。宇之吉に仮名を習い、鷲之介に漢字を教えてもらった。そうして勉強を続けるように、と励ましていてくれるのか……？

二つの手紙を開いてみるたび、手紙に込められた思いを考えてみる。そしていつも、なくしてしまったものの大きさに打ちひしがれた。

捨てられない手紙ほど悲しいものはない。

「初代美濃《みの》の国守護《しゅご》は、土岐頼定《よりさだ》という人でね」

久司は、歴史の話になるととどまることなく話す。千代は、訓導が人の妾と会っているなど体裁が悪いから、人に見られでもしたら困るだろうと、気が気ではない。

「その頃には、『土岐絶えなば足利《あしかが》絶ゆべし』というくらい尊氏《たかうじ》に信頼されていたそうだ」

あの通り雨の日から、妻木城址へ出かけたとき、ただ屋敷の周りを散歩しているとき、など、出歩くたびに久司に出くわす。そのたびに長々と話を聞かせてくれる話が、千代には面白かった。面白がって聞くので、話す方も力が入るのだろう。

その頼定という人が住んでいた場所、建てたお寺を案内したい、と言うので、今日ははるばる大富というところまでやってきた。今、鷺之介は東京だ。

「頼定は晩年、定林寺《じょうりんじ》に近い大富館《おおとみ》に暮らした」

大富館があったと思われる場所は、何の変哲もない草原《くさはら》だった。近くの田んぼでは、田植えに備えて、代掻《しろか》きの真っ最中。働きもせず、ぶらぶらしているのでは申し訳ない気持ちになる。貧乏な小作人育ちの千代の気持ちが、久司には分からないだろう。

尋常小学校を出て、その高等科を出て、その後中学へ行って、それから師範学校へ行って……。一度も学校へ行ったことのない千代には、考えるだけで気の遠くなるような経歴である。

頼定の息子が十二人もいたこと、そのうち家督を継いだのが七男の頼遠《よりとお》という人だったこと、その頼遠さんという人は、光厳《こうごん》上皇という人と一もめあって処刑されたこと、しかしそれは、飛ぶ鳥を落とす勢いだった土岐氏への嫉妬によるものだったこと、さらに実は頼遠さんは殺害されないで、夕闇とともにどこかへ逃げ去り助かったとのこと……。

「だって夕方に処刑を行うなんておかしい。普通は明け方だろう」

久司の確信ある言葉に、そうに違いない、と千代は首を縦に振った。

「単なる言いがかりで処刑するとはおかしい、と幕府側は思っていたんだ。だから処刑をわざわざ夕刻にして、助けたんだ!」

もう何百年も前のことだ。頼遠さんが、処刑のときよりも長く生きたのか、どうだか、確かめる術もない。第一、どっちでも良いような気が、千代にはするのだが、久司にはそこのところが大問題のようだ。

そこで頼遠さんが、どんな言いがかりで処刑になったかを話してくれた。都で光厳上皇に出会ったのに、道を譲らなかった、ということだ。しかし、それはあり得ない、と久司は言う。その時刻、光厳上皇の一団がどこを通り、頼遠さんがどこを通っていたか、土の上に都の碁盤の目のようになっている道をかいて、細かに説明してくれた。まるで見ていたかのように。その頃には、千代はいささかうんざりしていたが、うんうんと頷《うなず》きつつ、最後の最後まで話を聞いてやった。

ようやく定林寺のあったところへ着いた頃には、夕暮れが近づいていた。定林寺というお寺は、四百年ほど前に、武田信玄が攻めてきて焼いてしまったそうだ。草の中に、白いタンポポが咲いている。久司はタンポポを採り、千代に渡してくれた。

白いタンポポは、汚れのない久司に思えた。たとえ久司が汚れても良い、と言っても、男と女の関係になることは、千代には考えられなかった。

上《うえ》真行《さねゆき》から手紙が来た。東京から帰ってすぐに寄ってくれた鷲之介が、持ってきてくれた。千代はさも、手紙の主が誰だか分からない、というそぶりをして見せた。

「誰やろ？」

「誰や知らんよ。高尾さんに呼ばれて……、預かったんや」

「へぇ、母さん元気やった？」

手紙を上にしたり下にしたり、表にしたり裏にしたりしながら、千代が聞いた。

「うん、相変わらずやったな」

「ふぅん」

今度は日にかざし、透かして見ようとしている。

「まぁ、読んでみろ。誰か分かるて」

「そやね。読んでみよ」

手紙には策太のことも詳しく書いてある。最後に会ってから、もう何年も経つ。楽部に入った後のことはよく知らない。篳篥《ひちりき》、琵琶、歌、舞、バイオリン……。毎日毎日、忙しいようだ。楽師として、お国の行事のとき、歌ったり踊ったりの出番もあるようだった。あの優しくきれいな顔立ちで、衣冠《いかん》を整えた姿を想像してみた。烏帽子をかぶったら、本当のお公家さんのように見えることだろう。

上は最近、渡部温《わたなべおん》とともに小学校の唱歌を作っている、と書いていた。千代が、土岐郡の妻木という村にいることが分かり、その村の学校の唱歌を自分が作っていることに不思議な縁《えにし》を感じて手紙をくれたのだった。子どもたちが気に入ってくれればその学校の歌にしたい、と言う。何だか「君が代」のときと似ているな。今度は学校の歌だから「国歌」でなく「校歌」か。千代の方も、知りたいと思いながら、確かめられなかったことが分かったようで嬉しかった。東京でお客として出会った男と、こんな田舎まで来て交流を持つとは思わなかった。千代の行き先を、郭に何度も聞いて、捜してくれたとのことだ。鷺之介の素性が、今一つはっきりしなかったので、多苦労したらしい。茶碗を土産に持ってきたことがあり、それを「美濃焼《みのやき》」と呼んでいたので、多治見か土岐郡の方だろう、というところから足どりが分かった。

文部省のお役人の中に土岐の出身の人がいた。弟さんが訓導をしている、という。「うちの学校だけの唱歌を作ってほしい」と熱心に、その弟さんが言うもので、その人の部署の長をしていた人に無理に頼み込んだ。千代が東京を去る前年のことだ。その部署というのが、文部省図書局といい、局長が渡部温だということだった。

子どもたちに教育する日本語について、調査したり、決め事をする、文部省図書局のそのお役人は、沢田という。久司の兄だ。「妻木尋常小学校校歌（案）」と書かれた一枚の紙を見て、すぐに久司のことだと分かった。詞は久司が骨子を考え、真行が書いた曲に合わせて、温が手直ししている。「流れも清き妻木川」「軒場に仰ぐ城山《しろやま》の」などの歌詞は、妻木の、のどかで詩情豊かな情景を思い起こさせる。真行の作った曲は無論分からないが、二拍子で元気よく足踏みしながら歌えるような曲だということだ。そして、この曲ができた頃、図書局というものは文部省からなくなり、温は局長を退いた。妻木小学校の校歌が、今でも「作曲　上真行、作詞　渡部図書局長」と作詞者の名前が分からない形になっているのは、図書局が幻のように消えたことになぞらえて、温が自分の正体を隠したからだ。

早速、久司に連絡をとった。しかし使いを送るのも憚られる。久司が教官室に一人でいるのを見計らって、子猫に手紙をつけて放す。事実、久司は、よく夜遅くまで残って仕事や調べものをしていた。

大富館のあったところで待ち合わせた。学校から離れたところだから、人に見られてもそれほど久司の迷惑にはならない。久司は少し遅れてきた。愛用の自転車を飛ばしてくる。

「やぁ、すみません。お待たせしてしまって……」

千代は黙ってじっとしたまま、久司が自転車を止めるのを待っていた。久司が目の前に来たとき、策太が送ってくれた手紙のうち、歌詞が書かれた一枚を開いて見せた。

「あれっ！？！」

驚いて紙を手に取り、まじまじと見つめている。

「千代さん、どうしてこれを？」

「さぁて、どうしてでしょう？」

千代は、東京で策太に出会ったときのことから、千代の知り合いである上や温が、久司の兄に頼まれて曲を作ったことまで説明した。

「へぇぇ……、ものすごい奇遇だね」

そう言いながら、紙を穴の開くほど見つめている。

「『流れも清き妻木川、淀《よど》まぬ水を鑑《かがみ》にて』というところ、いいなぁ」

「曲に合わせて、少し歌詞を変えたんやって」

「一番最後の、『人たる道を守らまし』というところ、ぼくは『守るなり』としていたんだけど、『まし』の方が強い意志が出て、いい！」

まだ完成しない校歌を想像しながら、夢を見ているかのように幸せそうな久司。このことを温や上に伝えたら、きっと喜ぶだろう、と千代は思った。

大富村から可児《かに》郡の御嵩《みたけ》に通じる御佐野《みざの》街道を歩いてみよう、と久司が言った。朝起きると晴天。千代は支度して出かけた。

土岐郡西部の百姓は「津出し《つだ》」といって、年貢米を木曽川べりの「新村港《しんむら》」まで出さなくてはならなかった。丘陵を越えて米を運ぶのは大変なことだ。しかし初夏の風の中、そぞろ歩いていくのなら、少しも苦労がない。千代は、汗水たらして働くお百姓さんたちに申し訳ない気持ちでいっぱいになった。それにしても木曽川に浮かんだ材木を見たい。飛騨川沿いに下ろされた材木が、港には並んでいるはずだ。

大富村の白山神社というところで待ち合わせた。樹齢千年のハナノキがある。「白山」という言葉に親しみが湧く。ハナノキは、幹がのっぺりとして白い。大空に向かって元気に、というよりは大地と一緒にしたたかに生き続けている、という感じだ。その木の周りだけ、時が止まったように感じた。

伊野川沿いに北上すると、斧研池《よきとぎ》という小さな池がある。そこに馬頭観音が立っていた。馬頭観音に供えられた水を飲んでいる子どもがいる。

「高吉《こうきち》ちゃん！　やめやぁ!!」

丸刈りの、人の良さそうな少年を、きりっとした女の子が叱っている。

「千代ちゃんだって、地蔵様の餅、食ったことあるやらぁ」

「そんなことないわ！」

女の子は、男の子に飛びかかりそうだ。久司が竹筒を出して女の子の前に差し出した。

「千代ちゃんっていうの？」

「うん。千代子やよ」

「お水、飲む？」

千代子は目を輝かせて笑うと、竹筒を受け取って水を飲み始めた。ごくりごくりと喉を鳴らしている。高吉は、あんぐりと口を開けて、千代子がおいしそうに飲むのを眺めていた。

「君も、飲む？」

高吉は、自分か？　というように、人差し指で鼻を指さしてみせた。久司が目を細めて頷《うなず》くと、嬉しそうに飲み始めた。

「このお姉ちゃんも千代さんっていうんだよ」

「へぇ、ほんと？」

千代は頷いて見せた。

「きれいな人でしょう。東京から来たんだよ」

「へぇ、東京ってどんなところ？」

千代は東京が好きではないのに、なぜか懐かしい気持ちがわいてくるのが不思議だった。

「東京は……、海があるんやよ」

「海？」

高吉と千代子が声をそろえて言った。

「そう、海にはカモメがいて、いっぱいお魚もいて……、それから朝日が昇る」

「海からお日さまが上がってくるの？」

「そう。青い海にお日さまの色が映って、すごくきれいやよ」

二人の子どもは夢を見るように、海の様子を想像していた。千代は、子どもたちの背の高さにしゃがみ込んで、二人の頭をなでてやった。千代子は、両手を広げて千代の頬にさわった。

「真っ白でふわふわやね。綿菓子みたい」

「綿菓子、好き？」

千代子は、千代の頬を指で押しながら、こくんと頷いた。

「大富でお祭りがあったら教えて。そのときに買ってあげるよ」

千代も千代子の頬を指でつつきながら言った。

「ほんと？　定林寺の九万九千日《くまんくせんにち》があるよ。夏になったら……」

「そう、じゃあ、そのとき、あの馬頭観音の前で会おうね」

千代が立ち上がり、帰りかけた子どもたちに、久司が聞いた。

「ここから大富山を登って、御嵩まで行きたいんだけど、道、分かるかな？」

「あぁ、このまま登ってくだけやよ。一緒に行ったげよっか」

親切な子どもたちである。土岐へ来てから、よそよそしく邪魔者扱いされていた千代は、子どもたちの人情に、胸が熱くなった。

子どもたちに案内されて、頂上付近の塞神峠《さいのかみ》まで行った。そこには、今にも壊れそうな石仏が立っていた。子どもたちは、そこにお化けが出る、と騒ぎながら帰っていった。

新村港に材木はなかった。よく考えると、山から伐採した木を下ろすのは、雪のあるうちだ。東京の木場には年中、材木があった。それは、全国から筏にして船でひいて持ってくるからだ。千代は、郡上で常識だったことを、東京暮らしで忘れていることに愕然とした。

雨上がりの朝、妻木の奥で片栗《かたくり》の群生地を見つけた。薄紫の可憐な花。数え切れないほど咲いている。どこまでもひっそりと静かに。

鷲之介が、郡上へ連れていってくれる、と言う。材木の買い付けに行くから、ついてこい、ということだ。字の読めない両親に、手紙は書いていない。妾になったと知ったら、どう思うだろう。片栗の花のように、この妻木でひっそりとしていたい、と思った。だが、宇之吉に会えるかもしれない、という一縷《いちる》の願いが千代の心を動かし、一緒に郡上に行くことにした。

歩いたり、荷車に乗せてもらったりして一日がかりで八幡まで行った。八幡からは乗合馬車が出ている。明日の朝早く、妙見へ向かう。

朝がきた。宿の飯は、白いご飯が出たが、食べたのか食べないのか分からない。宇之吉が新調してくれた、紫に橙色の格子模様の着物を着る。白地に赤の帯をしめ、ちょっとめでたい感じを出した。何せ里帰りだ。女郎に売られていったのに、土産を持って親元に帰れるとは、めでたいことだ。そして乗合馬車に乗った。

鷲之介は森林組合というところに用事がある。その近くに大きな樫《かし》の木が生えていた。お互い用事が済んだら、この木の下で待ち合わせよう、ということになった。

馬車が通っていった道を渡り、妙見に向かう細い道に入った。田んぼには蓮華の葉が青々と茂っている。ところどころ小さな丘のように盛り上がっているのは、四百年も前の首塚だ。

妙見様の参道の脇に立つ、大きな木が見えてきた。参道に入ると、両側の桜の木が、手を伸ばし千代に語りかけるようだ。花芽をいっぱいにつけている。千代は駆け出したい気持ちに駆られたが、故郷の土を踏むこの幸せを、できるだけ長く楽しみたいと思った。ゆっくり足を踏みしめると、足の裏が下駄にくっつき、そして離れる。嬉しさが溢れて胸が苦しくなり、息が乱れる。地に足がついていない気がするが、見ると下駄はしっかり土を踏んでいる。こうしていよいよ境内に入った。

鬱蒼とした境内の奥に、その木は立っていた。あの欅の木の下で宇之吉がいつも勉強を教えてくれた。近づくと、木は何か言いたげに、高い高い枝を揺らす。幹に触ると、みずみずとした新鮮な息吹が伝わってきた。木の下でいろいろな字を書いた。それから「カナシイ木」と書いた。

ふと視線を感じ顔を上げた。欅の木の向こう側に、一人の老婆が立っている。いや老婆ではない。母だ。

「おっかさん！」

「千代か！？！」

千代は、母の白髪が増えたことより、皺が増えたことより、母の貧しさが悲しかった。母は別れたときと同じ着物を着ていた。色あせ、あて布だらけだが、同じ着物だ。

母は涙をこぼし、口をへの字に曲げて嗚咽をこらえている。千代は母の目の前にある小川を飛び越して、母の腕の中に飛び込んだ。まるで、幼子のように声を出して泣いた。母の体は細く、小さく、抱きしめているのは千代の方だった。

家に帰ると、父がいない。父は、苦しんで死んだ。弟のハチは、下の弟・利吉《りきち》と一緒に野良に出ている。母は息子たちと一緒に野良に出たものの、調子が悪くなって帰ってくる途中、千代に出くわしたのだった。

千代は井戸で水をくみ、母と一緒に飲んだ。囲炉裏の火をおこしてやり、母を座らせた。

二人で座り込むと、そこはかとない寂しさに襲われた。

「お父《とつ》つぁんの死に目に会えんとは、親不孝や……」

ぽつりと千代が言った。

「あんたは親孝行な子やで。家族のために東京へ……。好きな人がおったのに……」

こういった後、母は何かを思い出したように立ち上がり、奥の部屋へ入っていった。

何か茶色いものを手にして、母は出てきた。狸の尻皮だ。千代が宇之吉のために作ってやったものだ。

「それ、宇之さんのものやよ。なんでおっかさんが持っとるの？」

「庄屋様のお上さんからもらったんや。宇之吉《うのきつ》ちゃんの形見やで」

千代は雷に打たれたように体中に電流が走り、動けなくなった。母の言っていることが理解できない。

「節分前に……、管流しの最中、材木から落ちて……」

宇之吉は誰よりも身軽で、器用に身をこなす。どんな難しい局面も、名人芸と言っていい技術で乗り切れる人だ。材木から落ちるなど、あり得ない。

「あんたにもらった、この狸の尻皮を、それはそれは大切にしとった、ということじゃ」

千代は頭を両手で覆った。口や耳や指先や……、体中のあらゆるところから血液や内臓が、叫び声をあげて飛び出しそうだ。

「亡くなったときにも、この尻皮は身につけとったんやと」

尻皮を手に取った。毛皮の温かみが手に染みる。開いてみると、中から紙切れが落ちた。紙切れに何か書いてある。

〝ふるさとの　荒るるを見ても　まずぞ思う　しるべあらずば　いかが分け来ん〟

これは東常縁が、妙椿に城を盗られ、それを返還されるときに詠んだ歌だ。中等部に入った宇之吉が、漢字を教えてやるよと言って、この歌を教えてくれた。ご先祖様の作った歌だと言っていた。でも時々自分が作ったんじゃないかと勘違いするときがある、とも……。

——城は落ち、館が焼けて、貴女と過ごしたふるさとは荒れてしまった。道しるべがなくなってしまっては、貴女はどうやってこのふるさとに帰れるでしょう。

紙切れの端に、小さな桜の花びらがいくつも散っている。よく見ると薄桃色の色紙で、きれいに切り紙して貼りつけてあるのだ。千代は一つ一つの花びらを指でなぞった。花びらが十四枚。

ちょうど宇之吉と別れたとき、数えの十四だった。宇之吉の心の中では、千代は郡上にいたときの少女のままだった。東京で一度だけ会ったが、あれは千代ではなく、あやめという女郎だ。澄んだ谷川にしかシャガが咲かないように、東京には千代はいなかったのだ。春に別れた千代を思って、桜の花びらをこの歌とともに貼りつけた、宇之吉の気持ちを思った。

こんなに深く愛し合っていても結ばれないのなら、今度生まれてくるときには絶対に愛し合うことのない境遇でありたい、と千代は願った。千代は今、何度も生まれ変わり、そのたびに宇之吉に出会って、愛し合ってきたということを、はっきりと思い出した。もうこれで終わりにしたい。今度生まれてきても、きっとまた出会ってしまうのだろう。そうしてお互いに、遠い昔からの縁と約束があったことが分かる。でも今度こそは、宇之吉を愛したりしない。今生では一度も別れの言葉を言わなかった。今度こそ「さようなら」を言わなくてはならない。こう心に決めたとき、一筋涙がこぼれた。

「庄屋さんのおかみさんは、あんたを小作料のかたに売り飛ばしてしまったことを恥じとったよ」

宇之吉の手紙を尻皮と一緒に母に渡してくれるには、嫁に気づかれないよう、気を遣ったことだろう。それに宛名のない紙切れを、千代宛の手紙だと分かったのは、母親として宇之吉の本当の気持ちを知っていたからだ。千代への気遣いというより、息子への愛情の深さに感嘆した。

「今、土岐におるんやろ」

「うん、なんで知っとるの」

涙を流して落ち着いた。囲炉裏の火が、ぱちぱち燃えだした。

「倉矢さんがお使いをよこしてくれたんやよ」

「へぇ……」

鷲之介の気遣いにもありがたいと思った。

「私、鷲さんの……、倉矢さんの妾なんよ」

思い切って言ってみた。

「知っとるよ」

母はそう言って、じっと千代の目を見た。女として地獄を味わい続ける娘へ、せめて愛しく思う気持ちを伝えたかった。

まもなくハチと利吉が帰ってきた。ハチは見上げるような大男に成長していた。利吉はまだ、学校なら高等科の年代である。父に似て、整った顔をしている。将来、色男になりそうだ。二言三言話し、千代は待ち合わせがあるから、と家を出た。母が引き留めたが、千代は、もうここは、自分の家ではない気がした。東京へ発ってから今日まで、楽しい思い出話があるはずもない。話すことは何もなかった。居たたまれなかった。

栗巣川の流れは速い。シャガの花が群生しているのを見つけた。宇之吉の家のしだれ梅は、若葉を伸ばし始めている。近寄ると嫁に見つかるので、目を凝らして家をじっと見た。宇之吉の幻が見えるような気がした。

森林組合の近く、樫の木の下で座り込んだ。自分が自分から離れていってしまって、遠くにいる気がしている。心がない、とでもいおうか……。じゅうのところへ行きたかった。しかしじゅうは子を産んだばかりだった。それでも仕事の忙しさは変わらないから、体にさわるといけない、と諦めた。それに鷺之介を待たせる訳にもいかない。

鷺之介が用を済ませて樫の木の下へ来た。千代が柔らかな笑顔で迎えてくれた。美しい女だと、つくづく思う。しかし鷺之介はこのとき、千代の心が壊れ始めているのに気づかなかった。

郡上へ行ってから、風邪でもひいたのか、咳が止まらない。喉の奥がむずがゆく、いつも痰が絡んでいる感じだ。特に夕方になると、少し熱っぽくなって、咳が続けざまに出る。横になって、もう会うこともない家族のことを考える。ずっと体調の優れない母は、ハチが嫁をもらうまで生きていられるだろうか。ハチは、嫁をもらって晴れ着を着る前に、何度白い裃《かみしも》を着るのだろう。利吉は、狩子になりたい、と言っていた。宇之吉のように、川に落ちて死ぬようなことがあったらどうしよう。

それにしても自分が女郎にまで身を落としたのに、大して家族の暮らし向きは楽にならなかった。こんな暗い思案が浮かんでは消え、浮かんでは消え、心身ともに衰弱していった。

千代の体を案じて、子猫が必ず千代と添い寝する。体全体が熱っぽいのに、腹が冷えている。その冷えた腹を猫が温めた。明るい茶色の猫に千代は「きなこ餅」と名付けた。

桜も散り、昼間は暖かくなってきた。きなこ餅と一緒に縁側でうたた寝しているところへ、手紙が届いた。温からだ。妻木尋常小学校の校歌の一番を、少し直したから、訓導の沢田君に伝えてほしい、とのことだった。ついでに、自分が作詞に関わっていることを表向きにしたくないから、沢田君が全部作ったことにしておくように、ということだった。千代は、そんな公式の用事なら本人に直接伝えてほしいものだ、と思った。しかし温は、千代が聡明であり、こうした微妙な問題を上手に処理してくれる、と買っていた。手紙には、上の作った楽譜も添えられている。千代は、久司にピアノの弾ける人と一緒に会いたい、と使いを出した。

学校の教室というものに、初めて入った。周りの人がいぶかしまないよう、野良着を借りて百姓女の振りをした。久司は、長い黒髪の美しい娘と一緒だ。千代田小百合さんといって、久司の知り合いだということだ。教室のオルガンを弾いてもらって、初めて上と温の作った唱歌を聞いた。

一、流れも清き　妻木川
　　淀まぬ水を　鑑《かがみ》にて
　　たゆまず　うまず　朝夕に
　　学びの道を　たどらまし

千代は衝撃を受けた。子どもの頃、昼間でなく、朝夕に勉強していたのは自分だ。そして東京の汚れた水に染まった。それからまた山国の美しい川の流れとともに、また勉強しなさい、と温に励まされた気がした。それにしても、故郷の美しい情景とともに、子どもたちへのメッセージをストレートに伝えるこの歌、普通の唱歌ではない、と感じた。

娘は、か細い声だが、聞き取りやすい話し方で、歌詞を教え、意味を講釈してくれた。

「『た〜ゆまず　うまず　朝夕に〜』というところ、歌詞と曲がぴったりやらぁ」

千代は美しい娘が、土岐の方言を話すのに驚いた。

「ほんと、その後の『学びの道を　たどらまし』もいいねぇ」

「本当に、この曲は宮内省の上様がお作りになったの？」

美しい娘に聞かれ、千代は目をしばたいて、つばを飲み込んだ。

「『君が代』をお作りになった奥好義《よしいさ》様たちと、今では軍歌もお作りになっているそうよ」

小百合が首をかしげて千代の顔をのぞき込んだので、千代はまたつばを飲み込んだ。

「小百合ちゃん、と呼んであげてください。僕の友達ですよ」

久司に言われ、ようやく千代は口を開いた。上や温とどうやって出会ったのかは、知らせるわけにはいかないが、東京で親しくしてもらったことは確かだ。明るくのどかな曲調は上のものに間違いない。

二、軒場《のきば》に仰ぐ　城山の
松の常緑を　心にて
固き操《みさお》の色　かえず

人たる道を　守らまし
『軒端に仰ぐ　城山の　松のときわ……』というところは、僕の詩のままなんやよ」

「へぇ、久司さん、すごいねぇ」

久司は自慢げに胸を張り、にっこりとした。少年のように気持ちが真っ直ぐな男だ。

『固きみさおの　色かえず』というのは、何だか、子どもには難しい気がする……」

「うん、僕はこういう言葉を詩にいれなかったんだけどね」

千代は「みさお」という言葉に近寄りがたい感じを覚えた。千代の体は、何十人もの男と交わったからである。その『みさお』を指す歌詞ではないと分かってはいたが、その歌詞を耳にするのは切なかった。

「固きみさおの　色かえず　ひ〜とたる道を　ま〜もらまし〜」

久司と小百合の声が一つに解け合って、教室に響いた。温の優しい眼差しを思い出し、つい涙がこぼれそうだ。我楽堂で話し込んでいるうち、千代には故郷に恋人がいたことを温が気づき、励ましてくれたことがあった。そのとき、温が何を言ったのか覚えていないが、この「固きみさお」という言葉は、温から千代への贈り物のような気がした。たとえ身は畜生道に堕ちたとしても、心の操は侵されない、人として豊かに幸せに生きてほしい。そんな願いを千代に贈るために、温が手紙をくれたのにちがいない、と感じていた。

千代は、温の名前を校歌の作詞者として載せないでほしい、と言いかねていた。

「作詞者は、文部省渡部図書局長さんだと聞いていていますが、千代さん、お名前は分かりますか？」
「えっ、わたしはずっと『うんさま』と呼んでいて、お名前は知りません。あのぉ、お兄様が知っていらっしゃるのでは……？」
千代が必死でごまかすと、久司は心底困って、顔を曇らせた。
「それが……、文部省に図書局というものがあったのは、たった一年だけのことで……。兄もお会いしたことはあるのだけど、親しくお話もできず……」
それから十年あまり。大正二年に妻木尋常小学校校歌は、県知事および文部省に認可された。当時の知事は、薄定吉《すすきさだきち》。文部省の図書局に勤務したことのある教育者である。校歌の作詞・作曲について、
作詞修正、文部省　渡部　図書局長
作　　曲、宮内省音楽師　上真行
と記された。

五月というのに朝から雨降りだ。しかし昼過ぎには雨が止み、大きな虹が出た。虹を見上げ、久しぶりに爽快な気分になる。きなこ餅が帰ってきた。足以外は濡れていないところを見ると、どこか屋根のある場所で遊んでいたのだろう。首に赤い紐をつけているが、白い布がその上に巻いてある。取ってみると中に手紙があった。久司からだ。「妻木城跡で会いたい」ということだ。お使いをちゃんとできたきなこ餅を褒めてやる。

しかし久司とは、もうこれきりにしないといけない。千代は唇を噛みしめた。

待ち合わせの場所は春日神社。時刻よりも前に着いた。

春日神社はもとは妙見宮《みょうけんぐう》である。昔、妻木城主が内々津《うつつ》（現在の愛知県春日井市）の妙見宮を攻めて、焼いてしまったことがある。その謝罪に、鐘楼門を寄進し、同時に内々津より杉の木を移植して境内に植えた。それが、明治政府により、社格類別制度が整えられた際に春日神社となった。そういえば郡上の妙見様も、明治維新の後「明建《みょうけん》神社」という名前になった。

神社の周りは石の囲いがあった。十字の真ん中に穴の開いた、不思議な形の石囲いを手でなでつつ、杉の木を生きたまま運んだ人たちのことを思った。

「内々津という地名は……」

久司は来るなり、早口で話し出した。

「日本武尊《やまとたけるのみこと》に由来する」

今日の久司はいつもより饒舌である。千代が口をはさむ暇がない。

「景行《けいこう》天皇が久々利《くくり》（現在の岐阜県可児市）の宮で、戦いの指揮をとっているとき、武尊もこちらに来ていて……」

そのときに、武尊のおばさんに当たる人が亡くなった、という知らせが入った。悲しんだ武尊は、「夢か、現《うつつ》か、夢か、現か」と泣きながら、現在の内々津峠の辺りを歩き回った、ということだ。これが内々津という地名の元となったらしい。

久司は、景行天皇が久々利まで来ているとき、土岐川沿いを治めていた「乙姫」という人に結婚を申し込んで断られたこと、代わりに双子のお姉さんがお嫁に行ったこと、その上、春日神社の成り立ちも早口で話してくれた。時代がまったく違うのに、すっきり切り替えられるのには驚く。それにしても少し興奮気味なのはどうしてだろう。

妻木氏の御殿《ごてん》跡を通る。柱の跡だけが残り、ただ草だけが生えている。畑にでもしたらいいのに、と千代は思った。それから、急な山道を登り始めた。着物の裾が乱れる。

「この前一人で来たときは、小さな橋を渡って山に入って……、もっとゆるい坂道を登ったよ」

「……、ゆるい坂道の先に、土塁や井戸があった？」

久司の頭の中には、妻木城の地図が入っているようである。

「うんうん……、土塁はあった。井戸は、そう言われてみれば、蓋がしてあったかな」

「千代ちゃんは、大手口から入ったんだ」

「へぇ、入り口がいろいろあるんやね」

そう言って千代は、濡れた落ち葉に足をとられ、ずるっと滑って落ちた。雨の後に城を攻めるのは大変なことだったろう。久司は、千代が落ちたことに気づき、下りてきて抱き上げてくれた。この急な坂道を登ればすぐ、千代が白山を見た場所に行ける。だが、久司は城の全貌が分かるよう、他の場所を見させてくれた。

井戸跡の近くには土塁が築かれ、敵の侵入を食い止める仕組みになっている。これが破られたときには、次の仕掛けがある。太鼓櫓《たいこやぐら》と蔵が橋で結ばれ、侵入してきた敵の頭上から矢を射かける工夫がしてある。基礎の石積みが残っていることから推論されたそうだ。

次に、三の曲輪《くるわ》へ行った。ここは妻木領内を見渡せるばかりか、遠く白山や御嶽山《おんたけさん》まで見はるかすことができる。

二の曲輪、一の曲輪は、一般に本丸といわれるところだ。「物見杉《ものみ》」「旗立岩《はたたて》」など伝説のものを直に見ることができた。話を聞かなければ、そんなに由緒ある、思いのこもったものだとは分からなかった。久司には、歴史上の物事に息を吹き込んで、今あることのように思わせる才能があると思った。

「先生に話を聞くと、お侍様やらお姫様が出てきそうな気持ちになるわ」

久司は嬉しい顔もせず、うつむいてしまった。いつもと違う様子である。

帰りに崇禅寺に寄った。ここには妻木城主代々の位牌や墓所がある。八幡神社へと続く森の中に、石仏やお墓が無数に祭られているのを千代は知っている。

庫裏《くり》（寺の台所）に声をかけると、快く中へ案内してくれた。心ゆくまで見ていって良い、と言われた。本堂に続く天井には、見事な絵がたくさんはめ込んである。桜、躑躅《つつじ》、牡丹《ぼたん》、紫陽花《あじさい》、楓……。花や葉が、目の覚めるような色で描いてある。甘い香りが漂ってきそうだ。

上ばかり見ていたので、頭がぼんやりしてふわっと倒れそうになった。千代の細い体を抱きしめた久司は、そのまま、着物の裾をはだけた。千代があまりにも驚いて、抵抗するのも忘れるうちに、事は済んだ。久司は洋服を正して、部屋を出て行った。金を置いて行かなかったのが、せめてもの救いだ。

欄間《らんま》の透かし彫りの中にいる龍が、睨みつけている。ふすまの中の竹は、風に揺れて、さわさわと葉擦れの音を立てているようだ。ささやくような声で、千代を責める。壁に掛けられた白い鷺は、太い足で飛びかかってきそうだ。千代は恐ろしくなり、この場所から逃げだしたい、と思った。ところが、夢の中のように、足が重くて動かない。

久司が出て行った障子戸が不意に開いて、誰かがゆっくりと入ってきた。千代は飛び上がるばかりに驚いた。

「いや、驚かせましたかな。この寺の住職です」

千代は座り直し、髪に手を当てて整えた。住職は、光を背にしているので顔が暗い。よく見ると、琵琶を手にしている。

「おや、先ほど二人でいらしたような気がしていましたが……」

「あ、はい。用があるとかで……、先に帰りました」

「そうかそうか」

千代はとっさに嘘をついたが、この和尚が何もかも知っている気がして、いたたまれなかった。

「では、祇園精舎《ぎおんしょうじゃ》の鐘の声、諸行無常《しょぎょうむじょう》の響きあり〜」

和尚は何の前置きもなく、平家物語を語り始めた。目をつむって歌うように語り、時々、眉間にしわを寄せた厳しい顔になる。最初の部分は、鷺之介と一緒に覚えたことがある。第一景の、忠盛が鬼をとらえる場面を語ってくれたが、鎖で締めつけられるような気分になった。障子戸の外で猫の鳴き声がする。がりがりと爪で戸をひっかく音。少しだけ障子戸が開いた。茶色い耳が見える。きなこ餅が障子を開けて入ってこようとしているのだ。

「うちの猫です。申し訳ありません」

千代はやっとこれだけ言うと、障子を開けて猫を抱き、走りだした。きなこ餅が駿馬で、自分を助けに来て、乗せていってくれるような気がした。

それから、きなこ餅が久司からの手紙を持ってくることはなくなった。


七月、九万九千日の日が来た。昼間は暑かったが、日が傾くと涼しい風が吹き始めた。夕方は必ずといって良いほど調子が悪いので、鷲之介に頼んで、ヒデの車を妻木まで回してもらった。車引きのヒデは、鷲之介が贔屓《ひいき》にしてやっている少年だ。乙姫《おとひめ》様のお墓を知っている、と言うので、まず寄っていった。久司がこの前話していた、天皇陛下を袖にしたお姫様である。お墓の中は空っぽだった。乙姫様の眠っていた石棺すらない。ただ一番奥に、大きな一枚岩が、圧倒的な存在感で立っていた。いくら副葬品を盗んだとて、乙姫様の魂までは盗れない、と主張しているようだ。

斧研池《よきとぎ》に着いた。緑色に濁った水面に、桃色の蓮の花が咲いている。周りには何もなく、祭りの人出のある場所からは遠い。ぽつんと馬頭観音があるばかりである。ヒデは、なぜこんな寂しい場所で下りたのか不思議に思いつつ帰った。

高吉と千代子が走ってきた。後ろから久司が歩いてくる。やはり、この約束の日を覚えていたか……。

「私たち、昼間っからここで遊んどったんよ」

「姉ちゃん、いつ来るか分からんかったで」

にこにこ顔で二人が言う。綿菓子が目当てなのだが、約束を忘れない一途な気持ちが嬉しかった。

「そう。お姉ちゃんを待っとってくれて嬉しいわ」

二人の手を両手につないで、千代は歩きだした。久司がおし黙っているのに気づいて、高吉が久司の背中を押した。千代の側に久司が来ると、高吉たちは先に走りだした。

二人は、しばらく黙って歩いた。湿気を含んだ風が、山沿いに流れ去る。二人の足下を山鳩が歩いている。

「今日は、歴史の話をしないんですか？」

千代が切り出すと、久司がびくっと動いた。山鳩が飛び立っていく。久司は深い深いため息をついた。今度は大きく息を吸い、ぴたっと足を止めて、千代の方を真っ直ぐ見た。久司は、この間のことを謝ってきそうな気配だ。そんなのは、悲しすぎる。久司のしたことが、ちょっとした勘違い、ということになってしまうではないか。ほんの一瞬でも、自分のことを可愛いと思って、抱いてくれたのならそれで良い。

「歴史の話を聞きたいなぁ」

千代は、わざと目を輝かせて表情豊かに言った。久司は気持ちをくじかれ、謝れなくなってしまった。

「あの、えぇと……」

うんうんと頷《うなず》いてみせる。

「この前、初代美濃の国の守護、頼定の話をしましたが……」

「あぁ、大富館の……」

「その息子に、頼兼という人がいます」

歴史上の事実が、今起こっているように話す話し方。さっきまでの堅苦しい感じが消えた。

頼兼は、鶴ヶ城という城の城主だった。武田軍に責められ、落城の憂き目にあったときのことである。頼兼の妻を百合姫という。夫が戦死し、住み慣れた城を離れるとき、城を振り返って「土岐殿、土岐殿」と泣いたという。それ以来、この辺りに棲むホトトギスは、「トキドン、トキドン」と泣くようになった、ということだ。

「ホトトギスは、『テッペン、カケタカ?』って鳴く鳥でしょう?」

千代は、それはあり得ない、という表情で久司に聞いた。

「えぇ」

「山鳩の間違いやないの?　山鳩なら『ドドウ、ドドドウ』って鳴くもんね。『トキドウ』って聞こえないこともない」

「いやぁ、ホトトギスと聞いたけどなぁ」

久司は困ってしまっている。

定林寺の町中《まちなか》に近づいた。浴衣を着た人や、子ども連れの人がそぞろ歩いている。飴、かるめら、紙芝居のおじさん……。童心に返ってわくわくする。

「あぁっ、綿菓子やぁ！」

千代子が千代にねだりに来た。千代はよしよしと、二人の子どもに綿菓子を買ってやった。

「あれ、何？」

綿菓子をなめながら千代子が聞く。台の上に、大きな張りぼてのタコやら、タイをのせた芸人風の男がいる。その横に張りぼての馬を腰に付け、おもちゃの剣を持った男が劇を演じている。見物人はしゃもじの上の方にガラスのレンズが付いたもので、その芝居をのぞき込むように見ている。

「八角眼鏡《はっかくめがね》だよ。大阪ではタコタコ眼鏡ともいうんだよ」

タコタコ眼鏡は、レンズがトンボの目のように多面にカットされているため、一つのものが数多くダブって見える仕掛けになっている。たくさん見えるから八、八ならタコの足、というように語呂合わせで、そう呼ばれるようになった。芝居をよく見ると、剣で切るのは中国兵の首だ。首が落ちると「これ一銭の泣き別れ～」と言って、次のお客さんと入れ替わりになった。

久司が四人分、四銭を出して、タコタコ眼鏡を見物することになった。眼鏡で見ると、中国兵がたくさんに見える。戦争で死んでいった、無数の人の悲しみが胸にあふれて、千代はたまらなくなった。谷藤も、この戦争で死んだのだ。

高吉と千代子を家まで送ってやった帰り道。茂みを抜けると、半分干上がった湖がある。干上がったところに、青々と伸びる稲の苗。その向こうにお屋敷が見えた。そこからピアノの音が聞こえる。久司は聞き耳を立て、そのピアノを聴いている。流れるようなそのピアノは、一つ一つの鍵盤を十本の指で叩いているとは、とても思えなかった。

「ラフマニノフの……ピアノコンツェルトだよ……」

ピアノを弾いているのは、あの千代田小百合にちがいない。久司は、その娘を大切に想っていたのだろう。幼馴染みの二人は、どちらからともなく惹かれ合い、いつか一緒になれるものと思っていたそうだ。しかし小百合は、名古屋の方へ嫁に行く縁談が進んでいる。随分と良いところへお嫁に行くということだ。久司にはどうしようもなかった。

今日、久司が『百合姫』の話をしたのは、この小百合という人を想ってのことだったのか。それにこの前、崇禅寺で、千代を襲いかかるように奪ったのは、小百合さんを奪われたからだ。千代は、久司といる時間が楽しかったが、終わってみると、惨めなばかりだった。そう、久司とは、もう終わりだ。

久司もこの近くに家があるそうだ。妻木まで送ってくれると言ったが、断った。帰り道、さっきのピアノ曲がどこまでもついてきた。

ヒデに迎えを頼んでいたが、これも断り、妻木まで歩いて帰った。咳が出始め、歩みを幾度かとめた。夏とはいえ夜風が刺すように冷たい。ようやく家に着いて、床に入ったが、激しい咳が続く。やがて咳とともに、真っ赤な血を吐いた。咳は一晩中治まらなかった。

きなこ餅が心配して、千代の体にすり寄って来る。じっと千代の顔を見るその目が、暗がりで光って見えた。顔をしきりになめる、猫の舌のざらざらざらした感じと、着物を通して伝わってくる体温だけが、実体のあるものだ。高熱が出たときのように、千代の意識は遠くなっていった。

目を閉じると浅草の雷門が見える。咳の音が祭囃子に変わった。雑踏の中に消えていく宇之吉の後ろ姿。黒くはかなく、そして遠くなっていく。力の限り名前を呼びながら、追いかけていくのに、宇之吉は振り向かない。少しも追いつかない。やっと雷門の真下まで行くと、あの大きな提灯が、ざっくり二つに割れた。中から、さっきタコタコ眼鏡で見た、中国兵の首が落ちてくる。千代は全身に、その中国兵の血を浴びて倒れてしまった。「これ一銭の泣き別れ〜」と、雷門より先へ行った人たちがはやし立てる。宇之吉と別れ、自分には、たった一銭の重みしかない、ということか。

体調は悪くとも、朝のうちは外に出られる。朝顔は、今朝も、うす水色の花びらを開き、朝露に濡れている。草むらから、虫の声がする。今年初めて、鈴虫の声を聞いた。今日は立秋だ。昔の人は、よく考えて暦を作ったものだと思う。

「毎日毎日、暑い日が続きやす」

ヒデが使いに来た。鷺之介は、この夏、まだ一度も通ってくれていない。が、ヒデを何度も使いによこす。体の心配をしてくれているのだ。しかし、こんなに朝早く来ることは珍しい。

ヒデの後ろに人力が止まっている。人力でどこかへ出かけるよう、言いつかったのかと思った。だが、人力からヒデに手を引かれて、抜けるように色の白い女が下りてきた。白地に水色の模様が入った訪問着が、白い肌を引き立てている。その女は、千代の方を見ないで、黙って屋敷に入っていった。ヒデが中へ入るよう、目配せをする。

女は広い座敷で膝をつき、手に抱えてきた包みを解いた。中に反物が四つ。それを畳の上に広げて見せた。四枚の錦が、畳の上に春夏秋冬の絵を描いた。

「白米だけのご飯、食べたことがありますか？」

千代は、棒立ちになったまま、首を横に振った。そんな贅沢は、妾となってもできない。

「私は、混ざりもののないご飯が、好きなのです」

女は真っ直ぐに千代の目を見た。蛇にあった蛙のように身動きがとれない。女は立ち上がり、千代の方へしずしずと進んできた。薬包みのような、小さな紙包みを差し出した。千代が受け取ろうとしないので、懐にすっとはさんだ。その手は氷のように冷たく感じた。

「赤い蕎麦の花、ご存じ？」

蕎麦の花は白い。そんなものは見たこともない。首を横に振った。

「旦那様は、蕎麦がお好きです。さよなら」

ようやく女が、鷺之介の本妻だということが分かった。四つの反物を持ってきたのは、ここ一年ほど、鷺之介には会わないでほしい、ということか。来年、蕎麦の実が実《な》るまで……。

屋敷の庭があまり広いので、千代はその端っこを耕して畑にしている。体にさわるので、ほんの猫の額ほどの畑だ。夏中、ナスがたくさん実った。秋ナスが採れるようにと、一度刈り込んで、水をたっぷりやってきた。おかげで、少しだけだが秋ナスが食べられる。ウラなりの、ひん曲がって穴の開いたナスをちぎったところへ、ヒデがやってきた。

「今日、旦那がお越しになりやす」

「あら、そう」

千代は答え、重い体を動かして、ヒデに水を汲んでやった。

「それで、この……」

水を飲むと、背中の荷物を下ろしながら言う。包みの中に氷が入っている。それが溶け出して、ヒデの背中を濡らしていた。

「肉を、食べやすい大きさに切って……」

「何の肉？」

「牛肉だそうです。それで、塩をつけておいてほしい、とのことで」

「えぇっ！」

千代は東京でも、牛鍋やすき焼きなど食べたことがない。田舎暮らしでは、牛は家族同様だ。家の中に、牛の寝起きする部屋もあった。野良仕事で欠くことのできない牛を食べるなど、考えられないことだ。久しぶりに通ってくれると思ったら、どうした風の吹き回しだろう……。千代は不服に思った。同時に、夏の日にやってきた、本妻の青ざめた顔を思い浮かべた。あの人が、一年ほど会わないでほしい、と思っているのに、どうして来られるようになったのだろう。まぁ、通ってくれるのはありがたいことだ。

ヒデは屋敷の中に入り、七輪やら、網やら、鷺之介に言いつけられた小物を出した。網を、きれいに洗い、腰につけてきた炭で、火をおこし始めた。

千代は、肉に触るのも恐ろしかったが、旦那の言いつけではやらざるを得ない。包丁をおそるおそる入れてみる。魚や野菜とは違う、ぐにゃっとした感覚。一応、下まで包丁が入り、切り分けることはできた。まな板に、血の跡が残っている。鳥肌が立った。

小さな頃、父がまだ元気で、家はそれほど貧しくなかった。鶏を何羽か飼っていて、その一羽を正月用にしめることになった。父が鶏の首を落として、羽毛をはぎ、下向きにぶら下げていたのを、思い出した。ハチも千代も怖くて、裏山まで逃げていったが、木陰からずっと一部始終を見ていた。

鷺之介がやってきた。少し疲れている。

「牛肉は、牛鍋にするより、塩で焼いた方がおいしい」

鷺之介は、持参してきた山葵《わさび》をすり下ろし、醤油を皿に入れてくれた。

「魚のおさしみ食べるみたいやね」

肉が焼けると鷺之介がとってくれる。半生の赤いところがまだ残っている肉は、食べづらい。ところが口に入れるとたちまち肉汁が口いっぱいに広がる。山葵との相性もよい。ヒデも千代も、「おいしい、旨い」の連発だ。千代が作った野菜をもいで焼いたら、これもまた美味だった。鷺之介は楽しそうだ。だがヒデは、鷺之介の笑うところを、千代が来るまで見たことがない、ということだ。

鷺之介は自分を愛してくれている。しかしそのことで本妻との間にさらに深い溝ができてしまったらしい。この前の本妻の様子を見れば、だいたいのことは分かる。

自分を愛してくれる男をすら、自分は幸せにすることができない。この世の中で、自分は誰の役にも立たないのだという考えが千代の頭にとりつき、精神を極限にまで追いつめていた。

「しばらく、来られぬ」

そう言い置いて帰るときの鷺之介は、老人のように、深いしわが顔に刻まれていた。

屋敷の下まで下りて、鷺之介を見送った。坂の脇に、ヒガン花が咲き乱れている。その中に、茶色い不気味なものがある。よく見ると、地中から一本の腕が突き出し、空に向かって焦げ茶色の手のひらを広げている。息をのんで近づいてみる。それはただ、枯れたヒガン花だった。

大晦日に雪が降った。土岐では雪が滅多に積もらない。刺すような寒さは、郡上とは比べものにならないほどきついのに。一応、一年の終わりだから、と申し訳程度に掃除をし終わったところへ使いが来た。ヒデだ。

正月に親戚に呼ばれたから一緒に来いと言う。土岐口の本宅の近くらしい。あれから一年経ったものの、本妻のいる家の近くを通るのは気が引けた。しかし自分は鷺之介の持ち物である。逆らう訳にはいかない。

明治三十七年（一九〇四年）元旦。今年、千代は三十になる。

朝まだ暗いうちに起きて、鷺之介の準備したものを着た。赤と黒の縞模様のナガキ（着物）。

帯は銀糸の入った白い帯、銀と黒の糸で蝶の模様が施されている。白い天鵞絨《ビロード》の肩掛けが細面の顔を引き立てた。

鷲之介は、二人だけでいるときは飾らせないが、外へ出すときには千代にこうした派手ななりをさせるのが好きだ。正月だからといって、妻でもない千代が飾る必要はない。が、鷲之介の面子《めんつ》を立てるために仕方なく、言われたように身なりを整えた。

赤い爪皮《つまかわ》のついた雪下駄《ゆきげた》を履いた。これも鷲之介が新しく準備してくれた。雪の中でも足が濡れないようにと気遣ってくれたのだ。鼻緒が固くてなかなか履けない。ようやく履いて表戸を開けると、地面が凍っている。下駄の音がこつこつと朝靄の薄暗がりに響いた。柿の枝に残った枯れ葉が真っ白な霜で覆われ、風に吹かれてもじっとしている。

あれはいつのことだったか……。金之助と勇太郎が二人で郭にやってきたことがあった。二人は新品の雪下駄を履いている。黒い爪皮に茶色い毛皮がついて温かそうだ。金之助は銀色で繻子《しゅす》の鼻緒、勇太郎は白黒の大島地の鼻緒だ。指で鼻緒をちょっとだけつまみ、なるべく外の方に履いて、かかとを出して歩くのが粋だと言って、金之助が歩いてみせた。桟敷に並んでいる女たちが、金之助の楽しい口調に誘われて、皆見入っていた。ところが金之助がやってもちょっと野暮に見えてしまうのに、勇太郎がやるとたちまち粋に見える。皆が勇太郎に歓声を上げるので、金之助はすねてしまった。なだめるのは、馴染みの高砂だ。大目玉をくらって、大人しくなった。

妻木から田んぼの中の道を一人で歩いて下石《おろし》へ出る。正月早々ヒデを呼ぶのは可哀そうだ。土岐口まで歩いていく。下石街道をしばらく行くと永楽橋《えいらくばし》がある。ここで大きく蛇行する妻木川

（土岐川の支流）を渡る。板橋の欄干に白い霜がついて凍りついている。羽織を着てはいるが、痩せた体に寒風がしみる。腕を前で交差させて右腕にかけた袋が腹の前にくるようにした。腹に当たる風を防げば、いくらか暖かい感じがした。帯と共布で作った白い袋についた紐には、大粒の石英と金ぴかのクルスがくっついている。歩くたびにぶつかり合って、シャラシャラと音を立てた。石英はともかく、このクルスはきっと東京で、難儀している異人さんからでも巻き上げたものではないだろうか。鷲之介は信心などこれぽっちもないくせに、何か神仏にすがるものを千代に身につけさせたがった。やくざな自分のかわりに守ってほしい、ということだ。石英の方はとろけるような蜂蜜色で、猫目石そっくりの筋が入っている。どこにいてもお前のことを見ているぞとばかりに、不気味に光っている。千代は鷲之介だけが頼りなのに、なぜか自分だけのものだと信じられないのだろう。千代の方はもう男はこれ以上まっぴらごめんなのに……。どこまでも孤独で、用心深い。それが鷲之介の性分である。

古井《こい》の板橋を渡る頃に、ようやく朝日が顔を出し始めた。一間二尺ほどのこの橋は、そろそろ土橋に架け替える計画があるとのことだ（明治四十年架け替え）。橋の欄干に寄りかかり、昇りゆく太陽を見た。山の端に卵の黄身のようなお日様が、金色に輝きながら顔を出した。細い弓月がそのわずか上にぼんやりと浮かんでいる。太陽のまばゆい光にてらされた雲よりも、月の色は冴えない。本宅は、古井の板橋の近く、上田というところにあると聞いた。それを思い出し、明るくなる前に姿を暗まさなければと思って、足を急がせた。あの弓月のように。

瀬戸《せと》道（町道）に入り、土岐川に合流する間近の辛沢《からさわ》川を渡り、明楽寺《めいらくじ》川を東へ渡る。いつもは釉薬《ゆうやく》で白く濁っている水も、正月休みとあってきれいに澄んでいる。北風が川を渡り、いっそう冷えて、刺すように吹きつける。

一昨年開通したばかりの、中央線、土岐津駅まで行けば人力があるが、鷺之介との待ち合わせ場所はその手前だ。それにいくら辛くても、人力車には乗りたくない。初めて土岐津駅に降り立ったとき、皆、千代の派手な出で立ちをいぶかしんでじろじろと眺めた。駅前に並んでいた車引きたちですら、鷺之介はともかく千代を乗せるのを嫌がっている様子だった。「クハイの妾《めかけ》や」とあからさまに言う者もあった。

「クハイ」というのは、故郷土岐での鷺之介の通称である。狗吠《くはい》とは、人の隠し事を嗅ぎつける狗《いぬ》の鳴き声のことである。倉矢家は土岐口に一軒だけあるお医者様の家系らしい。鷺之介の父が開業した医院で、今は鷺之介と同い年の信之助が中心となって診療している。信之助は大先生の正妻の子。鷺之介は若い後家さんに産ませた子だ。その後家さんを大先生は囲っていた。「クラヤ」の「ハラチガイ」が縮まって、「クハイ」と蔑んで呼ばれているのだ。鷺之介は大先生から財産をいくらか受け継いで、陶器商をしている。女衒は副業である。千代はここに連れてこられ、何年か過ごすうち、なんとなく、女衒稼業に身をやつしている鷺之介の気持ちが分かるようになった。

風が汽笛の音を運んでくる。土岐川を渡ればすぐそこは中央線の土岐津駅だ。悲しい悲鳴のような汽笛。

千代は汽車が嫌いだ。駅のプラットホームは別れの場所だ。車輪が動く音、蒸気を吐く音、煙のにおい。何もかも、その悲しみを蘇らせる。涙はとうの昔に涸れてしまったが、悲しみを感じる心がなくなることはない。冷たい空気を吸い込んで咳が止まらなくなった。口の中に血の味が広がる。

板壁でぐるりと囲まれた大きな屋敷の前に、羅紗《らしゃ》の二重マントを羽織った鷲之介が待っていた。立派な門をくぐると、煉瓦造りの医院が見える。人力を引いてきた少年が、駄賃をもらって帰っていく。ヒデだ。目が合うと、にこっと微笑んだ。

招かれて中に入ると、待合室には畳が敷いてあり、真ん中に火鉢がでんと据えてある。鷲之介はゆっくりとマントを脱いだ。窯元の主人のように、大島のお召しに総絞りの兵児帯《へこおび》を締めている。深い海の色のような大島が、寂しげな横顔によく似合う。千代は鷲之介が、医者をしている腹違いの弟に、自分を診てもらうために呼んだことに気づいた。

白い壁に掛けられた四角い鏡が、火鉢にかけられた鉄瓶から吹き出す蒸気でくもっている。しばらく待って名前が呼ばれた。「尾藤千代」と呼ばれるのは久しぶりである。立ち上がった拍子に、鏡に映る自分の顔が見えた。青白く痩せ衰え、大きな目だけがぎょろりと光っている。まるで髑髏《どくろ》だ。

倉矢信之助という人は、昌林先生のように柔和な顔立ちの人だった。大黒様のようにおめでたい顔に、思わずほっとさせられる。ふっくらとした頬の横に垂れ下がる福々とした耳たぶ。お金持ちの耳だ。診察はすぐに終わったが、着物を直すのに時間がかかった。

その間に鷲之介が先生に呼ばれて奥で話し込んでいる。千代は、自分の体がずいぶん悪いことをよく分かっていた。おそらく肺病だろう。

帰りはヒデの人力で送ってもらった。鷲之介は正月くらい本宅で過ごさないと具合が悪いのだろう。薬の飲み方をしつこいくらい話してくれて、倉矢医院の前で別れた。

家に帰り、帯を解いて木綿の普段着に着替えた。一応正月らしく、火鉢で餅を焼いて食べてみた。帯をたたもうとしてよく見ると、蝶の模様は黒と銀に、薄い桃色の糸を混ぜて刺繍してあることが分かった。郭の部屋に飛んできたヒメスズメ（蛾の一種）にそっくりだ。

ヒメスズメを見たのは、まだ東京にいた頃、暑い夏の日だった。裏庭の朝顔に目も覚めるように美しい若草色の芋虫《いもむし》がついた。銀姉さんに気持ち悪いから殺せ、と言いつけられたのに、いつかきれいな蝶になると思って生かしておいた。大きな糞をたくさん落とす。掃除も大変だった。芋虫はどんどん大きく成長し、ある日五寸ほどもある茶色の芋虫に化けてしまった。目玉のような黒い斑点が体の横にいくつもついている。その恐ろしげな姿に、もはや蝶にはならないと分かったが、こう大きくなっては殺すのも勇気がいる。そうこうしているうちに、うす茶色のさなぎを作った。秋風が吹き始める頃、芋虫に食われてほとんど葉のなくなった朝顔に種が結び始めた。ある朝見ると、さなぎが空になり、天女の羽衣のようにひらひらと風に揺れている。その夜、ヒメスズメが部屋にやってきた。白い天鵞絨《ビロード》のような羽がうっすらと朱色に光っている。太い体も朱色がかった可憐な白。金色に光る目玉の上にはふさふさと毛の生えた銀色の触覚が伸びている。のらりくらりと飛ぶ姿は、優雅というより不格好だ。城から外に出たことのないお姫様ならば、身のこなしもこんな風にゆっくりしているのだろう。あの夜の客はたまたま鷲之介だった。こんな気持ちの悪いものに「姫」などと名付けた昔の人は、風流だか滑稽だかよく分からんと言って笑っていた。隣の客が、部屋で女郎が蛾を怖がっていると言いに来た。客はガス屋のマサだ。明け方まで灯るガス灯にガスを入れるのがマサの仕事だ。マサはかけすの馴染みだった。かけすという女郎のことを本名の「お栗ちゃん」と呼んでいた。鷲之介が黙って、蛾を始末してくれた。

天鵞絨《ビロード》の肩掛けにシミが一つついている。お湯でふいたがきれいにならない。あの蛾の幼虫についていた目玉のような斑点を思い出す。小さな頃はきれいな蝶になるのを夢見ていたのに、気づいたら闇夜に飛ぶ怪しい蛾になってしまった。蛾ならまだ「姫」という名が付くほどに可愛いが、自分はその蛾以下の存在であると思えた。

それから千代は床についたままになった。倉矢の信之助先生が、ヒデの人力に揺られてたまに往診に来てくだすった。

ももちどりの鳴く春。千代の母が死んだ。千代は病床にあり、葬式には行けないと便りを送った。ハチはまた白い袢を着るのか……。

夏が過ぎ、ヒガンバナの咲き乱れる秋がきた。窓の外、笹の茂みで、センダイムシクイがしきりにさえずっている。秋も深くなったが、まだ恋の相手が見つからないのだろうか。若草色の羽をしきりに動かして、枝から枝へ移りつつ、さえずり続けている。

そんな昼下がり、千代は静かに一人、息を引き取った。

夕べ降った雨でぬかるんだ道の脇に、群れて咲いていたヒガン花はもう枯れた。ヒガン花は地中より真っ直ぐ伸びた茎の先が、放射状に枝分かれし、そこに一つずつ血のように赤い花が咲く。枯れてしまうと、まるで地中から人の腕が伸びているように見える。いつか千代が見たように、掌《たなごころ》を不気味に開き、爪の先には死んで茶色く腐った花弁をぶら下げている。

いつか幸せをつかもうとして、つかみ切れなかった者たちが、残した思いをつかもうとして、娑婆世界へ腕を伸ばしているようだ。しかし、その幸せとは、残した思いとは、ただ、好きな男と一緒に暮らしたい、という、ごく平凡な願いに過ぎない。世の中は、日露戦争に勝った喜びに浮かれている。地中から伸びるこの手は、侵略の先に何もつかむことができないことをも暗示している。そんな黒い野望より、千代のような女たちに、千代が命をかけて守ったささやかな家族に、ほんの小さな幸せを約束できないものだろうか。

この年、弟のハチもまた父と同じ病気で死んだ。過労と栄養不良のために、病気に勝つことができなかった。そして下の弟、利吉が尾藤の家を継いだ。

利吉は、母袋《もたえ》から嫁をもらった。二人は幾人かの子どもに恵まれた。明治の末、最後に生まれた女の子をトメと名付けた。

貧乏のために早死にする親族が続いたので、こうした不幸を止め、できるかぎり長生きしてほしい、という願いを込めて名付けられた。トメは、自分の父には、兄が一人いたがトメが生まれる前に死んでしまった、と聞かされて育った。

尾藤トメは、自分の親族から女郎に出て家族を助け、若くして死んだ女がいることを一生知ることはなかった。

❖郡上から世界へ　人間主義《ヒューマニズム》の光彩《ひかり》放つ人々⑧

平野醸造
平野じゅう

郡上市大和町、平野醸造の創始者・平野吉兵衛《きちべえ》の妻。人のため、社会のために尽くした人であり、その精神を酒造りに生かした、と地元では言われる。母をしのんで、平野醸造二代目が酒に「母情《ぼじょう》」と名付けた。息子・増吉《ますきち》は明治二十四年に林業界に入り、電力会社を相手に山村民の権利を守る活動で中心的な役割を果たした。四十年の長良川事件、大正十一年の木曽川事件、十五年の庄川《しょうがわ》事件など。その息子・三郎は、岐阜県知事となった。増吉の弟・力三は成人後、農林大臣となる。

第六話　森と海と〔昭和時代〕

プロローグ 緑の海底――昭和時代への時の扉

私が夫に初めて出会ったのは、昭和五十七年。教員になって土岐市に赴任したばかりのころだった。マリンブルーのサッカージャージを着たいでたちから「海から還ってきた人」という強い印象を受けた。

その日は昼間から暑くて、夜になっても涼しくならなかった。当時、お世話になっていた人の家に、伺ったときのことである。部屋の中では、扇風機が緑色の羽をせわしく動かしながら、蒸し暑い空気をかき回していた。

しばらく雑談していたら、玄関の方で声がする。よく人が来る家なので、いつ誰が来ても良いように玄関の扉は開いていた。新しい来客は勝手に上がってきて、開け放した障子の間から顔をのぞかせた。

「こんばんは」

その人は、盛夏だというのに、長袖のサッカージャージを着ていた。にっこりと笑った顔が、いかにも人懐こい人だ。目の覚めるようなマリンブルーが、日に焼けた赤銅色の肌によく似合っている。

「はじめまして、青野です」

初めて聞いた声は、鼻にかかった、少し高めの、少年のような声だった。挨拶に答えて、私も軽く会釈した。そのときに、目が合った。マリンブルーの洋服のせいだろうか、丸くて大きな瞳の中に夏の海が光って見える。長い睫毛に縁取《ふちど》られた薄茶色の瞳が、印象的な人だ。耳の中でふいに潮騒の音がして、私の心はざわめきたった。その人がにっこり微笑むと、波頭のように真っ白な歯が薄い唇の間にこぼれた。初対面だというのに、心の鍵をはずして無防備になれる、懐かしい感じのする人だ。

ザブーン、ザブーン……。力強く打ち寄せる波のように魂の鼓動が伝わってくる。その鼓動に合わせて、私の中で何かが始まった。「懐かしい」によく似た、しかしもっと大きな深い動かしがたい感情が、私の心の底の方から湧き出して、やがて私の周りを取り囲み、私の上に覆いかぶさってしまった。「生命力の強い人だなあ」と思った。ただ、その後あまり口を開かないで、黙って他の人の話を聞いているときの少しナーバスな横顔が気になった。

控えめだが、確かな響きのあるその人の声が、その日別れた後も、何度も心の中にこだまして、マリンブルーの海の中へ私を呼んでいるようだった。この人のことを思い出すと、なぜだか自分が深い海の底にいるような錯覚を覚えた。私は海の底で、うっすらと陽光が射し、波立つ水面を見上げているのだ。そのなんともいえない郷愁によく似た強い感情が私をとらえ、やがて私の心を海のように満たすようになった。

それから五年後、その人は私の夫になった。

森幸次郎《ゆきじろう》さんとの出会いは、郡上《ぐじょう》に赴任して少し経ってからのことだった。出会ったといっても、実際には会うはずのない人だ。彼は、太平洋戦争に駆り出され、二十四歳の若さで命を落とした。

郡上に赴任した年の晩秋に、私は過労で倒れ、入院を余儀なくされた。退院してからも長いこと私の病状は変わらなかった。自律神経に変調をきたし、歩くことも、立つこともできない。家族に迷惑をかけ、とくに我が子には辛い思いをさせた。倒れてから一年経った頃に、急に良くなり始めた。地面の上に二本の足で立って歩ける喜び！　嬉しくて嬉しくて、散歩が毎日の日課になった。

歩き始めて一週間が経ったころ、長良川にかかる橋の近くで、私は真新しいお墓を見つけた。墓碑には、

「森 幸次郎　陸軍兵長　勲八等

昭和十九年七月十八日　マリアナ諸島方面にて戦死享年二十四才」

と刻まれてあった。そんなに新しくないこのお墓が、ぴかぴか輝いて新品に見えたことを不思議に思いつつ、お墓の正面に座った。手を合わせると、ザブーンと波の打ち寄せる音がした。

夫に初めて会ったときこんな風だった。打ち寄せる波の衝撃で私の心は震えた。こぼれおちる涙とともに、心の中からライトグリーンの海が吹き出してきた。私の周りは海の水で満たされ、私の流す涙が海の水をまた増やしている。海が波をあげて大きくうねっている。夫はマリンブ

ルーだが、幸次郎さんはライトグリーンの海だ。これは海底の海水の色ではないか、と感じた。幸次郎さんはライトグリーンの海底でいなくなり、夫がマリンブルーの海を背負って還ってきた……、私はそんな幻想にとらわれた。

幸次郎さんのことを、もっと詳しく知りたいと思い、いろいろと調べるうち、幸次郎さんの家は、お墓の近く、大和町万場《まんば》にあったことが分かった。

翌日、調べものがあって、大和町《やまと》の図書館へ出かけた。車で行って、調べものをして、車で帰ってくるのはまだ無理なので、歩いて出かけた。線路の脇には、オレンジ色のマリーゴールドの花が秋風に揺れていた。

図書館に入って、なんとなく最初に取った本は「遺功《いこう》」という本だった。その本を机の上に置き去りにしたまま、二つほど調べものをした。疲れるといけないので、一時間だけと決めて出かけてきた。決めた時間になったので、帰ろうとして席を立つとき、最初に取った本のことを思い出した。第二次大戦中のことも調べたかったので、その関連の本なら借りようかと思って本を開いてみた。

開いたページには軍服を着た優しそうな人の写真が載っていた。夫にそっくりだなぁと思いながら、その写真の下を見ると、「森 幸次郎」と書かれている。昨日、お墓参りをした人の名だ！それは、戦没者追悼《ついとう》のために大和町から出版された本だった。写真とともに簡単なプロフィールが紹介してある。そんな本があることを私は知らなかったので、たまたまその本を取って、たまたま幸次郎さんのページを開いたのは、とても偶然とは思えなかった。家に帰ってもう一度、幸次郎さんのページを開いてみた。丸い顔、静かな笑顔……、ますます夫に似ているなぁ。

「ただいまっ」

一瞬、写真がしゃべったのかと思い、跳び上がった。それは、たまたま忘れ物を取りに帰ってきた夫が、玄関先で放った言葉だった。本をぱたんと閉じ、息もしないで固まっている私の横を、夫が幸次郎さんのように静かに笑って通り過ぎる。人は驚いたとき、本当に跳び上がることを、体験して初めて分かった。

昭和十九年九月三十日　テニアン島にて戦死……。「遺功」にあった記録は、日にちも場所も、墓碑に刻んであったのと違っていた。気になる。とにかく森さんの遺族の方に会って話を聞かなければ、と心に決めた。

幸次郎さんの弟の森栄次郎《えいじろう》さんにお会いしたのは、それから一月後だった。私の勤務するK小学校の保護者の中で、私が小説を書いていて、森幸次郎さんの遺族を探していることを知ってくれている人がいた。その人が、これもたまたま栄次郎さんと同じ職場だったため、偶然、異例の早さでお会いすることができた。しかし「たまたま」がこれだけ続くと、それこそただの偶然とは思えない。目に見えない、何か大きな力が働いているように思えた。

栄次郎さんは、軽快な話し方がとても若々しい感じのする紳士だった。丸顔が幸次郎さんとよく似ているが、大人しい感じのするお兄さんと違って、目の光が強く、物の見方の鋭い人だった。

大和町の記録と墓碑の記録が違ったのは、幸次郎さんの戦死した日が特定できないからだった。大和町の記録では「昭和十九年九月三十日　テニアン島にて戦死」となっているが、これは間違いだそうだ。テニアン島が陥落したのは、たしかに九月三十日らしいが、幸次郎さんは、テニアン島に上陸していない。

栄次郎さんは、昭和二十年に入隊した。ひょんなことからお兄さんの戦死を知ったのは、入隊して間もなくのことだった。世話になっていた上官が、お兄さんの所属する部隊についての情報を知っていた。その上官の話によると、幸次郎さんの部隊は、サイパンに向けて航行中に攻撃を受け、輸送船は沈没、部隊は全滅したとのことだった。

幸次郎さんは昭和十七年に入隊、その後満州に駐留して軍事訓練を受けた。十九年の三月、いったん横須賀に戻って、南方に向かって出港した。このとき、家族に当てて書いた葉書が最後の便りとなった。栄次郎さんは今でも大切にその葉書を持っていた。便りが出されたのは、十九年の三月二十四日。サイパン島上陸前に船が沈んだとすると、命日はおそらく四月の中旬頃だろう。潜水艦に攻撃されて沈んだのではないかと言っていた。命日を七月十八日にしたのは、栄二郎さんが、上官から幸次郎さんの死を知らされたのが、その日だったからだ。

当時こうした日本軍にとって不利な情報はすべて隠蔽《いんぺい》されており、幸次郎さんがどの辺りの海に沈んだのかすら分からないそうである。だからお墓の中に、幸次郎さんの遺骨はない。ただ、サイパン島の砂が入っているだけだ。大切な息子を戦争に取られて、戦死の場所や日にちすら知らされなかったお母さんは、どんな気持ちだっただろうか。

幸次郎さんは、海中に沈んでいくとき、海面を見上げただろうか。そしてそのとき、だれを想ったのだろう。私は、夫と出会って以来、緑の海底で海面を見上げる幻想にとらわれている。写真が、夫と酷似していることもあり、幸次郎さんのことを、とても他人とは思えなくなった。

郡上郡（現在の郡上市）和良村 沢《さわ》……。大和町に転勤早々の四月、この美しい村の名を初めて知った。それは、隣の席に座っていた剛田《ごうだ》先生の住所だ。何かの署名用紙に、彼の住所が書かれていたのである。ふと、この地名を私は知っている、と思った。自分で宛名を書いたことがあるか、差出人にこの住所が入った手紙をもらったことがあるような気がする。いや、しかし……。高校時代の友人が大和町で働いていた以外は、私に郡上の友人はいないはずだ。おかしいな。

きれいに崩された〝沢〟という漢字を〝サワ〟と読むのかどうか確信がなくて、

「グジョウグン、ワラムラ……なんて読むのかな？」

誰に聞くともなくつぶやいた。すると

「ぐじょう郡、わら村、さわ」

柔らかな心地良い声が後ろから聞こえた。振り返ると、剛田先生が窓辺で煙草をふかしながら微笑んでいる。

この住所をその声で聞いたとき、私の心の中で何かがプチンとはじけて、ものすごい勢いでその何かが吹き出してきた。あっという間にそれが私の周りを取り囲み、満ち溢れ、私は海の中に漂っているような錯覚にとらわれた。私は海に浮かんで首だけ水面から出して溺れかかっているのだ。まるで誰かの流した、たくさんの涙がたまってできたような、澄み切ったライトグリーンの海。誰の流した涙だろう。和良へ行けばそれが分かるのかな？

「へぇ、そうなんですか……。剛田先生、きれいな字ですね」

やっとの思いでそれだけ言うと、冷めたコーヒーを飲み干して立ち上がった。そして教室に着く頃にはそのライトグリーンの海のことは忘れてしまった。しかし、それから一年もしないうちに私はその海をこの目で見ることになる。それが、幸次郎さんの海である。

和良村は郡上郡の東にある。森林資源の豊富な、緑の宝石のような村だ。和良川沿いに静かな田園地帯が広がり、そのまわりを縁取るように、和良岳をはじめとする緑したたる山々が連なる。和良川沿いに和良街道が東西に走っている。郡上から、東濃《とうのう》や飛騨《ひだ》への出入り口になっている。


同じ四月のうちに、私は和良小学校に出張を命ぜられた。郡の教科研究会のため、同僚の車に乗せてもらって、一時間弱のドライブの末、和良小学校にたどり着いた。険しい堀越《ほりこし》峠を猛スピードで越えたが、予定の時間に少し遅れてしまった。あわてて会場に入ると、郡上焼きの先生が話をしているところだった。窯業《ようぎょう》の盛んな東濃から来た私には、粘土や窯《かま》焼きの話はお馴染みだ。郡上にも窯業の盛んな地区があるのかと思ったら、どうも最近始めたものらしい。ただ和良や大和の粘土は質が良く、窯業の盛んな地域で使われていることを知って意外だった。

太陽が西に傾き、空が夕暮れのちょっと悲しい色に染まる頃、実習を含めた部会がやっと終わった。階段を降りて、ふと校庭の方を見ると、砂場に幼子と遊ぶ若いお父さんがいる。剛田先生と娘の琴音ちゃんに違いない。今から考えると、視力の弱い私が、なぜ一目見て分かったか不思議である。靴をはき、校庭に出ると夕暮れの風が少し肌寒かった。

「剛田先生のお宅は、この近くなんですか」

お父さんに話しかける私たちに、砂場にいた琴音ちゃんが笑いかけた。お父さんそっくりの鳶色をした大きな目の中には、茶目っ気たっぷりの明るい光が宿っている。どすんとその場に座り込んで砂山を作り始めた。一緒に砂をかき集めて山を作りながら、私はこの子の小さいけれど分厚い手に触れた。山が形よく出来上がった頃、この子はまた、にこっと笑った。目が合い、私も思わず笑った。その後、いきなり山をぐしゃっと手でつぶしてしまった。その後、ぷいっと立ち上がると、くるりと向きを変えて遊具の方へ駆け出していった。

まだ二歳になる前なのに足が速いので驚いた。いつかこの子はこの足で、この小さな村から大きな世界へ飛び出していくのだろう。黒い髪がかかった丸い額を眺めながら、そう思った。どういう訳か私は、この幼子のことをとても偉大な人だと感じていた。大きな、お母さんのような……、または生きる道を指し示してくれる恩師のような……。ふと海ができるほどたくさんの涙を流した人はこの人かもしれない、とも思った。沢という場所は、ライトグリーンの海底とつながっている、と感じていた。

私の夫の実家は恵那《えな》（岐阜県恵那市）にある。郡上から恵那へ行くときは、和良から金山町《かなやまちょう》を経て、白川町《しらかわちょう》を通るのが一番早い。反対に、その頃住んでいた大和町から、郡上踊りで有名な八幡町《はちまんちょう》を通って、和良を抜け恵那へ帰るとき、急な坂道とカーブばかりの堀越峠を越える。その後はわりと平坦な道のりになり、和良へと通ずる。だからいつも和良を通るたびにほっとする。逆に恵那から郡上に向かってくるときも、和良が郡上の入り口に当たるので、あと少しだと思うと、思わずほっとしてしまう。そんな訳で和良を通るたびに一服するのが、いつの間にか習慣になっていた。

村の真ん中辺りに小さなスーパーがある。そこでたいてい紅茶を買って、そのすぐ側にある病院の駐車場に車を止めて休むことにしている。緑したたる山々をバックに、小さな店やガソリンスタンド、学校や住宅が建ち並び、時々車が通り抜け、道行く人の声がする。そんなどこにでもある風景を眺めながら、私は自分の心がこの上もなく安らいでいるのを感じていた。

沢の近く、和良街道を南に折れて少し行ったところに「法師丸《ほしまる》」という変わった地名のところがある。五月のある日、初めてそこへ行ってみた。ゆったりと流れる川沿いに、しばらく南へ行くと橋がある。橋の上からは和良村全体が一望できて素晴らしい眺めだ。川の土手には生い茂った草が初夏の風に吹かれて波打っている。北の空高くそびえたつ和良岳は、大空に向かって手を伸ばしているようだ。南を振り返るとちょうど和良岳と対照をなすような位置に小さな山があって、やはり大空に向かって手を広げている。橋を渡り切ったところに、たくさんの桐の木が生えていた。二、三メートルの間隔をおいて十本くらいはあるだろうか。その木は見上げるほどの大きさだが、桐の木は育つのが早いので、樹齢はたぶん六、七年だろう。誰が何のために育てているのだろうか。昔は家に女の子が産まれると、嫁入り道具に持っていく箪笥《たんす》を作るために桐の木を植えたものだが……。今時そんな人はいないだろう。桐の木から琴を作るのを思い出したら、大きな葉をつけた枝を渡る風の音が琴の音色のように聞こえた。いや、潮騒か？　ここもあのライトグリーンの海とつながっているのか？

その海の底に、次の過去への扉があることを、私は確信した。

その数日後、私が当時勤務していたＫ小学校の五年生の合宿があった。その日は昼過ぎから曇り空がたれこめ、空気がしっとりと重くなって、初夏だというのに肌寒かった。私の勤務するＫ小学校のある剣《つるぎ》から、東に向かった山の中に、大間見《おおまみ》、小間見《こまみ》という地名がある。戦前からつい最近まで、大間見には大間見分校、小間見には東弥《とうや》分校があった。その東弥分校の校舎を改築して作られた自然の家に、五年生は合宿していた。

授業を終え、五年生の子どもたちの活躍を見に行った。四時頃着くと、子どもも引率の職員も、ねじりはちまきで夕食の支度をしていた。大鍋にぐつぐつと煮えたぎるカレーのにおい。子どもたちはそれぞれの係に分かれて、食事の支度やら、キャンプファイヤーの準備に大忙しだった。私は、汗をいっぱいにじませた子どもに請われて、大きなしゃくしを受け取った。カレーの鍋をぐるぐるとかき混ぜる。どうも水が多すぎていつまで経ってもスープみたいだ。片栗粉で粘りを出してはどうかということになった。私が近くの八百屋まで買いに行くことにした。駐車場に降りて車のドアを開け、ふと校舎の方を見上げると、木造の校舎の脇に大きな杉の木がそびえ立ち、薄紫色に色づいているのが見えた。杉の木が色づくなんて……。よく見ると、地面から木のてっぺんまで何本かの藤の蔓《つる》が巻きつき、花が満開に咲いているのだった。あまりの美しさに思わず、あっと息をのむほどだった。校舎と藤の花に彩られた杉は、一枚の写真になって私の心に焼きつけられた。

その残像が心の中に蘇るとき、私の心は水を打ったように静まり返る。なぜこんなに静かなのか、その後思い出すたびに不思議だった。

杉の木の近くに行ってみた。何本もの蔓でできた二株の藤が、ちょうど子どもの背丈くらいの高さのところでからみついて一本になり、空に向かって伸びる杉の木を、包み込むように巻きついている。薄紫色の花弁をつけた無数の花の房が、すべての杉の枝に垂れ下がり、甘い蜜のにおいを漂わせていた。この多賀大社の藤は、別名「野田フジ」とも呼ばれ、大和町の天然記念物に指定されている。杉の樹齢は二百年くらいだといわれる。

多賀大社の境内には他にも大木が何本かあった。その中になんとも個性的な木がある。樹齢は百年に満たないと思うが、根っこの部分が変わった木だ。幹の下で太い根っこが、力強い手のひらのように広がっていて、それが地表に剝き出しになっている。ごつごつとした根っこの上に立つとまるで木に抱かれているような気分になった。木の枝を広げている分だけ、根っこも広がっていて、こうして根を張っているからこそ、百年もの風雪に耐えられるのだなと思った。この木の根っこの広がりは、もっと大きな大地の広がりをも感じさせる。大地に根を張って生きていれば、地球上のどんな場所ともつながっているのだ。たとえば運命によって引き裂かれたり、故郷に帰れなくなるようなことがあるかもしれない。でも大地の上に立てば、自分は一人ではない。地球上どこにいてもそこが自分の故郷だ。私は誰かがこの木の下でそう教えてくれたことがあったような気がしていた。

数年前、この東弥分校と大間見分校は廃校になり、K小学校に統合された。K小の湯沸室には古い大きな鏡が掛けてあって、〝昭和九年卒業記念・大間見分校卒業生〟と書かれている。統合のときに大間見分校から持ってきたものだろう。その鏡を見ていると妙に心が落ち着く。私はこの鏡の前でコーヒーを飲むのが好きだった。ある日、狭い湯沸室の椅子に腰掛けて、ぼんやり鏡を眺めながら熱いコーヒーをすすっていると、鏡の中の自分の顔が何だか少女のように見えた。その子は、思いつめて悲しい目をしている。

「古い鏡ですね」

どこからか声がしたので、一瞬鏡がしゃべったのかと思って驚いた。鏡の中を見渡すと、はしっこの方に映った剛田先生の顔が私の方を見て微笑んでいる。振り返ると彼は自分のコーヒーカップを持って湯沸室へ入ってくるところだった。

「ほんとに」

私はなんとなく返事をしながら、なぜだか東弥分校の藤のことを思い出していた。木造の校舎の横にそびえたつ大きな杉の木。そして、藤の花。私は静寂に包まれた。その不思議な静寂の中にいると、自分が海の底に向かって沈んでいくような感じがする。そうか、水中にいるから何も聞こえないんだ、と思った。目を凝らすとライトグリーンの水の中で、私の周りにだけ水泡が立ちのぼり、静かに渦巻いている。水泡がはじけるたびに柔らかい、鈍い音を立てた。私がいきなり水の中に飛び込んできたので、その衝撃で水が渦を巻いているのだろう。お母さんのお腹の中にいるような温かな感触。頭のずっと上の方で陽の光が揺らめいて眩しい。そういえば夫と結婚する前、夫のことを考えるたびに、海の底で海面を見上げているような気がしたものだった。

海の底へ向かって泳いでいくと、東弥分校の写真が置いてある。海底なのにそこだけ日に照らされてよく見えるのだ。写真はライトグリーンの水の中で、セピア色に見える。その写真の横にくしゃくしゃに丸められた紙屑が落ちている。そっと手に取って、丁寧に丁寧に伸ばすと、それはわら半紙に描かれた一枚の絵だった。黄ばんだ紙の上に広がる風景は、法師丸橋の上から見た和良村だ。なんでこれがここに……、考える間もなくその絵は、折り目のところで散り散りになって、水の中へ飛んでいってしまった。あわてて拾い集めたが、いくつかのピースが足りない。仕方なく私は集めたピースを一つにまとめて、海底の写真の横に置いた。私の心の海底だ。足りないピースを持っている人は、いったい誰だろう。その人を探し出して、このジグソーパズルを完成させなければ……。


「青野先生、帰りの会、終わりましたか？　『天《てん》の子』、早く出してください」

帰りの会の途中で、私の教室に職員室から校内電話が入った。

「は？」

「あぁ、大間見、小間見の子たちを早く帰らせてください。スクールバスが来てますから……、他の学年はもう出てますよ」

電話をかけてきたのは、教務主任だった。大間見や小間見の子たちは、分校が統合してから、スクールバスで登下校している。剣の町中《まちなか》より高く、遠いところに住んでいるから、「天の子」、と呼ばれるのだ。

慌てて帰りの挨拶をし、「天の子」たちと一緒に、バス乗り場へ急いだ。バスには、一人、職員が乗ることになっているが、あいにく周りに誰も職員がいない。私が乗ることになった。

初秋の細い山道を、バスは走った。金色の稲穂が、深々とお辞儀をしている。西に傾きかけた太陽が笑いながら、真っ直ぐな光を、車窓に投げかける。山の端に近づきつつある太陽よりも、天に近い場所を、バスは走った。道ばたの木の枝についた、赤や青の木の実。太陽の光を浴びて、鮮やかに光っている。急な坂道の脇に、場違いのように佇むバス停。黄色い帽子の子どもたちがバスから降り、太陽よりも明るい顔で、手を振る。

「さようなら！」

「また明日ね!!」

澄み切った、天上界のような空気。音を立てて流れる小川。家々にひかれたその水で、お母さんたちは洗濯をし、泥のついた野菜を洗う。

バスの中で一人になった私は、自分の周りに、この清らかな水が、ひたひたと押し寄せてくるのを感じた。金色の野山は、またしても緑色の海底になった。

郡上に来て初めての年が暮れ、新しい年がきた。年末に過労で倒れた私は、年賀状を病院のベッドの上で受け取った。その頃は最も病状の悪いときで、トイレや洗面のためであってもベッドから離れることが許されなかった。歩くことはおろか立つこともままならなかったからだ。年賀状を読んで、友人たちの温かい言葉に励まされ、少しだけ元気が出てきた。中でも嬉しかったのは、琴音ちゃんの写真が載った剛田先生からの葉書だった。七・五・三の晴れ着姿で、千歳飴を持ち、神妙な顔をして写っている。真っ赤な着物がはっきりとした顔立ちによく似合っていて、少し大人びて見える。体調の悪いときは精神的にも非常に落ち込むものだが、こんなとき子どもの顔を見ると明るい気分になるから不思議なものだ。私は自分の子に毎日会えないので、毎日何度もこの写真を眺めた。あるときふと気がついたのだが、琴音ちゃんのバックの色がライトグリーンだ。初めて和良の地名を聞いたときに見た、涙の海の色……。これもただの偶然か？

私の勤めていたK小学校、幸次郎さんの住んでいた万場《まんば》、大きな藤の東弥分校、大間見・小間見の山々、法師丸橋の上から見た和良村のジグソーパズル……。すべて過ぎ去った時の中で、あのライトグリーンの海底とつながっている。

すべてが浮き上がって波間に漂い始めた。ジグソーパズルが、またばらばらになる！

ふと私は、私を郡上に連れてきてくれたのは夫だから、ジグソーパズルの足りないピースを持っている人も夫ではないか、と思った。すると、夫の心の中にもライトグリーンの海が広がっているのだろうか？

ライトグリーンの海底で、輝く海面を見上げながら、昭和の初めへ引き込まれていく。

いや、自分で海底へと向かって泳いでいく。誰の案内も、後押しもなく。
これが最後の、過去への扉だ。

一、藤

昭和十四年。晩秋のよく晴れた昼下がり、少年が二人、青葉茂る山道を、枝をかき分けながら歩いている。その後ろから、おさげ髪の女の子が、戯れながら追いかけていた。丸顔に、よく動く瞳が愛らしい少女・田代紀美子《たしろきみこ》は、大間見《おおまみ》分教場（後の大間見分校）の六年生。色白で物静かな表情の少年は、紀美子の兄・明《さとし》、高等部の二年生である。明より少し年上の少年・森幸次郎《ゆきじろう》は、日に焼けた健康的な肌色をしている。明のように物静かな表情だ。

尋常小学校の高等部は、弥富《やとみ》村の中心部、剣《つるぎ》にある。弥富尋常高等小学校という（現在のK小学校）。一階では、剣に住む尋常科の一年から六年生の子たちが学び、二階に高等科の二学年の子たちが学んでいた。兄の明と、紀美子は通う学校が違うのである。来年から、紀美子も弥富の学校へ通うことになる。

奥大間見《おくおおまみ》の山中に「田代《たしろ》」というところがあり、紀美子たちの家族は、代々そこに住んでいる。江戸時代から続く漢方医の家系である。特に目薬が有名だった。明は、片道二時間をかけて、弥富の学校に通っていた。幸次郎は、剣に近い万場《まんば》というところに住んでいる。高等部を卒業し、家業である農業に勤しんでいる。幸次郎と明は、五つ年が違うが、幸次郎が目薬を買いに通ってくるうち仲良くなった。馬が合うのだろう。

今日は、来年入る高等科までの遠い道のりを紀美子に教えるため、兄妹で歩いてきた。ついでに目薬を買いにくる幸次郎と学校で待ち合わせた。

昭和の初期、世界恐慌のあおりが日本にも波及し、農村は疲弊《ひへい》していた。生糸の輸出が減って、繭《まゆ》の価格が暴落した。米はといえば、豊作なら米価が下がって損をする。凶作ならさらに農家は窮乏していった。満州事変のあった昭和六年に、剣区は弥富村から、救済低利資金を借りたほどだ。

中国と戦争になってから、もう二年が経つ。昨年「国民精神総動員実施要綱」が発表され、挙《きょ》国《こく》体制で戦争に立ち向かうことになった。軍国主義の色合いが濃くなりつつある国勢の中で、自分たちはどのように生きたら良いのか、二人は語り合いながら歩いた。

万場で広い耕地を持ち、養蚕も手がける農家の長男・幸次郎。麻や果樹の栽培もある。もし自分が戦争に行かなければならなくなったら、家族は一体どうなるのか。

代々続く医者の家系で、男の兄弟では一番下の明。成績はとびきり優秀である。成績の良い者は、志願して軍人になるのが最も正しい生き方だ。中でも特に華々しいのは、海軍である。しかし、それは必ずしも良いこととは思えないでいるのだった。父・昌民《しょうみん》は、祖父の後を継いで医者になることはしなかった。政治家になったのだ。田代家秘伝の目薬も、今のままでは後世に伝えていけない。医者になるべきか、それとも……。

どちらにせよ、幸次郎の考えも明の思いも、「非国民」の一言で片づけられ、厳重に非難されるものである。二人は、山中で自分たちだけなら、思いを打ち明けられる、と考えていた。

紀美子は、自分にかまわずに、二人が先へ行ってしまうので、つまらなかった。時々、兄にちょっかいを出してみるが、少しも相手にされない。仕方なく、頬を少しふくらませながら、大きな目を思い切り見開いて、何か面白いものはないかと、きょろきょろ辺りを見渡しながら歩いた。

「あっ、りす！」

紀美子が、急に声をあげたので、二人は驚いて振り返った。紀美子の指が指す方を見ると、太い松の幹の脇で、黒い立派なしっぽをしたりすが、大きな松ぼっくりを食べているところだった。丈夫な皮を、歯で器用に剥《む》いて、中の松の実をおいしそうに頬ばっている。三人は、しばらく、りすの様子に見入っていた。幸次郎が、ふと紀美子の方に目を向けると、濡れたように輝く紀美子の漆黒の瞳が、赤や黄色の落ち葉の色を映しているのが、よく見えた。りすの目もやはり紀美子のように漆黒で、よく動く。幸次郎は、親友の妹がりすのように可愛らしいので、なぜだか思わず吹き出してしまった。森の中を、サーっと風が通り抜けて行く。りすは、風の音に驚いて、しっぽを振り振り、どこへともなく逃げていってしまった。紀美子がその後を追った。

奥大間見の田代へと続く道は険しかった。おまけに二里（八キロ）の道のりである。学校へ行くときは、下りなので二時間だ。が、剣から奥大間見へは登りだ。その倍ほどの時間がかかる。

「ねぇ、近道して行こぉ！」

紀美子が茂みの中から、藪から棒に叫んだ。

「あかんよ、父さんが作ってくれた新道《しんどう》を行かな……」

珍しく明が大きな声を出した。父が整備した道は、九十九折《つづらおり》のなだらかな道だ。歩きやすいが、時間がかかる。紀美子は、ただ直線的に斜面を登りたい、と言った。時々、新道にぶつかりながら、最短距離で山頂まで登れる。

「この前、新道で、兄さん、熊に会《お》うたやん。学校へ行かんと、逃げ帰ったやろ」

幸次郎はぎょっとし、大きな目を見開いた。

「熊って……、本当か……？」

「大きな熊に睨《にら》まれて、生きた心地《ここち》がしんかった……」

熊は確かに恐ろしいが、このままではいつ家に帰りつけるか分からない。結局、紀美子の言った近道を通ることになった。

ようやく田代へ着いた頃には、太陽が西の空へ傾きかけていた。紀美子の母や姉が、野良仕事もそこそこにして、山道を下って迎えに来ていた。

「ありゃぁ、幸ちゃんかぁ、やっとかめやなぁ（お久しぶり）」

睦子《むつこ》の底抜けに明るい笑顔に、疲れが吹き飛んだ。睦子は、明や紀美子の姉である。幸次郎にとっては同級生だ。

「はよう、上がんなれ。くたびれたやろ」

「いやぁ、今日は目薬をもらいに来ただけやで。すぐご無礼《ぶれい》する（失礼する）」

「おやまぁ、これが本当のとんぼ返りじゃな。しかしとんぼは、今の季節もうおらんぞ」

睦子が何か言うと、皆が笑う。なんでもないことも、睦子が言うと楽しいのだ。そして、一番愉快そうに笑うのが睦子だ。睦子が笑うと、眉がハの字に開き、口元に白い歯がこぼれる。親友の明や、その妹の紀美子が、こんなに山奥に住み、登下校するだけでも辛い状況にいるのに、少しもそれを苦にしていないように見えるのは、この姉のお陰かもしれない、と幸次郎は思った。

家に上がり、村会議員の父・昌民に挨拶を済ませるとすぐ、幸次郎は帰路についた。

「いやぁ、本当に遠いねぇ。明の家は……」

「そやろ。毎日、走って通うのは、正直、辛いよ」

帰り道、明はまた幸次郎を送った。細い弓月が、沈みかかった太陽の後を追うように、西の空にかかっている。

「ぼくを送っていたら、真っ暗になってまうよ。危ないやないか」

「大丈夫やて。いつも帰りはだいたい八時頃やで」

「そんなに遅いんか。学校をもっと早く出な」

「うん、でも四時頃には学校を出とるよ」

秋風が細い山道沿いに茂ったクマザサを揺らした。優しい葉音が耳にささやきかける。

「そうか。大変やなぁ、毎日のことやで」

どこかで狸の鳴く声がする。

「狸め！　ばかすなぁ」

こうして大きな声で話していれば、大抵、動物は寄ってこない。幸次郎も真似して、狸をなじってみせた。

幸次郎は、母が目薬を使ってしまうと、山道を登ってやってきた。

また、蚕の飼い方について聞くために、やってくることもあった。繭の値段は、昭和六年をピークに、下がり続けている。日華事変の後、戦時体制に入ってからは、食糧増産の国策が打ち出されたため、桑畑を減らさざるを得なかった。しかし養蚕は、貴重な現金収入になるので、続けたい、そのためには勉強だ、と、幸次郎は考えたのである。書物を読み、経験者の話を聞くことが大切だ。冬場にも、寒風の中、幸次郎はやってきた。田代へ着いた頃には、藁靴《わらぐつ》も蓑《みの》も凍りついている。

蚕種《さんしゅ》を選ぶこと、冬場の管理を念入りにすること、など、養蚕で成功する秘訣を母・ひでが、幸次郎に教え始めた。

「蚕は温めてはいかんよ、熱に弱いでね」

紀美子も横にいて注意深く聞いた。今日の紀美子は、おさげ髪を細く切った赤い布で縛っている。しゃれっけのない中、少しでも可愛く見せようという工夫である。左右の肩の上に、赤い蝶々結びが揺れていた。

田代家では蚕を、母屋の横にある納屋の二階で育てた。一階には馬や牛を飼い、鍬《くわ》や鋤《すき》がきれいに並べて置いてある。細いはしごのような階段を登ると、蚕部屋だ。一日に五回、昼も夜もなく、桑の葉を運ぶのは大変なことだ。無論、家族全員で交代して行う。紀美子は初夏の作業を思うと、気が重くなった。蚕が桑の葉を食べる音が、どこからともなく聞こえる気がする。明かり取りの窓から外を見ると、霰《あられ》が降っていた。

「種から出てきたら、鳥の羽で払う人がおるけど……、あれはいかんよ」

「あ、そうなんですか……。手っ取り早いで、羽でさっと掃《は》いとりました」

「駄目やよ、竹の箸で裏から、そぉっとたたくんやよ。とんとんって」

紀美子が得意げに口をはさんだ。ひでは、蚕を入れる箱をていねいに揃えている。

「小さな子どもを育てるのと同じやでね。目が開くまでは、優しく優しくしてやんなれよ（やりなさいよ）。蚕同士を重ねるのも、あかんよ」

ひでは微笑を浮かべながら、淡々と話す。時折、器用そうな手つきで、道具についた埃を取っている。

広大な農地と山林を持つお大臣の家に生まれた、お嬢様だった、と明からは聞いている。

家にはお堀がついていたとか……。ひでの実家から田代まで何里もの道のりがあるが、歩いたところは全部、実家の持ち物だ、ということだ。それほど広大な山林を所有しているのだ。田代へ嫁に来てすぐ、舅の秀誠《しゅうせい》から薬の作り方を仕込まれた。秀誠は五十歳を前にあっけなく死んでしまって、ひでが秘伝の目薬の後継者となった。家事に農作業に医術、と休む間もなく働いた。

難儀したのに、ふくよかな笑顔からはそれが感じられない。よい月夜には、庭に筵《むしろ》を敷き、三味を持ち出して小唄を歌うのが楽しみだと言う。幸次郎は、自分の母つると比べて、ひでの方が幸せそうに見えた。少しでも母に楽をさせてやりたい、その気持ちがますます強くなった。

納屋を出て母屋へ行った。柔らかな雪が、風に吹かれて、右に左に上へ下へ舞っている。空は雪雲に覆われて、どんよりと暗い。ところが、なぜか南の空は、白く輝く雲が波のように重なって明るかった。

「一番大事なことは、家内仲良く、ということなんやよ」

「……」

幸次郎は、石のように固まって黙りこくっている。紀美子は、母のお説教話が始まった、と思った。

「お蚕さんは『神虫』というくらい霊力のある虫やでね……」

ひでの顔を、まじまじと見つめ、頷《うなず》きながら聞いている。

「家族仲むつまじく、いつも機嫌よくお世話することが肝要」

紀美子はこらえきれずに、結論を言った。母に何回も聞かされて、そらんじている。

「分かりました。肝に銘じておきます」

折り目正しく頭を下げる幸次郎の姿に、ひでは目を細めた。

ひでのいれたお茶で、身も心も温まった。睦子が、軒端《のきば》につるしてあった串柿《くしがき》を持ってきた。

串には十個の柿が差し込んである。縄でこれをつるすのだが、真ん中の六個と端の二個ずつを、その縄が区切っている。右端に二個、左端に二個、中に六個である。

「ニコニコ、ムツまじく、というこっちゃ」

睦子が笑いながら、柿を串からはずす。幸次郎は、柿の差し方にも意味があるのか、と感心した。

幸次郎が帰る頃、黒い雪雲を北側に押しのけて、青空が顔を出した。木立の中は、雪と氷の世界だ。枯れ木の小さな枝の一つ一つにまで雪が張りついている。松の葉の一本一本も白く凍りついていた。青い空にその白が映える。シダや枯れススキも雪をかぶって凍ってしまった。なぜだかクマザサだけは、雪を振り落とし、濡れて震えている。

不意に空が、みかん色に変わった。上に行くほどだんだんと、茜《あかね》色に濃く染め上げられていく。田代を取り囲んでいる山々は、黄金を振りまいたように輝き始めた。静かな、厳かな光景だ。二人は立ち止まり、ため息をついた。

「太陽が沈むところや。大きな夕日やろうね、見たいな」

幸次郎が小声でつぶやいた。山に囲まれた田代では、すでに太陽は沈んで見えない。紀美子は幸次郎の手を取って走り始めた。急な斜面を駆け上がって行く。髪に止まった赤い蝶々が、藁帽《わらぼう》子《し》から飛び出して、紀美子の肩の上で跳ねているように見えた。蝶々に見とれていると、斜面の上に着いた。平坦に整備された道——新道だ。行きに幸次郎がつけた足跡がついている。道の脇に、大きな桜の木がある。太い枝が、地上から一間半（三メートル弱）ほどのところで水平になっている。あっという間に紀美子は、そこまで上ってしまった。幸次郎にも上れ、と合図している。紀美子の顔も、藁帽子も、髪もみかん色だ。

樹上から見た太陽は、大きな円い光の塊だ。真っ赤に燃えながら、金色の光を大空全体、そして大地のすべてに、投げかけている。目も眩むような、断固として強い光。雪が降ろうが、風が吹こうが、明日も必ず昇るぞ、と笑っている。太陽が沈むまで眺めていたいところだったが、暗くなっては、自分たちが凍えてしまう。急いで山を下りた。

前年、国家総動員法が制定され、政府によって国民生活が統制されるようになった。「ぜいたくは敵だ」などのスローガンが叫ばれ、女子のパーマは禁止、男子はみな丸刈りにするようになった。紀美子も髪を切っておかっぱにした。いつもはお下げ髪にしていた。髪を下ろせば、背中の半分辺りまで、つやつや光る黒髪で隠れていたのに。

丸刈りに国民服。明は、そのどちらも自分に似合わない、と思った。校長室の横に大きな鏡がある。一日に一度は、この鏡の前に来て、自分の姿を映して見ていた。何度見ても、しっくりこない。

「何ぃ、お兄ちゃん、また鏡見とるの?」

まだ明が大間見分教場に通っていた頃、紀美子は、鏡の前にいる明を見つけると、必ず冷やかしに行った。年頃になって、色気が出てきたのだと、勘違いしていた。鏡は、兄妹二人と、その背景に緑の木立や青空が映った、一幅の絵のように見える。

「うるさいわ」

おでこを指で押し、紀美子の顔に見向きもせずに、兄は行ってしまった。もう少し、兄妹が描かれた絵を見ていたかったのに……。紀美子は、もんぺをはいた自分の姿を見て、少し悲しくなった。兄は機嫌が悪いし、自分は年頃なのに、こんな格好だし……。鏡のふちに「昭和九年卒業生」と書いてあるのを見つけた。

「幸次郎さんが弥富小学校の高等科を卒業したのと同じ年やわ」
紀美子は急に鏡がいとおしくなって、ふちの黒いところを、そっとなでてやった。

明が大間見分教場を卒業し、弥富尋常高等小学校へ通うようになった春、四月。紀美子は六年生になった。

田代から一山越えて大間見川にぶつかると、そこには円光寺という寺がある。円光寺の境内には、見事なしだれ桜がある。本堂の前に、舞い踊るように咲くしだれ桜。今まさに満開だ。本堂の裏は広い竹藪だ。竹の葉が若芽を出し、その薄緑色が桜の色をますます鮮やかに引き立てている。ここまで走ってきたが、しばし足を止めて桜に見とれた。

「あっ、今日は校庭で朝会があるんや。私、詩の朗詠をするんやった、はよ行かんと！」

分教場に着くと、子どもたちが校庭に出て、並び始めているところだった。校門の近くに、奉《ほう》安《あん》殿がある。天皇陛下の写真と教育勅語が入れてあり、敬礼すべきなのだが、そこそこにして荷物を置き、校庭へ走った。小さな一年生が、手をつないで並ぼうとしているが、真っ直ぐにならない。六年生として抱っこしたり、言って聞かせたりして、やっとのことで並べた。先生方も職員室から出てきて、朝会が始まった。朝会ではまず、皇居に向かって東方遥拝《ようはい》がある。紀美子は、先生の合図で前へ出た。

「身はたとい　武蔵の野辺に　朽ちぬとも　留めおかまし　大和魂」

一番大きな声を出す。口から白い息がたくさん出て、目の前が真っ白になった。続いて訓示がある。「天皇陛下」と先生が言ったところで「キヲツケ」の姿勢になるのを忘れて、手の甲を平手打ちにされた子が、今日は三人いた。

　校長先生が、真っ直ぐに背を伸ばし、子どもたちの前に立った。お話は、白雲《はくうん》山の観音様のお話だった。白雲山は、剣から大間見にまたがる丘のような山である。山道に三十三体の観音様が祭ってある。千手観音、如意輪《にょいりん》観音、十一面観音と様々ある。実際に山を登って、一つ一つお顔を拝見し、自分の顔に似たものを探してみよう、と言われた。「キヲツケ」をすることが一度もない、楽しい楽しいお話だった。その日からしばらくの間、白雲山巡りは、子どもたちの間で大《おお》流行《はやり》となった。「何番目の観音様は、誰に似ている」という噂が噂を呼んで、確かめないことには収まらないから、また出かけていく、という具合だった。

　紀美子は、友達のきよ子と、この遊びを楽しみたかった。島崎きよ子は、弥富村の隣、山田村の栗巣《くるす》に住んでいる。一つ年上だ。きよ子が、お使いで薬を買いにくるうち親しくなった。栗巣には、鷲見家という医者の家系があったが、明治の終わり頃に、八幡町へ移住してしまった。それで必要なときは、田代を頼って来たのである。

「四番の千手観音さん、きよちゃんに似とるんやよ。おっとりしたお顔でね……」

　白雲山に早足で登りながら、紀美子は息を切らせて言った。

「わぁ、何、この観音さん、頬杖《ほおつえ》ついてござる！」

「うん、こういう人、何人かおいでるよ。居眠りしとるみたいやね」

　二人とも罰当たりなことを言い、げらげら笑った。

「四番って、これか……。私に似とるかなぁ。でも、手がこんなにたくさんあったらいいねぇ」

きよ子は、千手観音をまじまじと見ながら言った。

「わっ、五番さんは、睦子姉《ねえ》さんにそっくりやがな。眉毛が八の字に開いとる」

二人の少女は、きゃっきゃとはしゃぎながら山頂まで登った。

「ねぇ、幸次郎さんに似た観音様、見つけた？」

きよ子は、紀美子が幸次郎に思いを寄せていることを知っている。

「うん……、二十五番……」

「そうか、帰りによぉく見ていかんならんね」

きよ子は幸次郎の顔を見たことがない。

「十四番の、頬杖ついた観音さん、お兄ちゃんに似とる……」

「あれっ、そうやった？　賢そうな顔しておいでるんやろねぇ」

きよ子は、兄の明に好意を持っている。きよ子が兄のところに嫁に来て、田代で一緒に暮らしたら、どんなに楽しいことだろう、と紀美子は考えた。


明は高等科に行ってから、学校の話をよくしてくれた。紀美子が高等科にあがっても困らないように、と考えてのことだ。

「校長先生はなぁ、お正月に揚げる凧に描いてある、勇壮な武者のようなお顔やよ……」

木島孝一《きじまこういち》校長先生は、隣の山田村、徳永《とくなが》の人だ。高等部に上がったばかりの明が、成績優秀なので、学校の先生になるよう勧めてくれているという。紀美子は誇らしかった。明は優しいし、難しいことを簡単に話してくれる。明なら、立派な先生になれるだろう。

「今日の朝会でね、『今はお国の一大事だが、子どもは元気が一番。心も体も元気に……』というようなお話をされたんやけど……」

明はニコニコ笑いながら話す。

「一番元気なのは、校長先生なんやで」

校長先生のモットーは「まず、健康」である。心身を鍛えることが、その子自身の幸福につながると考えていた。

新学期が始まったばかりの頃、四月だというのに雪が降った。通ってくる子どもたちが不自由しないようにと、校長先生自ら除雪をされたそうだ。雪の中、汗を流して出迎えてくださった姿は、まさに健康そのものだ。このとき、校長先生のかたわらで除雪を手伝っていた若者がいた。木島孝蔵《こうぞう》といって、校長先生の息子だった。徳永に住みながら、校長先生と同じ、弥富尋常小学校で学び、今は代用教員として働いている。「まず、健康」を、根っから叩き込まれた人である。二人とも体が大きく、強そうで、豪快である。二人が一緒にいると、「三国志」の張飛《ちょうひ》と関《かん》羽《う》のようだ、と明は思った。

「劉備《りゅうび》が、いつ現れるか、楽しみやなぁ」

紀美子は、劉備《りゅうび》に対して、聡明で優しい人、というイメージを持っている。明が劉備《りゅうび》なのになぁ、と思う紀美子だった。

昭和十五年、明は、郡上農林中学（現在の郡上高校）へ進学した。木島校長先生から、中学でよく勉強し、卒業したら、朝鮮の師範学校を受験するよう、強く進められ、期待されての進学だった。

紀美子は高等科に上がった。弥富小学校まで、二時間の道のりを登校せねばならない。

朝五時に起きると、辺りは暗い。野良仕事で疲れている家族は、誰も起きない。水を汲み、火を熾《おこ》す。お茶を沸かし、お茶漬けをかき込んだ。その頃になると、明や睦子も起きてくる。睦子が、冷や飯を弁当箱に詰め込んでくれた。それを風呂敷に包んで腰に結わえ、六時には家を出る。どこまでも透き通った濃紺の空。冷たい空気を胸一杯に吸い込んだ。これが紀美子の一日の始まりだ。

剣の学校まで、ひた走る。風を切って走れば、ヒューヒューと耳の中で風がうなる。振り返れば、東の空が深い濃紺から鮮やかな青色に変わっていく。真っ白な朝靄を破って、朝日が昇り始めたのだ。

要領の良い紀美子は、父が整備してくれた道を通らず、近道である獣道《けものみち》を使った。奥大間見から最短距離で、剣に下りることができる。それでも紀美子は、時々学校に遅れる日があった。それを馬鹿にして笑う者もあった。

「田代を笑《わろ》うちゃならんぞ。どんなに遠くから来るか、知らんから笑うのじゃ」

そう言っていつもかばってくれたのは、教頭先生だった。桑田《くわだ》藤次郎先生は、万場の人だ。背が高く、肩幅が広い。紀美子が走って校門をくぐると、冷え切った手を、大きな手で包んでくれて、「よく来た、よく来た」と褒めてくれる、優しい教頭先生だ。職員室の薪ストーブに、特別にあたらせてくれることもあった。

ある日紀美子は、山道で弁当を落としてしまった。全速力で走るため、腰に結わえた風呂敷包みがほどけてしまったのだ。急いでいたから、少しも気づかなかった。昼時になったので学校を抜け出した。弁当を持ってきてないことを、また笑う者がいると思ったからだ。長良川に向かって歩いた。

四月とはいえ、郡上ではまだ寒い。遠くの山は雪をかぶったままだ。その雪解け水が混じった川の色を見たかった。雪解け水が混じって、うっすらと薄緑色に染まっている川の色。桜の蕾はまだ固かったが、川の流れが春を告げている。紀美子は思わず水際まで行き、水に触れた。

「紀美ちゃんか？」

「あっ、幸次郎さん！」

土手の上から、幸次郎の日に焼けた丸い顔が見下ろしている。兄が中学へ行ってからは、しばらく会っていない。大人のように無精髭が伸びていた。

「どうしたんや、学校は？」

「うん、弁当、落としてしまって……」

「そら、大変や。家《うち》へ食いに来《き》なれよ」

恥ずかしくてうつむく紀美子の顔をのぞき込みながら、幸次郎が言った。

「はよぉ、ついて来《き》なれ。家《うち》に行こ」

幸次郎の家に行くには、長良川にかかった吊り橋を渡る。両岸の鳥居のような形をした主塔にワイヤーが貼られている。橋桁《はしげた》の板は歩くたび、パタパタと音がした。長さ三十三間（六十五メートル）。天気はよいが、風の強い日だった。吊り橋の手前で、紀美子の足は止まってしまった。幸次郎が手をつないで橋を渡ってくれた。

「高等科まで、毎日通うの、大変やなぁか？」

「うん……、でも走れば何とか間に合うでね」

「そうか。明も言っとったけど、帰りも遅くなるんやろ？」

幸次郎は何か用事があって、町へ出かける途中だったのだろう。紀美子はそれが気になったが、自分のことを少しも考えずに、紀美子のことばかり気遣ってくれる優しさに、心がホクホクと温まった。

「いつも、教頭先生がかばってくださる……」

「あぁ、桑田先生か。厳しい先生やけどな、優しいな」

不意に風が吹いて、大きく吊り橋が揺れた。足を踏ん張り、幸次郎にしがみついた。土のにおいがする。幸次郎のにおいだ。紀美子は、とっさに見苦しいことをしてしまった、と顔から火が出るほど恥ずかしかった。幸次郎は、風がやむと、何事もなかったかのように歩き始めた。さっきよりもぎゅっと手を握ってくれている。教頭先生のような大きな、温かい手。紀美子は、恥ずかしくてたまらない。しかし、心のどこかで「橋がずっと続けばいいのに」と願っている自分に驚いた。

「桑田先生は、万場のお人やで」

「はい」と答えようと思ったが、声が出ない。

「おれの家は橋を渡ったらすぐやけど、もう少し北へ歩くと、先生の家や」

吊り橋を渡り終える頃、揺れが大きくなった。幸次郎が振り返ると、弟の栄次郎が、橋を渡り始めたのだ。

「おい、こっちが渡るまで待てよ」

栄次郎は、いたずらっぽい笑顔を見せながら、大またで歩いて、わざと橋を揺らしてみせた。幸次郎は、弟が自分を冷やかしている、と気づいて、紀美子を抱きかかえるようにして、さっさと橋を渡り終えた。

栄次郎は、大人しい兄とは対照的な性格だ。頭の回転が速く、社交的で要領が良い。食糧増産のみぎり、校庭で作った野菜を、村の人たちに買ってもらわねばならない。商品を全部売らないで帰ってくる者もいたが、栄二郎は値下げしてでも全部売ってくるような子どもだった。腐らせるよりは、少しでもお金に換えた方が良いと考えてのことだ。担任の先生から「よくそんなことを思いついた」と褒められたそうだ。

吊り橋を渡ってすぐ、川を見下ろす日だまりの中に、幸次郎の家は建っていた。母つるは、すっと首が長く、美しい人だった。でも顔色が悪い。疲れ切っているように見えた。ひでは大抵いつも、日本髪か丸髷に髪を結っているが、つるは後ろで束ねているだけだ。それがほつれているので、ますます疲れて見える。

心を込めた優しい笑顔で迎えてくれた。

「何もないけど……」

と言いながら、白菜の切り漬けを煮てくれた。漬け物とネギをだし汁で煮て、少しの油と、卵を一つだけ落とす。これは、紀美子の大好物だ。恐縮しながらも、思いのほか箸が進んでしまった。幸次郎は、それまで紀美子に対して、「医者様のお家に生まれたお姫様」のようなイメージしか持っていなかった。漬け物を腹いっぱい食べる姿を見て、親しみを覚えた。


「相変わらず、田代が学校に遅れたときに笑う奴がおるで、遠足に行かんならんな」

桑田教頭先生の発案で、高等科の一年生全員が、剣の学校から、奥大間見の田代まで遠足することになった。何事も体験によって学び取らせるのが、教頭先生の教育信条だ。遠い道のりを苦労して登下校する人の痛みを分からせて、思いやりの心を育てよう、というねらいもあったことだろう。しかし紀美子は、この計画に度肝を抜かれた。

校長先生も、この計画には大賛成され、二年生も一緒に行くよう指示された。校長室に呼ばれ、「毎日の登下校で心身を鍛えていることが素晴らしい」と励ましてくださった。ただ通学しているだけなのに、それを褒められては恐縮至極だ。正直なところ、校長先生は、武者のような顔が少し怖い。桑田教頭先生のように親しみやすくはない。だが、その柔らかな声を聞くとき、何か遠い記憶を呼び覚まされるような気がするのだった。

　さて問題は、遠足の経路を考えておくように、という宿題を出されたことだ。これには困った。剣の町中に住む子どもたちが、紀美子のように獣道を走れる訳もない。兄のように熊に出会うかもしれない。狸が出てきてばかすかもしれない。考えれば考えるほど、無謀な計画のように思えた。


「簡単なことやよ。川に沿って上がれば良い」

兄は、こともなげに言った。囲炉裏の灰に、火箸で地図を書きながら、説明してくれた。

「田代は、奥大間見というより、小間見の奥にあるんや。どうして小間見の仲間に入れんかったのかは、いろいろ歴史的なことがあるんやけど……」

田代家は、何百年も昔に、鎌倉から落ち延びてきた武家だったらしい。田代に住み着いたものの、小間見村の仲間になるのを断わられ、奥大間見村の仲間に入ったということだ。

「剣の学校から、小間見の東弥《とうや》分教場へ向かう。ここで一服……」

目を皿のようにして真剣に聞く紀美子の、その瞳を、じっと見つめながら明は続けた。

「あとは小間見川沿いに、ゆっくりゆっくり上がってくればいい」

「ふぅ～ん」

「小間見の奥に、諏訪神社という大きな神社があるから、そこでまた一服すればいいよ」

「そやなぁ。そこで昼飯やな」

横にいた姉の睦子が、口をはさんだ。

「そうすると、田代へ来た頃には、何ぞ、おやつがいるなぁ」

睦子が小首をかしげた。

「なぁに、山の中に木イチゴが生えとるで、好きなだけ採って食べたらいい」

この明の言葉を聞いて、紀美子は俄然《がぜん》、遠足が楽しみになった。


学校で教頭先生に、明の言ったように経路を説明した。子どもたちが一服する場所を、下見しておかないといけない、と紀美子は考えていた。休みに東弥の分教場に出かけていいか、と尋ねると、先生はすぐに連絡をとってくれた。

日曜になった。いつもと違い、小間見川沿いに、田代から町へ下りた。ちょっと走ると汗ばむが、初夏の風が頬に気持ちいい。岩場でオオサンショウウオの子どもが遊んでいる。黒っぽい体に朱色のまだら模様。頭が丸くて可愛い。川岸の岩の間から、ユキノシタやネコメソウが首を伸ばし、可憐な花をつけている。諏訪神社に寄ってみた。境内は大木が茂って、鬱蒼としている。がっちりとした石垣の下に日当たりのよい場所があった。地面を覆っている松の枯れ葉の間から、スミレの白や紫の色鮮やかな花を咲かせていた。

ようやく分教場に着いた。

「紀美子ちゃん」

分教場の手前、多賀神社の鳥居の下で、待っていてくれたのは、高等科に来てから仲良くなった、高橋都耶子《つやこ》である。端正な小顔の美少女だ。弥富小学校のすぐ近く、中剣に住んでいる。愛くるしい目を輝かせて、手を振っている。

「都耶ちゃん！」

遠足のことで、あれこれと気を遣い思い悩んでいる紀美子を、ずっと支えてくれた。話をじっくりと聞いて、気持ちが前向きになるように、一言だけ、励ましの言葉を言ってくれる、そんな友達だ。

二人が歩いていくと、新米の女先生が、分教場から出てきた。和良村から来た女先生は、オルガンが弾ける。大間見や弥富の学校へ、音楽の時間だけ来てくださる。髪をきれいに結い上げ、大きな瞳に知的な光が宿る、美しい人だ。

職員室で、お茶をご馳走になった。てきぱきと手際よく動く白い手。以外と分厚く大きい。窓際の机の上に、淡紫《あわむらさき》のアヤメのような花が飾られている。

「姫シャガの花よ」

女先生は、顔だけでなく、言葉遣いも美しい。

「私、神路《かんじ》（隣の山田村南部）の祖母の家から、学校へ通っているんだけど……」

窓際から、紀美子たちの目の前へ、花を持ってきて、にっこりと笑う。

「途中で見つけたの。林の中にひっそりと咲いていた……」

花びらは、縁にいくほど濃い紫に染まり、黄色い模様が真ん中に入っている。山の斜面などに群生するシャガは、可憐であるが、元気でたくましい。この花は、シャガよりも小ぶりで大人しく、「姫」という呼び名がよく似合う。花の向こうに見える女先生の顔を、花を観察する振りをして、紀美子はまじまじと見つめた。

分教場の中を見せてもらうことにした。大勢の子どもが集まるから、肝要なのはトイレの位置を確認することである。校庭のどこで整列するか、遊ぶときの注意は何か、など、先生を交え、都耶子とよく話し合った。

「あ、いいもの、見せてあげる！」

だいたいの打ち合わせが済んだところで、女先生が言った。三人で二階へ上がり、先生が窓を開けてくれた。

「さて、杉の木に咲いているのは、何の花でしょう？」

窓から外を見ると、大きな杉の木いっぱいに花が咲いている。薄紫の着物をまとった杉の木は、お正月の晴れ着を着たようだ。目を凝らして、よく見た。

「あっ、藤の花か！」

「正解！」

前々から、時々ここを通りかかったが、いつも杉の木には何やら巻きついている物があった。何かに縛られて窮屈そうに見えた。こうして花が咲くと、まったく違って見える。小さな頃から、この杉の木の下にいると、大きな鞘エンドウのような物が落ちてくることがあった。それは鞘の先がとがっていて、頭に当たったりすると痛い目にあう。あれは、藤の実だったのか……。甘いにおいに誘われて、大きなクマンバチがたくさん集まってくる。ぶぅん、ぶぅんという鳴き声は、藤の花の美しさを褒めそやしているようだ。

「この花は、ここから見ると、一番きれいなの。遠足の日は、授業があるから、皆さんに入っていただけないけど……」

「ありがとうございます。神社の方で、皆で眺めることにします」

紀美子は、先生が、自分たちだけ特別に「先生のいいもの」を見せてくれたことに感激した。都耶子と目を見合わせ、うっとりしてしまった。

「あのぉ……、どうしたら先生になれますか？」

突然、都耶子が尋ねた。紀美子も同じ質問をしたいと考えていた。

「女学校を出たらすぐよ、私は代用教員だから……」

「あの、八幡の？」

「そうよ」

紀美子の目をじっと見つめながら、にっこりと笑う先生。このとき紀美子は、女学校に行き、先生になることを決めた。

「さぁ、木イチゴを食べに行くよ！」

先生に挨拶をして、分教場を出た後、紀美子は言った。都耶子を田代へ招待する計画だった。

「ねぇ、ほんとに、学年全員が食べられるくらいあるの？」

「あるある、大丈夫」

紀美子は請け合った。

木イチゴは、梅の花に似た花をつける。今の時期には、黄色や赤色に熟した実を食べることができる。

「とげがあるで、気をつけてね」

紀美子は、実のたくさんついた枝を持ち、都耶子が取りやすいように差し出してやった。

「わぁ、ぴかぴか光っとるね。おいしそう！」

木イチゴは、小さな実がたくさん集まって一つの実になっている。一つ一つがよくふくらんでいる。口に含むと、みずみずしい果汁が飛び出し、甘酸っぱい香りが広がる。

「はぁ、おいしいわぁ」

木イチゴを食べ食べ田代へ登った。田代の近くでは、子どもたちの食べる木に目星をつけ、人数分がまかなえるかどうかを点検した。

「うん、大丈夫そうやね」

紀美子は、都耶子の協力に感謝しながら、笑顔を返した。

「ねぇ、都耶ちゃん」

「ん？」

「……、一緒に、女学校へ行かん？」

都耶子もまた、今日、女学校へ行くことを決めていた。紀美子の手を握り、笑顔で頷《うなず》いてくれた。

遠足の日。天気は晴れ。紀美子はいつもより早く登校した。疾風のように山中を駆け抜けて走る。学校に着くと、桑田教頭先生が笑顔で迎えてくれた。この笑顔を見ると不思議と落ち着く。ずっとずっと昔から、この笑顔に励まされてきた気がする。時々、何か大切な約束があった気がするが、思い出せない。

「よぉ、田代、おはよう」

「おはようございます！　今日はよろしくお願いします!!」

ぺこっと下げた頭を、そっとなでてくれた。

「こちらこそじゃ。田代まで二往復とは、ご苦労様なこっちゃ」

教頭先生に「ご苦労様」と言われ、ますます気分が盛り上がった。

遠足には、担任の松井先生、高等科二年担任の木島先生、教頭先生がついてきてくださる。木島先生は、木島校長先生の息子だ。「孝蔵先生」と呼ばれている。先頭に紀美子と教頭先生、一年の後尾に松井先生、最後尾に孝蔵先生がつくことになった。

「熊が出たら、一番大きな声を出しなれ（出しなさい）。先生が助けに行ったるでな!!」

孝蔵先生が、声に力を込めて言った。紀美子は心強かった。

計画どおり、東弥分教場で休憩、諏訪神社で弁当、田代でおやつ。遠足は滞りなく進んだ。帰りにハチに刺された子がいた。孝蔵先生が、刺されたところに口を当て、毒を吸い出してくれた。

紀美子は東弥分教場まで、皆を送り、そこで別れた。日が傾きかけている。ここから走れば、暗くなる前に帰れるだろう。ほっとして杉の木に巻きついた藤を見上げた。分教場の中から、女先生が手を振っている。紀美子も手を振り返した。

明は、教師になる道が開けつつあった。夏が過ぎる頃、上の学校を受験するよう勧められていた。朝鮮の京城《そうる》師範学校だ。飛び級で上級生と一緒に受験することになる。

明は、迷った。自信がなかった。受験にも、また家族と離れたった一人で暮らすことも……。幸次郎に相談したかった。

学校が済み、乗合自動車で、弥富まで帰る。小学校の近くで降りた。田んぼに若苗がすくすくと育ち、夏の風に揺れている。じりじりと日射しの照りつける吊り橋を渡った。幸次郎の家には誰もいなかった。農作業に出ているものと思い、その辺りを散策しながら、捜すことにした。

土手から川の方へ下りた。わずかに砂のたまった岸がある。そっと足を踏み出すと、柔らかな砂の感触が、足に伝わってくる。小舟が捨てられたように泊まっていた。青筋アゲハが、どこからともなく飛んできた。砂の上にとまり、羽を閉じたり開いたりしている。水を飲んでいるのか……？　黒地に浅黄色の筋が、いかにも涼しげだ。明が手を伸ばしてつかまえようとすると、蝶は逃げていってしまった。

幸次郎は、麻畑にいた。青々とした葉を広げた麻は、腰ほどまで伸びていた。

「麻は、春から秋までに、二間以上（三メートルほど）も伸びるんや……」

「そうやなぁ、よぉ伸びるなぁ」

「明は、麻や。人より伸びるのが早いんやろ」

明は、真っ直ぐ天に向かって伸びる麻が好きだ。丈夫な繊維が取れることも良い。人の役に立つ。自分が麻のようだ、と言われて嬉しくなった。明は、上級生と一緒に受験することを決めた。その後は、黙って幸次郎の作業を手伝った。

夕刻が近づき、ヒグラシの声が聞こえ始めた。山の木立から、天上の音楽のように鳴り響く。太陽が西に傾き、空が夕焼けに染まり始めた。鱗雲《うろこぐも》が、どこまでも高い空の上で金色に輝いている。ヒグラシの声は、その雲の上から聞こえてくるような気がした。明は、自分が海の向こうへ行ってしまっても、空を見上げたら、この郡上の、ヒグラシの声が聞こえ、麻畑のにおいが漂ってくるような気がした。


その冬、二月十一日。紀元二六〇〇年の祝賀式典が行われた。

「天地輝く日本の　栄えある光　身に受けて　今こそ祝え　紀元は二六〇〇年　あぁ一億の血は燃ゆる……」

寒風の吹く中、尋常小学校と高等部合同の式典が行われた。

「なんで、去年までお祝いがなかったのに、今年だけやったんやろうね？」

「そりゃぁ、二六〇〇年目のお祝いやからよ」

突然降ってわいたお祝いが、ちょうど二六〇〇年目に当たるというのが、ちぐはぐな感じがする。どちらにせよ、紀美子にとっては、どうでも良いことだ。明の受験が迫っている。何とか合格してほしい。

「一緒に受けた三人の中で、俺だけ受かってしまったんや……」

明は、申し訳なさそうに言った。今日は朝から、合格の知らせを中学まで聞きに行った。昼過ぎに雪が降りだした。皆が落ち着かず、囲炉裏の周りに集まった。そこへ、暗い顔をして明が帰ってきたのである。

「ほぉか、良かったに」

父が珍しく大きな声を出した。口から白い息が漏れる。母は黙って、微笑んでいる。

「おめでとう！」

紀美子が言うと、明は目を細めた。猛勉強の末の合格、嬉しくないはずはない。口元は笑っていないが……。

「ほんで、校長先生には報告したか」

「うん。帰ってくる前に、弥富小学校へ寄って……」

木島校長先生が喜んでくれたのは言うまでもない。中学に五年行ってから、師範を受けると思っていたが、飛び級とは……、と手放しで喜んでくれた。

「でもな……、孝蔵先生の元気がなかったで。なんでやろ？」

紀美子は、元気のない孝蔵先生というものが、想像できなかった。父は目を閉じ、口をつぐんだ。母は静かに立ち上がり、晩旬《ばんげ》の支度にか、土間へ下りていった。

「窓のところで、何か読みながら、じっと目を閉じて、考えておらした……」

囲炉裏の中で、ぱちっと薪の割れる音がした。睦子が野良から帰ってきた。

「あ、姉さん。明兄ちゃん、師範に受かったって……」

「ほぉ！　そうか！　そいつはめでたい!!」

睦子の眉が八の字になり、笑顔がはじけた。明は弱々しく笑っている。睦子は足を洗う水を汲みに行ってしまった。

「来年度から、小学校は、『国民学校』という名前に変わる。教科書も、変わるそうな」

「えっ?!」

明は絶句した。国民生活は今や、戦争一色に染められている。教育にまで、そのような影が忍び寄っているのか……。孝蔵先生が物思いに沈んでいたのは、そのせいだ。明は、窓の側で目を閉じ、微動だにしないで考え込んでいる孝蔵先生の姿を思い起こした。窓の側に梅の木が枝を伸ばしていた。梅の蕾《つぼみ》がふくらんだように見えたが、よく見るとそれは、枝に積もった雪だ。ふくらみかけた蕾が、雪の重みで押しつぶされそうになっている。明は、自分や孝蔵先生の将来を、梅の蕾に重ね合わせて考えざるを得なかった。心の底まで冷え渡り、寒気に襲われた。

二、すずかけの実

昭和十六年、早春。家の石垣いっぱいに、節分草《せつぶんそう》が咲き始めた。本来なら節分の頃咲くのだろうが、寒さの厳しい郡上では、梅の花がほころぶ頃に咲く。今年は雪が多く、厳しい寒さが続いているため、二月が終わろうとしているのに、梅は蕾すらつけていない。それでも節分草は、白い五枚の花びらを開いた。石垣に梅の花が咲いたようだ。

「これは花びらやないんやよ」

明が可憐な花を指さしながら言った。

「えっ、ほんなら花びらはどこにあるの？」

「花びらはねぇ……、この黄色い蜜腺《みっせん》なんや」

小さな花の中に小指をつっ込んで、蜜腺にさわって見せてくれた。薄紫のめしべが揺れる。

「へぇ、じゃぁこの白い花びらみたいのは、何ぃ？」

「萼《がく》や。花の外側から花を守る役目やね」

明はなんでもよく知っている。特に草花に関しては、薬草になる物が多くあるので、まるで図鑑を丸覚えしたように詳しい。

「萼かぁ。花が寒くないように、こんなに大きくなってまったんやね」

兄妹は、顔を見合わせて笑った。兄はこれまで、この節分草の蕚のように、小さな自分を守ってくれた。その兄が、これから先はいなくなってしまう。明は三月に入ったら、進学のために朝鮮へ行ってしまうからだ。

三月、ようやく梅の花が咲いた。明は、梅が開花したことに、希望を持とうとしていた。そして汽車に乗り、旅立っていった。

四月、桃の蕾はふくらんだが、桜はまだ咲かない。国民学校と呼ばれるようになった学校は、将来の戦闘員を育てる場所に変わった。三月に退職した木島校長の代わりに、新しい校長がやってきた。昼食前に閲兵分列《えっぺいぶんれつ》行進をするようになった。運動場を四列縦隊で行進するのだが、これが、夏も冬も裸足だ。朝礼台に立っている先生が「頭《かしら》、右」などと言って、これに従わねばならない。高等科の男子は、銃剣になぞらえた竹筒をかついだ。

紀美子は、高等科の二年生であり、最上級生となった。この頃、大間見分教場で校長が楽しいお話をしてくれたことなどを懐かしく思い出すことが多くなった。分教場のあの鏡に、自分の姿を映してみたら、少しは明るい顔ができるだろうか？　ひょっとしたら鏡の中に明の姿が見えて、二人で顔を見合わせ、笑えるかもしれない。明からきた手紙には、朝鮮の春は、日本と同じように、レンギョウ・ツツジ・木蓮・桜などの春の花が咲き乱れている、ということだ。

五月になり、桃の花が咲きだして、一週間もしないうちに桜も咲いた。長かった冬があけ、春が押し寄せてきた。田代でも山桜が満開だ。山桜は、葉が先に出て、後に花が咲く。紀美子には、お気に入りの桜がある。八重咲きの山桜だ。今年もきよ子と、その桜の下で花見をすることになっている。

「わぁ、桃の花より濃い色やね、きれい……」

そう言ったきり、きよ子は黙ってしまった。新緑の間に見え隠れする、豪華な桜に見とれているのだ。

「敷島の　大和心を　人とわば　朝日ににおう　山桜花」

しばらくしてから、きよ子がぽつりと言った。

「何？　それ」

「教科書にのっとるのよ」

「へぇ、そんなの、私たちのときはなかったけどなぁ」

山桜の花はいっせいに散る。この潔くぱっと散る心こそ日本人の心である、と子どもたちに教えるための教材である。昭和十六年に五・六年の教科書に取り上げられた歌なので、紀美子は知らない。きよ子には、五年生になる妹がいるため、教科書の内容を知ることができた。

「お国のために、潔く散ることが大和魂《やまとだましい》やって……」

「ふぅん……、桜は咲いとるときの方がきれいなのにね」

紀美子は、美しい花と、血なまぐさい戦争とをつなげて考える神経が、理解できなかった。

「ねぇ、紀美ちゃん」

桜の下に座り込みながら、きよ子が低い声で言った。

「どうしたのぉ？」

紀美子も座って桜の幹にもたれかかった。好きだった明がいなくなり、きよ子がふさぎ込んでいるのだと思った。

「満州開拓団って知っとる？」

郡上は、寒冷な山国である。耕地面積が少なく、農家の二、三男には働き口がなかなか見つからない。郡上から満州への開拓移民は、県内でも特に多かった。紀美子やきよ子の村からも、昭和九年をはじめとして、北安省《ペーあん》や吉林省へ入植する人がいた。

「あぁ、知っとるよ。去年の三月に開拓団が行ったけど、団長は剣の山下さんていう人やったよ」

「そう……」

そのままきよ子はまた黙ってしまった。どうも様子がおかしい。

「きよちゃん、ひょっとして……？」

きよ子は、紀美子の顔を見ないで、頷いた。

「いつ？」

「まだ分からん……」

紀美子は、兄がいなくなったばかりで、きよ子までいなくなってしまうかと思うと、どうしていいか分からなかった。

「家《うち》の父さんは、次男やでね。畑も小さくて……。冬場に木こりの手伝いしたりして、何とかやってきたけど……」

風に山桜の枝が揺れ、木漏れ日がきよ子の髪の上にこぼれた。ふっくらした頰に、いつもは赤みが差して、おちょぼ口の顔はお人形さんのように可愛らしい。それが今日は、青ざめて寒々とした表情だ。

「土地が十町歩《じっちょうぶ》ももらえるし、補助金は千円やって……」

足下の枯れ草の間から、セリのような葉が生え、白い花をつけている。明なら、この草花の名を知っているだろう。たしか「黄連《おうれん》」という草の仲間だ。胃薬になる種類があって、捜したことがある。星の形をした小さな花は、真ん中が黄色い。それぞれ好きな方を向いて、風に揺れている。白い方が花びらか、黄色い方が花びらか、明がいたら聞いてみたいものだ、と紀美子は思った。

「ねぇ、大間見分教場へ行ってみよか」

きよ子は、黙って花を見ている。

「小学校の頃、お兄ちゃんと一緒に、姿を映してみた鏡があるのよぉ」

明の話に、きよ子は我に返って、小さく頷いた。

分教場への道は、大間見川沿いに続いている。水田には、ついこの間まで蓮華の花が咲き乱れていたが、今は土に鍬《す》き込まれてしまった。道の脇に少しだけ残った蓮華に、ミツバチがせわしなく行ったり来たりしていた。ヘビイチゴが黄色い花をつけ、その横では赤いぴかぴかした実を実らせているのもある。紀美子は、楽しかった小学校時代を思い出した。

分教場に、あの校長先生はもういなかったが、宿直の先生が、中に入らせてくれた。鏡の中には、紀美子ときよ子が、ちょっとくたびれた顔で映っているばかりだ。その後ろの窓越しに、水色の空が映っている。空の向こうから、明が顔をのぞかせて、この鏡の中に映ってくれたらいいのに……。紀美子は、そう思ったが、口に出すのはやめておいた。

「海ゆかば〜　水漬く屍《かばね》　山ゆかば〜草むす屍　大君の辺にこそ死なめ　顧みはせじ〜」

——どこでも天皇陛下の下に死んでいきましょう、決して悔いることはありません。

紀美子はこの歌が好きだ。歌の意味はともかく、厳《おごそ》かな中に詩情豊かな旋律が好きだった。女先生は和良村に帰ってしまったので、音楽の時間は、担任の先生が指揮棒を振るだけになった。たいてい、この歌を歌う。そして「イロハニ」の音階を習った。

夏は日が長い。田代への帰り道、走らなくても暗くなってしまう心配はない。ゆっくり歩きながら、「海ゆかば〜」を歌った。海の向こうに行ってしまった明はどうしているだろうと、その身の上を思った。

「なんじゃ、紀美は。えぇ調子で歌っとるのぉ」

茂みの中から顔を出したのは、睦子だ。

「あぁ、びっくりした。姉ちゃん、何しとるの？」

「晒菜《さらしな》を採っとるんじゃ」

サラシナショウマは山野に生え、夏から秋に花を咲かせる。若菜をゆでて水に晒して食べる。

「おまん（お前）もよぉ覚えとけよ。わしが嫁に行ったら、食べれんようになる」

睦子には、明が朝鮮へ行く頃から縁談が持ち上がっていた。秋には、兵庫へ嫁に行くことになっている。

「花が咲いとるのは、あかんぞよ。固いでな。おいしゅうない」

細い茎に白い小さな花が集まって、そよそよと風に揺れる花。その近くで、まだ花の咲いていないものを探し、葉を採る。

「そや、そや。上手に採れたな」

睦子とも、このように過ごすことができなくなる。紀美子は胸がしくっと痛んだ。

「おっ、トリカブトや。毒じゃぞ、これは……」

青紫の巻貝《まきがい》のような形の花。斜面から斜めに生えて、目の前に花を見せてくれている。

「宮中で舞楽《ぶがく》をするときの冠《かんむり》に似とるそうな」

「その冠が、鳥兜《とりかぶと》っていうんやね」

明がいつかそう言っていた。舞楽なんか誰も見たことがないが、鳥兜の形は知っていることになる。

田代でも、少しばかりの水田に稲が実る。稲刈りが終わった後、睦子は嫁いでいった。

十月、秋も深まり、朝晩の冷え込みが厳しくなった。田代では、もう紅葉が始まったが、剣ではまだだ。赤や黄に色づいた山中から、緑の平地へ——紀美子は毎日、季節から季節へ渡り歩いているような気がした。

勅令が公布され、中学の修業年限が六ヶ月短縮された。これは、学徒出陣を可能にするための勅令である。成績の良い男子は軍人になるのが、最も栄誉ある進路となった。とくにあこがれの的となったのは海軍である。特攻隊となって洋上に命を散らすことを夢見る者もいた。明は、朝鮮へ行って正解だと紀美子は思った。

そうした状況を、批判めいたことを一切入れずに、手紙に書いて送った。明なら、紀美子の本意を分かってくれる、と思っていたからだ。秋になると、山々が紅葉に染まること、実り豊かな季節であることが、日本と少しも変わらない、という返事が返ってきた。景福宮（キョンボックン）という李朝《りちょう》時代の立派なお城が町の真ん中にあること、お城の前に、南大門《なんでもん》市場・東大門《とんでもん》市場という広大な市場が広がっていること、など、見聞きしたことがそのまま書かれている。鮮やかな色彩や雑踏のにぎわいが、そのまま伝わってくるような文章だ。このように美しく、歴史のある国を、自分たちの支配下に置いて、意のままに動かそうとすることは、果たして良いことなのだろうか。紀美子には、兄の美しい文章から、行き場のない怒りが伝わってくる気がした。

冬。その年は十一月になっても暖かい日が続いたが、十二月を前に初雪が降った。紀美子は、高等科卒業・女学校の受験に向けて、毎日忙しい。暗くなる前に家路につこうと、教室のある二階から階段を走り下りた。窓ガラスの向こうに、裏庭が見える。そこには池があった。春には、池の縁《へり》に、可愛い蕗《ふき》の薹《とう》が顔を出す。夏には睡蓮が花を咲かせ、まるで極楽のようだ。紀美子は、秋に浮き草のホテイアオイが咲かせる薄紫の花が好きだ。

今日は、そんな池が、灰色の空を映し、凍りついたように静かだ。池の脇に佇む、大きな桜の木の広がった枝が、水面に影を落としている。大きな鏡に、ひび割れが入っているように見えた。その鏡の中に、黒い人影がある。遠く白山の方から、長良川沿いに吹きつける北風が、体の芯まで凍らせるほどに冷たい。背中を丸めて、ただただじっとしている。その、丸めた背中には見覚えがあった。

紀美子は急いで藁靴を履き、校庭に飛び出した。北風が顔に吹きつけ、痛いほどだ。口に手を当てて、顔を温めた。校舎の脇にある木の下まで歩いていくと、紀美子は立ち止まった。幸次郎たちが小学校の高等部を卒業するときに、記念に植えたプラタナスの木だ。すっかり葉の落ちた枝々に、たくさんの鈴のような実がぶらさがっている。北風に震えながら、一生懸命、枝につかまっていた。しかし、これまで枝に残ったのに、この強風で下に落ちてくるものもいくつかあった。直径が三センチくらいのまん丸な実は、はじけて小さな種が飛び出してしまっている。

紀美子は息を殺して池の方をうかがった。肩を落として池を見ていたその人は、視線を感じたのか急に振り返った。日焼けした顔に、優しい目——幸次郎だ。紀美子は側へ駆け寄った。いつもと違って、まるで元気がない。

「幸次郎さん、どうしたの?」

幸次郎はその質問には答えず、弱々しく笑った。

「紀美ちゃん、手を出してみなれ」

紀美子は手のひらを広げた。幸次郎は薄茶色のプラタナスの実を一つ、その白い手のひらに置いた。卒業してはや五年、苗木は実を実らせるまでになったのだ。小首をかしげながら、目を大きく見開いて、実を見ている。

「これ、あの、卒業記念の……」

「あぁ、すずかけの実や。本当に丸くて鈴みたいやろ」

幸次郎は返事もしないで、目を輝かせながら実を見入っている紀美子の顔を見ていた。何事にも好奇心が強く、素直に喜んだり感動したりするところが、卒業を前にしても、少しも変わらない、と思った。

「へぇ、すずかけ……。鈴みたいな実がなるで、か」

強い北風が吹きつけた。紀美子は髪を押さえながら南側に顔をそむけた。風が、耳の中で渦巻く音がする。幸次郎は紀美子の北側に立ち、その細い体に風が当たらないようにしてくれた。ふと、節分草の蕚《がく》が、小さな花びらを守ろうとして大きくなったことを思い出した。紀美子は、明だけでなく、幸次郎にも大切にされてきたことを想った。幸次郎の胸の中に飛び込みたい衝動に駆られながら振り返ると、幸次郎の肩越しに白山が見える。ちょうど夕日を浴びて金色《こんじき》に輝いているところだった。

「うわ～、幸次郎さん、見て！　きれい!!」

燃えるような夕焼けに染められた雪山は、辺りの薄暗い冬景色とはまるで別世界のようだ。二人はしばし時を忘れてその美しさに見とれていた。数分の間に金色が橙色に、そしてばら色に、最後にワイン色に変わり、やがて火が消えてブルーグレーの氷の塊になってしまった。幸次郎は小さくため息をついた。いつか紀美子と一緒に、田代の山中で見た夕焼けを思い出した。

幸次郎は、紀美子の両肩に手を置き、静かなきっぱりとした口調で言った。

「俺、入隊の日が決まったんよ。来年の一月十日やそうや」

紀美子は驚いて、息もできなかった。幸次郎をじっと見つめた。すずかけの実のように大きな瞳の中に、自分の凍えた顔が映っている。

今年、徴兵検査を受け、体格の良い幸次郎は甲種合格だった。そして、入隊の知らせがきたのだ。お祝いを言わなければいけないところなのだろうが、とてもそんな気持ちにはなれなかった。兄が朝鮮へ旅立ち、幸次郎は、二度と帰らぬところへ行ってしまうかもしれない。

その日、紀美子は、いつものように早歩きする気分になれなかった。田代に帰り着いたときには、夜の十時を回っていた。ひでや睦子、父の昌民までが、松明《たいまつ》を片手に表に出て探してくれていた。


間もなく日本軍の真珠湾への奇襲によって太平洋戦争が始まった。ラジオからは威勢良く軍歌が流れ、列強を相手にして「討ちて止まん」の精神を鼓舞している。中国やらアメリカやら、イギリスやら、自国より大きな国をいくつも相手にするのは、あまりに無謀だ、と紀美子は思った。また、戦争になれば誰も安全だとはいえない。殺し合いによって、たくさんの人が死ぬ。大切な人を失ってしまうかもしれない。

入隊した兵士は通常二年経つと帰還できるが、戦闘が激しくなれば帰ってこられないかもしれない。朝鮮に行った兄は、大丈夫だろうか。戦争の行方を思うと紀美子はいても立ってもいられなかった。

十二月のうちに壮行会をやることになった。幸次郎の弟、栄次郎が駆けずり回って、なかなか手に入らない酒やご馳走の材料を集めていた。紀美子も、父に頼んで四方に手を回してもらい、準備を手伝った。

壮行会の日、授業が終わるとすぐに、紀美子は幸次郎の家に急いだ。昨日降った雪が、水田や土手を覆ったままだ。長良川沿いに北へ向かう。田んぼの脇の杉の木が、風にうなる。吊り橋の上を通るとき、川を渡る風が身を切るように冷たかった。手の感覚がなくなり、耳が切れそうだ。しかし紀美子は、どんなに寒くとも、心の中ほど冷たくなるところはなかった。

壮行会には、紀美子の知らないたくさんの人が集まっていた。笑顔、笑顔。そして万歳、万歳……。まるでお祭り騒ぎだ。「生きて虜囚《りょしゅう》の辱《はずかし》めを受けず、死して罪禍《ざいか》の汚名を汚すことなかれ」などという、東条陸相の「戦陣訓」を持ち出す人もいた。

今年、訓諭があったばかりである。死ぬことの方が名をあげることになるなんておかしい、咄嗟に紀美子は、食ってかかりそうになった。ぐっと力を入れて口をつぐんだ。口の中で血の味がする。

幸次郎に、どんなに辱めを受けようとも、生き抜いてほしい、と言いたかった。そして最後まで、幸次郎の顔を見ることができなかった。

晦日。戦時中といえ、正月の準備に忙しい。雪は深くなるばかりだが、一応、表戸の前だけは、上の兄、明穂《あきほ》が雪を退《ど》けてくれた。ぞうきんを固く絞って、表戸を拭く。水を使った手に、風が吹きつける。指がちぎれるほど冷たいが、紀美子は、この冷たさが妙に好きだ。正月がくる喜びと一対になっているからかもしれない。茂みの中から形の良い松の枝を捜す。南天の木から雪を振り落とし、赤い実を見つけた。形よく松飾りができた。きれいになった表戸の横に、松飾りを飾った。満足して眺めていると、後ろから、雪の上を歩く足音がする。

紀美子の目には、雪にまみれ山道を上がってくる幸次郎の姿が見えるような気がした。足音のする方へ、引き寄せられるように走った。

雪をかき分け登ってくるのは、間違いなく幸次郎だ。毛皮のついた防寒帽《ぼうかん》をかぶっている。いつものように帽子の上にとめている毛皮を下ろして耳と顎《あご》を覆っていた。毛皮は、少しずつ束になって凍りつき、小さなつららが何本も立っているように見える。幸次郎はいつになく伏し目がちで、寂しそうな表情だったが、駆けてくる紀美子を見つけると目を輝かせた。紀美子は坂道を走るのももどかしく感じられ、斜面を滑り降りた。蹴った雪が舞い上がる。ざざーっと滑る音がして、紀美子は幸次郎の真ん前で止まった。二人の顔は、まさに目と鼻の先にある。どちらともなく腹を抱えて笑いだし、雪の中に倒れ込んでしまった。幸次郎の呼吸の音が聞こえる。

雪の中から二人が見上げた空は、どんよりとした曇り空に、黒い雪雲が広がり始めていた。明日、大晦日には雪が降るだろう。幸次郎は、目薬を取りに来たのだった。そして、三《さん》ヶ日《にち》が開けたら、明方《みょうがた》（現在の明宝村《めいほう》）の親戚の家に行くから、一緒に行こうと告げて帰った。

年が明け、昭和十七年一月。正月は雪が降らず、ところどころ地面が顔を出している。明方へ行く日は、天候を見て、幸次郎が迎えに来ることになっている。紀美子は三ヶ日のうちから、毎日、早起きし、迎えを待った。母のひでは、紀美子の気持ちが分かっているので、一緒に早起きしてくれた。幸次郎が来たら、温かいものを食べさせ、送り出すつもりなのだ。

四日。幸次郎がやってきた。父や上の兄に丁重に挨拶をし、紀美子を連れて出かけた。田代から栗巣、栗須から母袋《もたえ》と山道ばかりを通り、明方へ出た。親戚の家に入隊の挨拶をする。紀美子は、婚約もしていないのに、こうした挨拶についてきたことが場違いのような気がした。

挨拶が済むと、気良《けら》の孫兵衛《まごべえ》さんという人の家に寄るという。孫兵衛さんは「千葉」というお武家様のような名字だそうだ。随分昔から、この名字を持っておられたということだ。当主が代々、〝孫兵衛〟という名を継いでいる。

「囲炉裏の火に一緒に当たりたいんや。紀美ちゃんと……」

囲炉裏だったら、さっき行った親戚の家にも、紀美子の家にもあったのに……。そう言いかけたが、言えなかった。紀美子は、幸次郎の入隊が決まってから、めっきり口数が減った。

「その火は……、囲炉裏の火種は、何百年も前から消えないで続いとるんやと」

「へぇ～、ほんとにぃ」

軽く相づちを打つのが精一杯だ。一緒に火に当たったら、今生《こんじょう》の別れのような気がした。あの世で一緒になって、何百年も続くことを幸次郎は願っているのだろうか？　この世で生きて、今一緒にいることが幸せであって、どこか違うところで一緒になれても意味がない。もし生まれ変わって次の世で会えたとしても、それは自分でなく、幸次郎でもない。それに違うところで出会えたとして、お互いそれと分かる保証もどこにもない。紀美子は、なぜ幸次郎と別れなければならないのか、という、分かり切っているが、割り切れない思いにぶつかり、もがき苦しんだ。

囲炉裏の火は静かに燃えていた。時々、薪がぱちっと音を立てた。指先から、体の芯まで温まる。幸次郎も自分も頬が火照《ほて》った。

「前にもこうして、一緒にこの火に当たってた気がするなぁ、一緒に……」

紀美子は、幸次郎の言ったとおりだと思った。そのときにも、幸次郎と離れたくない、と感じていた気がする。それはもしかして、自分が生まれてくるよりも前、前世《ぜんせ》のことかもしれない、と考えた。それでは、ここで離ればなれになっても、また生まれてきたときに、再び出会い、一緒にここに来ることがあるのだろうか？

帰り道、幸次郎と見上げた空に、赤く光る星があった。今日当たった、囲炉裏火のような、温かな色。自分が星になれるなら、幸次郎がどこに行っても温かく見守ってあげることができるのに……。紀美子は星に向かって祈るような気分になった。

幸次郎が発つ朝はとても寒かった。昨晩降った雪で山は化粧していた。深緑色の杉や檜の枝にいっせいに白い花が咲いたようだ。灰色の曇り空から太陽が顔をのぞかせると、山に日が当たって、そこだけは薄黄色の花が咲いたように華やかだった。

しかし、紀美子の心は雪が降り積もった木々と同じように凍てついていた。越美南線《えつみなんせん》の弥富駅に向かって雪道を歩きながら、紀美子の頭の中も雪のように真っ白で何も考えることができなかった。

駅に着くと、もう大勢の人が集まっていた。幸次郎が台の上で入隊の挨拶をしているところだった。幸次郎は紀美子に気がついて、少し言葉を止めたが、大きく息を吸い込んで、また話し始めた。「人前で話すことが嫌いだから、きっと練習してきたのだろうな」。ぼんやりと幸次郎の顔をながめながら紀美子はそう思った。幸次郎の入隊を祝う幟が、風をはらんで、ぱたぱたと威勢の良い音を立てている。

越美南線が弥富まで開通したのは昭和七年のことだ。紀美子はまだ小学校に上がる前だった。家族とともにこの駅へ見物に来て、煙突の長い小型機関車に乗って、八幡まで出かけた。

幸次郎は自分のところに元気な体で帰ってきてくれるだろうか？　紀美子の胸は不安で押しつぶされそうだった。上着のポケットに手を入れて、中にしのばせて持ってきたすずかけの実にさわってみた。入隊の知らせがあった日に幸次郎がくれたものだ。

すずかけの実は、たくさんの種が集まって一個のボールのようになっている。秋に実をつけるがふつうは下に落ちないで枝にぶらさがったまま冬を過ごし、一番寒い二月頃いっせいにはじけて種の雨を降らせて、辺りは薄茶色の絨毯を敷いたようになる。紀美子は実がこわれないように、そっとポケットの中で転がしてみた。幸次郎の命は、すずかけの実のようにはかないような気がする。まわりの威勢の良い軍歌や万歳の声が、紀美子にはすべて空しいものに思われた。

　やがて汽車がねずみ色の煙を吐きながらホームに入ってきた。子どもの頃のような小型機関車ではなく、立派な大型蒸気機関車だ。幸次郎は紀美子の側に来て、何か言いたそうにしていた。が、何も言わずに汽車の戸口の方へ歩いていってしまった。紀美子も何も言えなかった。ただお互いの吐く白い息が、凍てついた空気の中で、絡み合って消えていくのが見えた。

　幸次郎は、入隊後、満州の奉天で軍事訓練を受けることになっている。郡上よりももっと寒い北の大地で幸次郎が体をこわさないように、もし戦闘に行かなければならないのなら、死に急ぐようなことはしないでほしい、手柄なんかいらないから生きて帰ってきてほしい……。言いたいことがいっぱいあったのに、まるで声を失ったように、何も話せなかった。

　幸次郎は最後に厳しい表情で丁寧に敬礼をした。帽子を深くかぶっていて、顔全体がよく見えない。一文字に結んだ口元だけが見えた。色味のない、白く乾いた唇……。晦日の日に、雪の中で聞いた、幸次郎の呼吸の音が、はっきりと耳の中に残っているのを、紀美子は感じた。

　大切な人は、くるりと向きを変え、汽車の中へ乗り込んでいった。汽笛が鳴って、勢い良く蒸気の上がる音がする。車輪が重い音をたててゆっくりと動き始めた。幸次郎はガラス戸のところに立っていたが、見送りの人だかりで姿がよく見えなかった。蒸気と車輪の音が交互に呼びかけ合うように響き合っている。汽車は速度を上げながら、南へ向かって、何か恐ろしい力で引っ張られるように、走りだしていった。紀美子は思わず二、三歩前に踏み出した。が、汽車を追いかける訳にもいかず、唇を噛みしめて見守るより仕方なかった。鼻から吸い込む空気が、喉を突き刺すように冷たい。苦しくてポケットに入れた手を握りしめた。

紀美子の手の中で、すずかけの実がはじけた。


そのまま田代へ帰る気分になれず、駅のプラットホームに佇んでいた。ぽんと背中を叩かれ、振り返ると藤次郎だった。

「あっ、教頭先生！」

「学校へ行くか？」

職員室には、誰もいなかった。薪ストーブに火を入れ、刻み煙草を煙管《きせる》に詰めた。黙って煙草をふかしながら、紀美子の方を見ている。大きな瞳や端整な顔立ち、がっちりした肩。気の遠くなるような昔から、よく知っていて、大切な人だったような気がする……。紀美子は、そんな訳の分からない感情が、胸の奥から頭をもたげてくることがあった。どういう縁があって、この世で出会ったのか、知りたいものだと思う。

「あの……、東弥分教場に、女先生がおられたでしょう」

去年の秋口から、紀美子は何度となく、女先生に手紙を出していた。学校のこと、受験のこと、将来のこと、幸次郎のこともそのまま正直に書いた。しかし、手紙が受取人に届くことはなく、いつも「宛先人不明」で戻ってきてしまった。紀美子のやるせない思いは、さらにさらに積み重なった。女先生は「後藤めぐみ」という名だ。和良村の沢というところに住んでいる、と教えてくれた。きれいな字で、紙の切れ端に書いてくれたのだ。その切れ端を、紀美子は今でも大切に持っている。だから、住所と名前に間違いはない。それなのに、手紙が届かない。

「後藤先生か……、満州開拓団で行ってしまわれたんやよ」

ストーブの薪が、ぱちっと音を立てた。手のひらにぬくもりが伝わってくる。満州へ連れていかれる、故郷の子どもたちに、日本人としての教育を施したい、という願いを持っていたそうだ。女先生らしい考え方だ、と思った。

「あぁ、そうですか。それで手紙がいつも戻ってきてしまったんや」

藤次郎が煙草の煙を、ふわぁっと吐いた。

「それと……、幸次郎は長男やに、ご苦労なことや……」

藤次郎が、幸次郎の名前を持ち出したので、紀美子は飛び上がりそうになった。

「万場では、三男、四男が徴兵されるようじゃったが、この頃、長男も引っ張られるようになった」

藤次郎は煙管を置き、机のところへ何かを取りに行った。餅を焼いてくれるという。貴重品だから、と断わったが、すでに包みから出して、ストーブの上で焼き始めた。

藤次郎の家は、材木を切り出し、運ぶ稼業をしていた。父親が「桑田組」という人夫の集団を仕切っていた。

「鉄棒流し、と言ってなぁ、筏《いかだ》に組まないで、丸太のまんま流すんじゃ」

長良川を材木とともに下る男たちを、紀美子も見たことがある。

「川烏《かわがらす》ってぇのが、親父の異名じゃった」

藤次郎の話は、まるで目の前に絵巻を見せてもらっているように、生き生きしている。そして話の中に、若い頃の藤次郎がいて、丸太の上を飛び回っているのだ。流れる水の上で、水しぶきを上げながら……。しかし、藤次郎は若い頃から先生だから、そんなことはあり得ない。紀美子は、目の前に思い浮かぶ幻想を打ち消した。

藤次郎の兄の話も聞いた。中学校も行かずに家業を継いだ兄は、材木の仕事の合間に、京都へ茶の湯を習いに行っていたということだ。裏千家の、小笠原流の免許皆伝だとか。袱紗《ふくさ》で棗《なつめ》を拭く仕草を見せてくれた。

「この字に拭いて、広げて押さえて、引き抜きながら、親指を抜く」

紀美子も一緒になって真似するうち、ひとときだが、幸次郎のことを忘れた。

「幸次郎は、二年すりゃぁ帰ってくるで……、心配するな」

帰りがけに、藤次郎がかけてくれた言葉に、紀美子は涙が一筋こぼれた。泣くと心が少し軽くなるのはどうしてだろう。田代への帰り道は、足取りも軽かった。


冬休み明け、学校へ行くと、男の先生方は、国民服にゲートル履き、という出で立ちだった。なんと、新しい教科として、軍事教練の時間が設けられた。出征兵士の慰問、入退軍人の歓送会、遺骨の出迎え等々、ひっきりなしに臨時で行事が入る。後少しで女学校の試験だというのに、落ち着いて勉強もできない。

学校帰りに都耶子の家に寄り、勉強することが多くなった。お互いに苦手を補って、効率良く勉強しようということにした。

「学校で飼っとる兎の皮を供出するとはねぇ……」

「なんでも軍需物資やね。お寺の鐘まで供出せんならんそうやよ」

「お寺の鐘!?」

紀美子が高い声で言い、絶句した。

「仏様をないがしろにするようでは、そんな戦争は勝てん、っておじいちゃんが怒っとる」

「しぃっ、そんなこと大きい声で言わん方がえぇよ。非国民ってみんなに責められるで」

都耶子の言葉をたしなめながらも、紀美子は、おじいさんの言うとおりだと思った。

都耶子の家は、学校へ向かう道沿いにある。遠く鎌倉時代から、妙見宮という氏神に参るための参道や、阿千葉城といわれるお城へと続く道だったのではないか、と担任の先生が言っていた。道の脇に、何百年も経っているような石の道しるべが立っている。三角の石が、道の両側に、お城の門のように置いてある。何百年にもわたって侵食され、滑らかになった石の肌には、石の花が咲いている。

その道を、馬に乗ってぱかぱかと歩いていく人たちがいる。これも軍需供出用の徴発馬である。

「あっ、孝蔵先生!」

都耶子がめざとく孝蔵を見つけた。徴発馬の引率をしているようだ。星印のついた戦闘帽を深々とかぶり、丸眼鏡が白い光を跳ね返している。明るい栗鹿毛《くりかげ》の馬に乗っているが、馬はなぜか下を向いて元気がない。

孝蔵の父・孝一は、昨年、弥富小学校の校長職を退いてから、八幡で「青少年義勇軍」の指導者になったということだ。「青少年義勇軍」は、十六歳から二十歳までの青少年を茨城県の訓練所で訓練し、満州へ送って、開拓作業をさせたり、軍隊へ入れたりしたものだ。八幡の凌霜塾《りょうそう》で、その予備訓練を行った。

孝蔵も、先生を辞めて、こうした軍事関係の仕事をするのだろうか……。後をぞろぞろとついていく馬たちは、すべて候補馬である。計画された道のりを、宿泊・食事等しながら行進する。検査を受け、受かった馬だけが買い上げられる。あとはまた、長い道のりを引いて帰ることになる。

――馬はだまって　戦争《いくさ》に行った。
馬はだまって　大砲を引いた。
馬はたおれた　お国のために。
それでも起《た》とうと　足を動かした。
兵隊さんが　すぐ駆け寄った。
それでも馬は　もう動かない。
馬は夢見た、田舎のことを。
田んぼたがやす　夢見て死んだ。

当時、「愛馬進軍歌」なる威勢の良い歌もあったが、紀美子は、この童謡の方が好きだ。馬は家族だ。農作業に欠かせない相棒だ。大切な人が戦争にとられるのも、我慢ならないことである。が、何も分からない馬が、戦争にかり出され、人殺しに利用されて死んでいくのは、あまりにも可哀そうだと、思った。

昭和十七年、四月。紀美子と都耶子はそろって郡上高等女学校に入学した。東弥分教場の女先生のように、早くなりたい。二人は希望に燃えていた。

教科で長刀《なぎなた》の授業があったのには驚いた。気合いを入れて長刀を振る。校庭には寒風が吹き渡っているが、さすがに一時間も振り回していると汗ばんでくる。しかし銃や大砲で戦争しているのに、長刀でいったい誰をやっつけるのだろう……。一度、先生に質問してみようか、と思う紀美子だった。

登校は乗合自動車を使った。鉄道はあるにはあるが、軍事輸送が優先され、様々な規制がされていた。おまけに鉄道職員の男たちも戦地にかり出され、切符売りや改札を担当していた女子職員が構内の入れ替え作業までするようになった。慣れない作業で、たまに事故が起こる。下校の際は、汽車の切符が手に入らなければ、少し高いが乗合自動車を使わざるをえない。明が農林へ通っている頃から、乗合自動車の燃料は木炭に切り替えられている。車は煤だらけだから、乗り込むときに気をつけないと、着物が真っ黒になる。

その自動車が混んでいるときは、乗合馬車を使う。

「雪がたくさん降ったときには雪退《ど》けも大変なことやで、村ごとに係を決めて手伝うんやと」

乗合を待つ間、都耶子と話すのが、紀美子の何よりの楽しみだ。

「鉄道に男手がないとは、大変なことやねぇ……」

「なぁ、馬車の御者《ぎょしゃ》さんまで女になったら、どうやろう？」

運転している御者の中に若者が一人いた。その男に、熱を上げている同級生が、幾人かいる。詰め襟服に上着、ハンチングをかぶり、颯爽《さっそう》と馬車を操《あやつ》る。乗り降りするときに帽子をとって、にこやかに挨拶してくれる。手をさしのべて乗り降りを手伝ってくれるときもある。

やがて「トテートテー」というラッパの音とともに馬車がやってきた。

「なんともいえん音やね」

「ちょっと情けないけど、親しめる音やなぁ」

「あの吹き方はエンドさんかもしれんね」

女学生が憧れる男は、「遠藤」という名字らしい。馬の世話をする馬丁《ばてい》がいつも一緒にいるが、「エンドさん」と呼んでいるのが聞こえるのだ。

エンドは馬をとめると、二人を見て微笑んだ。色の白い男なので、冷たい風に当たって頬の周りが赤らんでいる。

「おはようございます」

大きな目を細めてにっこり笑う。馬車は白鳥《しろとり》と八幡《はちまん》を往復する。真ん中の剣で、白鳥からの上りの馬車は、八幡から来た下りに全部乗り換えとなる。剣で、客はお茶を飲んで一休みしたり、馬丁が馬に飼料をやったりする。八幡から下ってきた馬車が、剣で乗ってきた紀美子たちも加えて、再び八幡へ上るのである。

エンドの馬車が走りだした。曲がりくねった石だらけの道を、走る、走る。風の音、水の音、轍《わだち》の音、馬の足音、エンドの短いかけ声。すべてが一つの交響楽のようになって、紀美子の胸に迫った。このままこの馬車が、幸次郎のところへ連れていってくれたら、どんなにいいだろう、と叶わぬ願いをかけた。

夏になり、エンドは運転免許を取って、乗合自動車の運転手になったということだ。交響楽はもう聴けなくなった。

五月。幸次郎から、実家の弟、栄次郎宛に手紙がきた。栄次郎は、田代まで、その手紙を持ってきてくれた。紀美子は、学校は休みの日であったが、畑を耕し、稲の苗の世話をし、薬になる草を採って、と忙しく働いていた。栄次郎も、さぞ家の仕事が忙しかったろうに……。

――拝啓。その後しばらくご無沙汰いたしました。その後、家内様には、何もお変わりなくお暮らしのことと、思っております。また、小生もその後、ますます元気にて、軍務に服務いたし居ります故、ご安心くだされ。……

幸次郎らしい、穏やかな語り口の手紙だ。慣れないことが多く、苦労しているだろうに、そうしたことは一切書いてない。手紙に対する検閲があるから、それは当然かもしれない。が、幸次郎は、そうした愚痴のようなことを人に伝える男ではなかった。

小包に対するお礼や、農業が忙しいことへのいたわり、母や弟、妹たちへの励ましの言葉が並んでいた。紀美子は自分に対する言葉が一言もないのは、寂しかった。何か、特別な約束をした間柄ではないから、当然のことでもある。何も約束をしなかったことが、幸次郎の愛情の表し方だ。紀美子は、うすうすそれに気づいていた。栄次郎もまた、兄のそうした、行き場のない想いを痛いほど感じていた。

「紀美ちゃん、今度、手紙を書いてみなれよ」

「えっ」

「兄貴も喜ぶで、きっと……」

紀美子は、幸次郎の照れ笑いを思い起こしながら、黙ってしまった。今なら、泣き言ばかりを書いてしまいそうだ。検閲で、真っ黒に塗られてしまうことだろう。

手紙の最末尾に、「さようなら」と書いてあった。その一文字一文字が、胸に突き刺さるようだ。

梅雨の朝。いつもより家を早く出て、剣で乗合馬車に乗る前に、長良川へ行った。岸の草も木も、水の色さえ、灰色に煙っている。この川の水音を聞くと心が休まるのだが、どんよりとした色彩に、ますます心が淀《よど》んだ。細い雨は、絹糸のようにしなやかに、それぞれ好きな方向へしだれ落ちていく。何も見えず、何も聞こえず、自分が灰色の世界の一部になった。静寂そのものである。

不意に、鮮やかな青色の鳥が静寂を破った。カワセミだ。大きく素早く翼を動かし、真っ黒なくちばしをナイフのようにとがらせている。水に飛び込み、すぐにまた雨の中へ飛び出す。どこへともなく飛び去り、水しぶきが霧のように残った。軽快な水音、雨が石を叩く音、木の枝を揺らす音……。様々な音が、一度に帰ってきた。雨が当たって冷え切った手のひらどうしを、擦り合わせると、ぬくもりが帰ってきた。雪の日に学校へ着くと、藤次郎がこの手を包んで温めてくれた。万場の橋を渡るときに、幸次郎が、この手を握ってくれた。今はたった一人だから、自分で自分の手を握って、温めながら生きていくしかない、と思った。

「今度の休み、活動（映画のこと）見に行こ」

馬車に乗ってから、紀美子は都弥子を誘った。剣の弥富公会堂では、演劇や歌舞伎、活動写真が興行されていた。

「えぇよ。今、何がやっとるの？」

「『女の友情』やって」

「へぇ、公会堂が再建したときに、かかった活動やね」

弥富公会堂は、昭和の初め、建設されたが、昭和九年の第一室戸台風で倒壊してしまった。これを再建して今に至っている。

「原作が吉川英治やでね」

「ふぅん……」

都弥子は、髪を直しながら相づちを打った。少し癖毛なので、雨が降るとひろがってしまうのだ。

「兄さんはねぇ、吉川英治の書いた『三国志』を熱心に読んどったよ」

「へぇ……、あの、朝鮮の師範へ行った秀才のおにいさん？」

髪が思うようにならないらしく、しきりに両手で押さえている。

次の日曜は暑い日となった。活動写真を観た後、かき氷を食べた。こうした娘らしい楽しみも、今年いっぱいとなりそうだ。公会堂閉鎖の話が持ち上がっているらしい。徳永の「大正座」も売却される、という話を聞いた。

この頃、戦局は大きく変化していた。六月七日にミッドウェイの海戦で大敗し、本土への空襲も激しくなっている。国民は、真実を知らされることもなく、ひどい窮乏生活に耐えていた。


実りの秋がきた。作物の刈り入れ・穫り入れから、冬支度と、休みの日は目の回るほど忙しい。学校で骨休め、といったところだ。

「ねぇ、紀美ちゃん」

長刀を袋にしまいながら、都耶子が話しかけてきた。頷きながら顔を向けると、いたずらっぽく目を輝かせている。

「明日やって、お寺の鐘を供出する話……」

耳元に口を寄せ、小声で教えてくれた。

「弥富の小学校に、弥富じゅうの鐘がみんな集められるんやって。梵鐘《ぼんしょう》も半鐘もみぃんな」

「へぇ、珍しい光景やろうね」

「行く？」

「そやね、見物に行こか」

黒っぽい板壁に、白い窓枠。その窓枠と窓枠の間に一文字ずつ「まず健康」と書かれた校舎。「健」の字の近くに大きな松の木が立っている。弥富小学校は、国民学校になっても少しも変わらない。木島校長先生がいたときのままだ。

しかしその校舎の前に白い幕が張られ、たくさんの鐘がずらっと並んでいる。鐘にも、丸い鐘、少し細い鐘、小さい鐘といろいろあるのを初めて知った。模様や金具の装飾も様々である。それぞれ大きな字で寺の名前が書かれた紙が、べったりと貼られている。そこで、法要をしたり、町の役人が話したり……。午前に駅まで送っていった。なんともいえない一日だ。幸次郎と別れたときは身を裂かれるように辛かったが、今日は馬鹿馬鹿しくてやっていられない気持ちだ。そんなに物がなくて、本当に戦争が続けられるのか、疑問に思った。早く戦争なんか止めて、幸次郎を自分のところに返してもらいたいものだ。

薄暗い駅舎から外を眺めると、燃え上がるような紅葉が、細い枝の先まで真っ赤に染めている。その向こうに松の緑、そのまた向こうに青い空が見えた。

その青い空の向こうから、明が帰ってきた。年が明けて、昭和十八年。朝鮮へ行って三年目になる。ひどく胃を悪くし、痩せ衰えてしまった。ヒエやアワなどの雑穀ばかり食べていたのが胃にさわったらしい。

「はい、お土産やよ」

ムクゲの花の種だった。紫黒色で、黒い毛がふさふさと生えた、変わった種だ。

「朝鮮には、この花がいっぱい咲いていた……。白と桃色や」

紀美子には、明が帰ってきてくれたことが、何よりもの土産だった。

三、ムクゲ

「これは黄連《おうれん》の仲間だが、薬になるものでないなぁ」

昭和十八年春。明が朝鮮から帰って三ヶ月が経った。青ざめた顔に落ちくぼんだ目がしょぼしょぼと動いている。紀美子は、明が描いてくれた植物のスケッチと、自分の採ってきた草花をまじまじと見比べた。

「紀美が採ってきたのは、芹葉《せりば》黄連や」

「うん……」

いつかきよ子と見た可憐な花を、胃薬になる薬草と間違えて採ってきてしまった。あのときよ子は、満州へ開拓で行く話をしていた。今年は、いよいよその準備が始まるらしい。

「よう見てみなれ。葉っぱが芹の葉みたいやろ?」

明は起き上がって、紀美子の横に座った。採ってきた草を受け取り、指さしながらスケッチとの違いを指摘した。

「葉がもう少し丸みがあって、菊の葉に似とるんや。そやで『菊葉《きくば》黄連』という」

——スケッチの葉もギザギザがついていて、芹の葉のようなのに……。

紀美子は、明が少しもねぎらってくれなかったのが不服だった。明は、合理的な考えをするところがある。間違いは間違いだから、そう指摘しただけのことだ。

表戸の方で誰かの声がする。きよ子がやってきたのだ。紀美子は、バネがついたように飛び上がり、駆けだした。

「こんにちは！」

紀美子が招き入れると、きよ子は上気した顔で挨拶した。

「ねぇ、きよちゃん。『黄連』って花を捜しとるんやけど、なかなか見つからんで……」

きよ子は、紀美子から白い花のついた小さな草花を受け取った。

「菊葉黄連っていう草が胃薬になるんやって」

「へぇ、そりゃぁ、はよう捜さんといかんね」

きよ子は、明の方を見て笑顔を送り、外へ出た。

茂みの中、あまり陽の当たらない湿り気のあるところを、くまなく捜す。白い小さな花は、思ったよりたくさんの種類がある。葉に触って、形を確認する。菊の葉に似た形かどうか、判断が難しい。明がついてきてくれれば、すぐにたくさん採れるのだが、病人を使う訳にもいかない。

「ねぇ、これやない？　菊の葉っぱと似とるよ」

「あっ、ほんと！　葉っぱがちょっと大きいんやね。芹葉より……」

二人はだんだん見つけるのに慣れた。結構たくさんの収穫があった。

「第十三次瑞穂《みずほ》開拓団として、来年、行くことになったよ」

帰り道、前を歩いていたきよ子は、紀美子の顔も見ず、独り言のように言った。

「うん……。そうやないかと思っとった。山田村だけやのうて（だけじゃなくて）、西川村や弥富の人も一緒やらぁ？　弥富の人から聞いたよ」

「そうか。北安省というところへ行くんやって。百人以上の人が一緒やよ」

せっかく明が帰ってきたのに、きよ子がいなくなるのでは、すれ違いじゃないか。紀美子は、やりきれない思いで胸がいっぱいになった。どすんどすんと足音をたて、きよ子の後ろから黙って歩いていった。

明のご飯は、囲炉裏に鍋をかけて作る。クドにお釜で炊いた麦飯には、ヒエやコウリャンを入れるときもある。明の体には良くないのだ。

「私んたぁ（私たち）が小さい頃は、クドがなかったもんで、囲炉裏でご飯を炊いとったよ」

きよ子が、明の飯を囲炉裏の上の自在鉤に掛けながら言った。

「ほんと？」

「そぅやに。紀美は覚えとらんか」

横から母が口をはさんだ。

「紀美ちゃんは、私より一つ下やでね、覚えとらんかもしれんね」

「囲炉裏に三升鍋を掛けて、家族の分をいっぺんに炊くんよ」

「へぇ、大きな鍋やったんやね」

きよ子は、昼ご飯を一緒に食べた。紀美子には、こうしてきよ子と過ごす時間が、愛おしい。

きよ子も、そう思っていた。田代から帰る途中で、焚きつけに使う良い枝がたくさん採れる。きよ子が背中に背負ったかごに、紀美子が焚きつけを詰めながら帰った。紀美子がいつまで経ってもついてくるので、きよ子は走りだした。紀美子は追いかけた。かごいっぱいに詰まった焚きつけが、ばらばらと落ちる。焚きつけが足りなくては、きよ子が困るだろう。紀美子は泣きながら、落ちた焚きつけを拾い上げ、両手いっぱいに抱えて、ようやく家路についた。

女学校一年目が終わろうとしていた。その日は朝から調子が悪かった。体がだるく、呼吸がしづらい。喉がむずがゆい感じがして、咳が出だすと止まらない。呼吸や咳の症状は、今に始まったことではない。女学校へ入った頃からだったような気がする。

「鶴来《つるぎ》医院へ行くでな。学校は休め」

父と一緒に山を下り、病院にかかることにした。

鶴来医院は、剣にある。林昌蔵という、愛知医学校（現在の名大医学部）出身の先生が開業した医院だ。活動写真を観に行ったときなどに、洋風の白い建物を見たことはあったが、入るのは初めてだ。

モダンな石の塀の中に入ると、手入れの行き届いた木が、何本かあって、木陰を作っている。玄関はタイル張りだ。いろいろな色のタイルが、規則的に並べられている。赤銅色の大きな柱が、廊下の真ん中に立ち、強い病魔が入り込まぬよう、見張っているようだ。玄関の脇にある和室が待合室だ。白い窓枠ごしに、さっき歩いてきた林が見えた。部屋の隅に鏡がはめ込んである。鏡の中をのぞくと、不安な目をした女の子が、こちらを見ていた。ひどく顔色が悪い。

「大《おお》先生。田代さんとこの、お嬢さんです」

診察室には、町で「昌様《しょう》」と言われる大先生こと林昌蔵が、立派な椅子に深々ともたれかかって座っていた。医者というよりは、力士のような大きな体格、剛毅な性格を思わせる精悍な顔。そのすぐ横に看護婦が立っている。色白の、楚々とした人だ。窓際に助手の渋谷がいた。林家は田代家と同じで、代々医者の家系だが、息子は医者にならなかった。東京都庁に勤めているということだ。鶴来医院を継ぐのは、渋谷である。

「風邪がこじれたようなもんじゃよ。くわしく調べてはみるがね……」

端正な顔をほころばせながら、昌蔵は、血液検査の指示を出した。

「吸入をして、薬も出しておくからね」

昌蔵はその後、父と戦局やら、町の様子などについて、四方山話に花を咲かせていた。紀美子は渋谷に処置をしてもらった。背が小さく、ほっそりとした渋谷の手は冷たかった。紀美子は、体の芯に熱がついたような感じがしたので、その冷たさが心地よかった。

薬の説明も分かりやすい。少しも笑わないのだが、優しさが伝わってくる対応だった。

その後、紀美子は学校を休みがちになり、二年生から休学した。

「俺が朝鮮へ行ってしまって、紀美には無理をさせたね……」

夕飯を食べさせていると、明がぽつりと言った。

「なんでぇ、風邪がこじれただけやよ、大丈夫！」

紀美子は無理に元気な声を出して見せた。大きく息を吸ったら、咳が止まらなくなった。

夕方になり、体全体が熱っぽい。このところ、いつも夕方は調子が悪い。昼間も、学校を休んでいるから、家の仕事くらいはちゃんとやらないといけない、と思っているが、何もできない日があった。明の世話だけは、何とかしている。

「大丈夫か。紀美子！」

ヒデが慌てて飛んできた。分厚い手で紀美子の背中をさする。

「紀美は、母さんが休ませるで、明は、自分で食べんさい。よぉ嚙んで……」

明は、自分の夢のために、家族に迷惑をかけてしまったことで、申し訳ない気持ちでいっぱいだった。夢半ばで帰ってきてしまったことにも、悔いが残っている。柔らかく煮たご飯を食べながら、砂を嚙んでいるような気持ちになった。

「紀美は？」

ご飯を食べ、うつらうつらしていると、母が食器を片づけに来たので、聞いてみた。

「大丈夫やに。咳も止まった、薬飲んだでね」

母はゆっくりと食器を横に退《ど》けると、懐から紙包みを出した。布団の中から明が手を出すと、その手に、包みを握らせた。

「師範の先生からの手紙やよ」

「先生から？」

包みを開けると、中には手紙とお札が何枚も入っている。明は驚いた。

――田代君のような優秀な学生が、病気で国に帰らねばならないのは、返す返すも惜しいことである。よく養生し、早く治してほしい。治ったら、必ずまた、師範学校へ帰ってきてほしい。このお金は、そのときの旅費として使うように……。

こうした内容の手紙であった。明は、ありがたさと申し訳なさとで、涙があふれた。ヒデも同じである。朝鮮で、明が周りの人に大切にされていたことが分かった。精一杯、看病して、早く学校へ返してやらねば、と思うヒデだった。

こうした母の願いもむなしく、明の病状はいっこうに良くならなかった。


紀美子は、学校を休むようになってから、本を読んだり、調子の良いときに散歩したり、と気ままな生活をしていた。そして、幸次郎に手紙を書いてみることにした。なんてことはない、日常の生活をそのまま書いた手紙だ。病気のことは伏せておいたが……。

幸次郎から戻ってきた手紙は、日記のように書かれていた。


（六月二日　土曜日）

今日は中隊本部の当番です。起床とともに本部へ行き、色々のことをしたが、何しろ初めてなので注意を受ける。一日勤めて宿舎に帰ったら、はや消灯だ。皆寝ていた。

（六月六日　水曜日）

今日は炊事当番です。朝三時起床、なかなか眠い。炊事場に行ったが、なかなか火が燃えつかない。煙たくて煙たくて涙が出た。炊事当番は初めてなので、とてもえらい。朝食がすんで、お釜に水を汲んで十一時まで休養です。うつうつと寝たら、もう十一時だ。昼食を食べ終えて、薪を割ったり、いろんなことをした。夕食を作っているときに、満人《まんじん》の子どもが、窓の外からこちらをしきりに見ている。小さな女の子を連れた、六年生くらいの男の子だ。腹を減らしているのだろう。物欲しそうな顔をして、こちらを見ている。少し食べ物を持っていってやった。男の子は、自分も食べたいだろうに、その小さな妹に全部くれてやっていた。人間の情というものは、日本人だろうと満州人だろうと変わらない。ぼくは、国の妹たちを思い出したよ。……

紀美子は、涙で手紙が読めなくなってしまった。どこにいても、幸次郎の温かな心は変わらない。今すぐにでも会いに行きたい気持ちでいっぱいになった。


「肺病ですな……」

「やはり、そうですか……」

「胸膜《きょうまく》に結核菌がついて、肋膜炎《ろくまくえん》をおこしとる……、水がたまっておるので、息を吸うとき、痛がるんじゃ」

父・昌民《しょうみん》は、肩を震わせた。「娘の変調に気づくのが遅すぎた」という後悔してもしきれない思いが、昌民の心の中に広がった。昌蔵は、紀美子のカルテをめくりながら、自分の手元に目をやった。

「往診に行ければいいのだが……」

往診には、人力車を使った。自家用車も持っている。外車のフォードだ。戦時中だというのに、ガソリンの配給を受けていた。しかし、田代まで、険しい山道を行ける訳もない。

「今より症状が進めば、隔離病舎に入らざるを得んなぁ……」

昌民は、膝の上に置いた中折れ帽子をぎゅっと握りしめ、目を閉じた。徳永にある三村《さんそん》医院(後の山崎医院)は、一般診療をしつつ、隔離病舎を備えていた。昌蔵は、三村医院の初代院長でもある。今は、町が招聘した、山崎直人という医師が院長をしている。

「父が……、秀誠が生きておれば、紀美子をもっと早く、連れてこれたのに……」

「秀誠さんは、早く亡くなられたねぇ。惜しいことやった」

「四十九やった。大正六年の秋に……」

昌蔵と秀誠は同年代だ。どちらも、同じ弥富町の医者の家系に生まれた。昌蔵は近代医学の道を、秀誠は漢方医の道をとったが……。昌民が、紀美子を昌蔵に診《み》せたのは、父秀誠と同じくらい、腕があると考えていたからだ。

「若かったのぉ……。わしはもぅ、七十を過ぎた」

昌蔵は、カルテをパタンと閉じ、別のカルテに手を伸ばした。

「とにかく、毎日微熱が続くようになったり、吐血するようなことがあれば、すぐに連れていらっしゃい」

次に昌蔵が開いたのは、明のカルテだ。

「明君は、その名のとおり、賢い子じゃが……。疝気《せんき》（癌）が腹に入った。手術せねばならん」

昌民は重い足取りで、鶴来医院を出た。大間見川や小間見川が、長良川に合流するところは、川底に段差がある。流れ落ちる水が、滝のようにしぶきをあげていた。梅雨明け間近の、むしむしする空気の中で、息が詰まりそうだった。滝の手前で腰を下ろした。水の音としぶきが作るさわやかな風を感じ、気持ちが解き放たれていく。

——子どもが二人、病気になったとはいえ、息子を戦争にとられた人に比べれば、何ということはない。

こう自分の心に言い聞かせ、ベルトのところをつかんで、国民服のズボンをずり上げた。

梅雨には珍しく、夕焼けが鮮やかに空を染め始めた。明日は暑くなるかもしれない。

「新たに迎えたこの十九年こそは、有史始まって三千年来、初めての新年であって、敵米英を撃破すべき必勝決戦の年である」

年末に町の常会で、このような伝達があり、昭和十九年が明けた。昭和元年生まれの明は十九歳になる。二つ下の紀美子は十七の娘盛りだ。

「紀美よ、こんな雪の日に、表に出ちゃぁいかん」

ヒデが家の周りを当てもなく歩き回り、呼んでいる。紀美子は大きな声で返事ができない。息を吸い込むのも辛いし、話した後、咳が止まらなくなるのも困る。ムクゲの苗木が心配で、見に来たのだ。

明から種をもらってすぐ、家の中で育てた。古くなった竹のカゴに土を入れ、種を蒔いた。水をやるたび、余分な水が下に落ちるところがカゴの良いところだ。なるべく温かい陽の当たるところに置いていたら、間もなく芽がたくさん出た。それを一つずつ大切に移植して、小さな苗木を作った。それを一年、鉢の中で育て、年末に地植《じう》えにしたのだ。まだ小さいから、雪の重みに耐えられるかどうか心配だった。雪を払ってみると、十本ほど植えたうち、一本だけ折れてしまっていた。小さな小さな葉芽を、細い枝につけ、空に向かって両手を広げていたのに……。もう他の苗が犠牲にならないように、藁で周りに囲いをしてやった。何とか春を待ち、夏に花を咲かせてほしい。

ヒデが紀美子を見つけた。口をとがらせて怒っているが、目は笑っていた。紀美子は弱々しく笑い、母の後に続いて、家に入った。

ムクゲの花が、雪の下で春を待つ間、明の命の火は、さらに細っていった。


「京《けい》、垓《がい》、秭《じょ》、穣《じょう》、溝《こう》、ええと……」

兆よりも大きい数の位を、何度明に聞いても、覚えられない。

「京、垓、秭、穣、溝、澗《かん》、正《せい》、載《さい》、極《ごく》、恒河沙《ごうがしゃ》、阿僧祇《あそうぎ》、那由他《なゆた》、不可思議、無量大数」

このところ、昼間だけ、二人は布団を並べて横になっている。目は覚めているが、起き上がると体がつらいので、布団の中にいる。することがないから、こんな暇つぶしをして遊んでいた。

明の方は、時々襲ってくる痛みを忘れるための、ごまかしだ。

「兄様《にいさま》は、なんでそんなに覚えれるのぉ？」

「うぅん……。『京、垓、秄』までは、なんとなく覚えられるやろ？」

「うん……」

ヒデがよく「明は死んだおじいさんの生まれ変わりだ」と言う。おじいさん、とは、優秀な漢方医だった秀誠のことである。それで生まれつき頭が良いのかな、と紀美子は勝手に思っていた。

「秭と穣はどっちも禾《のぎへん》がついとるで一緒に覚えて……」

明はすっかり痩せ衰えた指で、空中に漢字を書きながら説明している。先生のようだ。

「あぁ、ほんで、溝と澗はどっちも氵《さんずい》がついとるで一緒に覚えるんか。なぁるほど」

明は、紀美子の嬉しそうな顔を見て、安心したように目を細めた。腹水がたまり、布団のお腹の部分が盛り上がっている。手足は骨に皮が張りついたように痩せているのに、お腹だけはどんどんふくらんでいく。明の命の火が、消えかかっているのが、紀美子にも分かった。種から育てたムクゲの花に、願いをかける紀美子だった。

「木島先生がおいでたでぇ（いらっしゃったよ）」

ヒデが襖を少しだけ開け、低い声で言った。ほっそりとした目を、大きく見開いて、動揺した顔をしている。このように弱った息子の姿を、他人様《ひとさま》に見せたくなかった。

紀美子は、飛び起き、さっさと布団をたたんで部屋を出た。咳が出たが、大したことはない。

奥の誰もいないところで、髪をとき、鏡を見た。青白い顔、目には力がない。唇が荒れてしわしわになっている。家の中だから水は使えないが、手ぬぐいでごしごし擦って、顔をきれいにした。

校長だった孝一は、明の良き理解者だ。朝鮮へ行くときも、随分応援してくれた。まだまだ雪深い中、よく来てくれたものだ。明の部屋に入り、枕元で話をしているらしい。明はたくさん話したりすると体にさわるので、母のヒデが受け答えしているのが分かった。

孝一の柔らかな声。紀美子はまた、遠い記憶が呼び覚まされるような気がした。目眩《めまい》がする。幸次郎も、藤次郎も、孝一も、いつの世にどこで出会い、どんなことがそのときあったのか、どんなに考えても分からない。考えすぎると、目眩がするくらいのものだ。それより、この縁を大切にして、来世にまで持っていけたらいい、と思うのだった。

「紀美や、校長先生がお呼びやで」

ヒデの声がして、紀美子は我に返った。

「あ、はい……」

「やぁ、調子が悪くなければ、顔を見せてくれんか」

紀美子が部屋に入る。孝一と目が合った。武者のようにきちっと背筋を伸ばして座り、こちらを向いている。

「明君にも言ったが……、若いうちの一年、二年や。焦らずにゆっくり治しなれ。また元気に学校へ行けるようになるで……」

大きな手を肩に置き、じぃっと目を見て励ましてくれた。長い睫毛《まつげ》で縁取られ、目の周りに黒い線を引いたようだ。大きな目がますますぱっちりして見える。その目をじっと見つめ返したら、元気になれそうな気がしてきた。

「………、ほっほ〜」

明が小さな声で歌っているようだ。桃の節句が近づいて、おひな様を飾りつけている最中だった。ぼんぼりを手に持ったまま、紀美子は明の顔を見に行った。最近、意識が朦朧《もうろう》として話が通じないときがある。痛みと、痛みに耐えてきた体力の消耗とで、心身ともに限界が近づいている。

「兄様、何歌っとるの？」

「ふ……く、ろう……」

声が聞き取れない。紀美子は明の口元に耳を寄せた。

「糊つけ、干ぉ〜せ〜、ほっほ〜」

「あぁ、梟《ふくろう》の歌やね」

明は、口の端を少し上げて、笑顔を見せようとした。梟は、明日晴れる、という日に、よく鳴く、という言い伝えがある。今日は雨が降ったが、明日は晴れる、と明は言いたいのだ。洗濯をして「糊をつけ、干せ」ということである。

今日は、冷たい雨だった。夕方になると、冬だというのに、夕立のようなどしゃぶりになった。今は雲が晴れ、雲の合間から天の光が射し込んでいる。山の尾根づたいに白い霧が立ち上っているが、やがて、その霧も晴れるだろう。

その天上からの光に導かれるように、明は、空の上へ旅立っていった。おんぼさ（火葬する人）に来てもらい骨にした。田代明《さとし》、享年十九歳。この年、ひな祭りはできなかった。骨を持って山を下り、剣のお寺で葬式をした。

幸次郎が出征して、もう二年を過ぎた。紀美子には、幸次郎が帰ってくれることが、唯一の希望だ。葬式のとき、栄次郎は「話がある」と言った。

幸次郎のことだろう、と紀美子は覚った。そして、明の四十九日を待たずに、三月の中旬、栄次郎は山を登ってやってきた。

温かな昼下がり。紀美子は、ムクゲの苗が、葉芽をふくらませ、元気に育っているのを確かめていた。日射しがぽかぽかと背中を温めてくれる。風は、冬の間は刺すように冷たいが、今は柔らかな絹のような手触りがある。この暖かさに、梅がほころび始めた。枝々に白い霞が下りたようだ。その梅の木の向こうから、栄次郎が姿を現した。しかし、良い報せでないことが、栄次郎の顔を見てすぐに分かった。

「二月十九日に、歩兵五十連隊第二中隊に編入になった、と連絡があったよ」

紀美子は混乱していた。二年経ったら帰ってくると思っていたのに……。今年の一月で二年になるはずだ。どうしてまた他の連隊に編入なんてことになるのか……。

「二年で帰してくれるはずやったんや。おかしいよなぁ」

やりきれない思いを栄次郎もぶちまけた。

「俺も青年義勇軍で訓練しとるが……。爆弾を抱いて穴に潜る練習しとるんや」

「爆弾を抱っこするの？」

「そや。こんな戦争は負けるで！」

お茶を入れてきたヒデが、驚いて茶碗をひっくり返してしまった。さすがに紀美子も、しぃっと唇に指を当て、辺りをきょろきょろ見回した。特高に見つかったら大変だ。

「気にすることないわ。こんな山の中まで追っかけて来《こ》やせん」

栄次郎は、ひとしきり怒ったら、その後、町中《まちなか》で噂になっていることやら、どこの誰が誰かと一緒になったとか、そうした情報をいろいろと教えてくれた。ずっと田代の山奥にいると、浦島太郎のように、時代に取り残されそうな気がしてきた。

「栗巣の島崎さんとこと、紀美ちゃんは仲良かったなぁ」

「うん、きよちゃんっていう子やよ」

栄次郎は、慎重に言葉を選びながら話した。

「満州へ行きなれることは、知っとるのぉ？」

「うん……」

話の要旨はこうだ。すでに満州へ渡った人の中に「雅《みやび》さん」と呼ばれる、役者あがりの色男がいる。弥富公会堂ができた頃、青年演劇を盛んにやっていた仲間の一人だ。高橋雅三といって、万場の出身だ。

「その色男と、そのきよちゃんを、向こうで一緒にしよう、という話があるそうや」

紀美子は驚いて、声も出なかった。弥富公会堂ができたのは、昭和の初め頃だから、その頃に演劇をやっていた、というと、今はもう三十過ぎに違いない。

「随分、年が離れとるんやないの？」

「なぁに。働き盛りやで、心配したこたぁない」

きよ子が憧れていた明は、もうこの世にいない。きよ子にとっては、良い話かもしれない、と思う紀美子だった。

「ほんで、奥大間見では、開拓団の方はどうやな？」

山田・弥富・西川の三村から、今年も含めて二百戸を送り出す計画であった。今年は百人以上の開拓団である。各村に割り当てがあり、無理矢理行かされる人もいた。家があり、妻子がいても、である。

「奥大間見にも割り当てがあるもんでな、委員さんを決めて、選んどる」

ヒデがぼそぼそと答えた。

「激励金を渡すとかで、それも一軒ずつ割り当てがあるんやで」

ヒデは小さくため息をついた。

「そか、難儀やなぁ……」

「家は、長男の明穂が戦争に取られとらんし、満州へ行けと言われてもおらん。良い方や」

息子を病気でなくしたばかりで、もう一人病人を抱えた母親が、こうして健気に気を張っているのを見て、栄次郎は胸が熱くなった。紀美子は、自身の親不孝が申し訳なく、うつむいた。

栄次郎は、暗い顔をして別れるのが嫌だったのだろう。最近聞いた楽しい話をいくつかしてくれた。一番、面白かった話は、昌様こと、鶴来医院の大先生が、あの看護婦のところに夜這いに行って、ふられた、という話だった。「今夜、行くでな。わしを受け入れるつもりがあれば、寝とれ。そのつもりがなければ、起きて座れ」という約束で出かけたが、看護婦が起きて座ったそうだ。こんなことが噂になっているということは、当事者のどちらかがしゃべったことになるのだが、それはどっちだろうと、余計なことを考える紀美子だった。ちなみに、この看護婦は、助手の渋谷の従姉《いとこ》だ。

——こざっぱりした渋谷先生と、あの清楚な看護婦さんはお似合いだなぁ。渋谷先生は、大先生がふられて、ほっとしたかもしれない。

これも余計な詮索である。


新学期、四月の中旬。元気でいれば、紀美子は女学校の三年生だ。幸次郎のはがきを持って、栄次郎がまた訪ねてくれた。日付は、三月二十四日となっている。これが、最後の便りとなる。

「兄貴はしばらく日本におったみたいや」

「連絡もらえたら、会いに行けたのにねぇ……」

「本当や……。俺らぁ（俺たち）家族にとっては、顔を見るだけで、えぇのになぁ」

紀美子は、栄次郎が自分のことを家族のように思っていてくれるのが嬉しかった。また、病気のために、遠方まで会いに行くなどできはしないことは分かっているが、栄次郎が、あえてそのことに触れないでいてくれるのも、ありがたいと思った。

「二月に歩兵第五十連隊第二中隊に入隊……か」

紀美子は土間におり、水を汲んで、栄次郎に差し出した。明が亡くなってから、母ヒデは調子が悪く、寝込むことがある。

「三月二十四日に横須賀の港を出たということや、どこへ行くか知らされとらんと」

「えっ？」

万が一、帰らぬ人になっても、どこで亡くなったか分からないかもしれない。

「ひどいなぁ。しかしもらった軍服でだいたい分かるんや」

栄次郎は、葉書を端から端までじっくり見た。そして笑いながら言った。

「最後のところに、『洋子』と書いたるやろ。妹の和子のことやが……。南洋へ行ったんや。おおかた、サイパンかテニアンや」

「さいぱん、って？」

「日本の南方に浮かんどる島やよ。その近くのテニアン島には、軍の司令部があるんや」

紀美子は、海を見たことがない。四方を海に囲まれた島など、想像することもできなかった。

南洋といえば、強い日射しに青い海、というイメージはあるが、その強い日射しすら、縁遠いものだ。そのように気候の合わないところで、体は大丈夫だろうか？　満州は寒いところだが、郡上生まれの者なら、まだそちらの方が我慢できそうだ。

二ヶ月に一回は、鶴来医院にかかる。今日も父に付き添ってもらって、町まで下りた。母のこともあり、父は先生と話があるとのこと。紀美子は、待っているのも気が重くなるので、一人で歩いて小学校まで行くことにした。

四月の中旬。昨日まで降り続いた雨がぱったりと止んだ。真っ白な雲が、春の日射しにあぶられて、青空に向かってふくれ上がっている。まるで夏の入道雲のようだ。その手前の低空を、鼠色にかすれた雲が遠慮がちに流れていく。

――あのかすれた雲は私と同じだ……。

もくもくとふくれ上がる入道雲は、時代の流れ……。それをどうすることもできずに、ただ流されていくだけのちっぽけな自分がいる。かすれた雲は、いつの間にか、真っ青な空の中へ消え入ってしまった。

――紀美ちゃん……。

幸次郎の声が聞こえる。紀美子は、胸騒ぎがして、呼吸が苦しくなった。

弥富小学校の校庭に入り、すずかけの木の下で休むことにした。五角形の大きな葉を茂らせ、木陰をつくってくれている。すずかけは、幹も枝も白い。今年伸びたばかりの枝だけは、鮮やかな緑色だ。あふれる生命力。たくさん葉をつけ、なお伸びようとしている。幹には、木の皮がつくる独特の模様がある。水に石を投げ入れたときできる波紋のような形だ。薄茶色のこの模様が、紀美子は好きだった。その模様に触れながら、紀美子は幹にもたれかかった。青い空の中に、一人立ちつくす人影が見える。

——紀美ちゃん、僕はもう、帰れんよ……。

また幸次郎の声がした。座ったら、呼吸は落ち着いてきた。紀美子はそのまま眠ってしまった。

幸次郎は今日、甲板《かんぱん》の掃除当番だ。海水をまき、柄《え》付《つ》きたわしでこする。真っ青というよりは、青緑色の海。空は、郡上で見たことがないほど青い。太陽の光が強いと、空の色は濃くなるのかもしれない。毎日、船底で雑魚寝である。掃除は、体を伸ばす、良い機会だ。時間をかけて掃除した。故郷では、田植えも終わり、田の草が伸びるので、毎日、草取りに追われていることだろう。麻の収穫もある。運搬に使う馬は、徴用されたりしていないだろうか？　幸次郎は、一人になり、あれこれと思いを巡らすことができた。

横須賀を出て半月ほどになる。まだ日本の近海を航行中に一度、潜水艦の襲撃を受けた。真っ暗な夜のことだった。それから、船は敵の潜水艦を除けて進んでいる。無線の指示を聞いて、真っ直ぐ目的地には向かわず、様々な方向に向かって進んだ。ときには少し北寄りに進むときさえある。こうしてようやく、サイパンに着くところだ。

汗が目に入り、しくしく痛む。幸次郎は顔を上げて、首に巻いた手ぬぐいで汗を拭った。ちょうど顔を上げた方角に、キラッと光るものが見えた。眩しい甲板に、数十分もいたので、目がおかしくなったかと思い、目を擦《こす》った。光るものは、一つではない。それに何度も光っている。

——グラマン（アメリカの戦闘機）か？　まさか……！

青い機体が、真っ青な南国の空の中では、くすんだ色に見える。突然、見張り員が、割れ鐘のような声を張り上げた。

「敵機襲来《てききしゅうらい》！　敵機襲来!!」

十隻以上の輸送船団は、一斉に汽笛を鳴らし始めた。飛行機は、船団の上を旋回した。草むらに遊ぶトンボのようだ。トンボにねらわれた小さな虫のように、首をすくめるばかりだ。幸次郎は物陰で小さくなった。もう一機が、まさに頭の上で旋回した。近くの船に爆弾を落とした。油《ゆ》槽船《そうせん》だ。油を積んでいるから、ひとたまりもない。火柱が立ち、大きな炎が船を飲み込んでいく。逃げまどう人々の姿が、黒く小さく見えた。助けようにも助けられない。もどかしさと恐怖とで、吐き気がしてきた。そんな状況でも、すべての船が走り続けている。

「左後方から潜水艦！」

見張り員が、悲鳴のように叫んだ。

「全員、配置につけ！」

号令がかかった。配置につこうとするものの、皆の目は、発射された魚雷に釘づけだ。高射砲を撃つ者だけが、潜水艦の潜望鏡をねらっている。

青緑の海の中を、白い糸のように筋を引いて、魚雷が二本、こちらに向かってくる。思わず、体を魚雷と反対側にのけぞらせた。船が少しずつ右へ旋回し、逃げる。海面に下りて船尾を押したい気分にかられた。すれすれに、魚雷は通り過ぎた。

——助かった……。

しかし、他の船に、魚雷が命中。船は半分をもぎ取られ、大きく傾いた。たくさんの兵隊が、しがみつき、ぶら下がっている。その向こうで油槽船が、大きな爆発音とともに沈んだ。大きく海がうねり、白い波となって船を揺らした。

その直後、ズシーン。ものすごい衝撃とともに、幸次郎は甲板に投げ出された。魚雷が命中したのだ。汽笛が続けざまになった。退船《たいせん》命令である。覚悟を決め、船の縁を蹴った。みるみる海面が近づく。青い空の中に、煙と赤い炎が上がっている。船は傾き、やがて沈んだ。一連の動きが、まるで活動写真を見ているように、現実味がない。弁士《べんし》の声はなく、何の音も聞こえない。魚雷の攻撃やら、その反撃が続いているようで、衝撃が腹に響いた。筏につかまっている人々、軍歌を歌う兵隊たち、興奮して、泣いているのか、笑っているのか分からない、顔、顔、顔。大波に揺られ、海水を飲んだ。掃除中だった幸次郎は、軍服を着ていなかった。鉄兜も、銃剣もない。身軽であった。拳銃だけがあったが、海中に捨てた。手には、柄付きブラシを持っていた。柄が竹でできているから、少しは浮き輪がわりになる。

いきなり潜水艦が浮上し、機銃掃射《きじゅうそうしゃ》が始まった。幸次郎は、自分だけに当たらないのが不思議だった。やはりこれは活動写真か？　海で泳いだことがないので、鉄砲の弾より、海に入っていることの方が怖かった。潜水艦が去り、生き残った日本の船も去った。波が大きくなり、筏につかまった人々は、散り散りになった。筏もやがてばらばらにこわれる物があった。幸次郎は、大波に乗ったまま、流され続けた。

目を覚ますと、暗かった。大きな月が出ている。月は、南国も雪国、郡上も少しも変わらない。波が静かになっているのが、ありがたかった。心地良い波の音が、耳をくすぐる。昼間あったことが、また活動写真のように目の前に浮かんだ。やはり何の音も聞こえない。でも今は、波の音が聞こえる。まだ、自分は生きている、と幸次郎は思った。そして眠った。朝、目を覚ますと、目の前を大きな亀がゆっくりと泳いでいくところだった。立派な甲羅、太い手足。しっかりと水をかき、着実に進んでいる。丸い目で、幸次郎を見た。何の汚《けが》れもない、純真無垢な瞳。紀美子を思い出した。

「紀美ちゃん……」

声に出して呼ぼうとしたが、声にならなかった。海水を飲み、鼻や耳から入った海水を口から出すようなことを、昨日から繰り返している。声は出なくなっていた。

真昼の太陽が、容赦なく照りつけ、体力をうばった。柄付きたわしを手放さないでいるのが不思議なくらいだ。幸次郎は夢を見た。田代へ行った帰り、紀美子と見た夕焼け。一緒に万場の橋を渡ったこと。プラタナスの実を見て、鈴のようだと教えてあげたこと。気づくと太陽が西へ沈もうとしていた。大きな大きな夕焼けだ。

次に目覚めたとき、柄付きたわしを手放してしまっていた。幸次郎は、海面に仰向けに浮かんでいた。いつか聞いたことがある。空襲で大勢の人が亡くなったとき、亡くなった人が流されてきて――大抵、男は仰向け、女はうつ伏せで流されてきた、と。自分はもう、死にかかっているな、と感じた。大きな波が来て、また水を飲んだ。体が海に沈んでいくのが分かった。沈んでみると、海は、青緑というより、薄緑色だった。上を見上げると、朝の光が海面で揺れている。幸次郎は、すずかけの木の、緑の葉や、幹の模様を思い出した。すずかけの木の近くに、紀美子がいるなら、会える気がした。

「紀美ちゃん、僕はもう、帰れんよ……」

紀美子は驚いて目を覚ました。すずかけの木の、幹の模様が目に飛び込んできた。海の中から、海面を見たときに、光がこんな模様を作るのでは——不意に浮かんだ、幻想ともいえる考えが、心の中に模様のようになって焼きついた。

「あかんやろ、こんなところで寝たら」

父の心配そうな顔が、目の前にあった。のどがからからに渇いている。学校で水をもらい、飲んだ。幸次郎に、この水を飲ませてあげたい、と考えた。そして、飲ませてあげることはおろか、もう会えないことが、当然のことのように理解できた。

紀美子は五月が好きだ。初夏の風が若葉をきらめかせる昼下がり。ムクゲの苗木にも、小さな葉が茂り始めた。草の上に寝転がって、青空を眺めていた。その青空の中から、毛むくじゃらの何かが下りてきて、紀美子の顔をなめた。

「うわぁっ！」

紀美子が驚いて起き上がると、笑い転げるきよ子が目の前にいた。毛むくじゃらの怪物は、柴犬だ。しっぽを振りながら、紀美子にじゃれついている。

「きよちゃん！」

きよ子は何も言わず、走り寄って、紀美子を抱きしめた。

「この犬、ここで飼ってやって」

この一言で、旅立つ日が決まったことが分かった。

「利口やでね、狸を捕ったことあるんやよ」

きよ子が、紀美子から離れるとき、いつもよりもゆっくりと時間が流れるように感じた。紀美子は思わず、きよ子の腕をつかんだ。柔らかく、温かな二の腕の感触が、着物の上から伝わってきた。そのまま、きよ子の肩を抱く形で、二人で寄り添って歩いた。ムクゲの苗木のところで立ち止まり、しゃがんだ。

「大きくなったねぇ」

紀美子は、涙をこらえるのが精一杯だ。何も言えない。

「この花が咲くのを見られんのは、残念やわぁ」

柴犬が、苗木の周りを走り始めた。きよ子が、厳しく声をかけると、犬はきちんと座った。

「お利口やね」

きよ子に褒められ、犬は、くんくんと鼻を鳴らした。濡れた鼻が、光を跳ね返している。鼻を鳴らした後、口をあけ、舌を出して、はっはっと息を吸ったり吐いたりした。走り回ったので暑いようだ。紀美子は、水を汲んできて飲ませてやった。おいしそうに水を飲み、紀美子の膝に乗ってきた。

「甘えん坊なんやよ。今まで、夜一緒に寝とったでね、夜は鳴くかもしれん……」

「本当？　私、一緒に寝るわ！」

紀美子の塞《ふさ》がった心を、犬が少しだけ解《ほど》いてくれた。犬の頭や脇の下をなでてやった。犬は、紀美子の手を舐めた。

「手紙、書くでね」

「うん、私も……」

「それから……、私が発つ朝、駅で送らんといて」

「どうしてぇ？」

紀美子は不服だった。

「紀美ちゃんは調子が悪いのやし……」

「そんな……、大丈夫やで！」

「三村の人が、ものすごく大勢来ると思うよ。ごった返して、顔も見れん」

犬が、心配そうに二人の顔を見ている。紀美子の膝を降り、きよ子の側で座った。

「今日、ここで別れよ」

五月の風が、ますます木々の葉を揺らし、光を振りまいた。二人は、互いの涙を見ないように、その光を見つめた。

きよ子は、五月中に汽車で下関まで行った。そこから船で海を渡り、朝鮮の釜山《ぷさん》へ上陸。そこからまた汽車で一週間以上走り続け、北安省《ぺーあん》、克山《こくざん》へ着いた。開拓団のつくった、瑞穂という村に落ち着いた。そこには、弥富村の人たちが大勢いた。きよ子は、着いてしばらくすると、手紙をくれた。

――まず、家を作りました。土を煉瓦《れんが》にして積み上げました。屋根は草で葺きました。他の家と共同生活だけど、家を持っている人もいます。もとは満人の家だったらしい。大きな土地をもらいました。馬鈴薯、ささげ、とうもろこし等を作っています。野菜を作ったら、軍隊に出します。幸次郎さんの口に入ったら良いね。来年までに、水田を作ろうと計画しているそうです。そうしたら、お米も作ります。八幡の楠先生というお方が、義勇隊の若者たちと一緒に開拓をしておられます……。

苦労ばかりの生活を、明るく淡々と語る、きよ子の手紙に、紀美子は元気づけられた。「雅さん」の話が出てこないのは、まだきよ子が、その話を聞いていないからだろうか？　返事に、そのことを書いて確かめたい気持ちでいっぱいだったが、やめておいた。

七月に入っても、梅雨の長雨が続いていた。明を、幸次郎を失い、きよ子が遠くへ行ってしまった悲しみで、紀美子は押しつぶされそうだ。畳に黴《かび》が生えた。青緑色の黴。紀美子は、流した涙で、部屋がいっぱいになり、部屋が海に飲み込まれたように感じた。

――私は、海の底にいる……。海底にいたら、幸次郎さんに会えるかな……。

夢か現《うつつ》か分からぬまま、海底から海面を見上げる夢を何度も見た。夢から覚めると、海はない。しかし、畳の青緑のシミは、海のあった跡だ、と思えた。

梅雨の晴れ間に、ムクゲの花が咲いた。白い方は、真ん中だけ紅色。桃色の方は八重咲きだ。二つ並んで咲いている。夏じゅう、ムクゲの花は咲き続けた。紀美子の、たった一つの希望となった。


幸次郎の戦死の報せが届いたのは、十月に入ってからだった。「昭和十九年、九月三十日、テニアン島にて、日本軍司令部の陥落とともに、戦死」という報せだった。しかし本当は、四月の末頃、マリアナ諸島のどこかの海上で、亡くなったのである。

森幸次郎、享年二十四歳。遺骨は未だに遺族のもとへ帰ってこない。

この年の秋。ずっと調子の悪かった母ヒデが、風邪をこじらせた。肺炎をおこし、あっという間に亡くなってしまった。紀美子は、心身ともに追いつめられていく。


昭和二十年、三月。都耶子はもうすぐ、女学校の四年生になる。

「岐阜市の倉敷工場ってところで、働くんやって」

「わぁ、大変やねぇ」

聡明な都耶子が、勉強もしないで戦争の片棒ばかり担がされるのが、紀美子は不憫《ふびん》だった。

「紀美ちゃん、ここで本を読んだり、いろいろ勉強してね。帰ってきたら教えて」

今しかできないこと、将来のためにしておくべきこと……。気持ちは焦るばかりだが、学徒動員という時代の流れには勝てない。病気のために、それを免れたのだから、親友のために、少しでも勉強しておこう、と思った。都耶子が置いていってくれた、ほとんど使っていない教科書を、辞書を片手に繰り返し勉強した。

そして四月。ついに栄次郎まで兵役につくことになった。今年の農作業はどうするのか、気をもむだけで何もできない自分が、紀美子は歯がゆかった。


風薫る五月。孝蔵が入隊することになった。紀美子は無理をしてでも見送りに行かねばならない、と決め、家の者に黙って出かけた。同じ山田村の人々が大勢、駅まで送りにやってきた。孝蔵が学生時代と教員時代を過ごした、弥富の人たちもまた集まってきている。

人混みの中に孝蔵の父・木島孝一が、奥さんを連れてきていた。ただただ涙を流す妻のつやが、周りの人に白い目で見られないようかばって、大きな背中の後ろに隠すように立っている。木島校長先生は、微笑もうとしているが、その顔は少しも笑っていない。敗走が決まった武者のようだ。いつか明が教えてくれた「四面楚歌《しめんそか》の項羽《こうう》」といったところだ。家庭だけでなく、自分と同じ学校で学ばせ、心身ともに一人前に育てあげた長男を、戦場へ送り出すのは、無念なことだろう。そんな素振りを見せることが許されない立場にあるのが、むごいところだ。

孝蔵は、丸めがねを光らせ、黙りこくっている。整った顔が少しゆがんで見えるのは、涙をこらえているのだろうか。汽車に乗る前、涙で目を腫らした母に、丁寧に敬礼をした。つやは、孝蔵の母であるが、このように悲しんで泣くところは、項羽の妻・具美人《ぐびじん》のようである。具は、項羽亡き後、泣き悲しんで死んでしまったが、その後に、世にも美しい芙蓉《ふよう》の花が咲いたということだ。故に今でも、芙蓉の花は具美人草と呼ばれる。

「お元気で……」

精一杯、涸れた声でかけた言葉が、威勢のいい万歳や歓声にかき消されたのは幸いだった。

「まず健康」がモットーだった校長先生も、同じ言葉を息子にかけたかったことだろう。

汽車が行ってしまった後、孝蔵の母はプラットホームに座り込んでしまって動けなくなった。

紀美子は立ち去りがたく、少し離れたところから見ていた。眉間にしわを寄せ、目を伏せた孝一の顔。こんなに辛そうな顔を、見たことがなかった。大きな手を胸に当て、少しうつむいている。その厚い胸には、大きな穴が開いたように見えた。時折、妻の背中をそっとなでてやっている。一人の父親としての悲しみが、胸に迫ってくる紀美子だった。

「ここにムクゲの花を植えましょう」

孝一が顔を上げ、大きな瞳をこちらに向けた。

「ムクゲ？」

「はい。兄が朝鮮から種を持ち帰ったんです」

孝一はしばらく、じっと紀美子の顔を見た。

「そうか、明君の残したムクゲを植えるか……」

「いいえ、兄のためではありません」

孝一は、怪訝な顔でもう一度、紀美子をじっと見た。

「奥様が……、具美人のようだから……、それで、芙蓉の花に似た、ムクゲを」

孝一は、目を輝かせ笑った。

「ははは。孝蔵が項羽で、こいつが具美人か！　面白い奴じゃ」

孝一の笑顔を見て、紀美子は心から安堵した。少しは、兄に目をかけてもらったお礼ができただろうか。

「そうか。ありがとう。夏にムクゲが咲くのを、楽しみにしとるよ」

孝一は妻とともに、紀美子に頭を下げ、帰っていった。紀美子もまた、深々と頭を下げた。

紀美子はこの後、ムクゲを植えた。そして、体調をひどく崩し、三村医院に隔離された。


七月十日。岐阜空襲。郡上からも、空が赤らんでいるのが見えた。学徒動員で郡上から行っていた学生たちの多くが、被害を受けた。都耶子もまた、燃え盛る火の中を逃げまどい、最後に、駐在所に避難したところで、亡くなった。

高橋都耶子《つやこ》、享年十六歳。女学校の四年生だった。

八月に入り、孝蔵まで亡くなったという報せを、病床で紀美子は聞いた。孝蔵は、陸軍士官学校の中にある軍司令部で、経理の仕事をしていた。その司令部が、神奈川の愛甲郡の方へ移転した後、亡くなった。

木島孝蔵、享年二十五歳。

そして八月十五日。敗戦の日がきた。

あと少しだったのに！　都耶子や孝蔵が、どうして死ななければならなかったのか……!!

この日を境に、学校では、教科書を黒塗りにする作業が始まった。一学期に教えられたことは、二学期には間違いとなった。孝一が、教科書を持ってきてくれて、話をしてくれた。青少年義勇隊の指導者だったため、戦争に加担したかどで、辛い立場に立たされているらしい。息子を失ったばかりだというのに……。

「ただただ、呆然とするばかりだよ」

「病気の私が言うのもなんですけど……、『まず健康』ですよ！　校長先生!!」

孝一は、力なく笑った。紀美子は、自分の命が、そう長くないことが分かっていた。教師として生き切った孝一が羨ましかった。そして、今度生まれてきたら、学校の先生になりたい、と強く念じた。

「兄貴の乗った船は、海の上で魚雷にやられたそうや」

栄次郎が戦争から帰ってきた。戦争といっても、入隊して訓練を受けただけだ。実戦に行くかと思ったら、戦争が終わった、というので帰ってきた。だが、このときの上官から、偶然、幸次郎のことを漏れ聞いた。

「三月二十四日に横須賀を出た？　何という部隊だ？」

「歩兵第五十連隊第二中隊です」

「それは……、それは言いづらいがのぉ……、洋上で全滅だ。誰にも言うなよ」

栄次郎が、まるで二人で話しているように再現してくれた。紀美子は、すずかけの木の下で、幸次郎の声を聞いたときから分かっていたから、驚かない。

「せめて……、本当のことを教えてほしかったね」

「そうや。テニアン島にお参りに行くのと、海でお参りするのとでは、全然違う」

栄次郎が鼻息も荒く言った。

紀美子は、この体では、異国の地にまでお参りになど行けない。今度生まれ変わったら、サイパンやグアムなど、マリアナ諸島方面へ必ず行こう、と強く思った。もし生まれ変わって、幸次郎に会えたなら「海から来た人」のように見えるはずだ。きっと気がつく、と思った。そして、一緒にマリアナ諸島に行けたら、この戦争で流したたくさんの涙を、全部帳消しにして、幸せに変えることができるに違いない。

夏の間、ムクゲの花は、次から次へと咲いた。咲き終わった花は、枝についたまましぼんでいく。周りに茂った葉や、新しく伸びる蕾に隠れて、よく見えない。紀美子もまた、咲き終わったムクゲのように、静かにその人生を閉じた。

田代紀美子、享年十六歳。

きよ子は、昭和二十一年五月、二人の妹とともに満州の長春《ちょうしゅん》市で亡くなった。郡上の開拓団で行った人たちは、満人とも仲良くしていたという評判だったが、死んでしまった人は、戦後、どんな身の上をたどったのか分からない。満人やソ連兵に襲われた人もいたらしいが、きよ子はどうだったのだろう。

島崎きよこ、享年、十八歳。姉妹二人と同じ名字で亡くなった。

――ということは、雅さんとの縁談は進まなかったようだ。

田代では、今年もムクゲの苗木が、若葉を出し始めた。種を持ち帰った明も、苗に育て植えた紀美子ももういない。女手のなくなった家のために、睦子が帰ってきて、家の中を切り回している。一度目の結婚は失敗だった。

柴犬が、洗濯物を干す睦子の足下で、遊んでいた。蕾を開いたばかりのたんぽぽの花を、かじっては、睦子の足にじゃれついている。今度はムクゲの葉をかじろうとする。

「こりゃっ、その葉をかじるでない！」

犬は、睦子に叱られ、かしこまってお座りをした。

「ありゃぁ、お利口な犬じゃ」

睦子は、洗濯物を片手に微笑んだ。眉がハの字に開く、その笑顔だけは、変わらない。

❖郡上から世界へ　人間主義《ヒューマニズム》の光彩《ひかり》放つ人々⑨

万場村
森　幸次郎

大正十一年、郡上市大和町万場に、農家の長男として生まれる。弥富尋常高等小学校卒業。成人して、大日本帝国軍に入隊。中国の奉天で軍事教練を受ける。二年の兵役を果たした後、歩兵第五十連隊第二中隊に編入、横須賀港より、輸送船にて南方へ送られる。戦死の公報では、「昭和十九年九月三十日、テニアン島にて陸軍司令部の陥落とともに戦死」とある。が、亡くなった正確な日にち・場所は永遠に不明である。墓碑には、昭和十九年、マリアナ諸島方面で戦死。「享年二十四歳」とある。

❖郡上から世界へ　人間主義《ヒューマニズム》の光彩《ひかり》放つ人々⑩

奥大間
田代　明

昭和元年、尾張の御典医・田代一養の家系に生まれる。幼少より成績優秀であり、中学二年生のとき、飛び級で、京城《そうる》師範学校に合格。朝鮮へ渡る。一年ほどで体調を崩し帰国。その後、師範学校の教員より「元気になったら学校に戻るように」という手紙とともに、朝鮮への旅費が送られた。昭和十九年、終戦を前に、胃腸の病気で死去。享年、十九歳。

日中戦争・太平洋戦争で亡くなった兵士はじめ多くの方々、そのご家族に心よりお悔やみを申し上げ、ご冥福をお祈りいたしますとともに、二度と、この惨禍を繰り返さぬよう努力することを、この場で誓います。

平成二十六年　終戦の日に　（筆者）

エピローグ

一、かごの鳥

それは、突然にやってきた。朝、起きたら真っ直ぐに歩けない。靴下をはくのに、異常に時間がかかる。学校で勤務に就いたものの、教壇に立っている間に何度も転んだ。自分の体に何が起こっているのか、まったく理解できなかった。ひどく睡眠不足だったから、そのせいだと思っていた。

私は、夫とともに岐阜県で教員をしている。平成八年、異動で郡上郡（現在の郡上市）に転勤になった。夫婦一緒に、小学一年生になる子どもを連れて、初めて住む町へ引っ越した。

その年はずっと、なんとなく体調がすぐれなかった。風邪をひくと高熱が出る。やけに長引いて、いつまでも治らなかった。毎年梅雨時に、喘息の症状が出るが、その呼吸困難もひどかった。新しい土地での暮らしに慣れないことが、心身に大きなストレスとなっていたと思う。

引っ越しをしたことのある人には分かると思うが、働きながら引っ越しをするのは、大変なことだ。住所が変わると、買い物をするスーパーはどこがいいとか、持病の喘息に詳しい医者はどこだとか、そうした細々したことに慣れるまで時間がかかる。ただ生きているだけで疲れる。

ガス会社や電気会社などに住所の変更を連絡し、払い込みがうまくいくよう連絡しなければならない。それが山ほどあって、大抵一つか二つ落としてしまう。悪気はないのに、料金を滞納してしまう。それで、たとえば電話が使えなくなったりする。こうして、余分な気を遣い、ますます疲れる。

さらに追い打ちをかけるように、引っ越した町にはいつも使っている銀行がなかった。これも大問題だ。勤務中に職場を離れ、口座のある銀行を探して、はるばる隣町まで行かねばならない。この隣町が、田舎では、わりと遠かったりする。こうした諸々を働きながらやっていたら、神経が磨り減ってしまったようだ。

ようやく、新天地での生活にも慣れてきた十一月。責任ある仕事を任されていた私は、毎日、深夜まで働く日が続いていた。今までも、忙しいときは寝ないで仕事をするようなことがあったし、いつまでも続く訳ではないので、大丈夫だと思っていた。生活の基盤がすっかり変わったことで、精神が緊張し、体が衰弱していることに気づかなかった。後から医師に言われて分かったのだが、私は、疲労やストレスに対して鈍感らしい。死ぬほど疲れていても、まだまだ大丈夫、と思えてしまう。足がふらついて真っ直ぐに歩けず、教室といわず廊下といわず、ところかまわず何度も何度も転んだ。いつ、バランスを崩したのか分からない。気がつくと転んでいるのだ。それでも、まだ、働けると思っていた。

「それは病気だから、病院に行った方がいい」

同僚に言われて、半信半疑で病院にかかった。その同僚が、運転は危険だと判断してくれて、わざわざ病院まで乗せていってくれた。

「内耳の症状が見られます。めまいやふらつきが治まるまで、しばらく入院してください」

私は、耳を疑った。今は、仕事が忙しくて休んでいる訳にはいかない。そのことを伝えると、医師は、症状が見られるうちは入院するようにと、繰り返し言った。

ショックだった。仕事は、子どもは、どうするんだろう？　頭が混乱していたが、とりあえず家族と学校に連絡し、入院の手続をとった。しかし、このとき、内耳の症状が出たことが、私にとってこの上ない幸運だったのだ。あのまま働き続けていたら、過労死したかもしれない、ということである。

入院してから一週間ほど、ふらつきやめまいを抑える点滴を打ってもらって、少しずつ良くなった。だが、入院生活というものは、以外と忙しい。検査検査の連続で、疲れた体を休める暇は少なかった。

「休ませてほしい」と医師に伝え、眠らせてもらうようにした。

やがて、内耳の症状は治まり、点滴がなくなった。

しかし、ふらつきがひどく、うまく歩けない。食事、洗面、トイレ等、用事があっても、ベッドから離れることを許されなかった。点滴をやめたせいか、症状がとても悪くなったようだ。吐き気がひどく、吐き出すと止まらない。黄色い胃液を何度も吐くと、最後に青っぽくなるのが分かった。目に光が入ると、眩しくて吐き気がする。ベッドの周りにカーテンを引き、サングラスやアイマスクをして一日過ごした。それでも、目の中は真夏の運動場のように眩しかった。キーンキーンという大きな耳鳴りが、いつも聞こえる。頭が割れるように痛い。人の話し声や、廊下を行き交う人の足音、給食の台車が通るときの金属音などが、頭の中に反響して、気が狂いそうになる。すさまじい疲労感に襲われた。ぐったりとベッドに横になったまま、何もすることができない。自分が、教員として毎日肉体労働をこなしていたこと、主婦として家事をこなしていたこと、子どもを産んで育てていたことが、信じられなかった。

とても疲れていたので眠りたかったが、昼も夜もぐっすり眠れることはなかった。眠りにつこうとすると、金縛りに遭うか悪夢にうなされた。点滴があれば、楽になれるのに。でも、その点滴は内臓に悪い影響を与えるらしい。内耳の症状が治まっているので、必要のない点滴をする訳にはいかないのだった。

頭痛がひどいので、脳外科にかかった。父も母も、また親戚も、脳の血管系の病気で死んだ人が多いので、心配だった。「過労死しかかっていた」らしいのだが、一番心配な脳には、異常がなかった。私は、ほっと胸をなで下ろした。

主治医は、自律神経が失調していることが考えられるので、心療内科にかかることを勧めてくれた。入院していた病院には心療内科がなかったので、違う病院に出かけていって診察を受けることになった。ベッドに横たわったまま何もできないくらいなので、他の病院に出かけていくのは大変なことだ。

着替えるだけで体力を消耗する。着替え終わった頃には、起き上がる元気も残ってない。ベッドに横たわったまま、体力の回復を待つが、なかなか起き上がるまでにならなかった。ようやく起きて、車椅子に乗る。病室から病院の玄関まで行った。移動するというのは、体力のない者には、本当につらい。

いつ吐いてもいいように、ビニル袋を手にしていた。夫の運転する車に乗る。車のシートに座っているだけなのだが、車が動いていることで、体力を消耗する。やっと心療内科のある病院に着いた。また車椅子に乗る。そして動く。さらに待ち時間だ。どれだけ待つか分からない。その間、体がもつかどうかが大問題だった。まあ、体調が急変しても病院にいる訳だから、その病院に入院すればいいんだと思って、なるべく気を楽に保った。診察してもらう頃には、体力が全然なくなってしまっている。疲れ切って、頭がぼんやりしている。自分の症状を、メモしておいて、読み上げるのが精一杯だった。

「耳鳴りや頭痛などの諸症状は、すべて過労が原因です。とにかく仕事のことは忘れてゆっくり休んでください」

心療内科の医師は、耳鼻科の主治医と同じことを言った。自律神経の調子を整える作用のある薬を、処方してくれた。最後に、どうしてもこれだけは聞きたい、と思っていたことを聞いた。

「私は教員ですが……、もう一度、教壇に立てますか？」

医師はカルテの上でペンを入らせるのをやめて、私の方に顔を向けて言った。

「それは……。……歩けるようになるだけでも、何年かかるか分からないですから……」

「はぁ……」

「復職は……」

医師は言葉を選んでいるようだった。私はつばを飲み込んだ。

「まず無理でしょう。まず、体が回復するようにしましょう」

静かだが、きっぱりとした口調で、ごく当然の返事が返ってきた。

私は、こんなに自分の体を痛めつけた、自分という人間が信じられなくなった。過労の原因は働きすぎだ。昼間に、子ども相手の重労働をし、夜も寝ないで事務仕事に没頭した。自分の体を、動けなくなるまで弱らせたのは、自分である。限界を越え、死の間際まで追いつめられて、なお、自分の体より、仕事にこだわる自分がいる……。自分のことながら、自分の考えが理解できない、と感じるようになった。

ともかく、長期の病気休暇をとり、私はかごの鳥になった。


三ヶ月ほど経って、退院することができた。過労は、休養が最大の治療である。ベッドの中で、ただ横になっているばかりだから、家に帰っても同じだろう、ということだった。

しかし、立って歩いたり、明るいところで過ごす、人と話す、などの日常生活はまだできないため、家での生活は困難を極めた。

家に帰って一番恐ろしかったものは、テレビだ。激しい光、体に響く音。吐き気が襲った。テレビを消してもらった。私のいる部屋だけ、昼でもカーテンを引いた。暗いところで、ただ寝ているだけの毎日が始まった。

娘は、わたしが帰ってくるのを待っていてくれた。小学一年生だった娘には、大きなショックを与えてしまった。随分、部屋の中が散らかっていたが、娘のおもちゃだけは、何とか、這いずり回って整頓した。毎日、娘は帰ってくると、「お母さんと遊ぶ」と言ってくれた。

一番お気に入りの遊びは、シルバニアファミリー。我が家にあったのは、確かリスのおばさんの仕立て屋さんだった。仕立て屋さんの家の中には、ミニチュアのミシンや戸棚があり、お客さんがお茶できる小さなテーブルとティーカップも揃っていた。大切にしていた灰色の野ウサギが主人公。毎日、仕立て屋さんにおねだりして、可愛い洋服を新調した。この着せ替え用の洋服が、結構、高かったのを思い出す。やがて家の中にあった大小のぬいぐるみが森の仲間に加わり、シルバニアファミリーは大家族となった。ゾウやトラが仲間入りしたのには、どう考えてもおかしい、と思いつつ、ただただ無邪気に遊んだ。私がトラやライオンになってリスのおばさんを襲う場面では、巨大なウサギのぬいぐるみが、ウルトラマンのようにやってきてリスさんを救い、森に平和が訪れるのだった。

小さな頃から、仕事、仕事で、一緒に遊んだことがあまりなかった。娘と遊ぶ時間は、何より楽しい時間となった。病気のお陰で、取りこぼした時間を取り戻すことができた。

私は音楽が好きだ。しかし、どんな音楽も聴けなくなってしまった。さすがに落ち込んだ。好きだったバイオリンも歌も駄目。頭の中に、金属音のように響く。交響楽は、さらに駄目だった。テレビのときと同じような症状が出る。頭が割れるように痛くなり、吐き気がした。ベートーベンやラフマニノフのシンフォニーに、以前は、癒されたのに……。

家事を通して、体が少しずつ回復してくると、音楽が聴けるようになっていった。最初に聴けたのは、ヒーリング用の太鼓の音だった。友達が持ってきてくれたテープに入っていた。泉から水が湧き出すような、静かな生命力にあふれたリズム。心の扉をノックされるような、わくわくした気分になった。

次に聴けたのは、東儀秀樹《とうぎひでき》の雅楽だった。「モード　オブ　ライイジング　サン」と名付けられたアルバムの、すべての曲を聴くことができた。篳篥《ひちりき》の音は、人間の声のように温かい。その空気感に包まれ、気分がゆったりとした。東儀秀樹のことを知ったのは、入院する直前だ。その年に、宮内庁を退職し、雅楽士としてデビューしたばかりだった。雑誌の片隅に載っているのを読んで、興味を持った。家に帰ってすぐに、電話で注文し、手に入れた。

やがて、バイオリンを一人の人が演奏しているものや、一人の歌手が歌っているものなら聴けるようになった。そしてだんだん、多くの人数で奏でる音楽も、聴けるようになった。

弟が持ってきてくれたテープに、オーケストラの演奏が入っていた。「この音楽は、体にいいぞ」と書いた手紙が添えてあった。弟は精神的に弱いところがあり、それ故に、心と体の絶妙な関係に気づいている。このテープが聴けるようになったときは、自分の体が元気を取り戻していると感じた。体が元気になると、心が音楽を受け入れる。私も、心と体の不思議に、気づけるようになっていた。

ある晴れた日、布団を干してみたくなった。歩くのも満足にできないから、大変なことだろう、と思ったが、暖かな春の日射しに、家族の布団を当ててみたかった。布団は重かった。夫の掛け布団、敷き布団。息が上がってきた。娘の掛け布団、敷き布団。体の向きを変えることがまだできなかったので、部屋に戻るときは後ろ向きに、一歩ずつ進んだ。歩いてしまうと吐き気がくる。一歩ずつ後ろへ移動するのである。日射しは明るく、空は青い。最初は気持ち良かった。

しかし、自分の布団を干すまで、体がもたなかった。体力の限界だ。何とか部屋に戻り、布団に倒れ込んだ。目を閉じても、太陽の光が眩しい。カーテンを引っ張って、顔に光が当たらないようにした。だが、力尽きていたので、ガラス戸を閉めることはできなかった。春風にカーテンが揺れる。その風が氷のように冷たかった。生命力がゼロになっている。生命力がマイナスになったら、そこは死の世界だ。一枚の薄い板の上に乗って、海に浮かんでいる気分だ。ここより下は、死か……。

自分の呼吸の音が聞こえる。心音も聞こえる。死にかかってはいるが、死んではいない。それは、ゼロの自分に向かって、どこからともなく生命力が吹き込まれてくるからだった。一瞬一瞬やってくる。一瞬プラスになるが、消えてゼロに戻り、また一瞬プラスになって、ゼロに戻る。体が元気なうちには気づかなかった。生命とは、一瞬一瞬やってくるものだったのだ。過去の自分と今の自分は、同じものではない。未来の自分もまた、今の自分とは違う。一瞬一瞬、生まれ変わる自分を大切にし、一日一日、一年一年、大切に積み重ねていかねばならない。それが自然なことだと思えた。私は、自分にこだわることを大切にしようと思った。「〇〇すべきだ、〇〇せねばならぬ」と頭で考えたことに従わず、「心身がやりたい」と思うことをするように心がけるのだ。「体の声を心で聞く」生き方である。

寝ようとすると、なかなか寝つかれなかった。聴けるようになった曲を、小さな小さな音でかけ、聴きながら寝転がった。目と鼻の上に、ラベンダーの入ったポプリを乗せ、吸い込んで緊張をほぐした。だんだん眠くなり、寝られそうになったら、家族が寝ている寝室へ這って行く。この頃になると、金縛りはほとんどなくなった。

が悪夢、というか忘れられない衝撃的な夢を何度か見た。

――「……の次はなぁに？」というゲームを、子どもたちとしていた。「バナナの次は、チンパンジー」「オットセイの次はアザラシ」などと関連のある言葉を並べていくだけのものだ。「ペンギンの次は、最後」と誰かが言った。「じゃぁ、最後の次は？」甲高い声で誰かが尋ねた。「最後の最後」突然、フラッシュを焚いたように周りが明るくなった。明るくなったかと思ったら、そうではない。真っ白な霧に包まれた世界に、私は一人でいる。何も見えず、何も聞こえず、何のにおいもしない。誰もいない。話す言葉もいらない。五感が使えないから、考えることすら忘れてしまいそうだ。ここに、二、三日いたら、自分が誰だったかも、自分の愛していた人たちのことも、何もかも忘れてしまうだろう……。

「最後の最後は、死の世界だ！」

そう思った途端、「死にたくない」という激情が心の奥からこみ上げた。私は夢の中で号泣していた。

人は、死んで何もかも忘れてしまっても、「生きていたい」という強い感情だけが、残るのではないか。赤ちゃんが泣き声をあげながら生まれてくるのは、前世で死んで、また生まれてくるまで、その「生きたい」という感情だけを持ち続けていたからではないか……。

そう納得したところで、私は目を覚ました。となりで夫が寝息を立てている。その手を握りしめると温かかった。温かい、と感じるということは、私はまだ生きている、死んでいなくて良かった、と心から思った。何しろ、死んでいるのは、途轍《とてつ》もなくつまらないからだ。何も見えず、聞こえず、考えることもできず……。どんな拷問よりも、辛いことだ。過労で死にかけた自分を、本当に愚かな人間だと思った。その頃の私は、生命力がゼロに近い状態だったから、死の際にいたのかもしれない。


あるとき、こんな夢も見た。

――私は、自分が育った実家にいる。

父は盆栽が趣味だった。趣味というより、半分プロだ。家の敷地のほとんどが、盆栽の棚で埋め尽くされていた。盆栽の水やりは、たっぷり一時間以上はかかる。それを一日に二回、誰かがやらねばならなかった。よく母から言いつけられて、お手伝いでやらされた。

――夏の朝、私は、盆栽に水をやっている。松の葉が、水をもらって嬉しそうに笑う。両手を広げてお礼を言っているようだ。思わず私も笑顔になり、松の葉に顔を近づけた。

すると、大きな松の盆栽が、ずらっと並んだ棚の向こうに、数年前に亡くなった父が現れた。父は、亡くなる前より、少し若返ったように見える。髪も黒々として、たくさんあった。

「お父ちゃん、今、そっち行くでね」

私は、棚と棚の間を横切って、父のいる方へ行こうとした。

「こんな方へ来ちゃぁ、あかんがな」

父は、松の木の上に、手のひらの壁をつくって、私を制した。

「どうしてぇ？　ちょっと待っとってぇよ」

私が、一歩踏み出すと、父は、ものすごい勢いで走って、私から遠ざかり始めた。

私はあっけにとられて、父を見送った。父は、しばらく地面の上を走っていたが、やがて垂直に向きを変えた。そのまま、さっきよりも速いスピードで、上空へ向かい、空の中へ消えてしまった。そのとき、父は、だんだんと若返り、最後は少年のように見えた。

私は、久しぶりに父に会えて、嬉しい気分で目が覚めた。父が、最後に少年のように見えたのは、父がすでに新しい生に向かって準備をしているからではないか、と思った。違う人になって、もうすぐ生まれてくる準備……。また「こっちへ来ちゃいかん」と言ったのは「お前は、まだ死んではいけない」という意味だと思った。

父が生まれ変わって、この世に出てきたら、また会えるだろう。まだ少年の父に……。それまで、元気で生きていなければ。

さらに、亡くなった母の夢も見た。

——私は、まだ独身の頃、住んでいたアパートにいる。グリーンの絨毯、黄色いカーテン。オレンジ色のカラーボックスに、教師用指導書が並んでいる。

アパートの三階。玄関が開いていて、さわやかな風が、さーっと吹き込んできていた。

そこへ、セーラー服の中学生の女の子が訪ねてきた。玄関で微笑んで立っている。よく見ると、頭にはパーマをかけ、顔は年配の顔だ。

「あれっ、お母ちゃん！」

私は叫んだ。亡くなった母に間違いなかった。

「どうしたの？　なんで、そんな服、着とるの？」

私が真剣に聞けば聞くほど、セーラー服の母は笑うばかりだ。笑い声が、だんだん大きくなる。手を引いて、中へ招き入れた。座ってもらい、顔をよく見た。

今度は、私の娘の顔に変わっている。娘は、まだ小学校一年生だ。少し大人びた、中学生の娘を見て、私がとまどっていると、中学生の娘は、笑いながら玄関から飛び出した。

「お母さん、またね！」

娘はそう言い残し、三階の手すりを飛び越えた。セーラー服の襟とスカートを風になびかせ、空へ飛んでいってしまった。私は追いかけようとしたが、手すりのところで立ち止まらざるを得なかった。私は、かごの鳥だ。空を飛べない。

目を覚ました後、涙がこぼれた。母は「今は私の娘に生まれ変わって、すぐ側にいるからね」と言いに来たのだと思った。布団の中で寝入っている娘の顔を、しばらく見ていた。中学生になった娘には、数年後にまた会える。

倒れてから半年。娘は二年生になった。その夏休み。ようやく家の中でなら歩けるようになった。だが、転ぶと危ないので、だいたいは這って用事を済ませた。

寝たきりから這い這いへ、這い這いからつかまり立ちへ、そして立っち。まるで赤ちゃんの成長過程と一緒だ。それにしても、必要なときに立てるということは、快適である。人間に文化的な生活を保証する。つまり、欲しいものを取ったり、トイレや水道、電化製品を自由に使うことができる。蛇口に手が届き、電気のスイッチを入れることができる幸福！　赤ちゃんは、思うようにならないことが多いから、よく泣くのだなぁ、と思った。

立って歩けるが、後ろ向きに歩いたり、体の向きを変えるということは、まだできなかった。でも前に向かって歩けるのだから、散歩がしたい。運動神経や筋肉がどこも悪くないのだから、理屈の上では散歩ができるはずだ。

ただ一つ問題があった。私が住んでいる教員住宅は、鉄筋コンクリート製の箱型アパートだった。それで、外に出るには狭い階段を使わなければならない。階段の途中で何度も向きを変えないと下まで降りられないのだった。

毎日運動靴をはいて玄関から出てみるが、なかなか向きをうまく変えられない。とうとう吐き気がしてきて、地面を踏むことなく部屋に帰ることの繰り返しだった。向きを変えるというようなことは、今まで無意識のうちにやってきたことだ。この無意識の世界には、計り知れないものがあると痛感させられた。

こうして毎日試行錯誤を繰り返すうち、少しずつなら向きを変えられること、体の回転よりも首の回転を遅らせ、首を回す間、目をつぶっていれば向きを変えられることを発見した。

人間は向きを変えるとき、無意識的に、目が動き、首が回転し、体が回転する場合が多いと思うが、これを逆の順番で意識的に行うのだ。もう少し細分化して言えば、下半身を回転させた後に、上半身を回転させるのが望ましい。そうすれば、それほど自律神経に負担をかけないで体の向きを変えることができる。私はこうしている間に、自分の運動神経がかなり発達したのではないか、と期待している。

人間を絶望の淵から救うものは、希望である。「歩きたい」という体の声を心で聞き、心は希望でいっぱいになった。私は教職に復帰することは諦めていたが、家族に心配をかけないで家事ができるようになりたかった。また、郡内に会いたい人、行ってみたいところが山ほどあった。こうした希望が、私を支えた。希望が心身の衰弱を癒していった。

かごの鳥は、かごを出たいと思えるようになった。

二、森の鳥

我が家の北側の窓辺に、小鳥が巣をかけた。ちゅん、ちゅん、と高く澄んだ声で鳴く黒っぽい小鳥。首の辺りが黄色く染まって、スカーフを巻いているように見える。

郡上へ来てから、毎日のように見かける鳥だ。確か、学校の体育館の裏にも、住んでいるのがいる。

図鑑で調べたら「キセキレイ」という小鳥だった。首が白いのは、ただのセキレイ、黄色いスカーフを巻いたようなのが、黄セキレイだ。

私の住んでいた教員住宅の、北側の窓は真北へ向いている。その窓からは、真っ直ぐに白山《はくさん》が見えた。郡上の緑したたる野原と、ゆったりとした山並みの彼方にそびえる、優雅な峰。冬の朝は真っ白に雪化粧した峰が寒空にそびえたっていた。夕暮れには茜色に染まり、一日の終わりを告げる。今、夏の日には青空に伸びやかに腕を広げるような雄大さだ。いつの季節にも我が家の北側の窓は一幅の名画のようだった。タイトルは「白山」。

その白山の脇にキセキレイは巣をかけたのだった。初めて巣を見つけた日。巣の中には、親指の先ほどの、うす茶色をした小さな卵があった。春先から、窓辺の手すりにしきりに小鳥がとまって鳴くので、変だな？　とは思っていたが、まさか、小鳥が巣をかけているとは思わなかった。すぐに娘を呼んで、二人で感激を分かち合った。この夏の自由研究のテーマが決まった。

「キセキレイの観察日記」

キセキレイは一日に一個ずつ卵を産んで、可愛い卵が四つになった。つがいの親は、かわるがわるに巣を守り、朝から晩までかいがいしく働いていた。

やがて雛が生まれた。これも一日に一羽ずつ孵《かえ》った。濡れた羽毛、まだ開かない瞳、弱々しい鳴き声、大きな嘴《くちばし》。生き物の生まれたばかりのものというのは、なんでこんなに可愛らしいのだろう！

つがいの親は、毎日、かわるがわるに餌を運び、前にもまして忙しくなった。雛は、日一日と大きな声で鳴くようになり、朝早くからにぎやかだった。羽毛が生え揃って、親にそっくりな姿になってきた。

時々、翼をばたつかせながら、窓のへりにある狭いコンクリートの上を、行ったり来たりして歩くようにもなった。この間、一ヶ月足らず。

——もうすぐ、巣立ちだなぁ……。

何だか、寂しい気分だった。

私はその頃、ついに階段の下まで吐き気をもよおさないで下りられるようになっていた。

これは、革命的なことだ。真っ直ぐに歩くのは、わりと平気だったので、下に下りられるようになれば、たくさん歩いて体を鍛えることができるようになる！　この年の夏は、私にとっても巣立ちのときのように思えた。

巣立ちの日は、ついにやってきた。八月一日。奇しくもそれは、八朔《はっさく》の日。

――私が郡上郡史上、もっとも敬愛する、遠藤胤縁《たねより》が暗殺された日である。歩けるようになり、また自動車を運転できれば、この日は、暗殺の舞台となった長良川河畔に出かけ、お参りをしたい、と思った。彼が愛した神路《かんじ》の地に咲く、ノウゼンカズラの花を携えて。

それが叶ったのは、この一年後だったが……。

八月一日の朝。いつにもまして小鳥の巣は騒がしかった。巣の中を見ると、親鳥の姿がない。よく見ると二羽とも、向かいの物置の屋根にいる。一羽が、いやに小さいと思ったら、それは、雛だ！　巣を出て、飛び立ったのか！　一番大きな雛だな。もう一羽の親は、というと、物置の横の桜の木にとまって、鋭い声でさえずっている。まだ飛び立てない他の雛たちを叱咤《しった》するように。

二番目に大きな雛は、すでに、狭いコンクリートのへりの上に歩み出して、翼をぱたぱたと動かしている。と、見る間に、親鳥のいる屋根の上へと飛び立った。娘と二人で、雛たちの応援を始めた。

三番目の雛は、おもむろに巣から立ち上がると、前の雛のように、何度か羽を動かす練習をした。仕方なく、いやいやながら、といった風だ。しかし、大きく翼を動かして、えいっとばかりに飛び立ち、すいーっと飛んでいった。途中、高度が落ち、翻《ひるがえ》りそうになった。かろうじて、倉庫の屋根に到達した。

「やったぁ！」

と二人で歓声を上げる。

最後の雛は、一番小さく、声も小さい。飛ぶのが恐いのか、ぶるぶると巣の中で震えている。生まれたのも一番遅かったし、餌を食べるときも、押しのけられて一番後回しになっていた。だから、なかなか大きくならなかった。羽毛もようやく生えてきたばかりで、親や他の雛と比べると、見るからに貧相で、とても大空に飛び立てるようには見えなかった。

他の雛は、今まで以上に大きな声でさえずりながら、辺りを元気に飛び回っている。小屋から近くの枝へ、小さな枝から大きな枝へ……。小鳥に生まれてきて本当に良かった、と言わんばかりに、翼をぐいっ、ぐいっとこぎながら、風を切っている。田んぼの向こうまで飛んで、電線にとまってこちらを見ているのもいる。

桜の木にいた親鳥が、巣の近くにまで飛んできて、さっきよりも鋭い声で鳴いている。こんな風に翼を動かすんだ、と手本を見せているようだ。他の雛も飛んできて、心配そうに巣の中をのぞいては、また飛び立っていった。翼を動かし、雛を抱きかかえるようにして、励ましている兄弟もいる。一緒に行こうよ、と手を差し伸べ、誘っている。私も娘も一緒になって、頑張れ、頑張れ、とエールを送った。

小さな雛は、ようやく思い立ったように、巣から這い出した。震える足で、一歩、一歩と歩きだす。首をすくめ、半分瞳を閉じて、心底おびえきった様子だ。翼をほんの少しだけ動かして、親や兄弟の励ましに精一杯答えようとしている。

しかし、翼を大きくぱたぱたと動かさなければ、飛び立つことはできない。教員住宅の二階は、小鳥にとっては、人間の高層ビルにも匹敵するほどの高さだろう。飛べなければ、死が待っている。

夏だというのに北風が吹きつける。雛の少ししかない羽毛が、風になびいた。その情けなさそうな顔……。まるで泣きべそをかいているようだ。

雛は、とぼとぼと歩いて、再び巣の中へ入ってしまった。

兄弟たちは、かわるがわるに飛んできて、巣の中にいる小さな妹に呼びかける。

「たった一人でこんなところにいるつもりか？」

「ここは、人間の世界で、小鳥の棲むところではないよ」

「一緒に、緑の山へ行こうよ！」

雛は、もう一度、巣から這い出し、弱々しい足取りで、冷たいコンクリートのへりの上に立った。

行ったり来たり、行ったり来たり、行ったり来たり……。その間にも、容赦なく風が吹きつける。ピュー、ピュー、窓の隙間から入ってきた北風は、せせら笑うような冷たい音を立てている。

ふいに、小さな雛の姿が、窓辺から消えた。びっくりして窓を開け、辺りを見渡すと、彼女は、向かいの桜の枝にとまっている！

緑の葉が風にひらひらと揺れる中で、いかにも得意そうに短い首を伸ばし、高い声でさえずっていた。

「私も飛んだよ！」

他の兄弟たちは、最後の妹の巣立ちを祝って、しきりに桜の木の周りを飛び回っていた。

それから数分後、親鳥の姿も、雛たちの姿も、どこにもなかった。窓のへりにある、もぬけとなった巣の周りに、ひからびた糞がいくつも張りついているばかりだった。

私は、巣を取り除き、それを持って階段を下りた。雛たちがさっきまで遊んでいた桜の木の下に置いた。ダニでいっぱいになった窓の枠を掃除し、カーテンを洗濯した。久しぶりに家事らしいことをした。

それが、私の巣立ちにも感じられた。かごから出た私は、普通のお母さんになった。


さて自由研究は片づいたが、問題は感想文である。小学校二年生に、なんで三枚も書かせるのか。

それは感想文コンクールに入賞する枚数が三枚だからだ。夏休み明けに集まった感想文の中から、三枚以上のものを抜粋し、とくによく書けているものを推敲してコンクールに応募する。まったく学校の都合である。かくして親子で苦しむことになるから、一応、学校の先生としてご近所のお子さんが感想文を書くお手伝いをしたことは幾度となくある。我が子が学校に上がり、自分の子に書かせてみると、なおさら、お母さん方の苦労が身に染みた。

娘が選んだ本は『でんでら竜がでてきたよ』だ。「♬でんでらりゅうばぁ　出～てくるばって

ん　出ん出られんけん　出〜て来んけん……♬」の楽譜がついていた。卵を紙に書いて封筒に入れ、でんでら竜の歌を歌いながら枕で温めると、竜が生まれてくる、そして、でんでら竜と主人公の女の子が冒険する、という物語だった。娘は、本を読んですぐ、大喜びで卵の絵を描き、毎晩、枕に顔を押しつけて、でんでら竜の歌を歌っていた。こうして生まれた竜は「エメラルド」ちゃんだ。感想文もそっちのけに想像の翼は広がり、エメラルドの妹分の「ダイヤモンド」ちゃん、「パール」ちゃんなど、宝石の名前を持つ竜が次々と生まれた。物語のでんでら竜は、最後に故郷の長崎へ飛んでいくが、うちの娘の竜は、郡上に来る前に住んでいた土岐市が故郷、ということになり、郡上から土岐市へ帰ってからも、しばらく、でんでら竜ごっこは続いた。確か、五年生くらいになって、サンタさんを信じなくなったころから、でんでら竜もいなくなった気がする。その頃から私は、娘の感想文を手伝わなくなり、しかし、その感想文が学校で入賞するようになった。つまり「でんでら竜がでてきたよ」を読んで、の感想文は、病気を押して手伝だったにもかかわらず、入賞しなかった、という訳である。

夏の終わりに、大きな台風がきた。以前から、低気圧が近づくと、喘息の具合が悪くなった。具合が悪いほど、大きな台風であることが分かる。喘息ばかりでなく、自律神経全体の調子が悪いので、体に大きなダメージがあった。

台風は夜、近づいてきた。その夜は、一睡もできなかった。胸に圧迫感があり、心臓がドキドキした。喘息の症状も出て、呼吸が苦しかった。吐くときも、吸うときも喘鳴《ぜいめい》が聞こえる。やがて、今吸ったのか、吐いたのか分からなくなった。苦しい。夜中に病院へ運んでもらおうと、何度も思った。家族はよく眠っているので、起こすのも可哀そうだ。できるだけ我慢した。

明け方が近づき、窓の外が白んできた。台風が遠ざかったのか、雨も風も弱くなった。胸の圧迫感がなくなり、呼吸も楽になった。私はそのまま眠ってしまった。

目を覚ますと、台風一過の青空だ。胸やのどに、少しダメージを受けた感じはあったが、体は快調だ。体が弱っているとき、人間は、自分が自然の一部であることを実感できる。

生命は自分の持ち物だと思っている人が多いかもしれないが、それは間違いだ。一人の人間の生命などというものは、大きな大きな自然の一部である。自分という人間は、無限の宇宙の、悠久に流れる時間の中で、ほんの一瞬、場所と時間をもらって生かされているにすぎない。だから自然を大切にする行為は、自分自身を大切にすることにつながる。

と、いうことで、草むらに落ちている空き缶を拾ったり、ゴミの分別、生ゴミの利用、エコバッグの使用など、エコに関することは前にもまして熱心になった。

家事を少しずつする中で、手足の感覚や機能は、どんどん回復していった。長時間、何かを続けるのは辛かった。だからたとえば、夕食の準備は、椅子に座ってしていた。けっこう辛いのは、洗濯物を干すことである。上を向いたり、下を向いたり、細かい動作が多い。この頃、教え子のお母さんが味ご飯を炊いて持ってきてくださったり、教員住宅のお隣さんがおかずを分けてくださったりしていた。こうした、さり気ない優しさが、傷ついた心身に沁みるようだった。

買い物は、夫と一緒に行ってもらった。スーパーに行くのは、恐ろしく刺激のあることだ。行った後に休憩することを想定しておかねばならない。そのうちに、近くの八百屋さんまで買い物に行けるようになった。狭い店内なら、つかまりながら歩くことができる。安全だから、安心して買い物ができた。

車の運転に対し、許可が出た。サングラスをかけ、ゆっくりと運転した。時速四十キロを超えると、気分が悪くなった。三十七、八キロが限界だ。私はふと、それは人間が一番速く走れる速度と一緒なのではないか、と思った。体力の弱った者には「自然でないこと」をするのは、辛い、ということが分かった。

この頃になって初めて、肩が、ものすごくこっていることに気づいた。痛くて仕方がない。足先から脳みその中まで、不調なところばかりだったので、それらが少し良くなったため、痛いところがあることに気づいたのだった。「痛い」ということは、結構、健康な状態である。もう死にかかっている状態を脱したという訳だ。「新生《しんせい》治療院」を紹介してもらって、マッサージに通うことにした。

ある大雪の日、玄関のベルが鳴った。私は這い這いで玄関へ急いだ。玄関の外にいる誰かと話さないといけないので、玄関へ行くまでに歩いたりして体力を消耗してはいけない。ドアを開けるのにも、開けた後立っているのにも体力がいる。

ドアを開けると、二人のご婦人の輝くばかりの笑顔。まだ元気な頃、たまたま入った美容院のおかみさんと、そこで出会った女性だった。

「お久しぶりです、ど、どうやってみえたのですか？」

「単車やよ。階段の下に置いてきたけど、良かったかな？」

「あ、大丈夫だと思います。こんな雪の日に……」

「なぁに、合羽を着れば、なんてことないわなぁ」

玄関先で笑い声が上がった。前髪が少し濡れ、鼻先が赤くなっている。いくら合羽を着ていたって、バイクでスピードを出せば、顔面に冷たい雪がかかる。わざわざ私を励ますためだけに、二人でやってきてくれたのかと思うと、それだけで、ほくほくと心の底が温かくなった。お二人のうち、おかみさんでない方の息子さんが治療院を営んでいるということだった。

「ちぃと息子に診てもらってみなれ、ようなるかもしれんよ」

いろいろと話すうち、肩がこっていることを伝えると、治療院の連絡先を教えてくださった。院長の釜倉崇典《かまくらたかのり》さんは、盲目というハンディにめげない、底抜けに明るい人だった。歌が上手で、NHKの歌合戦で優勝したことがあるそうだ。ピアノの弾き語りで歌を聴かせてもらったが、プロ並みに上手い。仲間と組んでいるバンドでは、ベースを担当している。青年の主張大会で、地区の代表に選ばれかけたのだが、「障害者なのに明るすぎる」という理由で最終審査に落ちたとか……。柔道は黒帯で、体を鍛えるためにランニングしている。野球もやるし、スキーもやる。野球のボールには鈴が入っているらしく、スキー場ではトランシーバーで目の見える人が誘導してくれるということだ。ランニングは、誰の助けも借りず、歩数と感覚で同じコースを問違いなく安全に走れる、ということだった。

カクテルの話をしているときに、うっかり目が見えないことを忘れて、色を聞いてしまったことがあった。「ごめんなさい」よりも前に「薄いピンクですかね～」という返事が返ってきて、たまげた。「マルガリータ」は無色透明のカクテルだが、その仲間で、フローズン・マルガリータというのがあるらしく、テキーラの代わりに、いちごのキュラソーを加えるからピンク色になるらしい。イチゴをのせていただくとか。氷カフェ、という飲み物が初めて出てきたときも、よせばいいのに電話で釜倉さんの指示どおりに行ったところ、その店に行きついたこともあった。

奥さんがまだ二十代で、美しい女性だ。これが、私の夫などは一番うらやましいところのようだった。北海道出身の奥さんを射止めるために、お父さんに長文の手紙を書いたとか。サッカーの指導者をしていたお父さんからの返事は「君のシュートは見事ゴールをとらえたよ」。マッサージよりも、こうした、いろいろな話を聞かせてもらう方が楽しかった。ある日、サッカーのゲームのことが話題になった。話していると、まるでゲームの様子が目の前に見えてくるような会話になる。本当は、見えるんじゃないかと、何度も思った。やがて友達付き合いするようになり、仲間うちで、彼は「盲目の詐欺師」と親しみをこめて呼ばれるようになった。

彼には瞳がなく、盲目は生まれつきだ。階段を上るとき、道を歩いていて段差があるときなどは、手を差し伸べて危険を知らせ、助けるときはある。しかしそれ以外は、少しも目の見える私たちと変わらない。目が見えない以外は健常だから、それは当然のことだ。障がいに対する偏見を持っているのは、こちらの方だった。

釜倉さんは、治療の際、体にさわると、こっているところや悪いところが分かるようだった。マッサージで、こりをほぐしてもらうと、調子が良くなる。しかし、またしばらくすると、こりが中からわいて出てくる。それをまたもみほぐしてもらう。その繰り返しだった。長年の疲れが、体の中に蓄積されていて、少しずつ出てくるのだ。蓄積した疲れを出し切ったとき、健康が戻ってくるだろう、そう思えた。

この頃から私の体は驚異的に回復し始め、復職は叶わぬ夢ではなくなっていった。

秋がきた。長距離を歩けるようになり、車を運転して出かける距離も少しずつ遠くなった。私は、前から行きたい、と思っていた神路《かんじ》へ行ってみた。この神路というところは、大和《やまと》町の南部、八幡町との境にある。

国道を、車で少し南へ直進した後、駐車して少し歩けば、そこが神路だ。車で十分もかからない。それよりたくさん運転するのは、まだ危険だった。また、駐車した後、たくさん歩けば、その後、運転して帰ることは無理だった。自動車と徒歩で行き来するには、ちょうど良い距離だ。私のリハビリには、うってつけの場所だった。

数日、神路へ通った。歴史の勉強をして、自分が頭の中で仮説として立てたこと、思い描いていたことを、一つずつ、自分の目で確かめ、検証することができた。私は、嬉しくて、嬉しくてたまらなかった。

神路に住んでいる人に、話を聞くのが一番だが、その頃はまだ、親しい知り合いに神路の人はいなかった。また、運転と運動にプラスして、初対面の人と会い、会話を交わすような体力は、まだなかった。

でも、神路の澄み切った空気は、不思議な生命力に満たされていて、息を吸うたび、瞳を動かすたびに、体の隅々の細胞にまで、新鮮な生命力が吹き込まれ、芯から健康が蘇ってくるような気がした。いつでもどこからか、憧れの遠藤胤縁《たねより》の声が聞こえてくるような気がした。胤縁《たねより》は、神路と長良川をはさんで反対側の、場皿《ばさら》というところに城を構えていた戦国武将だ。越前朝倉氏が、郡上を攻めたときに、神路に一夜城が造られたが、これを造ったのが、胤縁である。

神路を歩いていると、風に揺れる木立の下に、日光を受けて煌《きら》めく神路川の畔に、胤縁が立って微笑みかけてくるようだ。しかし、目を凝らすと畔に立っているのはアオサギだった。白鷺《しらさぎ》と同じくらいの大きさの鳥で、田んぼや川の近くによく見られる。体の色が少し灰色で、青色がかって見えることから、アオサギと言われるのだろう。

私が近づくと、横目でこちらを伺っている。こちらを気にしているような素振りを見せないで、とぼけるところが、アオサギの特徴だ。アオサギに手を振った。横目で私の方を見たまま、体の向きを変え、翼を広げて飛んでいってしまった。

アオサギが飛んでいった方を目で追った。紅葉した落ち葉が、絨毯のように敷きつめられた山道が、小さな谷川沿いに続いている。「ノウザ谷」という看板が目に入った。

ノウザ谷の入り口に立ち、私は、このとき、一つの夢を持った。

——早く元気になって、このノウザの地を、馬に乗って走りたい。谷川の茂みに分け入って、その馬に、谷川の冷たい水を飲ませたい……。

戦国時代、遠藤胤縁という人が、この辺りを治めていた。「ノウザ」という変わった地名は「ノウザンブリア（英国北部に昔あったといわれる王国）」からきているのではないかと、私は考えていた。胤縁の配下に、外国人がいたのではないか、とも……。

さて、馬に乗りたい、という私の途方もない夢は、その後、一年もしないうちに叶えられることとなった。教職に復帰する、少し前のことだった。

娘と一緒に、動物に触れてみたい、と思い立ち、神路にある乗馬クラブ「ウェスタンクラブ」に入会した。しばらく通ううち、馬で外へ出かけるときは、皆で連れ立って、ノウザの山中に入り、ノウザ谷の頂上にまで登ることが分かった。私は、自動車が運転できるようになったばかりで、馬に乗るのは恐かった。指導員の親切な指導のお陰で、ノウザで馬に乗ることができた。そして、クラブに帰る途中、道の脇にそれ、冷たい谷川に馬を引き入れた。木立の中を、ゆっくり歩いていく馬。首を曲げ、神路川のせせらぎに口をつけ、水を飲む馬！　感激だった。今でもその光景が、目の中に焼きついている。

元気になり、教職に復帰してからも、神路に行くたび、あの不思議な力に満たされて行く感じを味わった。きっと、神路は、死にかけた者も蘇生させるような、不思議な力を持った、そういう場所なんだろう。元気がなくなったら、あそこへ行けば、きっとまた、元気になれるような気がする。

晩秋。一番好きな季節だ。私は毎日、一時間以上、散歩した。体がどんどん回復していくのを感じる。心と体は連動しているから、体だけでなく、気分も良い。自律神経の失調とは、心身のバランスを崩すことだ。心で体を思い、体を動かすことで心を豊かにすれば、病気は治るんだなと感じていた。

学校で倒れてから、一年が経とうとしていた。散歩と家事が精一杯では、まだ復職はできない。復職への希望は出てきたが……。病気休職を伸ばすことになった。

体を鍛えることが第一である。散歩のほかに、買い物に行くのも、銀行に行くのも、必ず歩いていった。ピカチュウの入った万歩計を「ポケットピカチュウ」という。いつもこれを持ち歩いた。万歩計の中にいる私のピカチュウは、いつも機嫌が良かった。歩いてワット数を上げていたからだ。一日、一万歩は、必ず歩いていたから……。

歩くのが、楽しくて、楽しくて仕方がなかった。山や川や、道端の小さな草花や、虫や、いろんなものを眺めた後、ふと下を見ると、自分は、地面に二本の足をつけて、立っているのだ！　もう、ふらついて転ぶことは、めったになくなった。どんなに歩いても、吐き気がして立っていられなくなることもない。毎日、歩き疲れて、泥のように眠った。家事だけは、満足にできるようになった。私は、健康な人になろうとしていた。

この頃、ずっと行きたかったところへ、行ってみようと思い立った。

——東胤行《とうのたねゆき》の阿千葉《あちば》城、東常縁《つねより》の篠脇城、遠藤胤縁の木越《きごし》城・神路城——

阿千葉城は、交通量の多いところにあり、行くのは危ない。神路城は、登り口が未だ分からない。

そこで、まず篠脇城へ登った。晩秋のよく晴れた日だった。夫の実家で飼っている、茶色いメス犬と一緒に登った。夫の両親が息子の家に遊びに来るのに、犬を連れてきたのだった。犬が一緒だったので、不安な気持ちが少し和らいだ。

古今伝授《こきんでんじゅ》の里・大和町のシンボルとも言える「東常縁」は、歌人として有名である。しかし、その一生を眺めれば、武将として優れていた、と言える。城をいったん敵に奪われ、歌で返してもらった後、この城を頑丈な要塞に造り上げた。彼が造った要塞が、どれほどのものかこの目で確かめたかった。

また、「遠藤胤縁」は、常縁が築城して数十年後、戦乱の世になってから、この篠脇城をバックアップする形で、神路城を造った。だから、篠脇城の南面には、必ず、神路方面、すなわち、南へと向かう通路が存在しているのではないか、と考えていた。それも確かめたかった。

予想どおり、篠脇城の天守閣跡まで登った後、南へ少し下ると、「抜道《ぬけみち》」と呼ばれる通路が、いつの頃にかあったことが確認できた。大和町教育委員会の標識に、そう書いてあった。神路城は、胤縁が造った一夜城だとされている。私は、遠い戦国時代、朝倉氏の篠脇攻めのとき、大将を務めたのは、青年の日の胤縁だと思っている。文献上では、石徹白伝衛門《いとしろでんえもん》の書状に、それをうかがわせるものがあるが、詳細は明らかになっていない。この「抜道」が、その物証である、ということもできる。胤縁が偉大な人物であったことを、様々な角度から証明したいという気持ちが、さらに高まった。

晩秋のある風の強い日。私は、その胤縁の居城であった、木越城跡に登ってみることにした。大和町の西側にある山は、福井県境にまで続いているので、熊が出ることがある。暖かいうちに登ると危険なのだ。もっとも最近は、餌が足りなくて、冬の雪が降っているときにでも、熊が出ることがあるそうだ。「穴持たず熊」といって、腹をすかせているから獰猛らしい。

木越城は、大和町の西南、場皿にある。バッサラーという地名の如く、なんともエキゾチックな感じのするところだ。金松館《きんしょう》という地元では有名な、古い旅館の横に小高い丘があり、その頂上に木越城はあった。この城は、胤縁の祖父が建てた城だ。きっと胤縁のように頭の良い人だろうから、大和町全部が見える上に、白鳥《しろとり》方面まですかっと見渡せるところに違いない、と思っていた。

金松館の下に、カワシンジュガイの生息地がある。田んぼのように水が張られた沼に、「カワシンジュガイの生息地」と書かれた、大和町教育委員会の標識が倒れ込んでいる。目を凝らしてみたが、真珠貝は見えなかった。

その沼地を過ぎると、大理石のような岩と、岩の柱が、お城への門のように立っている。岩にも柱にも、宝石のように光り輝く小さな石が詰まっていて、日の光を受けてぴかぴか光っている。でも、草がぼうぼうと伸びた上に、枯れて茶色くなり、その上にかぶさっているので、往時の華麗さを偲ぶことはできない。

金松館の方へ歩んでいくと、さわさわと竹の葉の擦れる音がする。その竹やぶの下に「木越城登城口」と書かれた標識が立っていた。

登山道が整備されている訳ではないので、なんとなく、歩きやすいところを選んで、木や木の切り株につかまりながら、登った。落ち葉が山いっぱいに敷きつめられているので、足を滑らせないように気をつけて歩いた。風が強く、落ち葉は乾き切っていたので、何度も滑り落ちた。

ようやく頂上に着いた。そこは、天守閣というよりは、見張り台のような物があったのだろうか。現代の家でいえば、二十畳くらいの平らな土地があった。鬱蒼と木が茂っているが、木々の隙間から北を眺めると、思ったとおり、大和町の全体と、長良川沿いに白鳥方面まで見晴るかすことができた。朝倉氏の篠脇攻めのときは、ここから見える情報を、本陣の神路城に知らせ、敵が攻め落とそうとしていた、篠脇城での、最後の決戦——投石による決戦のときをねらったものと思われる。すべての作戦は、胤縁によるものだろう。

木越城からの伝令は、狼煙《のろし》を使ったのだろうか？　それとも誰か、伝令が走ったのだろうか？　刃の音や馬のいななき、武者の勇ましい雄たけびが聞こえてくるような気がした。

北からの風が、今は跡形もない城跡を吹き抜けた。かすかに川のにおいがする。

足元に、紅い実をつけた小さな藪《やぶ》こうじの木があった。高さが十センチくらい。葉が五、六枚ほどしかついていない。紅い実が二つ、仲良く寄り添って風に揺れている。ぷくんと丸くふくらんでいて、つやつやと光っていた。

私は、根を切らないようにそっとその木を抜くと、胸のポケットに入れた。じんわりと胸があったかくなるような気がした。それは、元気になりつつある私への、胤縁からのプレゼントのような気がした。

家に持って帰り、小さなフラワーポットに植えた。その赤い実は、その後一年半近く、私が郡上を去るまで、つやつや、ぷくんとしたままだった。

帰り道、車に乗る前に、アオサギを見た。私の方を見て、「大丈夫か？」と言ってくれているような顔をした。「大丈夫だよ」と心の中で返事をすると、ゆっくり顔を前に向けて、羽ばたき、飛んでいってしまった。


体調が良くなり、わりと自由に動けるようになった頃、私は、自分の精神が病んでいたのではないか、と考え始めた。過労で倒れたのだから「仕事依存症」にかかっていたのかもしれない。私は、自分の心の中を見つめ直して、自分を変える必要性を感じていた。

そこで、かかりつけの心療内科の医師に、カウンセリングを申し出た。

「カウンセリングの必要性はないですよ」

と言われてしまった。過労によって体調が悪くなったのだから、休めば良いということだ。それももっともだ。一応、納得した。ところが、いろいろと本を読んだり、人と話しいりするうち、なぜカウンセリングの必要性がないと言われてしまうのかが分かった。

日本では、社会的に不適応を起こさない限り、心療や精神治療の必要性がない。自分が、自分自身を変えて、より健康的により幸福に生活しようとする人に、答え得る医学が、まだ発達していないのである。そうした積極的な色合いのある医学を、従来の臨床医学に対して「健康医学」

と言う。西欧では、大学の医学部に「健康医学」に関する学部が創設されているが、日本にはまだない。社会的に不適応を起こしていなくても、心理的、精神的に病んでいる人は、けっこういると思う。自分について悩み、自分を変えようとして努力する人は、自分に正直な、精神の健康な人だと思う。私はそういう人でありたい。

そこで、結構評判のいいメンタルクリニックの扉を叩いて、治療をお願いしてみた。

自分の心の中を見つめていくうち、いろいろなことが分かった。私は仕事依存症ではなかった。小学校のとき、担任の先生から受けた性的虐待が元で、心にトラウマを抱えていることが分かった。先生という職業を選んだのは、そのためだということだ。先生を結婚相手に選んだのも、同じ理由だという。仕事にのめり込んでしまうのは、自分を防御するためである。

こんなことが分かったのは、カウンセリングを始めて間もない頃、偶然、本屋で男性の同僚に鉢合わせたからである。本棚の向こうに同僚を見つけたとき、私は金縛りにあったように動けなくなった。咄嗟に本棚の陰に隠れようとしているのに、体がまったく動かない。勤めている頃なら、気軽に挨拶し、雑談するところである。しかし、恐ろしくて声も出ず、動かない手足がぶるぶると震えだした。この経験をカウンセラーに話したことから、数十年前の虐待を思い出すことができたのだ。

そこで、虐待を乗り越えるところから、治療が始まった。

虐待を受けた頃、私はまだ三年生だった。「先生が変なことをするのは、私が悪い子だからだ」と思い込んで、親にも誰にも相談しなかった。そのために、深いトラウマになったそうだ。

「私は少しも悪くなくて、悪いのは先生の方だ」と思えればよい、ということだ。虐待のことは思い出したくない過去として、心の奥底に沈められ、歪んだ形で私の心は発達してしまった。その先生のことを思い出すことで、一時的に精神状態が不安定になった。

「ＡＣ（アダルトチャイルド）」のグループで座談会のようなことを幾度も行った。グループセラピーとか言うらしい。グループにはほかに、依存症とか何とか、いろいろなのがあった。同じ悩みを持つ人たちと話していると、話している内容は、ものすごくヘビーだが、妙に安心するから不思議だ。自分は人と違って少し変わっている、と昔から思っていたが、それは自分のせいでなく、心に受けた傷のせいであることが理解できるようになった。

雑談や食事など、ただ半日一緒に過ごす、というのも何度かやった。結構仲良くなった相手にも、名前や素性を打ち明けず、ただ自分の思っていることを話す。深入りしそうになると、どちらともなく離れ、また他の人と他愛もない話をする。お金を払って行う治療とは思えない内容である。ここで、心を裸にしてしまって、いつも傷つき続けてきた自分に気づき、自分の心を自分で守るエクササイズをしていた。自分と相手との距離感をつかむ練習である。

私は小さな頃から、大勢の人の中にいて疲れてくると、自分の体がどこにもなくなる感覚を味わってきた。急に自分が空気になって、目だけを出して周りの人を見ている感覚に陥るのだ。これは、虐待を受けた子どもに見られる解離症状だということも分かった。虐待によって、体がこの上ない苦痛にさらされるものだから、心ばかりは守ろうとして、嫌なことをされている体から心だけが離れるものである。こうした治療を受けた後、自分の体が空気になってしまうことはなくなった。

それにしても、「先生が悪い」と思うのは、とてつもなく難しいことだった。これはイメージトレーニングが主な治療だった。

——ものすごく快適な部屋でくつろいでいる自分を想像する。自分は大人で、お金持ちの権力者であり、鋭利な刃物を持っている。そこへ、あの先生が来た。先生は子どものように小さくて、弱弱しい。そして私に変なことをしようとする。私はナイフで威嚇しながら、先生に怒号を飛ばす……。

こんな想像から始まって、やがて刃物はなくなり、先生は大人であり……、のように条件を現実に近づけていく。最終的には、教師の私が、児童に性的虐待を加えている同僚を見つけて、静かに注意をする、という光景を簡単に思い起こせるまでになれたら、ほぼ回復である。

この頃、私は、こんな夢を見た。もう悪夢ではない。

——私は、荒野を歩いている。私の後ろには道があるが、前に道はない。高村光太郎の詩「道程《どうてい》」みたいだ。荒野には砂嵐が舞っている。空は濃いねずみ色だ。夜明け前なのだろう。太陽がなく、暗い。寒くて、手が冷たい。手を擦《こす》り合わせ、温めてみるが、温かくならない。乾いた唇を舌で湿らせた。砂が口の中に入ってしまった。ザリザリと音がする。私は悲しい気持ちになって、その場に座り込んだ。誰も助けてくれない。一人で行くしかない。だのに、前へ進む気になれない。今まで歩いてくるうちに、随分、泣いたのだろう。もう涙も涸れた。

太陽が昇り始めた。真っ赤な太陽が、東の空を紅に染め、今まさに地平線を離れた。金色の光を、すべてのものに投げかける。岩も、草も、自分自身も、明るくなった。暖かくなった。私は立ち上がり、紅の朝が明けたことを、心から喜んだ。私の前に、太陽に向かって、一筋の道が見えた。


目を覚ました私は、「教師として復帰できる」という希望が、胸いっぱいにあふれていた。


平成九年十一月。その日は、朝から小雨のぱらつく、底冷えのする日だった。どんより曇った寒空の下を、凍てつくような北風が吹き抜ける。

今日は、遠くの市にある病院で、診察を受ける。ラッシュアワーのバス停で一人、バスを待ちながら、私は、北風に吹かれていた。この頃、体調は見違えるほどに良くなって、散歩したり、買い物をしたり、健康な人とあまり変わらない生活ができるようになっていた。遠くの市にある病院に、一人で行けるなどというのは、半年前の自分の状態から思えば、夢のようなことである。これが、自分で自動車を運転して、行って帰ってこられるようになれば、社会復帰の日も近いことだろう。

この翌月、その遠くの病院に、私は自分でハンドルを取って出かけることができた。一時間半ほど運転をして、病院へ行く。待ち時間を経て、診察を受ける。またしばらく待って会計を済ませ、薬をもらいに行く。そしてまた、一時間半も運転して帰る。とくに帰りの運転が心配だった。

「復帰できそうですねぇ。良かったですね」

私の回復ぶりに驚きながら、医師が言った。まだまだ体調を整える時間がいるが、来年度中には、復帰できそうだということだ。療養中、親切にしてくれた友達や先輩の顔が、次から次へと脳裏に浮かんだ。その励ましは、希望を捨てないで、前向きに生きることを教えてくれた。

「復帰は、まず、無理でしょう」と言われたときの絶望感を思い出した。たくさんの励ましは、絶望の淵に立つ私が、絶望の海に落ちないよう守ってくれた。愚かだった私は、その淵から心の旅に出て、自分の体と出会った。心と体のバランスをとる、自然な生き方によって、健康を取り戻すことができた。

医師に、お礼を言い、帰途についた。途中で休み休み、何とか帰ってくることができた。

ふと、過労のために、保母をやめなければならなかった友達や、死んでしまった先輩のことが、脳裏をよぎった。私よりも、教育者として優れた才能を持ち、人格も立派な人が、教員を続けられなくなった。私が、再び教壇に立てるということに心から感謝した。先生という身分は、もう自分の心を守る鎧ではない。多くの励ましで立ち直ったことを、縁する人たちに伝えていくために、教壇に立つのだ。北風は冷たかったが、私の心は、たき火にあたっているように温かかった。

平成十年が明けた。真冬も散歩は続けた。

晴れた日。日陰に残った雪を見つけた。小さな谷川の縁に残った雪。谷川の急な流れに、雪が洗われ、少しずつ削られていく。雪は水にあらがうこともなく、水は雪を攻撃する訳でもなく……。ただ自然に事が運んでいく。雪はやがて、すべて水に返るだろう。

寒い朝。凍てついた田んぼに、太陽の光が当たり始めた。少しずつ土がとける。凍っていた水分が、一気に水蒸気となって、立ちのぼる。きらきらとダイヤモンドのように光り、朝霧の中へ消えていくのを、息もしないで見ていた。

小川の周りに、小さな花畑を見つけた。イヌフグリが群生している。優しい青色と、若草色の葉。数え切れないくらいたくさん咲いた。一斉に花開いて、歓声を上げている。春も近い。

この頃、こんなに美しいものは、もう見られない、ということの繰り返しだった。生きていることの喜びが、なんでも美しく見せてくれるのだろう。

生命に内在する可能性は無限大であり、心に希望を持ち続けることで奇跡を起こすことができる、と私は信ずるようになった。

梅の花がほころぶ、と言われる二月。まだ寒い郡上では、梅はほころばず、鶯《うぐいす》も来ない。

以前からPTAの役員として私を助けてくださっていた、田代さんの家に、お礼やらお詫びやら、復帰の挨拶やら、をしに出かけた。田代さんの家は、偶然、私たち家族が住んでいた教員住宅のすぐ近くにあり、徒歩で行くことができた。

初めてといっても、実は家庭訪問に伺ったことはある。倒れる前、まだ三年生だったお嬢さんを担任させてもらった。その家庭訪問の際は、自宅横の工場にお邪魔させていただいた。自営のお宅の場合は、ご夫婦で忙しく働いてみえるところへお邪魔する訳なので、自宅以外でお会いすることはよくあることだ。木工製品に塗装を施す仕事だから、見たこともない機械が並び、面白い動きをしている。美濃焼の産地から赴任してきたから、陶磁器製造の機械は見慣れていたが、こういうのは初めてで、面白くて仕方がなかった。いろいろ質問をし、詳しい説明を聞いているうちに時間が過ぎてしまい、お嬢さんの話を少しもしないで終わってしまった。田代さんとは今では友達付き合いをしているが、初めて家庭訪問に行ったときの私の態度から「少し変わった先生」という印象を持たれたようだ。この工場の横にあった自宅は、今は人に貸し、裏に大きな新築の家が建っていた。

工場に声をかけると、田代さんのご主人・親昌《みよし》さんがつなぎの服を着て、タオルで手を拭きながら出てきた。いつもはモノトーンのセーターや皮のジャケットなどをさらりと着こなす人なので、仕事着を見るのは二度目だ。相変わらずの柔和な笑顔。新築ということもあって、家の中を見せていただくことになった。

和風の玄関の横に、室内の坪庭がしつらえてある。そこから上がると広々とした座敷だ。新しい畳の香り。床の間が漆で黒く塗り込めてある。そこに藍染のタペストリー。座敷はそのまま間仕切りだけで仏間に通じていた。北側の窓の障子を開け放って、明かりを取ってある。冬空にそびえたつ白山が、一幅の名画のごとく胸に迫る。我が家と同じ風景だな、と思いながら仏壇の前に座る。過去帳にしたためられたご先祖様の名前。一瞥して「あっ」と息をのんだ。

「田代　一養《いちよう》」「養信《ようしん》」「理庵《りあん》」

郡上一揆の際、百姓たちをまとめ一揆を勝利に導いた、二代一養こと三郎左衛門綱慧《さぶろうざえもんこうえ》の、祖父そして叔父たちの名である。

私は郡上に来てから、この三年、綱慧の子孫を探していた。田代という名字の人が結構いたが、まさか、自分の担任している子だとは思わなかった。教え子に尋ねたときは、違うよ、と言っていたため、それを鵜呑みにしていた。よく考えれば、お上に楯突いて、大それたことをした人が、代々のご先祖の中で大切に思われている訳がない。お家の名前に傷がつく、というものだ。言い伝えとして存在が残っているぐらいのものだろう。案の定、過去帳をいくらめくっても綱慧の名はどこにもない。思い切って親昌さんに訊ねた。

「あのぉ、田代さんのお宅って、郡上一揆に加担した人、いなかったですかねぇ？」

「あぁ、おるらしいよ。百姓どもを焚き付けといて、みんな首切られたのに、腹も切らんと逃げた奴がおったらしい……」

「えぇっ、ほんとですか⁉」

鬼気迫る剣幕に、少しだけたじろぎながら、親昌さんは頷《うなず》いた。

――そうか、不届きものだから、素性が分からなかったのか……

深く納得しながら、ため息を吐いた。

「おまけに行った先で子まで作って……、一養という名は二代で絶えてしまった、という訳や」

尾張のご典医・田代一養の名をその息子たち、養信・理庵たちは継がず、将来を嘱望された綱慧が継いだのだった。綱慧がいなくなった後も、田代家は代々この山国で、医者として生き続けた。

「こうえ、と読まないで、綱慧《つなのぶ》か綱慧《つなさと》と読むんじゃないかな」

しばらく郡上一揆の話をした後、綱慧の直系の子孫である、田代本家へ連れていってもらう約束をした頃には、お昼を回っていた。一揆の首謀者と目されたために故郷も家も捨てて逃げなければならなかったが、良いことをした人が自殺することはない。晩年の綱慧が生きた村が、北陸にあり「田代」という地名になっていることを教えてもらった。大和町、大間見の山奥深くにも「田代」というところがあり、そこは代々田代家が暮らした地だったそうだ。今でも「一養」「養信」「理庵」さんたちのお墓がある、ということだった。その田代にも、いつか連れていってもらう約束をした。

「先生、お昼ご飯、食べて行きなれ、なんにもないけんど」

親昌さんの奥さん・さとみさんが、座敷の向こうから呼んだ。涼しい眼差し。静かな人だから、少しとっつきにくいところがある。ところが、その声は高く澄んでいて、語尾が消え入るように小さくなる。そこに優しい心遣いを感じる人だった。思わず「は～い」と返事をしそうになる。

一応遠慮しようとしたが、メニューを聞いて断れなくなった。

「漬物、煮たで、熱いうちに食べて……」

冬場の漬物といえば、白菜の切漬けである。白菜・赤カブ・唐辛子を刻んで塩でもみ漬け込む。樽を外に出して雪に当てるなど、冷やすほど味が良くなる。一週間ほど経って、少し黄ばんで酸っぱくなった頃が一番良い。これを、だし汁に肉を加えたところに入れて煮たものは、一番のご馳走である。

夫の実家では、卵や油も加えて更に豪華版にし、「漬物のすき焼き」と呼んでいる。ちょうど飛騨の高山で、朴葉《ほおば》の上で漬物を焼く料理があるが、あれとよく似ている。家族の揃っていないときに、この料理をするのは、家族関係に亀裂が入る結果となるほど、大切なご馳走だ。

田代家の漬物煮も絶品、一緒に出された豚汁も最高においしい。具として入っていた蒟蒻《こんにゃく》を、切らないで手でちぎって入れてあるので、よく味が浸みていた。ただ、昼ごはんに漬物煮を食べたことを、お嬢さんに言わないことを約束した。

田代家の本家に行く日。カメラにメモ帳、シャープペンシル二本に芯を入れ、さらに鉛筆も持って……、準備万端。親昌さんの車に乗る。長良川鉄道に沿って町役場まで抜ける道沿いに、本家はあった。何度も車で前を通ったことがある。今日は、町の歴史研究サークルの方々が集まって、本家に保管してある文化財を見せていただき、お話を伺う会があり、私はそこにお邪魔させていただけるよう、親昌さんが取り計らってくれたのだった。

立派な門の中に端正なお庭がある。そこに「大和町重要文化財」と認められた標が何本も立っている。三年間、どうして気づかなかったのか、自分の不注意が悔やまれた。

代々引き継がれてきた立派な屏風や、宝暦騒動中の記録など、部屋の中はまさに宝の山だった。中でも私が一番ひきつけられたのは「一口の鯉」である。郡上一揆すなわち宝暦騒動の末期、牢獄で病気になる人、亡くなってしまう人が出た。綱慧は元ご典医として江戸城に入り騒動を成功へ導いただけでなく、こうした病人や死人に医者として施術を施し、遺体の処理までやった。騒動の拠点を引き払って原状復帰し、郡上へ帰る途中の寺で弔いを行った。そのときに料理として出された鯉を一口持って帰り、騒動の記録とともに代々伝えるよう命じたという。

小さな茶色い塊と化した鯉は、二百年以上の時を経てなお、私に語りかける。激流に逆らって上った鯉は龍になるという。幕府によって捉えられ処罰された仲間たちは、皆、龍である。その命は永遠にこの郡上の地に生き続ける!! 綱慧の息遣いまでが聞こえてきそうだった。

新学期になり、我が子や近所の子どもたちとともに、分団《ぶんだん》登校をした。これもリハビリだ。黄色い旗を持った分団長が、皆に声をかける。まだ子どもなのに、責任ある仕事を任せられ、それをやり切ろうとしている。まことに尊いことである。

学校に着いた。授業参観をしたり、全校の行事に参加させてもらったりした。上司や同僚の温かい心遣いに感謝するばかりである。自分の心すら見えなかった自分が、教師としていかに未熟だったか、痛感させられた。

夏は忙しかった。復帰のために、面接など様々な手続きを取らなければならなかった。当時の校長先生、そして夫に、大変にお世話をかけてしまった。

こうして、リハビリの期間は終わりを告げようとしていた。夏が終わり、二学期。倒れてから二年足らずで、私は職場復帰を果たすことができる。

田代へ出かけたのは、そんな夏の夜だった。親昌さんの仕事が終わるのを待って、日が落ちた頃に、子どもたちと一緒に車に乗った。

同じ教員住宅に住む土田先生夫婦と、それから田代家の工場横の借家に住む桜田夫妻も一緒だ。私が、ひょんなことからお昼ご飯をご馳走になったことがきっかけで、これらの人たちと田代家に集まってお食事会を開くのが、恒例のお楽しみとなった。当時売り出し中だった「スーパーホップス」という発泡酒を、お食事のお供に好んで飲んだので、そのお食事会は、誰言うともなく「ホップス会」と名付けられた。何しろ「働かざる者食うべからず、いつもニコニコ現金払い」がモットーのグループだったので、会計を安く上げることは結構な重要事項。それでビールよりも安い発泡酒を用いることとなった。かくしてホップス会が誕生した。このメンバーでお食事をしていると、昔からずっとこうしていたような気分に、誰もがなっているようだった。数十年間、別々の場所でお互いを知らずに生きてきたのに、たまたまぶつかったら激しくスパークして、人の輪ができた。ある日突然恋に落ちるように、私たちはホップス会となった。このメンバーで田代へ帰るのも、決められた約束のような気がしていた。

剣から大間見へ。細く曲がりくねった林道を、ひたすら上っていく。やがて民家がなくなり、街灯もなくなった。車が止まった。林道が白い柵で通せんぼしてある。

「これ以上、奥へ行ってはいけないんじゃぁないですか？」

恐る恐る聞くと、

「この山の持ち主は入れるんや」

静かな温かい口調で親昌さんが答える。二台の車を移動し、もう一度、柵を閉じる。ここから先は、それこそ人工のものは、今乗っている車だけとなった。桜田さんのＮＴＴドコモの携帯すら、圏外になった。ドコモじゃないじゃないか……。

「この林は、俺が子どもの頃は、小さな並木やった」

三階建てのビル以上に伸びた杉の木を見ながら親昌さんが言う。林は畑を縁取るように植えられ、防風林のような役目をしていたらしい。家で食べる野菜のほかに、いろいろな薬草を作っていたということだ。

車を停めて外に出ると、星空が降ってくるようだった。見たこともないくらいたくさんの星がある。いつも見ている星空とはまったく違う。息を吸うたびに、体の中に星が流れ込んできて自分自身まで星になりそうだ。白いジュースを流したような天の川。なぜミルキーウェイというのか初めて分かった。

家はもうなかったが、敷石が残っており、大きなお屋敷だったことがうかがえる。さすが由緒あるお武家様の、またお医者さんの家である。少し奥へ行くと、立派な墓石がいくつもあった。確かに「田代　一養」「養信」「理庵」と、そのときの年号とともに彫ってあった。

「これは大和町の文化財ですから、いつか下へ持っていかないといけませんね」

親昌さんは、へぇ、そうか、と目だけで笑って答えた。このままでは浸食が進んで字が見えなくなる。屋根だけでもつけた方が良い、と思った。

帰り道では、町の光が少しずつ見えてくるごとに安心した。田代でのことは、文明とかけ離れた天上の世界のように思い起こされた。星々の煌めく音が、銀河の調べとなって胸に響いた。


二学期、娘が通うK小学校に復帰した。

運動会ではかけっこや綱引きなどの競技に加えて「表現運動」というお遊戯のようなものがある。四年生を担任した私は、三・四年合同のリズムダンスの指導者となり、三年生の娘に踊りを教えた。また、親子競技というのもあり、運動会の運営に当たっていて競技に出られない私の代わりに夫が出てくれた。夫の両親も弁当を持って参加してくれた。お弁当タイムには、おばあちゃんの栗むしおこわをみんなでお腹いっぱい食べた。

校舎の南側には広い畑があり、土壌が豊かなので収穫が多い。子どもたちが夏になる前に植えたサツマイモを収穫したら、見たこともないような大きなのがゴロゴロ採れた。一つ一キロはあるものが何十個も……！　とりあえず、一人一個持ち帰らせ、残りを皆で調理して食べよう、ということになった。何しろ大きいので、前日にすべてのイモをいくつかにカットしておき、それを蒸してから調理した。イモきんとんとスイートポテトのグループに分かれ、手順を確認しながら心を込めて作る。イモの甘い香りが立ち上り、調理室は天国。おうちの人へのお土産や、学校の先生方にも配ることにしてあったので、結構時間がかかった。さて実食！　子どもの作った料理というものは、なぜ、こんなにもおいしいのか。サツマイモ自体がおいしいし、作り立てということもあるが、やはり、子どもたちは作るときに、大人にはない何かを入れているとしか思えない。

短い秋が過ぎ、冬がくる。紅葉の山々に初雪が降った。

たくさん積もった日は、マイシャベルを持参して、除雪しながらの登校だ。雪に埋もれた車を出すだけで時間がかかる。歩いていくのが一番賢い方法だ。だいたい車を出した後、車の上にあった雪を置く場所がない。もう一度、車のあった場所に雪を戻さなければ出勤できないのだった。早朝から住宅のみんなで協力して、車で出勤する人のために、住宅から幹線道路までの除雪を行い、通路を確保する。

その後、歩いて出勤だ。幸い教員住宅からK小学校までは数百メートルの道のりだったから、歩いてもなんてことはない。主要幹線は夜明け前に除雪車が雪をごっそりどけてくれているから、歩道に積み上げられた雪の中をほじくって、子どもたちの歩く場所をつくっていく。こうして歩道と車道の際《きわ》には雪の壁ができる。雪の壁に守られながら、子どもたちは安全に登校できるのだ。歩道橋では、まず一番上まで登って、雪を一段ずつ除けながら下がり、その後、もう一度上がって向こう側を降りながら、同じことをくり返す。歩道橋を下りると校門だ。学校の運動場も雪で覆われている。校門から昇降口まで直線距離で歩けるよう、運動場の真ん中を斜めに横切る道を作る。これはほかの同僚がやってくれていた。やっと職員室へ着いた頃には、髪も服も濡れ、疲れて立ち上がれない。やがて子どもたちが登校してきた。そうはいっても子どもたちの姿は見えない。上級生の子の黄色い帽子が、雪の壁の上に少し飛び出して前進していくのが見えるだけだ。小さい子の背丈よりも高く、雪が積もっているからだった。

こうした雪が根雪となり、春まで消えない。大和町の子どもたちは、冬の間、運動場で遊んだり、体育をすることがない。体育館も凍てつく寒さのため、運動は少し危険だ。三学期の体育の成績は、スキー研修での活動ぶりを見て評価する。


郡上から土岐へ帰るときがきた。娘はもうすぐ四年生。

雪が少し消えた頃、ようやく阿千葉城へ登ることができた。登り口にある「唐傘連判状」の記念碑を見に来たことがあったが、城のあった山頂まで登るのは初めてだ。山頂までは、意外と早く着いた。ゆったりと流れる長良川が、初春の風に笑っているように光る。木立の中を吹き抜ける風の中に、今日も私を呼ぶ声がするようだ。鎌倉時代へと、私を誘う。

この風とも、煌めく川とも、温かな人たちとも、お別れだ。


土岐市では、駅裏の山の手に広がる団地の一軒家を借りて、家族三人で住むことにした。

市街地の中心校で七年勤め、その後、山村の小さな学校へ配属された。児童数五十名以下、六学年の子どもたちがいるが、学級は六つではない。異学年の子が同じ教室で学ぶ複式学級がいくつかある。平成十九年、娘が大学受験の年に、私は五・六年学級を受け持った。

五月、もうすぐ修学旅行だ。見学の感想を俳句としてまとめる六年生の国語の学習で、私は自作の句を紹介した。

――夢から醒め　ホトトギス鳴く　夜明け前

「ホトトギスは、森の奥で早朝に鳴くよ」

「へぇ、なんて鳴くんですか？」

「てっぺん、かけたか」

「あ、聞いたことある！」

五年生の児童が目を輝かせて言った。国語では、五年生と六年生は違う教科書を用いているから、別々の内容を学習させているが、担任が話しているときは、他学年の活動であってもその話に聞き入ってしまう。小声で話せない私の落ち度である。

「そう？　いい声でしょう、君、早起きなんだね」

五年生の児童に声をかけながら、ノートを見て次の指示を出す。

二つの学年の間を行ったり来たりすることを「ワタリ」、一方にノートに書く活動をさせておいて他方で教師の話を聞いたり、考えて話させたりする活動をするような教育方法を「ズラシ」という。複式学級を担任する際の基本中の基本である。

俳句は五・七・五の音律があること、季語を入れないといけないことなど、約束事を教え、俳句を一つ作ってみるよう六年生に指示して、今度は五年生の子がノートに書いたことを発表する活動へと移った。

この山村は土岐市内ではあるが、標高が郡上の大和町と変わらない。山地の涼しい気候を生かした酪農や、広い農地を生かした農業が盛んである。二月には梅の花は蕾のままであり、四月の入学式に桜は間に合わない。ホトトギスも、もっと夏が近づかないと鳴かないのかも、と思いつつ、窓から見える森を眺めた。

小さな運動場から道路一本隔てた森は、山頂の神社へと続く山の入り口だった。幹の太い木によじ登ったり、教頭先生がかけてくれたブランコに乗ったり、茂みを生かして秘密基地を作ったり……。運動場の遊具よりもずっと楽しい遊び場だった。「木登り山」と子どもたちは呼んでいた。高学年の陸上の指導で広い場所が必要なときは、山を越えて町の運動場まで歩いた。というか、走った。移動がすでにウォーミングアップだ。

修学旅行は無事に終わった。

そして夏休み。畑で採れたキュウリやトマトを、プールに来た子に配る。スイカを採った日には、朝から庭の池で冷やし、プールが終わる頃に切って出すのが、大切な仕事であった。着替え終わった子どもたちは、職員室横の湯沸室の窓の横に並んでスイカを受け取り、かじりながら帰っていく。涼しすぎて途中でプールを出てしまった子も、ちゃんとスイカにはありついていた。

冬がくる前に、今度は五年生の自然の家合宿だ。修学旅行や合宿などの宿泊研修は、ただそれだけでも大変な仕事だが、少規模校の場合、仕事量は倍になる。隣村の学校と合同で出かけるために打ち合わせをしたり、事前学習をどちらかの学校へ児童を連れて出かけて行《おこ》なったり、その計画・準備をたった二人の担任で行う。しかも相棒は、同じ職場にいないという訳だ。それよりも大変なことは、六年生を修学旅行に連れていくときには五年生の子が二日間に学習する教材をすべて準備しておかなければならない。五年生を連れて自然の家に行くときは、逆に六年生の勉強の準備が必要だ。ということで、この年、私はとても忙しかった。

また卒業アルバムの制作に関して、大きく方針が変わったことも、忙しさに拍車をかけた。少人数のため費用がかかりすぎるので、インターネットを利用して、児童一人一人にアルバムを作らせるサービスを利用することになった。これは従前、アルバムを作ってくれる業者がやっていたことを、担任が請け負わざるを得ない。初めてということもあって、手間暇をかけての仕事を、自分一人で調べてやらなければならなかった。

郡上で過労から体調を崩した経験があるから、無理をしてはいけないと分かっていたし、できないことは先に断る、先延ばしにするよう心掛けていたのだが……。性分なのだろうか。つい働きすぎた。

娘のセンター試験を目前に控えた一月二十三日。ついにその日はやってきた。

朝、いつもどおりに車で出勤する。疲れて少し眠かったが、何しろ、昨日全員分のアルバムを完成させ、発注したところだ。気分が良かった。雪が道の脇に残る、凍結した道を飛ばして学校へ急ぐ。体調はいつもと少しも変わらない感じだった。

挨拶をして職員室へ入る。半分以上の職員が出勤していた。

「今日の集会のことですが……」

軽く打ち合わせをして自分の席へ戻ろうとした瞬間。右後頭部を錐で指すような激しい痛み。続けて左肩から手の先まで電流がびりびりと走るような痺れが襲った。

「いたっ、いたたたた……」

頭を抱えてうずくまると、ものすごい吐き気がこみ上げた。咄嗟に机を開け、ビニル袋を引っ張り出して口に当てる。右脳と左腕！　脳の中で何かあったに違いない!!

「青野さん、どうした！」

教頭先生の右手は、もう受話器を握ろうとしていた。汚物を流しに捨て、はっきりと伝えた。

「頭がひどく痛むので、救急車を呼んでください。それから総合病院のA先生に青野だと伝えてもらって、そこへ搬送してください」

過労死しかかってからというもの、いつ変調が起きてもいいように、脳外科には毎年かかっていた。両親とも脳血管系の病気で亡くなっており、とくに若くして脳血栓を起こした父は「四十過ぎたら脳外科にかかれ」が口癖だった。言いつけを守ってきたのが、吉と出るか、あるいは……。

電話をお願いした後、私は椅子に座り込み、意識をなくしたらしい。八時二十分、始業のチャイムが鳴る時刻だ。

倒れた場所と時刻が、運命を決めた。

病名は、くも膜下出血。発病から手当までの時間が、生死を分ける。もし職員室でなく、出勤の車中や一人で教室にいるときなら、発見に時間がかかってしまい、助からなかっただろう。それから救急車。学校は市街地から遠い場所にあったため、消防署は近くになかったが、すぐ近くに消防の分駐所があった。八時三十分の着任に間に合うよう、消防官が救急車に乗って、学校のすぐ近くまで来ていた。教頭先生があらかじめ私のプロフィルや養護教諭が診た病状などを伝えてあったので、救急隊が到着するや、応急処置をして総合病院へ向かった。病院の方ではすでにカルテを見て準備中。六時間に及ぶ大手術が始まった。

駆けつけた夫に医師は、瀕死の状態であることを告げた。「助かっても、良くて車椅子。寝たきりか植物状態ということも考えられます」とのこと。夫は、私の命が助からないことを覚悟したようだった。

私は病室で横たわる自分や、呆然とする夫、かいがいしく手当をする医師や看護師さんの姿を、見下ろしている。何を話しているか大体わかるが、なぜか、声も音も何も聞こえない。娘はまだ来ていない、学校にいるな。連絡するのは可哀そうだ。試験前だから勉強した方がいい。

気づくと、深い霧の中に一人立っていた。いや一人ではない。私の前に幾人も歩いている人がいる。霧が深くてよく見えないが、ふわふわと飛んでいるようにも見える。ものすごく強い風が吹いているが、風の音は聞こえず、霧が消えることもない。ふと、こんな夢を昔見たことがあるのに気づいた。「最後の最後は?」の夢だ。そうか、ここは死後の世界か。病室にいる自分を上から見下ろしていたのは、臨死体験、というやつだ。

やがて前方に川が見えてきた。何の音も立てず流れる水。よく見ると、右からも左からも流れてきていて、ちょうど人々の群れの前方で、水が下へ向かって落ちていっているようだ。滝のように。どうやらこの濃い霧は、この滝から立ち上っているようだ。その向こう、前の人の白い肩越しに、向こう岸が見える。

――まずいな、これは三途の川だ。このまま行くと死んじゃうぞ……

何度来ても、嫌なところだ。死んでいることほどつまらないことはない。何も聞こえず、ろくに見えず、においも味も何の感触もない。第一、やらなくてはいけないことが山ほどあるのに、死ぬ訳にはいかない。焦って振り返ると、右斜め上の方にぼうっと明るいところがある。心惹かれて、そちらの方に飛んでいった。仲良しの友達や、いつもお世話になっているご近所のおばちゃんたちが集まってきている。あれは山野草が趣味のおじさんの家だ。散歩中に家の前に置かれた山野草を見させてもらっているうち仲良くなった。窓の障子の脇に、小さな蕾をつけた花が植えられたモダンな鉢が置いてある。何の花かな。おじさんは、疲れた様子で足を投げ出して長座している。それにしても、友達もおばちゃんも、いつもと様子が違う。誰もが静かに目を閉じ、何もしゃべらない。おばちゃんはお茶をすすりながら泣いているようだ。

「どうしたの？　何かあった？」

呼びかけようとするが、声が出ない。大きな声を出そうと息を吸ったとたん、急に周りが明るくなり、音が洪水のように耳に飛び込んだ。おまけに顔やら胸やら、ところかまわず、バンッ、バンッと叩かれている。

「青野さん、聞こえますか、分かりますか？」

「目を開けてください、大丈夫ですか？」

人を思い切り殴っておいて、大丈夫ですかもあるもんか。私は腹が立った。足の裏をくすぐっている奴もいる！　私は大声で抗議しようと思って、息を吸い込み、目を開けた。

「わぁっ、先生！　意識が戻りました」

看護師さんが医師に呼びかける。足の方にいるのが「先生」と呼ばれた医師だ。足の裏にさわっているのはこいつか⁉　くすぐったいのを我慢できず、大笑いした。

「あなたの名前を言ってください」

今、青野という苗字を呼んでいたじゃないか。知っているくせに。私は怒りが収まらず、ついふざけて言ってしまった。

「松嶋奈々子です」

可愛い目をした看護師さんが、右頬をぶって、怖い顔で言った。

「命に関わることですよ！　ご自分の名前を言ってください！」

「青野です……、青野典子」

医師がもう一度私の足の裏を、すーっと下から上に指でなぞった。

「足の指、動かしてください」

両足の指を全部動かした。医師は、ほっとしたように笑顔を見せた。このとき、医師は、脳の深い部分での動脈瘤の破裂による出血という重い病気ではあるが、思いのほか早く回復するのでは、という見通しを持ったようである。足の裏にいた年配のK医師のほかに、今まで主治医だったA医師、今度主治医になる執刀医のN医師など、実はお医者さんが周りに何人もいた。この頃、総合病院の脳外科は、敏腕のK医師を中心に、若手が集まって県下随一の評判だったということを後から聞いた。ほかの病院から転院してきた人が結構いたことからも、それが分かった。

年配のドクターの横に主治医がいるのに気づいて、私が会釈すると、A先生はにっこりして、私の眼を見て言った。

「何か、楽しい夢でも見ていたんですか？」

救急車で搬送された翌朝、こうして私は蘇生した。

夫の両親や娘たちが病院に来る前に、ご近所のおばちゃんや山野草のおじさんが駆けつけてくれたようだった。前の晩、皆で集まっているところを、不思議にも私が夢で見たようだ。郡上の友達も、意識を取り戻した頃に来てくれた。両親や娘は、そうした人たちにずいぶん勇気づけられたようである。確かに私は運が良かったが、蘇生への祈りを送ってくれる人たちの温かい一念が、私を三途の川から呼び戻してくれたと感じていた。

入院は二ヶ月に及んだ。出血によって右の前頭葉をすべて失った。言語や記憶をつかさどる部分である。しかし四肢にも言語にも少しも後遺症は見られなかった。毎日のリハビリを楽しみに、病院生活を過ごした。リハビリは、医療器具を使った軽い運動や、作業療法だ。パズルやビーズ、頭が痛かったのはドリルのような勉強だった。短い文章を声に出して読み、その後、文章の内容を自分の感想を加えて作業療法士に話す。何度も読んだのにあまりよく覚えていないのには驚いた。

「はい、また明日も頑張ろうね」

明るく言われると、逆に落ち込んだ。これは前頭葉を失ったからでなく、もともと注意力や記憶力がなかったような気がしていた。

退院前には知能検査もあった。学校で、授業や人間関係に困り感のある子に行う発達検査によく似ていた。自分の弱いところは、空間認識と見通しだった。「そういう子、いるなぁ」その子の困り感に、心から共感できた。


「お母さん、本当に、要らない人だね」

ようやく退院して家に帰った頃、娘はすべての大学受験を終え、滑り止めで受けた大学への入学金の送金も終わり、本命の大学への入学準備をほとんど終えていた。夫の妹が近所に住んでいたので、二ヶ月間、弁当を作り、学校へ送り出してくれていた。夫の母にも、またまたお世話になった。私、本当に、要らない人だなぁ。

「戸締り、お金の管理、火の用心」

この三点には厳重に気をつけるよう、医師から忠告を受けた。できれば家族に手伝ってもらうか、確認をお願いした方が良い、とのことだった。出かけて帰ってくると玄関が開いている、キャッシュカードの使い方が分からない、煮物をするたび鍋が焦げる……。確認したつもりなのに、何度も同じ失敗を繰り返した。人の脳は再生しないが、右の前頭葉の代わりを左がするらしい。しかしそうなるには、時間がかかるのだった。

くよくよしても仕方がない。復帰までの時間を有意義に使って、少しでも健脳をつくっておかなくては……。毎日、家事を終えると、人に会うよう心掛けた。一昨年前に家を建て、土岐市北部の新興住宅地に住んでいる。たまたま夫が町の役員を引き受けていたので、その用事で人に会うことができた。人に会うのは、まさに作業療法である。まず用事を覚えなくてはいけない。会合の連絡をするとなると、場所や時間を覚え、どんな内容かも伝えなくてはいけない。初めのうちはメモを活用した。これを暗記しておいて言えれば、左の前頭葉が使える状態になったということだ。それにしても、人に会うのに、暗記したことを言うだけなら、電話か手紙を投函するだけで良い。せっかく会うのだから、その人に合わせた話をすることが大切だ。新聞や本で読んだことを覚えておいて、自分の感想を加えて話す活動を日常的に行うことになった。勤めているときよりも、脳を使っている気がしてきた。このリハビリ期間中に、案外私は、頭が良くなったかもしれない。

一年後に、あの山の小学校に復帰した。小さな校舎も、木登り山も変わらない。私が受け持っていた五年生も六年生も、卒業してしまっていなかったが……。

朝早く出勤し、校内を見て回った。遊具のない運動場に、新しくジャングルジムが作られていた。ジャングルジムが朝露にぬれている。森の奥から明け方、森の奥からホトトギスが呼んでいる。

「夢から覚めよ」

千年の夢から覚めてみると、過去は過去であり、そして、今、この瞬間すら、過去になっていることに気づいた。

人の心の中には、永遠の過去が広がっている。が、生きている自分は、現在から未来に向かって生き続ける。私の前にあるのは、未来への扉だ。

三、囲炉裏火
――未来への時の扉――

平成二十一年、山の学校から駅裏の小学校に転勤。団地の子どもたちと一緒に過ごすようになった。郡上から帰ったばかりの頃、借家を借りて住んでいた団地である。借家住まいは金銭的に、持ち家のローンを払うのとそれほど変わらないので思い切って新興住宅地に家を買って四年目。夫が町役を務めたのは、その新しい住宅地でのことである。

さて、その学校では特別支援学級を担任した。二回も大病を患って長期に休業したことから、仕事で負担をかけないようにとの配慮で、児童数の少ない学級を持たせてもらっているのでは……、と思っている人もいたようだが、それは間違いである。特別支援学級の担任は、仕事が多い。特徴の強い一人一人に合わせて教材を準備しなければならず、それを毎日、数学年分準備する。同じ学年の同じ教材でも、二度と使えないことは往々にしてある。その子の特徴に合わせて手直ししなくてはいけない。そして授業中、「ワタリ」と「ズラシ」を四六時中行い、誰が今、何をしているかつかむことは勿論、つまずきそうな点と、その場面がいつくるか察知しておいて、その子だけにかかり切りになるために、その間、ほかの子は何をさせるかも準備する。やり甲斐はあるが、一生懸命になってしまうと、職員の中で帰宅がラストワンにランクインしたりする。同じことを繰り返さないよう、だましだまし、適度にやっていく以外にない。三度目の正直で、「最後の最後」を迎えるのは、ちょっとまだ早い。

ということで、毎朝食後に、お腹いっぱいになるほどの薬を飲み、毎日、血圧を測るのは日課。二、三ヶ月に一回は通院して血液検査やら診察を受け、年に一回は脳の精密検査を受ける。

今年も夏休みを利用して精密検査を受けた。脳の断層写真は見慣れたものだ。全体が黒くしわがあり、大小の血管がよく見える。損傷を受けた部位が白く映るのだが、それはいつ見ても大きく「こんな脳でよく生きているな」と思わざるを得ない。それに、出血した血管をクリップで留めたのだが、どう見てもそこで血が止まっているようにしか見えない。思わず引きつる私の表情に、医師が、

「大丈夫、この先の毛細血管には血が通ってるでしょう」

ペンでトントンと軽く写真を叩きながら答えた。

「はいっ、新しい梗塞や出血はありませんね。悪玉のコレステロールが上がっているから、薬を増やしますね」

「うわっ、薬代、ただでも高いのにまた上がるんだ」そんな私の心の声には耳もくれず、医師がパチパチっとパソコンのキーボードを叩いた。

翌日。青空の下、裏山では朝から蟬が大合唱。まさに盛夏である。町内の夏祭を前に、夫が祭会場の草刈りに出ていった。今年も夫は、町役ではないが、祭の準備の一端を請け負っている。新興住宅地は若い人が多く、町内会長さんといえども二十代・三十代である。そうした若い町役

さんたちから見ると、夫は年配であり、集会所・祭会場の最寄に住んでいることもあり、様々な相談をもちかけられていた。

ブ〜ン、ブ〜ンという規則的な草刈り機の音、たまに草が絡んでか壁に歯が当たってか、ザザザッといって音が止まる。冷たいお茶を持って近づくと、草の香りに交じってガソリンのにおいが、夏の日射しに立ちのぼる。夫のひざ丈ほど伸びて生い茂っているのは、ヌスビトハギだ。秋の七草、萩に似て、桃色の可憐な花をつけ、秋風に枝をなびかせる風情を持っているが、花が実に変わると、洋服に張りついて離れなくなる厄介な植物である。まだ花も咲いていないからよいが、実をつけた後なら、用があっても近づかないでもらいたい。実のついたものは洗濯機に入れられないし、特に靴紐についたものは、全部取りはずすのに気の遠くなるような時間を要する。

そんなヌスビトハギが、草刈り機の歯に当たって、同じ方向に薙ぎ倒され、地面に揃って倒れていく。倒れた草を、夫の足が踏みつけて平らにしていく。草に覆われていた集会所の白い壁が、太陽の光を跳ね返して眩しく光る。


ふと私は、自分がこの「千年の夢」という物語を書いたのは、何のためだったかを考えた。草を薙ぎ倒し平らにしていくように、自分の心の中を整理するためだったような気がしてきた。二度の大病も、少し立ち止まって、自分自身を見つめ直すためにあったような気がした。

私の心の中には、現在の私ではない私が何人かいた。鎌倉時代から七百年あまりの間に、何度も何度も生まれかわり、会いたいと思った人とまた出会い、その時々にその男性《ひと》を愛した。その女性《ひと》たちの満たされなかった想いが、私の意識の上に溢れ出し、私の感情を圧倒したのだった。

過去への扉は、もうなくなった。物語を書いているうちは自由に出入りができたが、あの扉は、もう開かない。

やがて日が傾き、夕暮れの風とともにヒグラシが鳴き始めた。夜のとばりが下りる頃、あの、田代の山奥で見た、降り注ぐような銀河を思い出した。銀河の中に、七百年余りの思い出が、永遠の光を放って煌めいている。いつの時代も、私は一人の女として誰かを愛し、ともに幸福になることを願い、生きた。そしてたくさんの悲しみを抱えて、「次の世ではこうなりたい」という願いを持った。人はよく「運命だから仕方がない」と嘆くことがある。こうして考えてみると、運命だから動かしがたいのではなく、自分がいつの世にかこうなることを願っていたから、そのようになったのだ。運命は、自分でつくったものなのではないだろうか。


平成二十五年の夏、私は初めて、千葉家へ行くことにした。

というか、これで七回目か……。つまり、千年の夢の中では、私はいつの時代にもヒロインであり、この囲炉裏火のところに来た。夢物語は、私の過去世の記憶である。

――鎌倉時代、お嫁に行く前に、恋人・琴若と。

室町時代、城が盗られて、落ち延びるときに、東常縁《とうのつねより》を思いながら。

戦国時代、尊敬していた遠藤胤縁と。

江戸・宝暦時代、騒動の最中に、夫・高之助と。

明治時代、女郎に行く前に、恋人・宇之吉と。

昭和時代、大戦中、恋人・森幸次郎と出征前に。

そして今回、夫と弟と一緒に。


夏休みを利用して田代家に来ていた私は、郡上一揆の英雄の中で、以前からお墓参りをしたいと思っていた人がいるから一緒に行こう、と呼びかけた。高鷲・切立《きったて》村の喜四郎さんだ。

喜四郎さんは、宝暦騒動の首謀者の一人であり、牢死によって獄門を免れた。

お墓は、切立村の高台から谷を見下ろす見晴らしの良いところにあった。主のない民家の庭先に、丈の高い雑草に囲まれて静かに立っていた。草をむしり、お水をかけ、冷たいビールをお供えした。なぜか弟が墓石の下に座ってポーズをとった。右手が天を指し、左手が大地を指している。写真に撮れ、と言うので、持ってきたデジカメのシャッターを切った。喜四郎さんが、二百年以上の時を経て里帰りした感じ……、その瞬間を激撮！

その後、今度は明宝《めいほう》・気良《けら》の千葉家に行こう、ということになった。本書を書くきっかけとなった、七百年以上火を消さなかった囲炉裏がある、あの千葉孫兵衛《まごべえ》さんの家へである。

明宝の道の駅「磨墨《するすみ》の里」を通り越し、次の信号のところに明宝の図書館がある。昨年、本書の第一巻を置いてほしい、とお願いに来た。そのとき、この近くに住むご婦人と仲良くなった。

都忘れの花が庭先に咲いていていた。そのご婦人は、千葉家の囲炉裏火から火種を採り、古びた灯油ランプに火をつけて、関東の知り合いにプレゼントされたことがあるそうだ。七百年前、関東から来た人たちが灯した炎が、関東へ帰っていった話を聞かせていただいて感動した。その火のことを題材に小説を書いている、と伝えると、すごく喜んでくださり、お宅に何冊か置かせていただいて、興味のある方にお譲りする役をしていただくことになった。

さて、この、図書館の信号を右に折れてしばらく行くと、明宝ハムの工場兼販売所があった。町おこしの一環として、ハムのほかにも明宝ケチャップなど品質の良い特産品が並んでいる。ここで千葉家への行き方を尋ねた。聞いたとおり、谷川に沿って山道を進んでいくと、果たして千葉家にたどり着いた。

車を降りると、そこは都会の喧騒とはまったく無縁の、ゆったりとした時間が流れていた。盛夏だが、ひっそりとした山間《やまあい》には、天然の涼風が吹き抜けていく。

「千年の夢、の青野ですが……」

という挨拶で、すぐに私と分かり、家の中に招き入れてくださった。昨年、本書の一巻が発刊されたときにお送りし、書簡を通して交流させていただいていた。ひんやりとした土間で靴を脱ぎ、板張りの小さな部屋に通された。あの、八百年続く火が燃える囲炉裏へ、夫と弟とともに進んだ。奥さんが薪を入れ、孫兵衛さんが火をつける。しばらくして火が熾った。奥さんが細い腕で、大きなやかんを囲炉裏の火の上に移した。木が燃えるにおい、小さなパチパチという音。オレンジ色の炎が明るく周りを照らす。

千葉家の当主・孫兵衛さんは、ご退職されてから、この名前を襲名されたということだ。それから奥さんは、郡上の端っこの明方《みょうがた》村を明宝という地区に育て上げた前村長・高田三郎さんの妹さんだということだった。柔和な笑顔、静かな語り口、温かな心遣い。心と心の触れ合いを感じる時間となった。

孫兵衛さんと話しながら、私の記憶にはない映像が、目の前に浮かんだ。

鎌倉時代、ヒロインの恋人・琴若が、疲れ切った顔で囲炉裏の脇に座っている。ちょうど今、弟が座っている辺りだ。何かを懐から出し、孫兵衛さんに見せた。そして号泣している……。

また違う映像。

見知らぬ若い僧が同じ場所に座り、孫兵衛さんから何かを受け取った。さっきの映像で、琴若が懐から出したものだ。金属の……馬の鐙《あぶみ》？

若い僧は熱心に「この火を消さないで」と孫兵衛さんに頼んでいる。

そうか、この人は伊予坊《いよぼう》だ。鎌倉時代のヒロインは、郡上から千葉泰秀のもとに嫁いだ東家の姫君・潮満《しおみ》。やがて戦に巻き込まれて命を落としたが、そのときに助けられた赤子が、伊予坊である、と私は考えている。つまりヒロインの息子。

「この囲炉裏の火とともに『千葉』の名を末代まで残してほしい」

と孫兵衛さんに頼んでいるのだ。

そうか、弟は七百年前、伊予坊だったに違いない。同じ場所に座っていることから私は直感した。

七百年の時を経て、戦場《いくさば》で別れた母子は再会した、ということになる。弟と一緒にこの場所に来たのは、親子の再会を果たすためだった。そして、この場所がなければ、再会はできなかった。つまり、もし、囲炉裏の火が消えてしまっていたら、千葉家が今のように有名になることもなく、ここへ来ることもなく、もう二度と会えなかったということだ。

火が灯され、守られてきたのは、このためだったのだ。また、ほかのどの時代でもなく、今だったのは、私にとって新しい一歩を今、踏み出すためだ。一緒に来た夫とともに。

七百年余りを振り返ってみると、夫とともにいる私は、どの時代のヒロインよりも、私らしい。私にしかない使命を一生懸命果たそうとしている。私をそのように、心から自由にしてくれるのは、今の夫しかいない、と思えた。

明宝からの帰りの車中で、私はすっかり眠り込んでしまった。夢の中で、幼子と遊び、その子が少年になって、馬で早駆けをしたり、弓の練習をしたりした。やがて元服。立派な武士になった……、長い夢。あのとき、ヒロインが殺されなければ、その息子は千葉家の跡を継ぐ凛々しい武者となったはずだった。ヒロインが見守るはずだった息子の凛々しい姿。それは夢の中にしかない。もし夢が現実になるなら、歴史上の人物、伊予坊は存在しない。

夢から覚めると、鬱蒼とした森の下に谷川が流れており、そこに釣り人が二人、渓流釣りを楽しんでいる。どうやら、明宝から八幡へ出ないで、大和町への近道である山道を通っているらしい。明宝の気良から寒水《かんすい》、そして大和町へ。ヒロインが何度となく歩いた道。

私が来世も、この碧《あお》き地球《ほし》の上にいるなら、また、この道を歩くだろうか？

千葉家の囲炉裏火は、今後も消されないと思うが、八回目に来るのは、いつの日のことだろう？　それを決めるのは私自身だ。

未来への扉は開かれた。

❖郡上から世界へ　人間主義《ヒューマニズム》の光彩《ひかり》放つ人々 ⑪

新生治療院 院長
釜倉崇典（一九五七年十月二十四日〜二〇〇三年五月五日）

存命中、現在の郡上市大和町島に自宅と治療院があり、マッサージ、針・灸を中心とした治療を生業としていた。岐阜県立盲学校出身。視覚に障がいを持ちながらも、歌・ギター・ベース・ピアノ・笛など多趣味で、柔道では黒帯の持ち主である。

家族は、両親と妻と二人の息子。二〇一六年現在、両親は他界。二人のお子さんは十九歳と十七歳。妻は、夫の志を継いで、国家資格を取り、治療院を立ち上げ、訪問マッサージの会社に属して、体の痛みを癒す仕事に奔走しておられる。

青年の主張北海道大会代表。ＮＨＫ歌合戦奥美濃地区大会で優勝。

小中学校・地域の会合等での講演活動や、視覚障がい者でつくるバンド〝エンデバーズ〟のベースギタリストとしてコンサート活動等で活躍。

明るくおおらかな性格と、視覚障がいを感じさせないバイタリティーで、周りの人を惹きつけた人。

晩年、不治の病が進行し、緩和病棟で過ごした際も、ギターや歌で周りの患者を元気づけたと聞いている。永眠の間際まで、友人のことやコンサートについて気を配り、活動し続けた。享年四十五歳。

❖郡上から世界へ　人間主義《ヒューマニズム》の光彩《ひかり》放つ人々⑫

千葉家当主
千葉　孫兵衛

郡上市明宝気良に千葉家はあり、その代々の当主がこの名前を名乗っている。お宅には囲炉裏があり、この火種は承久《じょうきゅう》三年（一二二一年）に火打ち石でつけられたのが始まりだということである。以来、代々、この火は消されないで守り続けられた。

千葉氏一族の東《とう》氏は下総《しもうさ》の国、香取《かとり》の、東《とう》の庄《しょう》が領地だった。承久の乱の功績によって、美濃の国、郡上に加領を受け、東胤行が承久二年に一族ともども郡上にやってきた。そのときから明宝の気良に住んだという説もあるが、胤行の城は大和町の阿千葉《あちば》城であり、館も大和町にあったと考えるのが筋である。なぜ明宝に「千葉」という苗字とともに、火が受け継がれたのかは、本書に書き記したとおりである。

千葉家の言い伝えでは「あの囲炉裏火は、ご先祖が焚きつけたものだから、消してはならぬ。これは決して消してはならんと代々伝えてくれ。何としてでも、山を守るように、火も守ってくれ」という言葉が、家訓として受け継がれている。

囲炉裏の火を消さないコツは「朝、昨晩の火種を掘り起こして火を熾し、煮炊きに使う。その後「熾火《おきび》」をたくさん作り、農作業に出る昼間は灰をかけた上からもみ殻を振りかけておく。こうすると夕方まで火が残るから、夕方はまた朝と同じようにして火を熾して使い、同じことを繰り返す」ということだ。

明宝の道の駅・磨墨の里公園では、千葉家の囲炉裏火から分火を受け、囲炉裏で火を焚いている。


本書では、一話ごとに、登場人物の中から、郡上出身の英雄を紹介してきました。その多くが男性で武士ですが、彼らには不思議な共通点があります。問題解決にあたって、武力によらず、平和的な手段を用いたこと、そして極限状態に追い込まれても決して自殺しなかったことです。真の侍とは、腹を切らないものなのかもしれません。

彼らの人間主義の精神をここに称え、永遠に顕彰したいと思います。

参考文献

『大和村史・大和町史』　大和町
『明宝村史』　明宝村
『郡上八幡の文化財とその歴史』　佐藤とき子 著　八幡町
『東氏ものがたり』　野田直治・木島泉 著　東氏文化顕彰会
『大和町の文化財』　大和町
『遺功』　大和町
『郡上郡郷土誌』　郡上郡教育振興会
『わたしたちの岐阜県の歴史』　岐阜県
『図説　多治見・土岐・瑞浪の歴史』　郷土出版社
『郷土の歴史シリーズ』　岐阜県土岐市泉町 編集委員会、郷土史同好会
『東常縁』　河村定芳 著　八幡町　東常縁顕彰会

後書き

私が夫や娘と一緒に郡上を訪れてから、もう二十年もの月日が流れました。夏には大和町の花火大会には友人の家を訪れ、仲間と楽しい時間を過ごす恒例となっています。

本書を認めるうちにまた、郡上での知人・友人が増えました。まことにありがたいことです。郡上の方々の温かい心に感謝いたします。

この三巻をもって本書は終わりですが、読者の中には「まだ八百年しか経ってないじゃないか、千年じゃないぞ」とお思いの方も多いでしょう。三巻の最後に「未来への時の扉」をつけさせていただきましたように、本書をお読みの皆様が、生きてドラマを繋げていってくださる時間を含めて、だいたい千年ということでどうでしょうか？

副題の「煌《きら》めく炎」というのは、明宝村に八百年近く伝わる、千葉家の囲炉裏《いろり》火のことです。無論、この囲炉裏火は、千年以上打ち続いていくことでしょう。

私がもう一度、この地球《ほし》に生まれてこられたら「続・千年の夢」を書いてみたいものです。やはり、あの火の周りに集まった人たちが、ヒューマニズムの精神あふれるドラマを演じていることでしょう。

この八百年間、あの火が燃え続けたのは、親子の情愛を育み、繋ぎとめるためでした。さて、ここから先は、あの火は、何のために燃やされ続けるのでしょう？

本書を読んでくださった皆様と、そのことを語り合い、未来に向かってスタートが切れたら、これ以上の喜びはありません。

また余談になりますが、本書の副題「碧《あお》き地球《ほし》の上で煌《きら》めく炎とともに」についてですが、今住んでいるところで友人になった人に、この「煌」の文字を名前に持つ子が生まれました。あまり人名には使われない文字ですから、驚くとともに、何か大切なものを新しい世代にバトンタッチできるような気持ちになりました。

愛おしい人を大切に思う心、親子の絆、師弟の道、生命を尊重し平和を愛する心。何もかも、郡上で生きた人たちから、過去への扉の中で教えてもらったことばかりです。


本書を刊行するにあたり、多くの方にお力添えをいただきました。

まず、私の物語を、本にしてくださった鳥影社の皆さま。なかなか進まない校正作業に対し、業を煮やされたことでしょう。本当にお世話をかけました。

また、本書に表紙絵を提供してくださったKeicoさん。作品集『Women』はじめ、次々と泉の湧くごとく、新しい作品を生み出されていらっしゃいます。

そして生まれてから今までに出会ったすべての方々。どなたもすべて、私のドラマに花を添えてくださり、本書を認めるうえでのヒントを与えてくださいました。

さらに私の家族。執筆に没頭するあまり、心配と迷惑をおかけしました。

最後になりましたが、本書を手に取ってくださった読者の方々。楽しんで読んでいただけましたでしょうか？　ご高評いただけたら幸いです。お会いして、お話ができたら、これ以上の喜びはありません。

皆さまに　心より御礼申し上げます。ありがとうございました。

〜物語を書き終えた日に〜

令和元年八月二十四日　青木 典子

〈著者紹介〉

青木典子（あおき　のりこ）

岐阜県岐阜市生まれ。

岐阜大学教育学部社会学科で哲学を専攻。

卒業後、土岐市に小学校教諭として赴任する。

平成８年、郡上市（当時は郡上郡）へ夫とともに転勤。

現在は土岐市内の小学校に勤務。

著書：『千年の夢　鎌倉・室町篇』（鳥影社、2012 年）
　　　『千年の夢　戦国・江戸〔宝暦〕篇』（鳥影社、2015 年）

千年の夢
明治時代以降篇

定価（本体1600円+税）

乱丁・落丁はお取り替えします。

2019年 12月 15日初版第1刷印刷
2019年 12月 21日初版第1刷発行
著　者　青木典子
発行者　百瀬精一
発行所　鳥影社（www.choeisha.com）
〒160-0023　東京都新宿区西新宿3-5-12トーカン新宿
電話　03(5948)6470, FAX 03(5948)6471
〒392-0012　長野県諏訪市四賀229-1（本社・編集室）
電話 0266(53)2903, FAX 0266(58)6771
印刷・製本　モリモト印刷・高地製本

ISBN978-4-86265-772-5　C0093

青木典子著
『千年の夢』シリーズ、遂に完結！

千年の夢　鎌倉・室町篇

── 碧き地球の上で煌めく炎とともに ──

岐阜県郡上市に 790 年も囲炉裏の炎を消さないで守り続けている家がある。
炎のメッセージに込められた意味とは？
いにしえ人の息遣いが時空を超えて伝わる歴史物語〈第一・二話〉

鳥影社刊　四六判　378 頁　ISBN978-4-86265-371-0　本体 1500 円

千年の夢　戦国・江戸(宝暦)篇

戦国の世に郡上の平和を祈り、この地に文化の華を咲かせた武将の物語〈第三話〉。

江戸時代の郡上一揆（宝暦騒動）は、非暴力主義を貫きながら領主を倒したという、史上特筆すべき農民一揆だった〈第四話〉。

鳥影社刊　四六判　512 頁　ISBN978-4-86265-435-9　本体 1600 円